DUMONT

Maja Pauly ist Schauspielerin am Braunschweiger Theater. Nicht Berlin. Nicht München. Braunschweig. Und Maja ist Single. Nicht verzweifelt. Nicht unglücklich. Aber ungern. Alles in allem ist ihr Leben eher so mittel. Mittel bis gut. Nicht mittel bis schlecht. Doch dann steht der 35. Geburtstag an. Und Maja hasst die große 35 mit auch für sie selbst nicht ganz nachvollziehbarer, dafür aber umso heftigerer Inbrunst.

Damit dieses Unglücksjahr am Ende kein ganz verlorenes war, beschließt sie, sich Aufgaben zu stellen, sich herauszufordern. Der Plan lässt sich gut an. Doch nach den ersten drei Missionen findet sie plötzlich eine vierte im Briefkasten – die es ganz schön in sich hat. Steckt Edu, ihr selbstverliebter, sexbesessener Kollege vom Theater, dahinter? Oder versucht sich Exlover Karl wieder in ihr Leben zu schleichen? Wer sich da einmischt, wird sie erst ganz am Schluss herausfinden. Nämlich kurz vor ihrem 36. Geburtstag. Und vielleicht stellt sich bis dahin ja auch endlich die große Liebe ein. Für die ist man schließlich nie zu alt …

Miriam Pielhau, »35+«, wurde in Heidelberg geboren. Nach Studium und Ausbildung arbeitete sie für verschiedene Tageszeitungen sowie Radio- und Fernsehsender, unter anderem Radio 1Live und den WDR. Als Moderatorin und Chefredakteurin der Sendung *NBC GIGA* wurde sie mit dem Grimme Online Award ausgezeichnet. Es folgten Engagements für Pro7 *(taff, Die Oscar-Nacht)*, rbb *(Ein Wochenende mit …)*, MDR *(Die goldene Henne)* u. v. m. Im Frühjahr 2008 erkrankte Miriam Pielhau lebensbedrohlich. Ihre Erfahrungen mit der Krankheit schilderte sie in dem Buch *Fremdkörper*, das zum Bestseller wurde. Im Mai 2012 brachte sie eine Tochter zur Welt. *Radiergummitage* ist Miriam Pielhaus erster Roman. Sie hat alle der beschriebenen Missionen selbst absolviert.

www.twitter.com/miriampielhau

MIRIAM PIELHAU

RADIERGUMMITAGE

Roman

DUMONT

Originalausgabe
Mai 2014
DuMont Buchverlag, Köln

Umschlaggestaltung: Lübbeke Naumann Thoben, Köln
Umschlagmotiv: Privatbesitz von Miriam Pielhau,
gestrickt von Sarah Kuttner
Gesetzt aus der Dante
Druck und Verarbeitung: CPI books GmbH, Leck
Gedruckt auf säurefreiem und chlorfrei gebleichtem Papier
Printed in Germany
ISBN 978-3-8321-6262-7

www.dumont-buchverlag.de

»Der Sehnsucht nach dem Anderswo
Kannst Du wohl nie entrinnen:
Nach drinnen, wenn du draußen bist,
Nach draußen, bist du drinnen.«

Mascha Kaléko

Prolog

Flüstertöne. »Das gehört jetzt also uns. Und das, wo wir uns gar nicht kennen.«

»Ja. Das gehört jetzt uns. Ohne dass wir uns kennen.«

Maja sah sich noch ein wenig um. Alles wirkte vertraut und warm, doch mit einem Mal war es wieder so fremd, dass es sie fröstelte. Der Mann an ihrer Seite, der eben nicht der »Mann an ihrer Seite« war, hielt die ganze Zeit einige Meter Abstand. Als wäre er falsch in dieser Szene. War er ja auch. Gewissermaßen.

Irgendwann nahm er sie unbeholfen, aber irgendwie rührend in seine Arme. Auch das war fremd. Und überhaupt nicht vertraut. Aber es war das Gegenteil von kalt. Und deswegen okay.

Maja seufzte. Was für verrückte zwölf Monate lagen hinter ihr. Morgen wurde der Tag, an dem alles begonnen hatte, genau ein Jahr alt. Einer für die Top Ten der unangenehmsten Tage in ihrem Leben.

1

Radiergummitage. So hießen Tage, die ein Fall waren für den Radiergummi des Universums. Tage, die Maja Pauly im Kalender gedanklich mit lauter wütendem Gekrickel überzogen hatte, weil sie dem ureigenen Maßstab nach misslungen waren. Wobei sie persönlich für dieses Misslingen verantwortlich war. Und zwar allein.

Ein Grund mehr, die unseligen Radiergummitage heimlich auszulöschen. Rubbel, rubbel. Wisch, wisch. Und wieder alles blütenweiß.

Das 24-Stunden-Blatt ihres Lebens sollte natürlich nicht blank bleiben. Sie würde das Ausradierte nachzeichnen wollen. Nur ein wenig zarter und harmonischer und mit sanfterer Linienführung. Gelungener eben. Damit sie die Seite ihres geistigen Kalenders nicht hektisch überblättern müsste, wenn sie sich daran erinnerte. Aber das ging leider nicht. Schönheitschirurgie am Leben? Eine Marktlücke.

Und was von so einem Tage sonst übrig blieb? Nun: Seufzen. Und Schulterzucken. Es passierte nicht ständig, aber es passierte. Wie jedem Menschen auf der Welt.

Maja Pauly war an erstaunlich vielen der 12.745 Tage, die sie sich auf dieser Welt befand, ein tauglicher Typ. Frau Friedlich und Frau Freundlich in einer Person. Eine, die im Sportunterricht immer als spätestens Dritte ins Team gewählt worden war. Nicht, weil sie irre gut gewesen wäre (war sie nicht), sondern weil sie einfach irre nett war. Vielleicht auch, weil sie den Ben und der ihre Sommersprossen so süß fand.

Völkerball war mittlerweile Vergangenheit und Maja skandalfrei in den Dreißigern angekommen. Sie zeigte sich in allen gesellschaftlich bedeutenden Disziplinen von einer überaus reizenden Seite. Wurde sie, was nicht so oft vorkam, allerdings doch einmal gepiesackt, konnte sie auch fies werden. Dann bekam die Welt ihre pechschwarze Seite zu sehen. Die Damen Friedlich und Freundlich wurden zum Teufel gejagt, und Maja mutierte zum Teilzeit-Ungeheuer. Und das ärgerte sie. In den Dreißigern, so hatte sie immer geglaubt, musste doch endlich ausreichend emotionale Klugheit gesammelt worden sein, um gegen derlei ankämpfen zu können. Nein. So funktionierte das nicht. Es half nur Abwarten. Das Gemeine ging, wie es gekommen war, von einer Minute auf die andere. Nur vom Schämen hinterher hatte sie noch eine Woche lang etwas. Und die Scham sorgte dafür, dass das Biest in ihr sich in seine Höhle verkroch und nicht mehr so bald Gift und Galle spie. Maja hatte schon lange keinen Radiergummitag mehr zu verbuchen gehabt. Bis heute.

Der dritte Gong erklang. Die wohlerzogenen Braunschweiger gehorchten. Und machten in ihrem Gehorsam durchaus eine gute Figur. Die Modepolizei hätte nur in wenigen Ausnahmefällen Anlass gehabt, Strafzettel für fahrlässige Geschmacksübertretungen auszustellen. Aufgeregtes Geschnatter huschte durch die Luft des Foyers, wie immer vor der Vorstellung. Ansätze von Entfesselung dank des Gläschens vom Begrüßungssekt. (Oder – »Ich denke, einer geht noch. Für den Kreislauf.« – gleich der ganzen Flasche.) Alles, wie es sich gehörte für deutsche Kulturliebhaber in Hamburg, München oder Braunschweig.

Wie es angesagt war bei deutschen Kultur*schaffenden* in Köln, Berlin oder Braunschweig, überkam die Beleuchter zur selben Zeit ein Anflug mittelschwerer Panik. Geschäftig prüften sie zum x-ten Mal ihre technischen Einstellungen. Es waren zwar Abend für Abend die immer selben, einprogrammierten Leuchtkegel und Strahler und Hintergrundscheinwerfer, aber das spielte keine Rolle. Die Lichtleute drehten Regler hin und her und wieder an dieselbe Stelle zurück. Nur zur Sicherheit. Als wären des Nachts Heinzelmännchen der bösen Sorte am Werk gewesen, grüne Heinzel-Hulks, die auf den Knöpfen herumgetrampelt waren und im Rausch der Zerstörung die Glühbirnen aus der Fassung gebracht oder mit bloßen Heinzelhändchen zerquetscht hatten. So und nicht anders.

Während die Techniker noch wuselten, bewegte sich etwas im Flüstergraben. Dort hatte soeben eine Dame ihren Platz eingenommen, die ein knalliges Kontrastprogramm zur dezenten Hochkultur bildete. Die jugendliche Souffleuse trug auf dem Kopf eine hübsch angekleisterte Frisur in zwei schrillen Farben und an den Händen aufgeklebte Fingernägel in zwei anderen schrillen Farben. Sie dehnte den verspannten Nacken und streckte dazu die Arme in die Höhe. Dabei gähnte sie beherzt, wobei sie die höfliche Hand, die sie vor den Mund hätte nehmen können, außer Acht ließ. Im Anschluss widmete sie sich mit zartem »Ach, ach« und höchster Konzentration der Maniküre. Splitternde, schmutzige Nägel waren der Zweifarbigen ein Graus. Wenn sie hier schon als Kratzbürste vom Dienst verschrien war, dann wollte sie wenigstens eine mit gewetzten Krallen sein.

Komplettiert wurde die Szenerie von einem klein gewachsenen Requisiteur, Modell griesgrämiger Gnom. Mitte fünfzig, Trichterbrust, Nasenhaare bis zur Oberlippe und Hauptdarsteller im Ein-Personen-Stück »Mein Leben als Muffelkopf«. Der Requisite-Gnom warf einen letzten grummeligen Blick auf sein Heiligtum – Möbelstücke, Bauten und Accessoires, die im Laufe des Abends ihren großen Auftritt auf der Bühne haben würden. Er rückte hier ein wenig, sortierte dort noch ein bisschen und gesellte sich dann zu den Kollegen in der verborgenen Bühnengasse. Unterlippe vor, Buckel raus, Arme verschränken, warten. Mit Muffelgesicht.

Das war es, was sich Abend für Abend, Spielzeit für Spielzeit ereignete, kurz bevor sich der Vorhang hob. Alle machten mit, so gut sie vermochten. Alle beteiligten sich mit dem Pflichtbewusstsein und der Routine langjähriger Theaterschaffender. Alle waren am Start. Bis auf einen. Und genau dieser eine wurde verzweifelt gesucht.

»Sichtungen hier? Kommt schon, irgendwer muss ihn doch gesehen haben.«

Keine Reaktion. Kein Kommentar. Kein Kopfschütteln. Noch nicht einmal grunzende Laute, die signalisierten, dass die Kollegen die Frage a) gehört und b) auch verstanden hatten.

»Leute. Das ist ein Ernstfall. SOS kurz vor GAU. Wo. Steckt. Der. Feine. Herr?«

Die feine Dame ihrerseits wurde hektisch. Und ein bisschen zu laut. Der Aufruhr in Person: Maja. Mittelblond, mittelgroß und momentan, *Radiergummitag, ick hör dir trapsen,* nicht mehr ganz mittelgut drauf. Sie analysierte den Status quo. Das Fahndungsfoto vor ihrem geistigen Auge zeigte den Kollegen Edu. Hauptdarsteller des heutigen Abends. Subjektiv: attraktiv. Objektiv: unverzichtbar. Vollständiger Name: Eduard Zimmer. So ähnlich wie einst der Eduard von *Aktenzeichen XY*. Nur eben ohne »Mann« hinter dem Zimmer. Und während Fernseh-Ede nach Verschwundenen gesucht hatte, stand Theater-Edu selbst auf der Fahndungsliste.

Wenigstens zum gegenwärtigen Aufenthaltsort ihrer Laune wusste Maja etwas zu sagen. Die war nämlich im Keller. Der kompakt geratenen Regieassistentin ging es ähnlich. Sie saß mit glühendem Gesicht, das rote Hektik-Flecken auf kalkweißem Untergrund zeigte, in Edus verwaister Garderobe. Maja verharrte kurz in der weit geöffneten Tür und tauschte hilflose Blicke mit ihr. Sie ächzten beide, jede auf ihre Art genervt.

Edu bewarb sich fast täglich aufs Neue um die Trophäe als Niedersachsens größter Landesarsch. Durch das, was er tat. Durch das, was er sagte. Durch die Abwesenheit von Takt. Oder auch einfach nur durch Abwesenheit. Der Typ kam ohne Gewissen und Feingefühl aus. Und heute offenbar auch ohne Armbanduhr. Maja, die an diesem Abend nicht als Edus Anstandsdame glänzen wollte, sondern auf der Bühne als liebreizende Ophelia, wuchtete ihr umständliches Kostüm durch die schmalen Flure und eilte, so gut das lange Gewand es gestattete, von einem potenziellen Versteck zum nächsten. Überall standen Leute herum und warteten. Majas Augen flogen durch die Ecken, sie schob eilig Stoffbahnen und Abhängungen zur Seite. Ihr Ton wurde dringlicher: »Theatermenschen Braunschweigs! Wir haben ein Problem. Ich kann Edu wirklich nirgends finden. Leute, n-i-r-g-e-n-d-s!«

Majas Herz klopfte bis zum Hals. Warum bloß? Warum bloß hechelte sie ihm so hinterher? Immer wieder fiel sie in die Kümmerrolle. Dieses merkwürdige Muster musste wohl etwas mit ihrem derzeitigen Leben zu tun haben. Sie hatte keinen Freund, kein Kind, noch nicht einmal einen Goldfisch im Glas. Und so war Edu irgendwie der Einzige, den sie umsorgen konnte, und damit der Einzige, um den sie sich Sorgen machte. Ausgerechnet.

Die halbherzigen Beruhigungsversuche der Bühnenarbeiter drangen in ihre Gedanken. »Der kommt schon noch, Maja. Mach dich locker. Du weißt doch, wie er ist. Und wenn nicht? Dann hat er ganz schön Scheiße an den Hacken. Und wir früher frei.«

Sie sog ein weiteres Mal Luft ein, nahm Anlauf und polterte los. »Er kifft nicht auf dem Klo. Und er trinkt nicht vor seinem Garderobenspiegel. Vor einer Stunde war er bei den Näherinnen im Kostüm. Danach beim Schminken. Zeitpunkt des Verschwindens: die vergangene Viertelstunde. Hat ihn in dieser Zeit denn wirklich niemand gesehen? Koordinaten des Aufenthaltsortes zu mir. Bitte …«

Es half nichts. Die Bühnengehilfen zuckten mit Mundwinkeln und Schultern oder zogen an heimlichen Zigaretten. Rauchen im Bühnenraum war so sehr verboten, wie nur irgendetwas verboten sein konnte, aber das war plötzliche Unauffindbarkeit vor Vorstellungsbeginn mit Sicherheit auch. Dennoch fand beides statt, nachweislich und ungeahndet. Das eng geschnürte Kleid nahm ihr den kurzen Atem. Sie zog wieder zischend nach Luft. Ein paar Mal rasch nacheinander. In ihr Schnaufen hinein ertönte plötzlich aus dem Dunkel hinter der Rückwand des Bühnenbildes eine schnarrende Stimme. *Die* schnarrende Stimme. Kräftig geräuchert von etlichen Hektar Tabak. Stimmbänder, die viele Jahrzehnte traurig in einem Schlund abgehangen hatten, in den raue Mengen an Hochprozentigem geflossen sein mussten. Die Stimme gehörte zum Theater-Gandalf. Der Graue. Die Eminenz. Der Herr der Dinge. Zumindest, wenn die Dinge mit Licht zu tun hatten. Der dienstälteste Lichtmeister knurrte nur:

»Hamlet? Der fickt die Maske.«

2

Wiederholungstäter. Edu hatte wieder einmal zugeschlagen. Bei der erstaunlich schnell Flachgelegten musste es sich um die junge Praktikantin aus der Abteilung Kostüm und Maskenbild handeln. Die Neue erlebte demnach gerade nicht nur ihren ersten Tag am Theater, sondern auch ihr wahrscheinlich erstes Mal *im* Theater. Der große Eduard Zimmer hatte ihr eine Kulissenbesichtigung aus der Horizontalen ermöglicht und würde alsbald so unüberhörbar laut wie detailliert damit prahlen. Leider, und das war der Gähnfaktor an der Nummer, taugten seine Weibergeschichten schon lange nicht mehr als prickelnder Stoff für Getuschel nach Feierabend. Dazu ähnelten sie sich zu sehr. Und dafür gab es davon zu viele. Immer endeten sie abrupt, und nie war das Ende *happy*.

Diese Gesetzmäßigkeit degradierte ehrenwerte Mädchen und Frauen zu ständig wechselnden Trägerinnen hängender Schultern und ramponierter Herzen. Traurig, ja, aber nicht spektakulär genug, um sich darüber das Maul zu zerreißen.

Sein unverschämtes Sich-in-Luft-Auflösen allerdings, das war durchaus ein offener Diskussionspunkt. Besprechung später, sofern er nach vollzogenem Akt jemals für den eigentlichen 1. Akt auftauchen würde. Maja trottete zur Bühnengasse. Sie überlegte kurz, ob es hilfreich wäre, Edu eine Abmeldepflicht im Falle von außerplanmäßigen Quickies aufzuerlegen, verwarf den Gedanken, nahm im Halbdunkel des seitlichen Abgangs eine aufrechte Haltung an und schritt dorthin, wo sie eigentlich um diese Uhrzeit zu sein hatte. In Position gebracht, wartete sie in diesem finsteren Teil der Bühne, dass Eduard Zimmer alias Hamlet auf der Bildfläche erscheinen würde. Auf dass sie endlich anfangen konnten zu spielen. Das ungeduldige Raunen im Publikum wurde bereits lauter. Maja tat so, als hörte sie es nicht.

Ihre Gedanken streunten durch den Raum. In Sachen Zuverlässigkeit war Edu das, was man mit größter Untertreibungskunst eine Katastrophe nennen konnte. Wenngleich, das gestand sich Maja einmal mehr ein, eine Katastrophe mit extrem geglücktem Körperbau. Durchatmen. Seufzen. Es war ein niederer Grund, ihn zu mögen, ein ganz niederer. Aber immerhin ein nach den Gesetzen menschlichen Balzverhaltens *gültiger* niederer Grund. Sie fand Edu zunächst einmal seiner Statur wegen spannend. Und natürlich wegen seiner überheblichen, übermaskulinen Ausstrahlung.

Maja erinnerte sich lächelnd. Die Anziehung hatte seinerzeit tatsächlich beim Ausziehen begonnen. Während der allerersten gemeinsamen Kostümprobe vor über drei Jahren waren Maja Edus offensichtliche Vorzüge ins Auge gefallen. Der ganze Kerl brachte es auf geschätzte 1,85 Meter. Weltheldlänge, Gardemaß. Wie auch immer er es anstellte, er hatte sich eine Figur bewahrt, als wäre sein Leben eine Fitness-Messe. Mit ordentlich Kraft im Leib, angemessener Behaarung und prankenähnlichen Händen, auf denen sie sich bedenkenlos hätte durchs Leben tragen lassen. Kurzum, ein Mann wie der Terminator. Nur mit mehr Sprechtext. Denn Edu hatte auch jenseits seiner eindrucksvollen Erscheinung manches zu sagen, was einer gewissen Schläue nicht entbehrte und ihn, ja, nur attraktiver machte. Maja hatte ihr Interesse an ihm verheimlicht. Er ahnte nichts. Jedenfalls soweit sie das zu beurteilen vermochte. Und sie sorgte mit größter Umsicht dafür, dass das bitte sehr auch so blieb.

Die Gründe lagen auf der Hand. Zum einen hatte sie höllische Angst davor, von Edu zurückgewiesen zu werden. Denn dann würde sie ihre einseitige Verknalltheit und den kleinen Funken Hoffnung auf ein glückliches Ende in den Armen des Umschwärmten für alle Zeiten beerdigen müssen. Zum anderen hatte sie höllische Angst davor, *nicht* zurückgewiesen zu werden. Denn dann müsste sie nach einer gefühlten Ewigkeit mal wieder voll einsteigen ins Liebes-Business. Sich ins Zeug legen. Zeigen, was in ihr steckte. Abliefern. Und zwar mehr als nur die fade Vorstellung einer unwichtigen Affäre. Sie müsste sich inszenieren. Als begehrenswerte Frau. Maja, die wollüstige, unbändige Göttin der Liebe, hungrig und geheimnisvoll. Und das alles, ohne dass sie je das Selbstbewusstsein besessen hätte, sich auch nur für die kleine Halbschwester von Toll zu halten. Also unmöglich.

Majas Freundinnen waren überdies auch keine großen Zimmer-Fans. Die hielten Edu für die schlechteste Wahl seit dem Urknall. Mit ihren eifrigen Einwänden übertönten sie Majas innere Stimme immer wieder. Und da noch nicht mal die opportunistischste unter ihnen Maja zuliebe einen Hauch von Begeisterung für Edu heuchelte, war klar: Alles in allem war der Typ ein vorhersehbarer Fehler.

Für die Hälfte aller paarungsbereiten Frauen aus Niedersachsen kam diese Warnung zu spät. Die hatten, im wahrsten Sinne des Wortes am eigenen Leib, Edu den charismatischen Hauptdarsteller und Edu den hoffnungslosen Hallodri kennengelernt. Zwei, die sich am Theater gern die Hand reichten. Und obwohl sie so nah dran war, hatte Maja noch immer nicht herausgefunden, was es zuerst gegeben hatte: das Geltungsbedürfnis auf der Bühne oder das im Bett.

Edu jedenfalls verbuchte nicht nur Frauen ohne Ende. Sondern auch Freiheiten. Er spielte am Stadttheater seit Jahren die erste Geige und das vermutlich für den Rest seines Bühnenlebens. Wenn er nur in Braunschweig blieb. Er war und wäre auf alle Zeit Star in jedem Stück, das einstudiert wurde. Wenn sich an den zwei dafür verantwortlichen Faktoren nichts änderte. Faktor 1: die Dramen. Faktor 2: die Damen. Zwei Frauen wählten die Stücke aus. Konsequenterweise nur solche, deren Hauptfigur von einem Schauspieler verkörpert werden musste, der Edus Profil entsprach. Hinzu kam, dass diese zwei Frauen nicht nur eine große Zuneigung zu Edu hegten – sie besaßen auch Einfluss. Das Braunschweiger Stadttheater wurde seit fast einem Jahrzehnt von ein und derselben Doppelspitze geleitet. Oberster Hausherr (ein Hoch auf die Gleichberechtigung!): eine Frau. Und als ob eine Intendantin nicht schon besonders genug gewesen wäre, gab es noch eine zweite weibliche Instanz, die die Stücke in Szene setzte und Regie führte. Eine kleine, recht runde Instanz, die mit größtem Vergnügen Motto-Shirts trug, am liebsten eines, das auf Brusthöhe den Aufdruck zeigte: »Doppel-D, du Arschloch!«

Diese Regisseurin und ihre Intendantin also, beide von schwesterlich speckigem Erscheinungsbild, flöteten im Chor daher, ihnen käme »in diesem Leben kein anderer Mann ins Haus. Nein, nein und nochmals nein!«

Nur dem vollen Verständnis halber: einen hirnrissigeren Freibrief für Faulheit, Allüren und überzogene Gagenforderungen konnte man jemandem wie Eduard Zimmer nicht ausstellen.

Immerhin machte er dennoch Anstalten, sich der ansehnlichen Summen, die Monat für Monat auf seinem Konto landeten, würdig zu erweisen. An den meisten Abenden spielte er die Hauptrollen energiegeladen, gefühlvoll, mitreißend. So, dass Frauen zwischen fünfundzwanzig und fünfundfünfzig verzückt schmachteten. Und so, dass am Ende lange und laut geklatscht wurde.

Die Bilder von Edus willenlosen Kulturgroupies waren kaum verblasst, da huschte das Praktikantinnenlamm, definitiv jenseits der Unschuld, an den wartenden Schauspielern vorbei. Und auch der verlorene Sohn erschien gottlob auf der Bildfläche. Amen. Endlich hob sich der Vorhang.

»Dreiunddreißig … vierunddreißig … fünfunddreißig … Tschüss, Leute.«

Maja murmelte leise vor sich hin. Bis 35 hatte sie gezählt. 35 geschätzte Sekunden, erst dann hatten Applaus und Gejohle der Zuschauer an Lautstärke nachgelassen. Jetzt hieß es, ruck, zuck von der Bühne verschwinden, bevor der vom freundlichen Publikum ausgelegte Klangteppich des Beifalls aufgerollt wurde. Wer nicht genau wusste, ob Bleiben oder Gehen angesagt war, schielte in die vorderste Bühnengasse. Dort beobachtete die Regieassistentin aus ihrem Versteck den Zuschauerraum und hörte besonders gut hin. So auch jetzt.

Die verlorenen Nerven hatte die Gehilfin wiedergefunden, das Rot-Weiß in ihrem Gesicht war einem wohltemperierten Rosé gewichen. Sie wedelte mit den Armen, das unmissverständliche Signal: Au revoir, bye-bye, auf Wiedersehen. Und Abgang. Maja und das Ensemble, in dessen Mitte Hamlet affektiert lachend zeigte, wofür sich Zähnebleichen lohnte, verneigten sich ein letztes Mal an diesem Tag. Edu einen Ticken zu pompös und, solange seine Bandscheiben noch nicht vorgefallen waren, bodentief. Dann hüpften alle mit eifrigem Winken von der Bühne und in den Feierabend. Durchatmen hinter dem schweren Vorhang.

Maja entging natürlich nicht, wer sich da von hinten so zielstrebig an sie heranschob und ihr ziemlich kernig mit seiner mächtigen

Hand auf die Schultern klopfte. »Lief doch, Prinzessin. Besser als sonst. Kein Grund, hier so einen teaminternen Volksaufstand anzuzetteln.«

Maja hielt die Luft an und blähte die Backen. Sie spürte Ärger in sich aufsteigen. Als Nächstes würde sie einfach platzen und sich in eine Million Fetzen auflösen. Ihr Kopf brannte. Edu ließ sich nicht beirren. »Hättest du nicht so rumgepault vorhin, hätte keiner mitbekommen, dass Hamlet in seiner Fürsorglichkeit der unbeholfenen Neuen einen Backstage-Blick mit *F* gezeigt hat.«

Eduard warf ihr einen lasziv gemeinten Blick zu. Maja schüttelte sich. Das hatte er sich garantiert in der *Happy Weekend*-Rubrik »Junge Männer aus deiner Region warten auf dich« abgeguckt. Erotik für eins fuffzig. So sexy wie Erbseneintopf mit Wurst.

»Pass mal auf, du Pausenclown. Es geht hier nicht um mich und mein an dich vergeudetes Helfersyndrom. Du hast das Ensemble hängenlassen, Edu. Big time. Und das gesamte Bühnenteam. Für eine halbe Stunde dachten wir, die Vorstellung müsste ausfallen.«

Maja legte zu. An Geschwindigkeit und Dezibel. »Ist es denn, verdammt noch mal, zu viel verlangt, einfach rechtzeitig zu kommen?«

Edu formte ein selbstgefälliges Grinsegesicht. »Du glaubst gar nicht, *wie* rechtzeitig ich gekommen bin.«

Wow. Nicht nur arrogant, auch noch unoriginell und peinlich. Sex-Wortspiele mit »kommen« waren, das wusste jeder Primat außer Edu, ab zweistelligem Intelligenzquotienten verboten. Maja ballte die Faust. »Gra-tu-liere. Glückwunsch. Du hast es mal wieder geschafft. Wieder eine, die vor dir und deiner Jämmerlichkeit in die Knie geht. Sogar am ersten Tag. Aber nicht mehr lange, Kollege.«

Edu verschränkte augenrollend die Arme, verlagerte sich auf seine rechte Hüftseite und kippte den Kopf. Maja brodelte. Es war nur eine Frage von Sekunden, bis der Vulkan ausbrach.

»Anstand, Verantwortung, Moral sind das eine. Und mir gerade *scheiß*egal. Aber das andere …«

Sie verengte ihre Augen zu schmalen Schlitzen. Wenn sie es hinbekommen hätte, wären ihr in dieser Sekunde Giftzähne gewachsen und die Zunge hätte sich gespalten. Sie zischte: »Die helle Lichtung auf deinem Hinterkopf … Neihein, vergiss es, mein Freund, das ist mehr als ›täglich hundert Haare, die man verliert‹. Wenn ich mir das ansehe, Edu, kann ich nur sagen: Glück gehabt. Du hast ihren Allerwertesten schneller zu Gesicht bekommen, als sie …« – Maja badete in seinem verstörten Blick – »… als sie deinen Katzenarsch da oben.«

Bäm. K.o. in der ersten Runde. Maja hob Kinn und Brustkorb. Das war ihr ganz persönlicher, perfekter Adieu-Augenblick. 180-Grad-Drehung auf der rechten Ferse, und schon stapfte sie im allerschönsten zickigen Staccato von dannen. Im nächsten Leben dann vielleicht Feldmarschall. Oder Preisboxer, dachte sie und biss sich auf die Wangen, um ein triumphierendes Schmunzeln zu verbergen.

Edu würde an diesem Abend noch lange mit sich und zwei am Ende leeren Flaschen Rotwein vor dem großen Spiegel sitzen. In der einen Hand das Glas, in der anderen hinter sich einen Taschenspiegel. Er würde das Gesicht so weit wie möglich senken und den Kopf drehen. Mal nach links, mal nach rechts. So, dass er den besten Blick darauf bekam. Er würde ein wenig wimmern und quengeln und Wasser in den Augen wegreiben. Er würde seufzen. Wieder und wieder. Und dann zu einer Feststellung kommen. Nämlich dass sein Hauptdarstellerhaupt nie wieder so sein würde, wie es einst gewesen war: voll, bedeckt, jugendlich. Er würde den Handspiegel zur Seite legen und vorsichtig auf dem blanken kleinen Kreis am Hinterkopf herumtasten. Dabei würde er leise vor sich hin blubbern, immer wieder nur ein Wort: »Katzenarsch.«

3

»Arsch.« Maja wisperte kaum vernehmbar vor sich hin, während sie auf ihre Garderobe zusteuerte. »Ich bin der eigentliche Arsch.«

Die Freude über die gewonnene Schlacht hatte eine kurze Halbwertzeit. Keine fünf Minuten nachdem sie Edu ihre verbale Giftspritze gesetzt hatte, taten ihr die gemeinen Worte schon wahnsinnig leid. *Geliebter Radiergummi, wo bist du?*

Kein Radierer weit und breit, natürlich. Und das, wo sie heute einige hässliche Kritzeleien gesammelt hatte, die sie gern beseitigt hätte. So viele Dinge waren schief- oder ihr gegen den berühmten Strich gegangen. Nur die Theatervorstellung hatte eine Ausnahme gebildet, war ohne Pannen ausgekommen und landete in der Schublade »sensationell-super-toll-weiter-so«.

»Trotz der 35 Sekunden Applaus«, flüsterte Maja sich selbst zu, während sie sich aus ihrer umständlichen, lagenreichen Kleidung schälte. Und ergänzte: »Ganz sicher nicht *wegen*.« Sie streifte sich das Leibchen über den Kopf. Dann schüttelte sie sich Strähnen aus dem Gesicht und hoffte, so auch die Gedanken an die 35 loszuwerden. Die Zahl klebte schon den ganzen Tag hartnäckig an ihr wie Kaugummi unterm Schuh. Und dann auch noch ausgerechnet 35 (!) Sekunden Applaus. Normal war das nicht.

Maja gehörte zu den Menschen, die, wenn es darauf ankam, überall in der Welt Zeichen entdeckten, die sie oder ihr gerade aktuelles Dilemma betrafen. Heute war ihre Alarmlampe die 35. Sie hatte sich den ganzen Tag dagegen gewehrt. Jetzt lehnte sie sich in ihrem Stuhl zurück, streckte alle viere von sich und leistete keinen Widerstand mehr. Stattdessen besann sie sich bewusst auf diese eine merkwürdige Marotte. Ihren Tick. Die Qual mit dieser Zahl.

Seit Maja auch ohne Zuhilfenahme von Fingern zählen konnte, war ihr die 35 zuwider. Allerlei Glückszahlen benannten die Leute doch zuhauf. Sie kannte wenigstens ihre Pechzahl, die sie verabscheute wie Magen-Darm-Probleme beim ersten Date.

Auch wenn ihr diese 35 nie wirklich nachweisbares Unglück beschert hatte, machte sie einen großen Bogen um sie. So kündigte sie zum Beispiel den ersten Mietvertrag ihres Lebens am Tag des geplanten Einzugs. Kein Zureden half. Die traumhafte, frisch renovierte Altbauwohnung (Stuck, hohe Decken, Parkett) in der Leipziger Wächterstraße verlor Maja als erste Bewohnerin nach der Grundsanierung an eine gewöhnliche Zahl. Kein Argument konnte sie umstimmen, nicht die Nähe zur Schauspielschule oder der überraschend günstige Preis, nicht einmal die Androhung der Freundinnen, Maja zu entmündigen und sie mit einem Prinzessin-Lillifee-Motiv zwangstätowieren zu lassen. Die Beziehung zwischen ihr und ihrer wunderschönen Studentenbude endete, bevor sie eine Chance gehabt hatte, zu beginnen. Schuld war die erst spät entdeckte Hausnummer 35.

Maja schnaufte tief, löste vorsichtig die einzelnen Seidenblumen aus ihren leichten Locken und strich sich mit der Bürste kräftig durch die langen Haare. Knötchen auskämmen. Dabei blieb sie auch an den Knoten der zurückliegenden Stunden hängen. Die blöde 35 hatte nämlich schon frühmorgens den Anfang von etwas markiert, das sich, wie sie jetzt wusste, zu einem handfesten Radiergummitag auswachsen sollte.

Zurückspulen. Der Morgen des 27. April begann mit einem Schrecken. Panisch hatte Maja die Augen aufgeschlagen. Entsetzt wischte sie sich einen Spucketropfen aus dem Mundwinkel. Kurz, aber innig dankte sie dem lieben Gott, dass niemand neben ihr gelegen hatte, der das Schlafsabbern hätte sehen können. Dann wälzte sie sich zur Seite. Eher unelegant. Das, was der Wecker neben dem Bett zeigte, taugte als Alarmmeldung. Erstens: Sie hatte das Klingeln überhört und verschlafen. Jedenfalls hätte sie eigentlich schon um 10.00 Uhr zur Probe im Theater sein sollen, und dafür war sie reichlich spät dran. Und zweitens: Es war exakt fünf nach halb zehn. Oder anders gesagt, 9.35 Uhr. Der Müdigkeit zum Trotz gelang Maja ein herzhaftes:

»Och, Mist. Mist, Mist, Mist. Mist 1000.«

Jawoll. Eintausend. 1000 war im Gegensatz zur 35 eine feine Zahl. Alles, was größer gemacht werden musste, als es sich in Kürze beschreiben ließ, war »1000«. »Lässig 1000«, »selbstverständlich 1000« oder aber: »Mist 1000! Die 35!« Maja grummelte, während sich Hektik breitmachte. Natürlich musste sie bei aller Deutungsfreude zugeben, dass es sich bei diesem Start in den Tag um einen unschuldigen Zufall handelte. Schließlich wurde es täglich aufs Neue 9.35 Uhr. Da konnte es schon passieren, dass sie einmal in ihrem Leben just zu dieser Minute das Land der Träume hinter sich ließ. Sie versuchte sich daher herunterzufahren.

Leider hielt die künstlich beruhigte Stimmung nicht lange. Den ersten blauen Fleck bekam die herbeiargumentierte Zufallsthese durch einen Song im Küchenradio. Da bettete eine Frau mit rauchiger Stimme eine wohlig-weiche Weise in die Atmosphäre. Beides ziemlich cool, Lied und Weib. Ein verruchtes Luder war das. Garantiert. Eine, die gestern noch bis 3.00 Uhr in einer Bar gesessen hatte. Nur um dem Australier mit dem Rucksack eine warme Mahlzeit und ein Bett mit »Schlafstörungen« zu versprechen. Maja zermatschte den Bissen in ihrem Mund und drehte lauter. Das war doch diese Französin. Schauspielerin? Nein, Fotomodell. Genau. Die sich mit kübelweise Schampus den Präsidenten schöngesoffen hatte. Maja freute sich. Bis zur Abmoderation: »Die Zeilen stammen von der berühmten Dichterin Dorothy Parker. Hier dahingehaucht von Carla Bruni, die …« – richtig, Carla Bruni – »… ›Ballade at thirty-five‹.«

Mit Toastbrocken im Hals ließ es sich nur mittelgut fluchen. Maja versuchte es dennoch:

»Dreckflied.« Dann legte sie eine Erstickungsszene hin, die Roland Emmerich hysterisches Quietschen und Händchenklatschen entlockt hätte. Doch zum Glück war die Zeit noch nicht reif für »Die Welt stirbt an Vollkorntoast«. Mit Tasche und Jacke über dem Arm spurtete sie schon kurz darauf die Treppe hinunter. Auf der Straße wurde es nicht besser. In der Braunschweiger Altstadt, die objektiv betrachtet so malerisch war, dass es ihr sommers wie winters mollig ums Herz wurde, schüttelte es sie erneut. Das Thermometer an der Sparkasse stand auf exakt 17,5 Grad Lufttemperatur. Siebzehn Komma fünf. 17,5 einmal verdoppeln hieß Majas Laune halbieren.

Und dann zu schlechter Letzt noch 35 Sekunden Applaus – und Edu. Edu und sein Rumgemache. Maja hatte Kerben in den Gedächtnisteil ihrer Hirnrinde geritzt: Es war die achte Schutzbefohlene des Theatergottes, der Edu seit Anfang des Jahres seinen kleinen Hamlet vorgestellt hatte. Eigentlich nichts, was Maja nervöses Augenzucken bereitet hätte. Wäre nicht die Nummer 8 nur verkleidet als: 3 plus 5.

Noch elender enden, als er angefangen hat, kann der Tag nicht, dachte Maja und rubbelte sich vor ihrem Spiegel die Schminke vom Gesicht. Zum Vorschein kam wie jeden Abend ihr Baustellengesicht. Epidermis Rot-Weiß. Kein Wunder. Die Kraft, mit der sie die feuchten Kosmetiktücher und Wattepads kreuz und quer über die empfindsame Haut zog, hätte jeden Teerlack von der Wand gefräst. Sie seufzte sich an. Das müde Spiegelbild ließ sie daran denken, dass sie nicht nur die Risse der Vergänglichkeit gern zugespachtelt hätte, sondern auch etwas gegen die knitterige Seele unternehmen sollte. Letzteres war wohl die schwierigere Aufgabe.

Sie legte das Gesicht in die Hände. Spürte, wie sich ihre Wangen in die Handflächen schmiegten. Der Kopf war heiß. Es klopfte im Schädel.

So viele offene Fragen machten Faltenwurf im Geist. Es fand sich einfach keinerlei Lebensklugheit in ihr, die höflich etwas Sinniges erwiderte. Immer noch nicht. Ein chronisches Leiden, neben akutem 35-Schmerz. Ach, dieses zähe Warten auf die Weisheit. Den Moment, in dem man plötzlich alles verstand. Musste sie dafür erst alt, grau und porös werden? Mit ruppigen Bewegungen schmierte sie sich Feuchtigkeitscreme ins Gesicht.

Die Klimaanlage ihrer Garderobe sprang an und blies Maja ein kühles Lüftchen entgegen. Sie seufzte zum gefühlt hundertsten Mal an diesem Tag. Dann packte sie ihre Habseligkeiten, verließ das Schauspielhaus und machte sich auf den Weg nach Hause. Während sie durch die Straßen Braunschweigs schlenderte, ließ sie ihre Gedanken durch die Dunkelheit fliegen. Sie hatte zwar keine genaue Vorstellung von dem, was sie sein wollte, und dem, was sie bereits war. Aber sie hatte neben dem mulmigen Gefühl des Tages eine sehr präzise Vorstellung von dem, was sie bald schon *nicht* mehr sein würde. Nämlich vierunddreißig.

4

Heimatgefühl. Um kurz vor halb zwölf schloss Maja die Tür zu ihren zwei Zimmern plus Küche plus Bad minus Wanne plus Dusche auf. Gertrudenstraße 7. Zuhause. Die Wohnung war dermaßen beispielhaft für Wohnungen ihrer Art, dass die bundesdeutsche Immobilienbranche hier das Seminar »Klassischer Altbau ohne Fehl und Tadel« abgehalten haben musste. Eng und hoch waren: Flur, Küche und Bad. Weit und hoch waren: Wohnzimmer und Schlafzimmer. Viel Weiß insgesamt. Mädchenmäßig weiß. Die Wände, die Möbel, die Vorhänge, der runde Teppich auf dem Holzfußboden. Farbe in diese Welt aus Weiß brachte Majas Sammelsurium. Ihre Kleinigkeiten waren bunt. Und überall verstreut. Eine sehr lebendige, üppige Dekoration, so hätten das freundliche Menschen genannt. Leute, die etwas von Inneneinrichtung verstanden, hätten Majas Butze dagegen längst wegen Überfüllung geschlossen. Trennen (vom Müll mal abgesehen) war keine ihrer Lieblingsbeschäftigungen. Und so hortete sie Krimskrams.

Zu ihren »Schätzen« zählte eine gläserne Wasserpfeife in Blau mit Goldverzierung. Ein potthässliches Teil, das aus einem Tauchurlaub am Roten Meer stammte. Der Verkäufer war aber auch hartnäckig gewesen. Aus Angst vor sämtlichen arabischen Verwünschungen der vergangenen Jahrhunderte hatte sie ihm schnell das Geld in die Hand gedrückt und den Laden fluchtartig verlassen. Nicht ohne den Wasserpfeifen-Schrott. Der stand jetzt neben spanischem Schachbrett-Schrott. Immerhin handgeschnitztem aus Menorca, Ergebnis einer Kurzschlussreaktion im Duty-free-Shop am Flughafen. So ein Spiel im Regal würde schick und stylish aussehen, hatte sie sich damals gedacht. Und dabei vergessen, dass sie weder Platz im Regal noch den Hauch einer Begeisterung für Schach hatte. Dass sie dagegen eine Begeisterung für ihre Freunde und das Feiern mit ihnen hegte, ließ sich an der Wand ablesen. Da hingen unscharfe Party-Polaroids neben- und übereinander. Außerdem Konzerttickets von Bands, die es längst nicht mehr gab, und Liebesbotschaften von Liebesbotschaftern, die es auch längst nicht mehr gab. Schwarzer La-Gomera-Sand stand in Joghurtgläsern auf dem Sims, und Magnete in Form von Wildkatzen und Menschenaffen hafteten an der Kühlschranktür. Lauter Dinge, deren Anziehungskraft auf geübtere Touristen so groß war wie des Teufels Sehnsucht nach Weihwasser. Bei Maja lag dieses Zeug im Koffer obenauf, wenn sie ihn direkt nach der Ankunft zu Hause ausräumte.

Keller oder Kisten gehörten nicht zu ihrer Ausstattung. Nichts war verräumt oder weggeschlossen, alles lag offen herum. Jede Erinnerung an Menschen oder Ereignisse oder Ferien oder Schnipselmomente ihres Daseins schien als Kleinstobjekt an einem gut sichtbaren Platz in der Wohnung abgelegt oder aufgehängt worden zu sein. Damit sie bloß nicht zu viel Platz im Kopf wegnahmen, die Menschen, die Ereignisse oder die Ferien. Oder weil sie besonders viel Platz im Herzen hatten.

Im Sommer vor vier Jahren hatte sie diese Ausstellungsfläche für ihr zurückgelegtes Leben bezogen. Seit fast vier Spielzeiten zahlte ihr das Braunschweiger Stadttheater die Miete, so manches Paar Blasen treibender Modeschuhe und für Sonntagabends eine Flasche ALDI-Champagner. Wenn die Freundinnen Zeit hatten, machten sie gemeinsam bei Fernsehen, Backofen-Pommes und übler Nachrede die Flasche leer. Wenn nicht, schaffte sie das auch allein.

Allein war sie auch jetzt. Kurz vor Mitternacht. Und das hatte sie sich genau so gewünscht. Als erstes und einziges Geschenk sozusagen. Ihr Zuhause, eine extrem geschlossene Gesellschaft. Und sie der einzige Gast.

Es war gar nicht so leicht gewesen, damit durchzukommen. Ihre Bitte hatte sie erst vor einigen Tagen im Freundinnenkreis formuliert. Und damit fast tumultartige Szenen ausgelöst. Zumindest hatten alle skeptisch, teilweise empört auf ihre Rundmail reagiert. Was ja auch irgendwie verständlich war. Auf den Barrikaden stand und kurz darauf am Telefon hing als Erstes ihre Freundin Greta.

»Mensch, Maja. Statt im Selbstmitleid zu ertrinken, wirf dich lieber in den Teich im Bürgerpark. Das hat wenigstens Stil. Und ist bei dir um die Ecke.«

»Vielleicht ist alles cool. Vielleicht bin *ich* cool. Vielleicht aber auch nicht. Und ich will nicht diejenige sein, die um zehn nach zwölf den Stecker zieht und das Putzlicht anmacht. Nur wegen meinem gestörten Geist. Und meiner Kopfkirmes. Und meiner Knitterseele. Verstehst du?«

»Nein. Warum darf ich nicht anrufen? Entknittern. Liebe Sachen sagen. Süßholz raspeln. Wenigstens ein paar höfliche Floskeln. Herzlichen Glückwunsch, alles Gute, toi, toi, toi. Und so.«

»Möchte ich nicht.«

»Gehört sich aber. Dir mit übertrieben großer Geste in dieser sicher schwärzesten Stunde deines verwelkenden Lebens die Hand zu reichen und zu sagen: Raus aus dem Loch, du Planschkuh, aber dalli, dalli! Das ist meine Aufgabe. Ich nehme den Job als Freundin ernst. Zumindest für dich und deine dämliche, verdorrte, offenbar nur noch kurze und sehr spaßlose Existenz. Wenn's sein muss, eben auch durchs Telefon.«

»Um mich daran zu erinnern, dass ich dann duweißtschonwas bin?!«

»35.«

»Und leider nicht schnell genug 36.«

»35.«

»Schnauze!«

»Du spinnst.«

»Ich weiß.«

Greta hatte es bis zum Schluss nicht verstanden. Aber immerhin nörgelnd akzeptiert. Die anderen Frauen ihres Vertrauens auch. Die Bedingungen: keine Anrufe von Seelenverwandten (Freundinnen), keine unangekündigten Besuche von Blutsverwandten (ihrer Mutter). Auch keine Überraschungspartys oder andere Pietätlosigkeiten. Dafür musste Maja eine Auflage erfüllen. Nämlich: nachfeiern. Durch die Bars ziehen mit den Mädchen. Zu viele Cocktails trinken, zu viele Geheimnisse preisgeben, hoffentlich ohne verknacksten Knöchel nach Hause staksen und am nächsten Tag zur Entspannung Wäsche waschen. Und bereuen. Am kommenden Samstag nach der Vorstellung sollte es losgehen. Greta würde dafür extra aus Köln anreisen. Noch vier Tage Schonfrist.

Majas Schonfrist für diesen Tag, den letzten als 34-Jährige, lief bereits unaufhaltsam ab. Was könnte sie mit sich anfangen? Wenn Frauen im Film allein waren mit ihrem düsteren Gemüt, es sich aber mal so richtig gut gehen lassen wollten, dann ließen sie sich heißes Badewasser ein. Kerzen an. Klassische Musik an. Und dann glitten sie in das Gebirge aus Schaum und schlürften Champagner aus einem Kelch. Discounter-Schampus hatte sie. Einen Ibiza-Sampler aus dem Café del Mar, den wahrscheinlich jede Lebensform der Milchstraße besaß, auch irgendwo. Mit ihrem Bestand an pastellfarbenen Kerzen hätte sie ohnehin ganz Westeuropa beliefern können. Also? Gute Idee? Hm. Nun, das Rein war nicht das Problem. Das Raus machte ihr zu schaffen. Und das Abtrocknen und Eincremen. Es gibt Erbaulicheres als die Pflege von Kraterlandschaften am Oberschenkel am ersten Tag ihres 36. Lebensjahres. Sollte sie sich ausgerechnet jetzt mit der Halbwertzeit von straffem Bindegewebe auseinandersetzen? Die Antwort war klar. Nein!

»Ja?«

Das Handy hatte geklingelt. Gedankenversunken für einen Moment den Schutzschild sinken lassen, ihre Abwehr vernachlässigt, und schon war sie reflexartig drangegangen.

»Majaaa…«, singsangte es ihr entgegen.

»Wir hatten eine Abmachung.«

»Drauf geschissen. Freundin und Streikbrecher. Meine größten Talente. Herzlichen Glückwunsch, Methusalem. Ich liebe dich auch in diesem Jahr. Obwohl du jetzt 35 bist.« Und schon war das Gespräch durch eine Masche im Funknetz gefallen. Das kürzeste Geburtstagstelefonat in ihrer Geburtstagstelefonatsgeschichte. Oder es war pure Absicht.

Sie fühlte sich überrumpelt. Vom Glückwunsch. Und von einem minimalen Glücksgefühl, das sich in ihr regte. Sie schmunzelte und wollte es nicht einmal verhindern. Sie war zu perplex, um zu überlegen, was sie davon hielt, und drückte in ihrer Anrufliste auf die Nummer des letzten Anrufers. Es tutete nur einmal.

»Hier Luise, mittelhübsch, mittelneu, mehr als mittelschlau und noch nicht Mitte 30.«

»Luise …«

»Hahaaa. Ich wusste, dass es funktioniert. Ich wusste es.«

»Danke.«

»Und? Schlimm?«

»Keine Ahnung. Ich fühl mich noch nicht so. Eigentlich wie immer.«

»Siehste. Dann bleib halt ein Jahr lang 34, und die 36 wird groß gefeiert.«

»Wie ist es in Berlin?«

»Ach, wir suchen noch. Ich mit Begeisterung. Und er mit … Na ja, mit mir. Hauptsache, er überlegt es sich nicht noch anders. Oder … ich.«

»Ist das eine Option?«

»Nee. Doch. Also, erste gemeinsame Wohnung halt. Das ist 'ne große Sache. Commitment. Erwachsenen-Business. Und da bin ich nicht so gut drin wie im Streikbrechen. Lass uns nicht drüber sprechen.«

»Dann schlaf gut, Verräter.«

»Und du, steinaltes Mädchen.«

»Ich dich übrigens auch.«

»Weiß ich. Nacht.«

Maja lächelte. Die Abmachung war gebrochen, und ihr Gram war es auch. Und sie wusste endlich, was sie mit diesem jungen ersten Morgen ihres 36. Lebensjahres anfangen wollte. Nämlich ihn vorzeitig beenden. Zähne putzen und verschwenderisch viel von der sündhaft teuren Anti-Aging-Creme auf die Haut. So viel, dass die edle Spenderin, ihre Mutter, mit den Augen gekullert hätte. Dann rein in ihren Lieblings-Pyjama mit den kleinen, türkisfarbigen Blümchen darauf und trompetenförmigen Armen und Beinen. Der, den sie ausschließlich trug oder auch nur offen herumliegen ließ, wenn die Gegenwart eines Mannes sicher ausgeschlossen werden konnte.

Und noch einen Film einlegen. Kino zum Einschlafen, Hollywood für die Träume.

Der DVD-Spieler surrte die Disc in die rechte Position. Maja kuschelte sich in ihr geliebtes, weiches Bett, eine daunige Schlafoase in Cremeweiß, die sie sich von ihrer ersten guten (sogar vierstelligen!) Gage gegönnt hatte. Viel zu groß für ein nicht allzu lang geratenes Mädchen und daher genau richtig. 1,80 Meter breit, Querliegen möglich, ohne hinunterzufallen. Sie wurschtelte mit den Füßen die Bettdecke unter die Fersen und knüllte ein kleines Extrakissen unter ihren Kopf. Neben ihr lag, wie seit mehr als 30 Jahren die meiste Zeit, ein verblichener, abgewetzter Hase mit langen Schlappohren.

»Bereit, Fritz, wenn du es bist.«

Fritz gab sein stummes Einverständnis. *PLAY*. Der Vorspann begann. Gute Nacht, Fritz. Gute Nacht, Geburtstag. Hallo, *Terminator 2*.

Im Kalender stand der 28. April. Ein Mittwoch. Maja war seit eben 35 Jahre alt. Und keiner hatte das verhindern können. Noch nicht einmal Arnold Schwarzenegger.

5

»All«. Der nächste Morgen begann mit Sonnenstrahlen auf dem Parkett und diesem Gruß aus dem Universum: »All«.

Drei Buchstaben, eine SMS. Geistreich oder geistesgestört? Das war hier die Frage. Und natürlich, was sie jetzt mit diesem unbekannten Flugobjekt aus den unendlichen Weiten des Handy-Universums anstellen sollte. Abgeschickt worden war diese Nachricht morgens um 2.13 Uhr von jemandem, den sie nicht in ihrem Telefonbuch abgespeichert hatte. Bevor größere Beunruhigung darüber ausgelöst werden konnte, löste sich stattdessen das Rätsel. Und zwar zwei Tastenfunktionen später bei der nächsten Textmitteilung: *Allles Gute, Prinzessn.*

Sie atmete auf. Erleichtert. Drei »l«, ein »i« zu wenig. Edu nach einer Flasche Wein. Und vermutlich mal wieder mit neuem Telefon. Weil das alte in irgendeiner Wohnung liegen geblieben war, die er nicht mehr betreten wollte. Oder, noch wahrscheinlicher, nicht mehr betreten durfte. Oder aber es schwamm in der Braunschweiger Kanalisation. Alles schon dagewesen. *Du hast Gebrtstag und recht. Ih binein Katzenarsch. Entschldgdgng.*

Sie lachte. Und korrigierte sich: Zwei Flaschen. Minimum. Und unterzeichnet hatte er mit: *Rammlet.*

Haha, das war gut. Ein überhaupt nicht mehr müdes Lächeln setzte sich breit auf ihren Mund und ließ ihr Gesicht leuchten. So was. Den ersten Lacher des Tages hatte sie ausgerechnet dem Mann zu verdanken, den sie gestern das Fürchten gelehrt hatte. Dem das joviale Gelächter im Hals stecken geblieben war. Und der in denselben Menschen verknallt war wie sie. In sich. Aber irgendwie hatte sie die SMS nicht nur gefreut, sondern auch ein wenig gerührt. Weil Edu in der Traurigkeit des Trunkenboldes endlich ehrlich wirkte. Und süß. Und liebenswert. Diese Edition des entblätterten Eduard konnte Maja besonders gut leiden. Edu minus Macho. Plus ein bisschen mehr von einem guten Mann. Mit Ängsten, Sehnsüchten und Zweifeln, von denen er tagsüber nichts wissen wollte. Er sollte dringend mehr trinken, dachte sie. Vielleicht auch schon mittags. Dann könnte man richtig was mit ihm anfangen. Und zwar mit seinem Körper *und* seinem Kopf. Beinahe zärtliche Gedanken an den meist eher groben Kollegen umflatterten sie eine Weile. Und der feste Vorsatz, sich ordentlich zu entschuldigen.

Maja schwang sich aus den Federn. Im Theater musste sie heute ausnahmsweise nicht vor 16 Uhr antanzen. Sie hatte also ein wenig Zeit für sich. Das Piepsen der eintreffenden Textnachricht hatte noch mehr geweckt als nur eine schläfrige Maja-Seele. Auch ein

Gefühl wurde wach, das bisher geschlummert hatte, aber an einem Geburtstagsmorgen eigentlich das einzig richtige war. Sie fühlte sich, wie man sich gefälligst als Geburtstagskind zu fühlen hatte: neugierig und vorfreudig auf die Überraschungen dieses Tages. Gespannt darauf, wer an sie dachte. Und wer sie vergessen würde. Das Einzige, was sie nicht tun durfte, war, es selbst zu vergeigen. Durch Miesepeter-Gedanken wegen der 35. Dann würde das schon werden. Ein Tag in Zuckerwatte.

Auf Bittersüßes aus dem Theater während der Aufführung konnte sie sich jetzt schon verlassen. Das hatte Tradition. Schabernack, den sich die Kollegen vermutlich bereits seit Wochen ausdachten. Eigentlich gab es diese Sorte von Scherzen nur zur Dernière, der letzten Aufführung eines Stückes. Die Schauspieler überlegten sich Streiche füreinander, um diese finale Vorstellung für das Team besonders unterhaltsam zu machen. Aber am Stadttheater waren eben auch Geburtstagskinder nicht vor derlei Unfug sicher. Mit ungekannter Akribie und fast kriminellem Organisationstalent würden ihr heute Abend jede Menge Fallen gestellt werden. Requisiten, die urplötzlich unauffindbar waren wie sonst nur Hauptdarsteller. Dialoge, die von Majas Spielpartnern eigenwillig modifiziert wurden und ihr Improvisationstalent forderten. Oder aber es erwartete sie etwas Teuflisches wie gelöste Häkchen und aufgetrennte Nähte im Kostüm. Damit hatte sie sich im vergangenen Jahr herumschlagen dürfen. Ihr Kleid war in Einzelteile zerfallen, sodass sie den kompletten 2. Akt einhändig hatte spielen müssen, während sie mit der linken Hand zum hörbaren Vergnügen der Bühnenkollegen die Korsage zusammenhielt. Sonst hätte sie vor den Augen der niedersächsischen Kulturelite als lebender Beweis dagestanden, dass Comic-Unterwäsche tatsächlich getragen wurde. Wenn auch nur vereinzelt. Von einer Maja hier und da.

Der South-Park-Schlüpfer mit passendem BH blieb daher heute im Schrank. Reine Vorsichtsmaßnahme. Stattdessen griff sie zu einem recht ansehnlichen Ensemble, das sie, wie alle anderen ansehnlichen Ensembles in ihrem Repertoire, von ihrer Mutter geschenkt bekommen hatte. Die machte sich chronisch Sorgen um Majas Bereitschaft zum Geschlechtsverkehr beziehungsweise dessen Häufigkeit und glaubte, mit unbezahlbaren Dessous einen entscheidenden Schritt in die richtige Richtung fördern zu können. Das passte Maja natürlich nicht. Wer will sich von seiner Erzeugerin schon vorschreiben lassen, was vor der erfolgreichen Kopulation angezogen wird. Aber sie musste zugeben, dass Mama Pauly für Modisches ein Händchen hatte. Auch wenn ebenjene Frau Pauly seit Jahren unbeirrt C-Körbchen-BHs kaufte, so als hoffte sie auf eine Prophezeiung, die sich irgendwann selbst erfüllte. Damit ignorierte sie eisern, dass Maja einen eher handlichen, aber ansonsten tadellosen B-Busen vor sich her trug. Mit Spielraum nach oben, wenn es sich um Push-ups handelte.

Maja entstieg der Dusche mit Orangenduft auf der Haut. Beim Abtrocknen spielte sie, vor sich hin summend, »Geburt der Venus«. Die nackte Frau mit Wallemähne, die auf Botticellis berühmtem Bild so nymphenhaft in der Muschel stand. Sie blickte in den Spiegel. Bei bundesdurchschnittlichem Haarwuchs von einem bis zwei Zentimetern pro Monat würde sie in knapp zehn Wochen schon mit ihren Haarspitzen die Brustwarzen bedecken können. Und in fünf Jahren auch das primäre Geschlechtsmerkmal. Mal sehen, wie es mit ihrer Geduld in Sachen Haupthaarzucht bestellt sein würde. Ihre Geduld in Sachen Haarwuchs an anderen Stellen war recht endlich, und so hatte sie diesen gerade mit Klinge und Schaum erfolgreich unterbunden. Sie strich sich über die glatten, weichen Beine. Dann verpasste sie ihrem Körper zur Feier des Geburtstages eine üppige Packung Bodylotion, roch zufrieden an ihrer Haut und freute sich, wie schon hundert Mal in ihrem Leben zuvor, eine Frau zu sein. Die Östrogen-Dynastie, sie lebe hoch! Hoch! Hoch! Prost!

Maja kippte sich Mentholwasser in den Mund und gurgelte. Antibakteriell, Anti-Verfärbung, Anti-Zahnstein und Anti-Geruch. Vielleicht war es eine brauchbare Idee, davon eine Portion in ein kleines Fläschchen abzufüllen und mit zur Arbeit zu nehmen. Prophylaktischer Egoismus. Denn Edus Mundflora war nach dieser Nacht dank Rotwein-Infusion sicher keine Blumenwiese.

Sie sah sich im Spiegel an.

»Fünfund…dreißig also. In Ordnung. Wir schaffen das schon, wir zwei. Nur ein Jahr. Und heute ist schon der erste Tag vom Rest.«

Sie rückte prüfend noch ein wenig näher an sich heran. Eigentlich ganz gut konserviert, bemerkte sie für sich. Und musste dabei an einen schrägen Tipp denken, den sie unlängst von ihrer Lieblingsschauspielkollegin und seit einer Weile auch Freundin Paule bekommen hatte. Paule war zur selben Zeit wie sie ans Braunschweiger Stadttheater gekommen und stand Abend für Abend mit ihr auf der Bühne. Allerdings immer nur in den kleinen Rollen der Stücke, für wenig Gage und mit noch weniger Aussicht auf Ruhm. Dafür hatte sie sich erstaunlich viel gute Laune bewahrt. Und diese Paule war im Aufstand gegen die Anzeichen von Alter oder ungesundem Lebenswandel eine enthusiastische Aktivistin, die sich unter anderem als Vorreiterin der von ihr entdeckten Schockfrost-Therapie sah.

»Lass sie aus. Lass sie einfach aus. Der Feind heißt Heizungsluft. Macht die Haut trocken. Je kälter der Winter, je eisiger der Raum, desto besser: Einfrieren als Jungbrunnen. Tiefkühlfisch hat keine Falten.«

Sprachs und grinste. Paules Begeisterungsfähigkeit war bewundernswert, vor allem darum, weil sie für sich und alle um sie herum reichte. Was irgendwie rührend war. Denn so machte die Kollegin Pauly sich immerhin nicht ständig Gedanken darüber, was der eigentliche Grund für die antarktischen Zustände in ihrem winzigen Appartement waren. Von wegen Frost für Frische. Nix Anti-Aging. Paule hatte einfach kein Geld. Dafür aber immer eine Idee, wie die eingesparten Heizkosten zum Wohl der Allgemeinheit beitragen könnten:

»Gehen die Fischstäbchen jetzt endlich in die Haifisch-Bar?«

Das hatten sie oft genug tatsächlich gemacht. Maja flitzten Schnappschussbilder aus Haifisch-Bar-Nächten durch den Kopf. Die Abende hatten in der Regel bei allem Spaß rein gar nichts mit »Anti-«, dafür umso mehr mit »Aging« zu tun. Und wenn schon.

Maja setzte ihre Analyse fort. Nabelschau in der eigenen Visage. Die feinen Linien um die Augen, die den befremdlichen Namen »Krähenfüße« trugen, stammten aus den lustigen Stunden ihres Lebens. Die fand sie in Ordnung. Außerdem traten die auch nur in den Momenten richtig in Erscheinung, für die sie gedacht waren: wenn herzhaft gelacht wurde. Die vertikale Zornesfalte zwischen den Augenbrauen wiederum war ein Erbstück von ihrem schweigsamen Papa. Und in ihrem Gesicht vorhanden, seit sie sich zum ersten Mal richtig über jemanden geärgert hatte. Damals war sie fünf. Und ihr Bruder Konstantin von einer merkwürdigen Faszination für Voodoo-Filme besessen. Und so hatte er im heimischen Waschbecken den abgerissenen Kopf ihrer Barbie in Brand gesetzt. Die Zornesfalte war geboren. Gekommen, um zu bleiben.

Drei Jahrzehnte nach dem Barbiepuppen-Massaker machte auch das Unterhautfettgewebe glücklicherweise noch keine Anstalten, sich dauerhaft zurückzuziehen. Sie zupfte an der Wangenhaut und an der unter ihrem Kinn. Da schlabberte noch nichts. Auch nicht, wenn sie den Kopf kräftig schüttelte. Noch nicht einmal ein winziges Nachbeben im Gesicht. Erkenntnisse, die zuversichtlich stimmten. Optisch war Maja irgendwo am Ende ihrer Zwanziger angelangt. Da war der Eitelkeit doch egal, was das Ausweisdokument sagte. Aber wo stand sie mit ihrem Kopf? War der auch erst Ende 20 oder doch schon in den 30ern? Und: War sie mit 35, wie man mit 35 zu sein hatte? Es fühlte sich nicht so an. Maja fühlte sich nicht so an. Weder wie Mitte 30 noch in sonst einer Mitte ihrer selbst. Wann zogen die Instanzen gleich? Außen und innen, das gefühlte Alter, die äußerliche Erscheinung, die tatsächlich gelebten Jahre und die Erwartung daran. Wann würde das eine das andere einholen und sowohl dem eigenen Empfinden als auch dem, was als »altersgerecht« galt, genügen? Das konnte ja nicht ewig so weitergehen. Denken, dass sie an guten Tagen deutlich jünger aussah, als sie eigentlich war. Dass sie sich nicht so alt vorkam, wie es der Personalausweis behauptete. Und hinnehmen, dass sie meilenweit davon entfernt war, die konservativen Stationen Ehe und Eigenheim zu erreichen, an denen Menschen in diesem Lebensjahrzehnt vorbeikommen sollten. Sie hatte wieder einmal den Eindruck, dass bei ihr die Parameter Alter, Aussehen, Reifegrad und Lebenssituation nicht zusammenpassten. Nicht den, nun ja, Maßstäben entsprachen. Welchen Maßstäben auch immer. Es ging eben nicht um die schnöden Indizien des Älterwerdens. Sondern um die Koordinaten auf dem Spielbrett, auf dem sie sich wiederfand. Ihrem Gefühl nach war sie immer deutlich langsamer als andere. Erreichte die Etappenziele stets mit einiger Verspätung. Manche ließ sie auch ganz aus. Sie war nie so erwachsen, wie sie früher gedacht hätte, dass sie es in einem bestimmten Alter wäre. Im Gegenteil, eigentlich war sie doch erst wenige Felder von »Los!« entfernt.

Konkret hieß das: Die Zahl, die in Klammern hinter ihrem Namen stand, ging nicht im Geringsten mit dem Bild einher, das sie von jemandem hatte, hinter dessen Name ebenfalls diese Zahl in Klammern stand. Sie war nicht wie andere 35-Jährige. Sie war 35, ja, aber sie war: anders.

Maja legte den Kajalstift zur Seite und griff zur Wimperntusche. Die Augen größer machen, den Blick öffnen. Das allererste Mal war ihr besagte Ungereimtheit am ersten Tag von Lebensabschnitt 4 bewusst geworden. Die Teilstrecken 1 (Herzlich willkommen!), 2 (Ich heirate meine Kindergärtnerin!) und 3 (Wie viel erträgt ein Oberstudienrat?) waren um. Abschnitt 4, der nach der Schulzeit, trug den vielbemühten Titel »Ernst des Lebens«. Ein Ernst, den man sich aber, das war einhelliger Vorsatz, auf möglichst vielen Studentenpartys extrem groovy gestalten wollte. Jenes vierte Kapitel eines jungen Erwachsenen begann mit dem Tag der Zeugnisvergabe. Damals hatte sie verstört ein Selbstgespräch geführt, so wie jetzt, vor einem Spiegel. Dem im Bad ihrer Eltern. Köln, Vorstadtsiedlung, Reihenhaus mit Handtuchgarten.

»Tach auch. Hier isse: die junge Frau, die gleich einen Zettel kriegt. Und damit quasi Hausverbot in der Schule.«

Schrecksekunde.

»Nächster Status: Studentin.«

Lächerlich. Entsetzen.

»In drei Monaten: eigene Bude, eigener Kühlschrank, und Mama hat keinen Schlüssel.« Panik. Ausgewachsene Panik. Und das, wo sie sich doch genau das sehnlichst gewünscht hatte. Endlich älter werden, der Gymnasiums-Aula den Mittelfinger zeigen, dem goldenen Käfig des heimischen Nests entfliehen. Raus aus den Klauen der Erzeuger, raus aus den staubigen vier Wänden des Elternhauses, in dem sie zu ersticken drohte.

In den Tagen vor der Abiturfeier allerdings war nichts mehr von der Sehnsucht nach dem Horizont zu spüren gewesen. Vielmehr wollte sie am liebsten wieder zurück ins Ei. Und zwar schnell. Bevor der Flaum trocken war. Sie war einfach noch nicht so weit.

Alle umschwärmten Schulabgänger der früheren Jahrgänge hatten bei ihrem Abschluss so viel fertiger gewirkt als sie. So viel cleverer. Hatten sich wissender gebärdet. Und reif. Sie hingegen war völlig unreif. Und sah ihrer eigenen Meinung nach auch so aus. Maja war doch noch ganz grün. Hinter den Ohren und zurzeit auch im Gesicht. Kein Apfel, der nicht weit vom Stamm fiel. Sondern einer, der noch gar nicht fallen wollte. Die anderen, ja, die waren genau so, wie sie sich 19-Jährige oder 20-Jährige immer vorgestellt hatte: mutig, hungrig, selbstbewusst. Voller Visionen und Ideen, was aus ihnen mal werden sollte. Die konnte man beruhigt auf die Menschheit loslassen. Aber doch nicht sie, das unerfahrene, junge Ding, das gerade so furchtbar dringend auf den Arm wollte. Nein. Sie würde das Nest niemals verlassen können. Was sollte das werden, betreutes Welterkunden am Rockzipfel des Herrn Papa? Wohl kaum.

Anders als in der ersten Nervosität zum Ende des Lebensabschnitts Schule befürchtet, fand sich alles mit der Zeit. Natürlich. Und vor allem fand Maja sich zurecht. Sie zog von zu Hause aus, sogar in eine andere Stadt. Sie studierte, machte ihre Erfahrungen – auch jede Menge unsinnige –, und ehe sie sichs versah, war sie keine 20 mehr. Sondern 30. Und doch hinkte sie immer noch dem eigenen Leben hinterher. Immer hintendran. Mit der Entwicklung in Verzug. Dauernd. Auch jetzt.

Die große 35 stand seit einigen Stunden im Raum. Und Maja etwas ratlos daneben. Mit 35 hatte man einen Mann, ein Haus, ein Baby oder zwei. Und im Laufe der Jahre oder mit Hilfe des *Brigitte*-Abos sich selbst gefunden. Man hatte Geld, einen Filmpreis oder eine Weltreise im Kalender stehen. Man hatte, wenn gar nichts mehr half, Depressionen oder wenigstens eine amtliche Krise. Sie hatte von alldem: nichts. Wobei, bei der Krise, da war sie sich mittlerweile nicht mehr so sicher. Das war aber kein gutes Thema für den heutigen Anlass. Daher machte sie mit den dunklen Gedanken einen Gesprächstermin für frühestens übermorgen. Heute hatte sie nämlich, bei allem Für und Wider, vor allem eines: Geburtstag.

Maja präparierte sich in aller Gemütsruhe. Erst frühstücken, dann einen Spaziergang durch die Altstadt. Das war der Plan. Über die feine Unterwäsche hatte sie ein enges grünes T-Shirt und ihre liebste Boyfriend-Jeans in verwaschenem Hellblau angezogen. Dazu die orangefarbenen Flip-Flops. Fertig. Sie spielte mit den Zehen und lächelte ihre Latschen an. Die waren schon seit vier Wochen im Einsatz. Und zwar bei Wind und Wetter. Da war sie konsequent. Keine Strümpfe mehr nach März. Und Strumpfhosen sowieso nie. Nein zu Nylon. In jeder Lebenslage. Das Gefühl von kleinmaschigem Plastik vom Schritt bis zur Ferse ließ sie erschaudern. Dann lieber ein wenig frieren. Sie legte Ohrringe an, schlug einen Schal um den Hals und griff sich ihre Ledertasche. Sie prüfte das Erscheinungsbild im Spiegel. Ihre mittelblonden Haare hatten helle Strähnen, die davonwuchsen und dringend nachgefärbt werden mussten. Der Bauch sträubte sich erfolgreich gegen Diät und Sport. Er dankte ihre Nachsicht mit guter Polsterung. Ihre unausgegorenen Gedanken des Vormittags hatten maximal mittleren Reifegrad erreicht. Und auch die Klamotten bestätigten den Eindruck – alles zweifelsfrei Ende 20. Erst Ende 20.

6

Milchkaffeemorgen. Koffein und Randgruppen-TV. So konnte getrost in den Tag gestartet werden. Maja setzte sich mit ihrem Becher an den kleinen Küchentisch und schaltete den tragbaren Fernseher ein, der so winzig war, dass man ihn auch zum Picknick hätte einpacken können. Sie zappte sich durch die Programme und gleichzeitig durch die Geburtstagsnachrichten in ihrem Telefon. Was sich als durch und durch vergnügliche Angelegenheit erwies. Tadelloser Freundes- und Bekanntenkreis, stellte sie zufrieden fest. Vieles war richtig originell, aber auch über die Standard-Happy-Birthdays wollte sie nicht meckern. Denn jeder, der zwischen 6.15 Uhr und 10.22 Uhr ein paar Worte formuliert hatte, hatte immerhin einmal an sie gedacht. Entweder mit einem schreienden Säugling auf der Hüfte und zwei Kindern am Unterschenkel (6.15 Uhr, ihre Cousine, Allzeit-Lieblingssatz: »Nein, ich vermisse nichts aus meinem früheren Leben!«) oder heimlich am Arbeitsplatz (10.07 Uhr, ihr Kumpel Niklas, Sicherheitschecker am Köln-Bonner Flughafen, Allzeit-Lieblingssatz: »Die Schuhe bitte auch.«). Sie hatte sich gerade zur vorletzten ungelesenen Nachricht vorgearbeitet, da erschien eine Anruferin mit Namen »Zsa Zsa« im Display. Drangehen oder taubstumm stellen? Maja schürzte die Lippen und zog Luft durch die Zähne. Taub sollte eigentlich reichen, denn stumm blieb sie ohnehin meistens, wenn sie mit der Frau sprach, die sie »Zsa Zsa« nannte. Zsa Zsas Art war es, Worte herauszuschießen wie der Sohn ihrer Cousine die Kinderkacke bei Dünnpfiff. Fragen stellte Zsa Zsa nur, um sie sich gackernd selbst zu beantworten. Und wenn sie wirklich einmal etwas von Maja wissen wollte, dann hatte es zuverlässig mit Babys, Sex und dem unvermeidlichen Altern zu tun. Zu alldem konnte Maja seit langem nichts Freudvolles verkünden. Also vermied sie Telefongespräche mit Zsa Zsa, wann immer sie sich irgendwie vermeiden ließen. Maja verhandelte mit sich selbst. Sie könnte es noch dreimal klingeln lassen, bis sich ihre Mailbox des Problems annahm. Aber damit war es nicht gelöst, sondern nur aufgeschoben. Hin- und hergerissen tickte sie hektisch mit ihrem Zeigefingernagel an die Kaffeetasse. Zsa Zsa würde nicht aufgeben. Sie würde es im Zweifel so oft versuchen, dass Maja mit einer einstweiligen Verfügung wegen Belästigung gute Aussichten hätte. Und genau das war der Punkt. Maja schlug mit der flachen Hand auf den Tisch. Sie kam nicht um ein Gespräch mit der Unvermeidbaren herum. »Hallo, Mutter!«

»Mein wundervolles Kind! Zu deinem Geburtstag wünscht dir deine alte, *aaalte* Mutter …« Zsa Zsa hielt die Luft an. Alles Routine. Die Sprechpause an dieser Stelle gehörte zum einstudierten Programm. Hier sollte widersprochen werden.

»Ach, Mama. Du bist doch noch so –«

»Haaach, mein feines Kind. Alles Gute, Liebchen. Aber die Jahre … Du weißt es ja jetzt selbst. Mit 35 ist man nicht mehr die Jüngste. Ticktack, ticktack. Hahaha …«

Da war es wieder. Dieses scheppernde, wiehernde Lachen. Sie hätte sich nach all den Jahren, die sie ihre Mutter kannte, längst damit abgefunden haben müssen. Hatte sie aber nicht. Sie sehnte sich so sehr nach der Milde des eigenen Alters. Aber leider musste sie noch ein wenig hoffen. Ihr Kopf war bereits rot, die Halsschlagader dick und schwer. Und Zsa Zsa war immer noch in Fahrt. Wer bremst, verliert. »Ab jetzt geht's abwärts, haha. Mein Gott, ich galt mit 35 als Spätgebärende. Die Leute haben mich beguckt, Kind. Glaubst du das?«

»Ja, Mama. Ich kenne die Gesch–«

»Und zu meinem zweiten zauberhaften Kind, *dir*, gab es damals auch eine verhunzte Figur dazu. Nun ja, so sind sie, die Kleinen. Zerstören Träume und Hüftumfang. Aber es lohnt sich. Du solltest es auch mal versuchen. Hahaha…«

Maja biss die Backenzähne aufeinander. »War da jetzt schon ein Glückwunsch dabei?«

»Ach, immer dieses Zickige. So kriegst du keinen mehr. Warum der Felix damals …«

»Franz, Mama.«

»Also, warum der Fritz …«

»Das ist mein Hase.«

»Bitte?«

»Egal. Weiter.«

»Also, warum der mit dir Schluss gemacht hat …«

»Ich! Habe diese Beziehung beendet, Mutter!«

»Aber warum, Kind? Das ist und bleibt mir schleierhaft. Der war so eine gute Partie …«

Maja kniff die Augen fest zusammen, bis sie Sternchen sah. Wollte Zsa Zsa sich das alles nicht behalten? Außerordentliche Ignoranz oder handelsüblicher Dickkopf? Oder waren das schon Ausläufer von Alzheimer? Ha. Das musste es sein. Ihre Mutter wurde dement. Aber mit 70 schon? Maja klappte die Augenlider fest nach unten und atmete ganz tief ein. Und aus. So. Besser. »Mama. Er hat mich betrogen. Ein Jahr lang. Klingelt's?«

»Doch, doch. Ja. Nein. Das war nicht schön …« Es ratterte in ihr. Immerhin.

»Aber er war so ein vorzeigbarer Junge.« Junge? Ein Knabe von mittlerweile Anfang 40.

Runterfahren, Maja. Konzentrier dich auf die wesentlichen Funktionen zur Lebenserhaltung. Einatmen.

Zsa Zsa nutzte die Pause. »Und was ist mit diesem Karl?«

»Tretmine, Mutter.«

»Ich will doch nur, dass du glücklich bist.«

Ausatmen. »Bin ich, Mama. 35 und überraschenderweise … ähm, ja, so eine Art von glücklich. Wenn Glück heißt …«

Es knackte in der Leitung.

»… kein Unglück zu haben.«

Zsa Zsa hatte den Hörer von einem Ohr zum anderen bewegt. Sie telefonierte seit etwa einem Jahrhundert mit einem Uralt-Telefon, das noch eine nicht mehr ganz intakte geringelte Schnur zum klobigen Korpus hatte. Die Störgeräusche in der Leitung waren eine Garantie dafür, dass sie Majas letzten Satz nicht gehört hatte. Es spielte ja auch keine Rolle. Zsa Zsa war ohnehin schon wieder auf der Überholspur der eigenen Gedanken. »Dein Geschenk. Willst du wissen, was es ist? Ich sag's dir. Haha. Gut, es ist eigentlich nichts Besonderes. Weil ich nie weiß, ob ich deinen Geschmack treffe. Und ich muss es auch noch zur Post bringen. Aber ich sag's dir, ja?«

Maja dachte: nein. Und sagte: »Unbedingt. Raus damit.«

Zsa Zsa quiekte ehrlich überrascht. »Wirklich? Nun. Es ist … ein Gutschein.«

»Toll.« Das passte gerade in die Pause am anderen Ende in der Leitung.

»Nicht einfallsreich. Ich weiß. Gönn dir was, Kind. Massage oder Make-up. Hol dir zehn Jahre zurück. Haha … Na, was sagst du?«

»Noch mal toll. Danke.«

»Mei-ne Tochter. Dann will ich dich auch nicht aufhalten, Liebchen …«

Zeit für Routine-Antwort Nummer zwei. Frau Friedlich und Frau Freundlich gingen Hand in Hand. Denn trotz Wut war Maja meist ein anständiges Mädchen. »Tust du nicht, Mutter …«

»Gutes Kind. Dann hab einen schönen Tag im Theater. Aber achte ein bisschen auf deine Ernährung. Du isst ja immer so spät, nicht? Jedes Häppchen auf der Hüfte. Haha. Ach, Papa winkt auch einen Gruß. Ich hab dich lieb.«

Der dritte und letzte Teil Pflichtschuldigkeit. Allerdings der schwerste. »Ich dich auch. Danke für deinen Anruf.«

»Dafür nicht. Dafür nicht.«

Stimmt. Dafür eigentlich nicht.

Sie musste ein bisschen suchen, aber es dauerte nicht sonderlich lange, dann hatte Maja ihre abhandengekommene Fassung zurückerlangt. Sie blieb brav bei ihrem Plan, es sich bloß nicht selbst zu verderben. Kein Grummeln und kein Genervtsein. Stattdessen Geburtstagslaune, bitte sehr. Deswegen beschloss sie, ihrer liebeshungrigen Seele die Aufmerksamkeit zu schenken, die sie selbst von ihrer Erzeugerin nur unzureichend bekam. Und das wiederum war keine schwere Übung. Als Schauspielerin kannte sich Maja bestens aus mit Aufmerksamkeits-Defizit-Syndromen. Das war ja beinahe so etwas wie eine Berufskrankheit. Bis auf wenige Ausnahmen buhlten die Künstler Seite an Seite mit ihren Artgenossen am Theater oder bei Film und Fernsehen zeit ihres Lebens um Anerkennung, um das Wahrgenommenwerden. Und zwar in großen Dosen. Wenn nicht genügend geschätzt und gelobhudelt wurde, musste Ersatzbefriedigung her. Die Methode war erprobt und so simpel wie heilsam: shoppen. Geld ausgeben, das sie eigentlich nicht wirklich übrig hatte, war auch eine Lieblingsbeschäftigung.

Und an die Diskussionen mit ihrem schlechten Gewissen und dem Bankberater über ausgereizte Dispokredite dachte sie jetzt einfach nicht. Portemonnaie, Schlüssel, Telefon. Ein prüfender Blick. Dann raus.

Vor ihrer Wohnungstür wäre sie beinahe über eine milchig weiße Scheibe gestolpert, die auf ihrer Fußmatte lag. Ein runder Gegenstand, in Folie eingeschweißt. Sie hob das Ding, das aussah wie eine Tiefkühlpizza, vor das Gesicht. Und fühlte: tatsächlich kalt. Eine mit Klebestreifen befestigte Karte baumelte daran. Die Handschrift war eckig, etwas altmodisch verschnörkelt und nicht ganz leicht zu lesen. Sie entzifferte die Buchstaben.

Bei 180 Grad 25 Minuten mittlere Schiene. Selbstgebackenen Apfelkuchen gibt es erst wieder in 15 Jahren. Wenn ich 100 bin und Du 50. Herzlichen Glückwunsch, geliebtes Kind! Deine Lina

Maja schossen sofort Tränen in die Augen. Wie süß. Und wie – verrückt. Lina, die Arme. Das musste eine halbe Ewigkeit gedauert haben, bis die alte Dame bei ihr im dritten Stock angekommen war. Mit Krückstock, Kuchen und zwei neuen Hüftgelenken. Lina Abendstern wohnte mit ihrer hutzeligen Mitbewohnerin im Hochparterre. Und Lina Abendstern war ihre Oma. Zumindest hatten beide in gegenseitigem Einvernehmen beschlossen, bürokratische Hürden zu überspringen und sich formlos zu adoptieren. Majas leibliche Großeltern wohnten alle vier schon im obersten aller Stockwerke und hatten dort hoffentlich jede Menge Spaß. Lina Abendstern war nun zwar auch in einem Alter, in dem man sich Gott manches Mal näher fühlte als der nächsten Straßenlampe, aber sie pflegte zu dem Thema immer nur einen Satz beizutragen: »Ich bin noch nicht fertig.«

Maja hingegen war fertig. Fix und fertig. Und immer noch sprachlos vor Rührung, als sie den Eiskuchen in ihrem Gefrierfach verstaute. Sie nahm sich fest vor, Lina vor dem Theater wenigstens noch einen kurzen Besuch abzustatten. Sie stieg das Treppenhaus hinab. Als sie an der dunkelbraunen Tür mit dem Messingschild »Abendstern / Schnebel« vorbeihuschte, warf sie einen saftigen Kussmund und ein leises »Bis später« in Linas Richtung und hüpfte beschwingt zu den Briefkästen. Eine lange Reihe glänzender Metallboxen, für jede Mieteinheit eine. Ihre war in der Mitte. Der Inhalt des Fachs plumpste ihr in die Hände. Oh, ein neuer Pizzaservice in der Stadt. Ist ja auch erst der siebenundneunzigste. Und der Asia-Express warb auch um ihre Gunst. Mit 10 % Bestellrabatt. Und mit Schnitzel-Pommes auf der Karte. Kopfschütteln. Das Schild »Bitte keine Werbung einwerfen« ließ eindeutig zu viel Interpretationsspielraum, dachte sie, als sie plötzlich in der hintersten Ecke auf eine Postkarte stieß. Obwohl diese Tradition schon einige Jahre alt war, freute sie sich jedes Mal so sehr, als hätte sie nicht damit gerechnet. Der Bruder-Brief. Konstantin schrieb ihr, seit sie nicht mehr zu Hause wohnte, zum Geburtstag einen kleinen Gruß. Per Hand und per Post. Das machte jede Verstümmelung von Lieblingspuppenköpfen wieder gut.

Meine Kleine! Zu Deinem Geburtstag wünschen wir Dir alles Gute. Und ich ganz besonders. Du bist die beste und schönste und klügste Schwester der Welt. Wenigstens das haben unsere Eltern fehlerfrei hinbekommen.

Es liebt Dich: Konstantin.
PS: Wann kommst Du uns besuchen? Die Kinder vermissen Dich.

Und neben die Briefmarke hatte er noch gequetscht:

PPS: Bea hat das Geschenk gekauft. Heuchle Freude, o.k.? ☺

Freude vorgaukeln? Nichts leichter als das, dachte sich Maja. Hier konnten die monatelangen Unterrichtsstunden im Method Acting sinnvoll angewendet werden. Sie spürte eine leichte Neugier auf das, was sich Bea in diesem Jahr für sie ausgedacht hatte. Immerhin: Es musste ein Päckchen sein. Und kein Gutschein oder etwas anderes Flaches. Das hätte durch den Schlitz gepasst. So musste der Paketdienst vorbeischauen.

Ein Schmunzeln breitete sich über ihren Mund aus. Sie schloss, immer noch beschwingt, den Briefkasten, betrachtete ihr leicht verzerrtes Ich in der Spiegelung des Türchens und dachte: »Lächeln, Maja. Macht schöner. Und glücklich.«

7

Theatergetöse. Härtetest für das Applaus-Barometer. Das Publikum stand im Saal. Zum frenetischen Schlussapplaus tänzelte die erste Garde der Schauspieler ausgelassen am Bühnenrand. Alle strahlten mehr und freuten sich noch ausgiebiger als sonst. Natürlich auch Paule in der zweiten Reihe. Verbeugung eins und Gekicher, Verbeugung zwei und Gejauchze. So viele lachende Gesichter ließen das Glück an diesem Abend in Serie gehen.

Bei den Scherzen hatten sich die Kollegen nicht lumpen lassen. Schräge Sachen waren dabei gewesen. In ihrer intimen Szene mit Edu zum Beispiel hatte sie erst kurz vor dem Kuss entdeckt, dass er eine verboten dicke Ladung pinken Lipgloss aufgetragen hatte. Gerade noch rechtzeitig lotste sie seine matschigen Lippen geschickt auf ihre Wange. Dieser Schlammpfütze war sie noch rechtzeitig ausgewichen, aber nur, um danach schon vor der nächsten zu stehen. Bei einem eiligen Umzug, also dem kompletten Kostümwechsel hinter der Bühne, bemerkte sie erst Sekunden vor dem neuerlichen Auftritt, dass die feinen Schühchen fehlten. Die Garderobiere spielte mausetot. Mit Unschuldsmiene schob ihr Paule ein paar rote Moonboots zu. Keine Zeit zum Seufzen oder Fluchen. Rein in die Dinger und weitermachen. Außerdem, so redete sie sich die Herausforderung schön, war ja bisweilen nicht nur einiges faul, sondern es war sicherlich auch kalt im Staate Dänemark. Zweimal wäre sie fast der Länge nach hingeschlagen, weil sie mit den monströsen Stiefeln auf ihr Kleid gestiegen war. Aber eben nur fast. Und so überstand sie auch diese Sequenz.

Die Beherrschung verlor sie erst danach. Ophelia war bereits dem Wahnsinn verfallen; sie sang wirres Zeug und band Blumensträuße aus kleinen Ästen und Hühnerknochen. Als der Moment kam und sie zu ihrer Requisite greifen wollte, lag da zwischen den Holzstöckchen und Silikon-Gebeinen ein stattlicher, fleischfarbener Vibrator. Sie band den Dildo zunächst ungerührt mit in ihren Strauß ein. Das Publikum in den vorderen Reihen, das genau sah, womit sie da hantierte, kicherte vergnügt. Und auch bei ihr gab es kein Halten mehr, als sie die »Blumen« brav nach Vorlage einzeln an ihre Mitspieler verteilte. Sie fing an zu prusten, dann zu wiehern und versemmelte natürlich den Text. Und es dauerte endlos lange zwei Minuten, bis der Lachanfall verging. Die gute Laune allerdings blieb. Selbst die anspruchsvollen Kulturkonsumenten im Publikum gackerten munter mit.

Als Maja nach der Vorstellung in ihre Garderobe ging, strahlte sie einmal quer über das ganze Gesicht. Neben ihrem Spiegel stand ein üppiger Strauß weißer Blumen, daneben eine Karte mit den Unterschriften der Schauspieler.

Nein – nicht alles war schlecht an einem 35. Geburtstag. Und nicht alles war schlecht an Ritualen, dachte sie sich, während sie sich des Kostüms und der Schminke entledigte. Rituale hatten Verlässlichkeit. Und Verlässlichkeit war wie ein Geländer für das Leben. Für ihr Leben jedenfalls. Sie hatte immer Gefallen an Ritualen gefunden. Wohl wissend, dass sie damit oft allein war. Besonders in der Grauzone zum Erwachsenwerden. Als Jugendliche war alles, was nach Gesetzmäßigkeit roch, verpönt. Ihre Freunde dichteten Hymnen auf das Anderssein und hörten ausschließlich Musik von Gruppen, deren Namen keiner kannte. Sobald die Masse auf den Geschmack gekommen war, wandten sie sich ab und schenkten ihre Liebe der nächsten Garagen-Band. Maja hingegen fand das So-wie-alle-Sein sehr komfortabel; sie kaufte die CDs, die in den Charts waren, und genoss alles, was mit Routine zu tun hatte. Kurzum: Sie mochte das Geländer. Und damit auch die Geburtstagsscherze. Ein durch und durch gutes Ritual. Genauso wie die Kantinenstunde am Ende des Abends, und genau da sollte es jetzt auch hingehen. Sie packte ihre kleine Tasche und die Blumen und machte sich auf den Weg. Nach der Arbeit trafen sich alle in der Theaterkantine. Runterkommen. Abkühlen. Bei Bedarf auch mit irgendetwas auf Eis. Pannen diskutieren oder besonders herausragende Leistungen würdigen. Ohne Preisvergabe, dafür aber wortreich.

Dazu gehörte auch die allabendliche Publikumsanalyse. Denn Beifall war nicht gleich Beifall, Stimmung nicht gleich Stimmung. Jeder Abend war anders, und das machte die Sache spannend. Die Kommode für das Gepräge der Zuschauer hatte im Wesentlichen drei Schubladen. Die anstrengendste Publikumskategorie war die der »Polizisten«. So bezeichneten sie Insider-Gäste, also Schauspieler, Regisseure und solche, die gern eines von beidem wären. Die Polizei suchte aufmerksam nach darstellerischen Vergehen, gewalttätigen Veränderungen am Text oder eigenwilligen Interpretationen eines einst klassischen Bühnenbildes. Vor dem Auge des Theatergesetzes gleichbedeutend mit Verbrechen gegen die Menschlichkeit. Die Bullen raunten oder quatschten gern zwischendurch. Sie klatschten gerade so lange, dass es nicht peinlich für sie selbst war. Aber überdies schwächelnd und betont gelangweilt. Den deutlich größeren Anteil am Gesamtpublikum machte allerdings eine zweite Gruppe aus: die »Ameisen«. Menschen, die Kulturstätten in einer Frequenz aufsuchten wie Naturvölker ihre Opferstellen. Die das Theater zur inneren Reinigung brauchten, als Power-Yoga der Schöngeister. Die, die den hübschen Aufkleber *Theater! ... muss sein* auf ihrem silbergrauen Volvo Kombi durch die Gegend fuhren und ihren Kindern verboten, verderbendes Fernsehen zu gucken. Oder noch konsequenter: gar keinen Fernseher besaßen.

Eine Untergruppe im Ameisenhaufen waren die Abonnenten. Die pilgerten scharenweise ins Haus, ob sie wollten oder nicht. Pflichtbewusst, gewohnheitsgemäß. Bezahlt ist schließlich bezahlt. Der Fairness halber und zur Ameisen-Ehrenrettung sei gesagt, dass diese Spezies genug Grips und Anstand besaß, stets ein höfliches Mindestmaß an applaudierender Würdigung zu spenden, auch wenn die Vorstellung selbst eher Mittelmaß gewesen war.

Zu guter Letzt gab es noch die »Touristen«. Die liebte jeder im Ensemble, denn diese Sorte Zuschauer zeigte sich immer gnädig und dankbar und gab sich auch mit energieloseren Leistungen zufrieden. Die »Touristen« waren oft wirklich welche und hatten die Eintrittskarten im Pauschalpaket eines Städtetrips mitgebucht. Kulturtouristen aus dem Reisebus also. Allein der innerliche Aufruhr vor einem so seltenen Theaterabend schien ihnen schon genug Befriedigung zu verschaffen. Mit glänzenden Augen verfolgten sie das flirrende Ambiente im Foyer und später im Saal. Alle Kleinigkeiten wollten sie sich merken, um zu Hause detailliert darüber berichten zu können. In diese Schublade gehörten darüber hinaus ganz normale Durchschnittsdeutsche, deren Kernkompetenz Gelassenheit war. Die – selten gewordene – Gattung Mensch, die mit sich und der Welt ganz und gar im Reinen war. Sie kamen nicht, um zu meckern. Nicht, um die zeternde Gattin drei Stunden lang ruhigzustellen. Nicht, um sich oder dem Chef ein Interesse an den schönen Künsten vorzugaukeln. Und auch nicht, um auf der Erledigungsliste den Punkt »Wir müssen mal wieder ins Theater« abzuhaken.

Die kamen nur, um sich zu freuen. Und heute war die Hütte voll von ihnen gewesen. Angenehm für alle Beteiligten.

Darüber würden sie sich gleich in der Kantine sicher noch auslassen. Maja schnappte sich ihre Tasche und machte sich auf den Weg zu den Kollegen. Die Kantinenstunde gehörte zum Pflichtprogramm. Es sei denn, jemand wurde um Mitternacht zufällig 35 und hatte ausgerechnet damit ein absurdes, nicht nachvollziehbares Problem. In so einem Fall durfte dieser Jemand unentschuldigt fehlen. Maja hatte gestern von dieser für sie eingeräumten Ausnahmeregel Gebrauch gemacht, heute gab es keinen Notausgang. Außerdem wollten die Kollegen auf sie trinken. Und das natürlich am liebsten mit ihr.

Sie saßen um einen langen Holztisch. Die Bardame, ein Urgestein des Braunschweiger Theaters und gleichzeitig einziger Familienanschluss so mancher Thekenleiche, hatte die hintere Ecke der Kantine besonders hübsch hergerichtet. Irgendetwas mit vielen Blüten in Weiß und Lila stand in Wassergläsern auf dem Tisch verteilt, dazu reichlich duftende Teelichte in Pastellfarben. Im Hintergrund sang leise Billie Holiday. Jede Menge Augenpaare blickten erwartungsvoll in ihre Richtung. Maja spürte einen leichten Druck, etwas Bedeutungsvolles von sich geben zu müssen. Sie erhob sich mit kurzem Räuspern: »Was soll ich sagen, Leute. Eine Ehre, eine von euch zu sein. Auf Augenhöhe. Und auf, ähm, Herzenshöhe.«

Die Kollegen pfiffen und bejuchzten ihre Worte. Doch bevor es noch schmalziger werden konnte, schickte Maja das Pathos in den Feierabend.

»Auf uns und Arnold Schwarzenegger. Und den Prolog zur 36. Danke schön!« Sie erhob ihr Glas Rotwein. Die erste Runde ging auf sie. Plingplings und wiederholte Herzliche Glückwünsche erklangen. Dann setzte vielstimmiges Geschnatter ein. Und Maja nahm zwischen Paule und dem Hauptdarsteller Platz. Edu blickte auf die Uhr.

»Wenn wir uns beeilen, schaffen wir es noch. 65 Minuten ab jetzt.«

»Ist Edu schon wieder beim Projekt ›Reichtum für alle‹?«

Paule zog eine Augenbraue in die Höhe. Nur eine. Nicht beide. Eine Fähigkeit, um die Maja sie innigst beneidete.

»Banküberfall. Beziehungsweise: Er will einen Geldtransporter abpassen.«

»Genau«, sagte Edu. »Der Clou heißt: Amnestie. Straffreiheit zwei Stunden nach der Aufführung. Egal, was wir anstellen, ein Gericht würde uns für unzurechnungsfähig erklären. Oder zumindest einen Zustand verminderter Schuldfähigkeit anerkennen. Das heißt maximal Bewährung. Ey, ich, Hamlet, hab grad den König und Ophelias Bruder kaltgemacht. Ich bin noch voll in meiner Rolle. Total drauf.«

Edu machte Zombie-Gesichter und deutete an, Paules Hals zu umgreifen.

»Das muss euch erst noch einmal ein Jurist bestätigen, ob das wirklich stimmt. Edu erzählt ja pausenlos davon, aber ich kann mir das ehrlich gesagt nicht vorstellen.«

Der Einwurf kam von der anderen Tischseite. Helene, eine attraktive Frau mit halblangen, dunklen Haaren, Pferdeschwanz und Sommersprossen. Sie machte ein etwas zu ernstes Gesicht zur gar nicht so ernsten Situation. Aber so war Helene nun mal. Eher skeptisch, immer vernünftig, Physiotherapeutin. Vier oder fünf Mal pro Spielzeit hatte sie mit den Schauspielern zu tun, wenn sie Kurse gab oder Einzelbehandlungen verordnete. Oder wenn sie neu erworbenes Wissen in kostenlosen Workshops testete, in denen ihr die Künstler dankbare Versuchskaninchen waren. Deswegen gehörte Helene zur Clique. Außerdem war es sicher gesund, sich nicht nur mit Selbstdarstellern zu umgeben, sondern in Helene eine Kontaktperson zum normalen Leben zu haben. Darin waren sich Edu, Paule und Maja erstaunlicherweise einig. Besonders Maja und Helene mochten sich gern. Die eine liebte an der anderen Beständigkeit, Normalität und Vernunft. Die andere an der einen Chaos und Wankelmut. Und beide an sich gegenseitig auch noch ein bisschen mehr als das, was eine Berufsfreundschaft ausmacht. Deswegen war Helene beim Umtrunk mit dabei und hatte ihre Bedenken vorgetragen.

Edu winkte enttäuscht ab. Auch wenn er seiner eigenen Definition nach noch »total drauf« sein mochte, so war er für heute jedenfalls zu müde für Überzeugungsarbeit. Dann eben ein anderes Mal. Die Geldtransporter-Route hatte er sich schon eingeprägt.

Mit Beendigung der Raubüberfall-Fantasien war die generelle Diskussion eröffnet. Eines der Lieblingsthemen dieser Runde: das liebe Geld beziehungsweise sein unerklärliches Verschwinden. Theaterschauspieler mussten, wenn sie nicht zufällig zu den Stars der Branche gehörten, ganz schön rechnen. Maja war mit den rund 2000 Euro brutto, die sie seit ihrem dritten Engagements-Jahr jeden Monat bekam, schon in einer der höheren Lohnklassen. Auch wenn die Festanstellung bedeutete, dass sie weder unerlaubt die Stadt verlassen noch Neben-Engagements antreten durfte. Der Vertrag war eine Fessel an Ort, Raum und Zeit. Aber eine, die auch auf positive Weise ruhigstellte. Es gab eben geregeltes Einkommen und damit Planungssicherheit. Geld im Urlaub, bei Krankheit, sogar bei Schwangerschaft. Maja durfte sich glücklich schätzen, denn eigentlich fanden kinderlose Schauspielerinnen jenseits der 30 kaum feste Anstellungen. Zu sehr fürchteten die Kassen-Terrier, dass eine frisch eingekaufte Darstellerin urplötzlich die werdende Mutterschaft verkündete und das Theater zwei Jahre für nichts würde zahlen müssen. Also lieber andere Willige ausbeuten. Und davon gab es ja nun weiß Gott genug.

Paule beispielsweise, das Mädchen für alles auf der Bühne, musste zusehen, dass sie von nicht einmal 1000 Euro im Monat ihr gesamtes Leben bezahlte. Kein Wunder, dass viele Schauspieler zu den Jobs beim Fernsehen schielten. Selbst wenn es der größte Müll war, den sie da spielen mussten. So groß konnte der intellektuelle Schatten gar nicht sein, dass man nicht darüber gesprungen wäre. Denn beim Fernsehen gab es für einen Drehtag so viel wie das, was Paule nach vier Wochen harter Arbeit in der Lohntüte hatte. Auf der anderen Seite der Argumente stand dieses: Theater war Kunst. Und diese Kunst war bettelarm. So gehörte sich das. Wer der Kunst die Stange hielt, dem blieben immerhin ein wenig Ruhm in Braunschweig und Umgebung, regelmäßige Streicheleinheiten für das betreuungsintensive Ego oder, im Falle Edus, überdurchschnittlich viel Geschlechtsverkehr. Alles akzeptable Gründe, um über viele Jahre hinweg an ein und demselben Ort zu verweilen.

Bei Maja waren es noch nicht ganz vier Jahre. Sie war noch nicht durch. Nicht mit dem Theater vor Ort und nicht mit der Stadt. Aber gegen halb zwei zumindest mit dem Abend. Unter allgemeinem Protest erhob sie sich zum Gehen.

»Noch nicht, Prinzessin«, säuselte Edu, deutlich angezählt. »Wir müssen an unserer Beziehung arbeiten.«

Maja pfiff alles in ihr zurück, was »Ja, ja, jaaaa!« rief, und erwiderte mit größtmöglicher Lässigkeit:

»Jep. Morgen um zehn. Bei der Probe. Pünktlichkeit wäre ein Traum.«

Und im Wegdrehen schob sie beiläufig hinterher:

»Da hinten sitzt die Neue. Wohin gehört die noch gleich? Ach, zu den Masken-Mädels. Das junge Ding muss dringend ins Bett. Hilfsbereite Helden vor.«

Edu grinste etwas schief, und die Kollegen feixten in seine Richtung. Dann zog Maja die matte Paule von der Bank. Sie hatte die vergangene halbe Stunde schon mit offenem Mund und zurückgekipptem Kopf vor sich hin geschnarcht und gehörte ebenfalls schleunigst in eine horizontale Position gebracht. Und zwar allein.

Maja zahlte die Rechnung der Freundin mit, dann schnappte sie sich die Blumen und trat hinaus in die Nacht.

»Paule? Paule! Komm. Ich bring dich nach Hause.«

»Faule Paule …«

»Sei ein guter Saufkumpan. Arm über meine Schulter. So. Genau.«

»Hause. Schmussnachhause.«

Paule stöhnte den ganzen Weg leise vor sich hin, folgte aber widerstandslos der Route und der Geschwindigkeit, die Maja vorgab. Nach zwanzig Minuten waren sie am Ziel. Maja nestelte den Schlüssel aus Paules Umhängetasche, brachte sie ins Bett und deckte sie zu. Noch einen Eimer neben die Matratze und einen Kuss auf die Stirn, dann spurtete sie wieder auf die Straße und trat den Heimweg an.

Kurz darauf erreichte sie ihr Zuhause. Ein Päckchen stand vor ihrer Wohnung. So groß wie ein Schuhkarton und in etwa so schwer. Maja beschloss, ihrer Nachbarin endlich mal etwas Schönes zu kaufen dafür, dass sie seit fast vier Jahren die private Post-Annahmestelle spielte. Und um sich noch eine Nacht lang vorzufreuen, beschloss Maja, es erst am Morgen auszupacken. Sie war ohnehin müde. Müde, aber auch erleichtert. Eigentlich war dieser fiese Geburtstag doch recht glimpflich verlaufen. Sie hatte alles recht tapfer hinter sich gebracht, und das würde sie auch mit den offiziellen Feierlichkeiten am kommenden Samstag schaffen. Sonntagnachmittag würde sie dann wie immer mit Lina und Frau Schnebel Skat kloppen und Apfelkuchen aus dem Eisfach essen. Kein Anlass für Trübsal also. Sie war schon kurz davor, beseelt wegzuschlummern, hatte sogar schon zweimal kurz gezuckt, da weckte sie eine Stimme aus der Vergangenheit. Einer Vergangenheit, die nicht einmal mit einer winzigen Setzkastenfigur im begehbaren Teil ihres Gedächtnisses vertreten war. Mit keinem Souvenir in ihrer Wohnung. Es gab nur diese altbekannte Stimme.

Bevor sie andere, wahrscheinlich bessere Möglichkeiten in Betracht ziehen konnte, hatte sie das Gespräch schon angenommen.

»Es ist halb drei, Karl.«

8

Albtraum. Der unerwartete Anrufer hatte ihr jeden süßen Traum versaut. Hatte stattdessen jede Menge schmerzvoller Erinnerungen wach werden lassen. Sie war erst am frühen Morgen eingeschlafen und den Faltengebirgen ihres Lakens zufolge ganz schön in Bewegung gewesen. »Schöner Schlafen« ging anders. Maja rieb sich Körnchen aus den Augen und kletterte aus dem Bett wie ein Löwe. Nicht so geschmeidig, aber mit vergleichbarer Mähne. Neben den tiefen Schatten unter den Augen war das Kopfchaos ein weiteres Indiz für die unruhige Nacht.

Sie trottete ins Bad und schob sich die Zahnbürste in den Mund. Das Gesicht, in das sie blickte, ließ sie einmal mehr über die Vorzüge von Gardinen am Spiegel nachdenken.

Karl. Besser bekannt als: Karl, der Große. Der seinen Beinamen dem am nächsten liegenden aller Umstände zuschreiben durfte. Auf der inhaltlichen Seite dagegen war Karl deutlich schlechter ausgestattet. Weswegen sie eigentlich ganz froh gewesen war, ihn bis gestern Nacht nicht mehr im aktiven Teil ihres Lebens zu haben.

Der Anruf echote nach. Karl generell und sein unvermitteltes Wiederauftauchen im Speziellen waren extrem diskussionswürdig. Daher würde sie diesen Tagesordnungspunkt mit Fachpersonal besprechen müssen. Und zwar am übernächsten Abend in der Freundinnenrunde.

Sie stellte sich ans Küchenfenster, öffnete es und rekelte sich mit weit über den Kopf gestreckten Armen. Die vorsintflutliche Maschine röchelte Tröpfchen für Tröpfchen in die Glaskanne. Das gluckernde Geräusch, der bitter-nussige Duft des überbrühten Pulvers und die Vorfreude auf die erste Koffein-Infusion des Tages hoben die durch die Nacht angetrübte Laune in den rosa Bereich. Maja ließ sich in ihren Küchenstuhl sinken und starrte versonnen auf den Kaffee. Tausende von Kaffee-Einheiten hatten das Glasgefäß unter dem Filter stark bräunlich verfärbt. Aber weil es sich bei der Maschine um ihr erstes vollelektronisches Küchengerät handelte und sie noch lief wie eine Eins, wollte sie sich nicht von ihr trennen. Die Zeit für eine neue würde schon kommen. Irgendwann, nur nicht jetzt.

Ihr Blick wanderte zu dem Paket von gestern. Bea, ihre Schwägerin, die jeden Trend zwischen Herd und Spüle als Erste kannte, schickte ihr mit preußischer Zuverlässigkeit zweimal im Jahr etwas aus dem endlosen, funkelnden Kosmos der Küchenutensilien. Zu Weihnachten gern aus den Rubriken Stollen-, Plätzchen- oder Braten-Requisite. Zum Geburtstag etwas aus allen anderen Themengebieten. Doch Bea war nicht nur Küchenfee, sondern auch Mustergattin. Eine Ehefrau, die der Schwägerin Päckchen packte und den Kleinen das Brot für den Kindergarten. Die Küsschen an der Haustür verteilte und Winkehände schwang. Die nicht meckerte, sondern funktionierte. Und das, ohne dabei eine blöde Zippe zu sein. Ihre Nichte und ihr Neffe waren sehr gut gelungen. Süß, schlau, höflich und nach aktuellem Stand schön weit davon entfernt, in absehbarer Zeit zu Arschlochkindern zu werden. Und dann Konstantin selbst, ihr liebster Bruder: ein cooler Typ und Top-Ernährer seiner kleinen Gang. Er hatte eine gute Position bei einer Kölner Versicherung inne, plus berechtigte Hoffnungen auf noch bessere Positionen, wenn er auch weiterhin keine Stifte klaute. Konstantin war das weiße Schaf. Er hatte einfach alles richtig gemacht, und auch dafür liebte sie ihn. Er hielt ihr, ohne dass ihm das bewusst sein mochte, mit seinem tadellosen Werdegang und seinem beschaulichen Leben weitgehend den Rücken frei. Wenigstens einer in der Familie hatte sich so entwickelt, wie Eltern das landläufig von ihrem Nachwuchs erwarteten. Alles in allem zwar recht spießig, aber zum Angeben bei den Nachbarn reichte es. Sein Soll war erfüllt. Majas Konto dagegen war von jeher im Minus. Das spürte sie, und gelegentlich bekam sie es auch von ihrer Mutter zu hören.

Als sie ihren Eltern mit 16 Jahren eröffnet hatte, dass sie Schauspielerin werden wollte, hatte Mutter Pauly das zu Majas großem Erstaunen zunächst noch unglaublich aufregend gefunden. Und ihr Vater hatte noch nicht einmal die Augenbrauen gehoben. Was ein gutes Zeichen war. Sie hatten es also beide akzeptiert. Wenn auch aus unterschiedlichen Gründen. Der eine aus Gleichmut, die andere aus Größenwahn. Zsa Zsa träumte seither von roten Teppichen, über die sie in unbezahlbarer Garderobe Arm in Arm mit ihrer Tochter würde schreiten können. Und wie gern säße sie bei der Preisverleihung ganz vorn, während ihre Maja auf der Bühne tränenerstickt der Mama, vielleicht sogar dem maulfaulen Vater, für all »die grenzenlose Liebe, die Unterstützung und den unbedingten Glauben an den Durchbruch« dankte. Und noch viel wichtiger: Sie könnte ihrer eingebildeten Nachbarin endlich beiläufig Zeitungsausschnitte präsentieren und überall im Haus Magazine herumliegen lassen, von deren Titel Maja herablächelte. Kurz, Zsa Zsa hatte sich ausgemalt, dass das Kind Ruhm und Ehre über der Sippe auskippen würde wie andere das Putzwasser in den Abfluss. Ein Füllhorn an Reichtum, Lob und Aufmerksamkeit.

Und auch Maja war dieser Traum ehrlicherweise nicht ganz fremd. Natürlich war auch sie damals voller Erwartungen zu den Schauspielschulen gereist. Mit Visionen im Gepäck, die denen ihrer Mutter gar nicht so unähnlich waren. Bis sie immer mehr Schauspieler kennenlernte und mitbekam, wie es sich wirklich mit diesem Beruf lebte. Selbst wer es zu einer gewissen Fernsehberühmtheit gebracht hatte, war noch längst nicht auf der wolkenlosen Seite des Lebens angekommen. Die Unsicherheit, ob man nach den aktuellen Dreharbeiten jemals wieder ein Engagement kriegte, blieb ständiger Begleiter. Die Geschichten aus dem Alltag stutzten Majas Vorstellungen auf ein realistisches Normalmaß zurück. Und das zu einem guten Zeitpunkt, nämlich noch bevor sie überhaupt angefangen hatte zu studieren. Maja hatte die berühmte Ochsentour hinter sich gebracht. 13 mehrstufige Vorsprechen in ganz Deutschland. Auch in die Schweiz und nach Österreich war sie gereist, um sich zu bewerben. In vier Finalrunden hatte sie sich vorgespielt, bis sie in Leipzig endlich angenommen wurde. Als eine von sechs Studenten. Sechs von 1200 Bewerbern. Da wusste sie längst, dass sie sich einen Beruf ausgesucht hatte, der gleichermaßen wundervoll und grausam sein konnte. Eine Arbeit, deren süße, goldene Früchte nur sehr wenigen vorbehalten waren. Nicht immer wurden das größte Talent und der löblichste Fleiß geehrt. Sie war sich dessen bewusst, aber es scherte sie kaum. Sie wollte spielen, und das sollte genügen. Nur ganz selten betrat sie die geheime Kammer in ihrem Kopf. Die, in der alte Sehnsüchte und neue Hirngespinste schlummerten. Gedanken, die davon handelten, vielleicht doch noch das ganz große Los zu ziehen. Die *eine* Rolle zu bekommen, das *eine* Theaterstück zu spielen, den *einen* Film zu drehen, der ihren Durchbruch im ganz großen Stil bedeutete. Der Maja berühmt und reich machen würde. Und endlich zur Erfüllerin von Erwartungen.

Sie wandte sich wieder dem Paket zu. Der neueste Coup aus Beas Kochstudio kam in zwei Teilen. Eine glatt und weich geschliffene Holzschale mit einem geschmeidigen Stab. Staffellauf zum Backofen? Hm. Maja strich über die samtigen Rundungen und bewunderte das mehrfarbige Olivenholz. Schlichte Optik, vielleicht Handarbeit. Das war bestimmt nicht billig gewesen. Dafür hatte Maja einen Blick. Sie grinste ein wenig, während sie beide Teile in den Händen wog.

»Kommt eben alles zurück. Auch in der Küchenmode. Irgendwann zerstückeln wir wieder mit Faustkeil und machen Wurfspeerjagd.«

So schön das Geschenk war, leider musste sie sich eingestehen, dass sie einmal mehr nicht sicher wusste, für welche Zwecke es geschaffen worden war. Sie seufzte und lächelte. Im Grunde hätte sie Bea Bocuse aus Köln-Rodenkirchen direkt nach der beeindruckenden Nudelmaschine im Jahr eins ihrer gemeinsamen Geschenke-Historie die Wahrheit sagen müssen. Dass es sich nämlich um ein wahnsinnig tolles Geschenk handelte, das an sie wahnsinnig verschwendet wäre. Maja feierte es ja schon als Quantensprung, dass sie sich beim Öffnen der Ravioli-Dose mit dem elektrischen Büchsenöffner nicht mehr selbst zu amputieren drohte.

Trotzdem war sie zuversichtlich, dass das aktuelle Geschenk noch zu seinem großen Auftritt kommen würde. Mit einem dermaßen schicken, ähm, Mörser? ließ sich einiges anstellen. Beim nächsten Liebeskummer würde sie darin ganz wunderbar Fotos, Parfümflaschen oder Ringe aus dem Kaugummiautomaten zerstören können. Das wäre spektakulärer als sie in der Toilette zu versenken, und ungefährlicher, als einen kleinen Zimmerbrand zu verursachen. So eine rituelle Verbrennung hatte sie vor einigen Jahren mal inszeniert. Seitdem wusste sie, dass aus Fotomaterial brav und schnell bröselige, schwarze Asche wird. Und dass Davidoff Cool Water meterhohe Stichflammen wirft und brennt wie ein Ochsenfurz.

Maja zog gedankenverloren kleine Kreise mit dem Stößel in der Schale. Vielleicht war ja doch noch nicht alles verloren, und es gab noch eine Chance für das Küchen-Gen. Vielleicht ließ sich eine Mutation in Gang setzen. Wenn es sein musste, auch mit einem Kochkurs. Leider war der Gutschein, den sie, wie haufenweise Singles auf der ganzen Welt, von ihrer neckischen Mutter zum 30. Geburtstag geschenkt bekommen hatte, seit ungefähr vier Jahren abgelaufen. Allerdings gebar sie gerade eine neue Idee. Und was für eine. Eine, deren Aktionszeitraum nur sie, Maja, bestimmen würde. Eine, die nichts mit Küchenkram zu tun hatte. Sondern mit etwas viel Größerem. Wenn sie das durchhalten würde, was ihr gerade durch den Kopf geisterte, dann hätte sie am Ende etwas getan, wovon andere immer nur sprachen: ihr Leben verändert.

Majas Atem wurde schneller. Oh, das hatte was. Das hatte wirklich etwas. Während sie weiter darauf herumdachte, ging sie ins Bad, zog den Blümchen-Pyjama aus und stellte sich unter die Dusche. Und dort gab sie dem Plan, während ihr kühles Wasser ins Gesicht sprühte, einen Namen: Majas Missionen. Ein Jahr voller Missionen. Um sich die Zeit zu verkürzen, bis es endlich hinter ihr lag. Sie könnte im Kreise attraktiver Gourmet-Banausen tatsächlich kochen lernen oder irgendetwas anderes, das sie mindestens genauso schlecht beherrschte. An der Auswahl würde es nicht mangeln.

Sie würde etwas zu tun haben, neben dem Theater. Aufgaben, die sie ablenkten oder inspirierten. Die sie ein wenig stolz machten oder ihr, wenn es spitze lief, sogar Spaß bereiteten. Und wenn es danebenging, hätte sie wenigstens die Zeit totgeschlagen. Wieder ein paar Stunden oder Tage von diesem zu bewältigenden Jahr herumgebracht. Mit Action statt mit Nasebohren.

Die Rechnung war ganz einfach: zwei Heimkino-Stunden von Angesicht zu Angesicht mit dem Terminator vergingen schneller als ohne ihn.

Wenn also freie Zeit und Langeweile auf ein Minimum reduziert werden konnten, würde sich doch auch das 35. Lebensjahr zackig bewältigen lassen, und am Ende würde sie befreit feststellen, wie die Zeit dahingeflogen war.

Ein Dutzend Aufgaben würde sie sich stellen. Für jeden Monat eine. Was sie dafür an Energie würde investieren müssen, konnte sie wenigstens nicht mehr mit der ungestillten Sehnsucht nach der großen, für immer gültigen Liebe im Allgemeinen und dem ganz konkreten Schmachten nach Edu im Besonderen verwenden.

Wobei natürlich auch und vor allem in dieser Sache etwas geschehen musste. Und damit war sie bei der 13. Aufgabe unter den Missionen angelangt. Der Königsdisziplin, passend zu Hamlet, Prinz von Dänemark. Sie durfte nicht mehr länger nur warten, zusehen und schweigen. Nicht mehr nur geschehen lassen. Passiv auf das Schicksal oder einen One-Night-Stand mit Option auf Verlängerung hoffen. Es konnte nicht angehen, dass sie Edu seit nunmehr vier Jahren anhimmelte, gleichzeitig aber nichts dafür unternahm, dass ein ordentlicher siebter Himmel daraus werden konnte. Egal, was ihre überkritischen Freundinnen sagten. Von denen kannte keine Edu so, wie sie ihn kennengelernt hatte. Fest stand, er war nicht einfach. Aber schwierig, so anstrengend das bisweilen sein konnte, war eben auch spannender. Und sie gehörte nun mal zu den Mädchen, die sich die herausfordernden Typen an Land zogen. Das war schon immer so gewesen, und jetzt, mit 35, konnte sie auch endlich damit aufhören, es ändern zu wollen. Was war also ihr Zwölf-Monats-Plan für Edu? Zunächst einmal würde sie ihn irgendwie dazu bewegen, sie zu küssen. Und zwar vor der Vollendung ihres 36. Lebensjahres. Knutschen, und zwar richtig. Nicht nur Bühnenkuss mit Presslippen. Denn wenn sich Edu, was sie nicht vermutete, in dieser Disziplin als miserabel erweisen sollte, dann könnte sie ein für alle Mal ein beruhigtes Häkchen an diesen Kerl machen. Ihre Angst vor schlechtem Sex, oder dem, was so genannt wurde, hielt sich in Grenzen. Sie glaubte nämlich nicht so recht daran, dass es bei zwei erwachsenen Menschen auf Dauer zwischen den Laken nur müde zugehen musste. Klar, es gab Bettgesellen, die ihr Handwerk auf Anhieb gut verstanden und das zur Verfügung stehende Werkzeug an den richtigen Stellen einwandfrei benutzten. Aber zum Meisterstück auf der Matratze gehörten immer zwei. Ein Rhythmus, Berührungspunkte, auf die man sich einigte. Das alte Lied: Nur Sprechenden konnte bekanntlich geholfen werden. Insofern bereitete ihr der Beischlaf keinen Kopfschmerz. Schlechte Küsse dagegen schon. Daran herumzuschrauben, bis das optimale Ergebnis zustande kam, war abtörnend, bevor es überhaupt losgehen konnte. Nein, mit einem elenden Küsser wollte sie nicht den Rest ihres Lebens verbringen.

Aber die echte Herausforderung wäre eine andere Art von Lippenbekenntnis. Vor ihrem 36. Geburtstag würde Maja Edu die Wahrheit über sich und das für ihn pochende Herz sagen. Von Angesicht zu Angesicht oder mit wohlgesetzten Worten in einem Brief. Dann würde sich schon zeigen, ob Edu der Richtige war. Der Eine für den Rest ihres Lebens. Und wenn nicht? Mit 35 war sie alt genug, um bittere Pillen würdevoll zu schlucken. Aber auf jeden Fall noch jung genug, um die Wunde verheilen zu lassen und ihr Glück in anderen Armen zu suchen.

Und überdies noch frisch genug, um sich die Chance auf das »Modell F« zu bewahren. Den Lebensentwurf, über den sie nie ernsthaft nachgedacht hatte, den sie aber zumindest erwägen sollte. Herausfinden, ob sie das wollte oder nicht, ein Leben, das mit »F« anfing und auf »amilie« endete. Unglaublich, wie irre weit weg das gerade schien.

Maja stieg aus der Dusche und wand ihr flauschigstes Badehandtuch um den Körper und ein kleineres als Turban um die Haare. Neue Ideen waren wie neue Engagements: Man wusste nicht genau, was und wer da auf sie zukam, genoss aber erwartungsvoll den Moment, auf Unerwartetes zu stoßen.

Wie aufs Stichwort klingelte es an Majas Wohnungstür. Dabei kam so selten unangekündigt Besuch. Und erst recht nicht so früh am Tag. Wenn Lina ihre Hilfe brauchte, würde sie nicht hochkommen, sondern anrufen. Der Einzige, der es sein konnte, war im Grunde der, den sie schnell vergessen wollte.

Misstrauisch öffnete sie die Tür einen Spaltbreit. Und dann deutlich gelöster ganz. Hossa, kein Karl. Und wenn doch, hatte er sich täuschend echt als ihr Briefträger verkleidet. Maja tropfte.

»Oh. Entschuldigen Sie die frühe Störung. Ein Einschreiben, Frau Pauly. Da brauche ich Ihren Karl-Otto für.«

»Meinen Karl was?« Der Kerl war überall. Zeichen, Maja, Zeichen.

»Ihre Unterschrift.« Erleichterung. Der Postbote plapperte unbeirrt weiter:

»Nicht dass mein Boss denkt, ich würde mit Ihrem Erbe meinen Vorruhestand auf Mauritius versüßen.«

Wovon sprach der uniformierte Mann?

Während Maja auf der Empfangsbestätigung unterschrieb, linste sie auf den Absender. Post aus dem Elternhaus.

»Kein Erbe. Versprochen. Höchstens massenweise männliche Singles aus meiner Umgebung. Oder Koks.«

Der freundliche Mann wirkte erschrocken und leicht verstört. Lachend versuchte Maja eine Erklärung.

»Zum Dünnbleiben. Wussten Sie das nicht? Models machen so was. Und Rockstars. Also manchmal. Ich, ähm, natürlich nicht. Das hab ich nur so daher… Das war nur … ein … Witz. Ein dämlicher, ich weiß.«

Aber da hatte der Briefträger schon längst die Hand zum wortlosen Gruß erhoben und war kopfschüttelnd die Treppen hinuntergeeilt. Na, super. Für den war sie ab jetzt die Drogen-Ische aus dem dritten Stock. Maja schloss die Tür und befühlte den wattierten Umschlag. Mehr als ein dicker Stapel Kontaktanzeigen war offenbar wirklich nicht darin. Vielleicht wenigstens noch eine Karte, die als Aufwandsentschädigung für geschmacklose Geschenkideen durchging. Oder gar irgendetwas, das mit mütterlicher Liebe zu tun hatte. Was auch immer sie erwartete, Zsa Zsas Geschenk hatte jedenfalls seinen Bestimmungsort erreicht. Maja beendete ihr Beauty-Ritual im Schnelldurchlauf. Jeans, T-Shirt, Küchenstuhl. Dann öffnete sie die Postsendung und zog eine Karte hervor. Hm, gar nicht mal so weit am Ziel vorbei, wie es sich für ihre Mutter eigentlich gehörte. Vorn drauf war eine schwarz-weiße Fotografie von zwei Elefanten, einem großen auf der linken Seite des Bildes und einem sehr kleinen daneben. So klein, dass er noch struppiges Elefanten-Baby-Haar auf der Stirn hatte, das zerzaust in die Luft stand. Der große Elefant, die Mutter wahrscheinlich, hatte den Rüssel zärtlich auf den Kopf des Kleinen gelegt. Das Baby wiederum lehnte sich mit Schwung gegen das mütterliche Vorderbein. Um ein Haar hätte Maja sich liebevolle Gefühle für Zsa Zsa abgerungen, da las sie deren Worte. In dichtgedrängten kleinen, fast schreibmaschinenartigen Druckbuchstaben hatte sie die Karte beschriftet.

Mein liebes Kind!

Maja zuckte zum ersten Mal. Und brummte. Grundsätzlich war ja nichts schlimm an »Mein liebes Kind«. Aber bei Zsa Zsa reagierte Maja allergisch darauf. Einer der vielen wunden Punkte, die den Nachwuchs irgendwann mit seinen Erzeugern verband. Maja hatte das »liebe Kind« zu oft in Momenten hören müssen, wo es nicht so gemeint war, wie es klang. Zsa Zsa benutzte es mit Vorliebe in Streitsituationen, um geschwind die Macht- und Erfahrungsverhältnisse klarzumachen. Es funktionierte. Maja fühlte sich schlagartig 11-jährig. Und gekränkt. Bloß nicht für voll nehmen, die Tochter. Bloß nicht akzeptieren, dass Erziehungsfehler nicht mehr ausgebügelt werden konnten. Bloß nicht einsehen, dass Maja raus war aus dem Überwachungsstaat des Kölner Vororts. Und: leugnen, dass Maja einen Vornamen hatte. Wie gern hätte sie einmal wenigstens »Meine liebe Maja« von ihrer Mutter gehört. Solange die das nicht hinbekam, hieß ihre Mutter bei ihr auch nur Zsa Zsa. So.

Dass Zsa Zsa sich so sehr weigerte, Maja bei ihrem Vornamen zu nennen, war umso verwunderlicher, als dass die Mutter ihn seinerzeit eigenmächtig gegen den Vater durchgesetzt hatte. Der hatte bis zur Geburt für einen anderen Favoriten geschwärmt. So wurde ihr die Geschichte von damals jedenfalls erzählt. Maja war gerade frisch geschlüpft und noch keine zwei Stunden alt, und ihr stolzer, stiller Papa durfte sie einen Moment lang auf seinem Arm wiegen, bevor man sie wieder zu den anderen Neugeborenen ins Säuglingszimmer brachte. Dabei hatte er sie verliebt angesehen und gemurmelt:

»Ich finde sie so schön wie eine Sabine.«

»Eine Sabine« war Papas große Jugendliebe. Das hatte er Maja mal gesteckt. Und Zsa Zsa bis heute verheimlicht. Zsa Zsas unwirsche Reaktion darauf war hingegen überliefert:

»Sabine Maja. Sabine Maja. Wie klingt denn das?«

Ihr Vater schüttelte unmerklich den Kopf.

»Sabine. Nur Sabine. Und manchmal: Bine.«

Da waren sie. Berühmte letzte Worte. In diesem Fall die ihres Papas. Vielleicht hielt er seit jenem Augenblick am Wochenbett bei den meisten Gelegenheiten Schweigen für die beste Wahl. Zsa Zsa dagegen bemühte ihr Wöchnerinnen-Privileg: das allerletzte Wort zu haben.

»Maja. Maja Pauly. Außerdem bin ich müde.«

Damit war die Namensdiskussion beendet, ohne wirklich geführt worden zu sein. Und noch absurder: Seither war Maja für Zsa Zsa ausnahmslos »mein liebes Kind«. Wobei an der Anrede »Kind« ja grundsätzlich nichts Verwerfliches war. Lina zum Beispiel nannte sie auch oft so. Aber Lina durfte das. Und zwar nicht nur wegen des halben Jahrhunderts, das sie Maja voraushatte. Lina war der Prototyp der Urmutter. Das Vorzeigemodell. Gütig und liebevoll und nachsichtig. Lina stand für Weichheit und Geborgenheit. In Linas Schoß würde sie immer ihren Kopf legen wollen, um sich trösten zu lassen. Auch noch bei Wechseljahresbeschwerden. Und: Weil Lina sie oft genug bei ihrem Vornamen nannte, war das »Kind« noch nicht durch inflationären Gebrauch entwertet worden. Maja holte sich aus ihren Gedanken zurück und konzentrierte sich auf die Elefantenpost.

Alles Liebe und Gute …

Ihre Augen flogen über die Zeilen.

… anbei also mein »Gutschein«. Damit sollst Du Dir einen Wunsch erfüllen. Etwas, das Du Dir sonst nicht leisten könntest. Ich dachte an ein Wochenende mit Massage und Behandlungen oder etwas Ähnliches. Aber es ist natürlich Deine Entscheidung. Wähle wohl, wähle wohl.

Kuss, Mama

PS: Dein Vater lässt Dich herzlich grüßen. Wenn ich seinen Gesichtsausdruck richtig deute.
PPS: Es sieht nach mehr aus, wegen der vielen kleinen Scheine, aber es sind genau 700. Du wirst ja nur einmal 35.

Maja öffnete den Umschlag weiter und suchte nach etwas, das Gutschein-Format hatte. Dann zog sie ein kleineres, dickes Kuvert heraus. Auch darauf war die enge Druckschrift ihrer Mutter zu lesen.

Gut(e) Scheine

Gut, Zsa Zsas Humor war Geschmackssache. Aber immerhin verstand Maja den letzten eindeutigen Hinweis darauf, was sich in dem Umschlag befand. Sie musste ihn gar nicht mehr öffnen. Knauserig war Zsa Zsa nie gewesen, aber diese Summe verursachte dezente Schwindelgefühle. Ihre Eltern waren nicht reich, aber auch nicht mittellos, sondern irgendetwas dazwischen. Dennoch hatte Maja moralische Bedenken, das viel zu großzügige Geschenk anzunehmen. Und emotionale Bedenken. Eine Menge Geld statt einer Menge Liebe, huschte ihr durch den Kopf. Versuchte sich Zsa Zsa gerade die Zuneigung der Tochter zu erkaufen? Oder war Maja einfach nur fürchterlich ungerecht? Sie fühlte sich undankbar und konnte es nicht verhindern.

Vielleicht hatte der Schock sie aber auch deswegen so kalt erwischt, weil sie sich nicht erinnern konnte, wann sie zum letzten Mal so viel Bargeld in der Hand gehalten hatte. Gedankenverloren betastete sie den Briefumschlag mit dem Geldbündel.

Einerseits war es ein Grund zur Freude. Ein Haufen Geld, und sie war der einzige Verwendungszweck-Rechteinhaber. Und andererseits? Andererseits war ihr einfach zum Heulen.

9

Partypeople. Samstagabends ausgehen war ein tapferes Unterfangen. Das machten nur Anfänger. Und Schüler. Und Leute vom Lande, die am Wochenende Zeit hatten, in die City zu fahren. Eigentlich wusste jeder Städter aus vielen Jahren Feiererfahrung: Samstags waren die Läden viel zu voll. Mittwoch und Donnerstag waren schon seit langem der neue Samstag. Und deswegen blieb samstags zu Hause, wer einen genussvollen Samstagabend haben wollte. Doch Ausnahmen bestätigten die Regel immer wieder. In diesem Fall hießen die Ausnahmen Maja, Paule, Helene und Greta.

Letztere war wie versprochen zum Feiern aus Köln angereist. Außerdem war 1. Mai, und mit ein bisschen Glück versorgte ein Großteil der Feierwütigen noch die Blessuren vom Tanz in den Mai am Vorabend. Die feierfreudige Mädchenbande jedenfalls war fast komplett. Nur Luise aus Berlin hatte kurzfristig abgesagt. Wohnungsbesichtigungs-Marathon mit ihrem Typen am Sonntag. Und weil das Projekt »gemeinsame Bude« ohnehin wackelte, wollte sie durch Abwesenheit nicht auch noch eines der wenigen Standbeine wegtreten, indem sie die Termine sausen ließ.

Heute also die Nacht der Nächte. Heute wollten sie es krachen lassen. Denn ganz ohne Kater sollte Maja nicht in diesem ungeliebten neuen Lebensjahr ankommen. Das war einhellige Meinung der Frauenschar. Und so staksten die vier, in bester TV-Serien-Manier in einer Reihe eingehakt, nach Majas Theatervorstellung durch die Braunschweiger Fußgängerzone. Die hohen Schuhe klackerten über den regennassen Bürgersteig. In kleinen Pfützen spiegelte sich das Laternenlicht. Auf in die Haifisch-Bar. Die gemütliche Kneipe lag am Rande des Rotlichtviertels. So wie sich das für angesagte Etablissements gehörte. Später würde man eventuell noch ins Meier's umsetzen. Die Meier Music Hall war einer der brauchbaren Tanzschuppen der Stadt. Und der einzige, in dem Menschen jenseits der 30 nicht sofort das Verlangen überkam, die Kleinen von der Tanzfläche gleich mit Fläschchen ins Bett zu bringen. Im Meier's ließ es sich bestens aushalten, wenn nicht gerade »Festival of Darkness« oder »Trash-Pop-Schlager-Parade« gefeiert wurde. Je nach Alkoholpegel sogar selbst dann. Im Haifisch angekommen schoben sich die Frauen durch das dichte Gedränge, Paule eifrig vorneweg.

»Ich mach schon, Mädels«, rief sie nach hinten und tauchte in Richtung Theke ab. Majas Lieblingskellnerin war im Anmarsch. Wasserstoffblonde kurze Haare und sehr bunte Arme. Die Tätowierungen reichten bis zu den Handgelenken. Als sie Maja erkannte, wies sie mit einem Nicken in die Ecke.

»Hinten links. Auf dem ›Reserviert‹-Schild steht dein Name.«

Maja lächelte dankbar und erleichtert. Sie hätte nur wenig Lust auf Sardinen-Saufen gehabt. Also in der Menge so dicht stehen, dass Umfallen unmöglich war. Wenn schon Vollrausch, dann filmreif vom Stuhl kippen. Für dieses Vorhaben war alles angerichtet.

»Du bist eine Sensation, Suse. Dass das noch geklappt hat. Wenn du ein Typ wärst …«

»Mein Typ biste. Weißte ja. Glückwunsch und so. Bin gleich bei euch.«

Und schon war sie wieder im Gewühl verschwunden. Kaum hatten die drei es sich an dem kleinen Tisch bequem gemacht, stieß auch Paule wieder zu ihnen. Ihre Augen leuchteten. »Drinks kommen. Macht euch auf was gefasst.«

Maja schmunzelte. Wenig Getränk, viel Wumms, darauf hätte sie ihre Eltern verwettet. Und hätte sie behalten dürfen, denn Suse eilte herbei und stellte ein Tablett auf dem Tisch ab.

»Viermal Zitronen-Limo … immerhin *on the rocks*. Fragt nicht mich. Fragt Paule.«

Paule kicherte und zwinkerte verschwörerisch.

»Zisch ab, Suse. Später einen mit dir.«

Die drei Uneingeweihten blickten sich immer noch grinsend, aber etwas verständnislos an. Paule hatte schon das Glas an den Lippen. Greta und Helene protestierten:

»Nicht erst prosten?«

Paule setzte noch einmal kurz ab:

»Die Eiswürfel. Wir brauchen die Eiswürfel. Runter mit dem Zeug.«

Maja überlegte kurz, ob sie Greta und Helene über Paules »Ewige Jugend durch Schockfrosten«-Theorie aufklären sollte, entschied sich aber dagegen und leerte ihr Glas, so schnell sie konnte. Was nicht ganz einfach war, weil ständig Eis gegen die Schneidezähne schlug. Dann stellte sie geräuschvoll ab und fragte fröhlich:

»Und, Paule? Was jetzt? Nächste Runde?«

»Genau. Und die geht auch auf mich.«

Währenddessen fummelte Paule etwas umständlich unter dem Tisch an ihrer Umhängetasche herum. Helene und Greta kicherten amüsiert. Diese Paule. Paule lächelte verschmitzt und genoss die allgemeine Aufmerksamkeit. Geduldig verfolgten die drei das etwas bizarre Schauspiel. Paule kramte, blickte unter sich, presste kurz die Lippen aufeinander und verzog ihr Gesicht vor Anstrengung. Dann guckte sie noch ein wenig verschmitzter.

»Gläser, bitte.«

Alle taten, wie geheißen. Paule hantierte wieder umständlich unter dem Tisch. Und nur wenige Augenblicke später hatten alle etwas Prickelndes vor sich stehen. Paule streckte ihr Glas zur Mitte.

»So. Dann mal der Reue morgen einen Anlass geben. Auf Maja. Auf die 35. Auf das beste Jahr deines bisherigen Lebens.«

Helene und Greta riefen lachend »Jaaah« und »Jippieh«. Dann stießen sie an und nippten. »Das ist Champagner«, fügte Paule nicht ohne Stolz hinzu.

»Und zwar der billigste weit und breit.«

Maja drückte ihr einen schmatzenden Kuss auf die Lippen.

»Jeder müsste eine Paule haben.«

Helene legt ihre Unterarme flach auf den Tisch, beugte sich nach vorn und wagte einen zarten Vorstoß.

»Wollen wir noch ein paar Alibi-Themen wälzen oder …?«

»Nein. Männer.«

Alle lachten. Greta, von der die resolute Ansage gekommen war, stützte das Kinn in die linke Hand und sah erwartungsvoll in die Runde. Das war Majas Einsatzsignal. Sie seufzte tief.

»Karl. Karl-Arsch.«

Helene runzelte die Stirn.

»Der Große?«

Maja runzelte die Stirn.

»Der große Arsch. Ja.«

»Er hat Maja neulich nachts wieder angerufen.«

Paule zog eine Braue nach oben, und Greta schüttelte den Kopf.

»Was für eine Maul- und Klauenseuche.«

Maja berichtete von dem nächtlichen Telefonat, das ein Geburtstagsanruf hatte werden sollen. Lange hatten sie nicht gesprochen, dafür hielt der Schmerz noch Tage später an. Ein paar Minuten am Hörer mit Karl hatten den Schorf abgeknibbelt. Die Wunde war wieder aufgerissen, blutete und brannte.

Karl war für sechs Monate ihres Lebens nicht nur der Große, sondern auch ihre große Liebe gewesen. Nach der sie damals gar nicht so sehr gesucht, die sie aber nichtsdestoweniger in ihm gefunden zu haben schien. Kennengelernt hatten sie sich an ihrem vergangenen Geburtstag. In der Theaterkantine. Er hatte sich nach kurzem Höflichkeitsgeplänkel mit tiefem Blick in ihre Augen unumwunden an ihre Seite gesetzt. Und als er nach vier Stunden, einigen beeindruckenden Ideen zur Weltrettung und zwei Flaschen Wein gegangen war, blieb Maja ordentlich betrunken und bereits mit jeder Zelle ihres Körpers verliebt zurück. Und sie war es auch am nächsten Morgen noch und nach jedem weiteren Treffen ein eigentlich unmögliches bisschen mehr. Karl, der Große. Schwarzhaariger, braunäugiger König ihres Herzens mit astreinen Jacketkronen. Kreativer Job, kein Schauspieler (olé!), wahnsinnig gut aussehend und schlau. Hauptpreis. Eduards Bild war in Majas Kopf binnen Stunden zur Unkenntlichkeit verblasst. Stattdessen sah sie sich an Karls Seite vor Kirche und Kinderwagen stehen. Es war heftig um sie geschehen, damals. Bis zu dem Moment, als sie von Karls grundsätzlichem Problem erfuhr. Maja fiel aus allen Wolken. Der siebte Himmel verfinsterte sich.

Sie hatte nichts geahnt. (Nichts ahnen wollen?) Hatte keine Fragen gestellt. Nicht nach so kurzer Zeit. Und er hatte nichts gesagt. Natürlich nicht. Dass er am Wochenende so oft auf »Geschäftsreise« musste und dann wegen der »Konferenzen« seltener anrief, hatte sie wenig verwundert. Außerdem stand sie ja selbst meistens samstags und sonntags auf der Bühne. Ohne allerdings zu ahnen, dass auch ihr Karl zur selben Zeit ungeheures Schauspieltalent offenbarte. Und zwar an zwei Schauplätzen seines Lebens. Dass seine Braunschweiger Wohnung von der Werbeagentur bezahlt wurde, für die er arbeitete, und er noch ein anderes Zuhause in einer anderen Stadt hatte, stand nicht als Neon-Graffiti an der Wand. Die fast klinische Sterilität der Zimmer und die spartanische Möblierung hatte Maja als modernen Minimalismus bewundert. Kein Gedanke daran, dass es sich bei Karls Bleibe um eine rein zweckmäßig eingerichtete Dienstwohnung handeln könnte. Kein Keim des Misstrauens, wenn sie bis tief in die Nacht auf einen Rückruf warten musste. Sein Täuschungsmanöver ging lange gut. Bis zu jenem Abend im vergangenen Oktober.

Maja lag angenehm erschöpft und sehr entspannt in ihrem Bett. Hase Fritz verharrte mucksmäuschenstill unter dem Gestell versteckt. Sie war nackt. Sie war herrlich matt. Sie war glücklich. Bis vor wenigen Augenblicken war hier einiges passiert. Turnübungen, die das Buch des Kama Sutra nach Baumarkt-Broschüre hätten aussehen lassen. Wild, leidenschaftlich und voller Höhenflüge. Endstand: drei zu zwei für Maja. Karl hatte sich schon aus den zerwühlten Laken geschält und stand summend unter der Dusche. Sie rollte sich zur Seite, dachte kurz darüber nach, ob sie ihm folgen sollte, um unter der Dusche am Ausgleich – oder gar einem vier zu zwei – zu arbeiten. Stattdessen griff sie, drei tiefe Atemzüge später, nach ihrem Handy und formulierte mit klopfender Brust eine SMS. An Karl. »Liebster Kerl!« tippte sie. Er mochte es, wenn sie ihn so nannte. Dann zwei liebliche Sätze, und am Ende, ihr war ein bisschen schwummerig vor Nervosität, schrieb sie die berühmten drei Worte. Zum ersten Mal. Über »Ich hab dich sehr, sehr, sehr lieb« waren sie bislang noch nicht hinausgekommen. Absolut in Ordnung für ein halbes Jahr Beziehung. Aber sie würde den nächsten Schritt wagen. Jetzt. Senden und warten. Sie horchte auf. Ein leises Piepen oder Tuten müsste das Eintreffen ihrer Nachricht doch bestätigen. Nichts. Sie schickte dieselbe Botschaft noch einmal ab. Wieder Stille. Vielleicht hatte er es auf Lautlos gestellt. Maja richtete sich auf, schlüpfte in ihre Unterhose und suchte nach Karls Telefon. Es lag auf der Kommode im Flur und blinkte stumm vor sich hin. Sie warf einen Blick auf das Display. Das Briefumschlag-Symbol zeigte vier ungelesene Nachrichten an. Zwei von einem ihr unbekannten »Willi« und zwei von »Liebling«. Ihr Herz machte einen athletischen Weitsprung. Wie rührend. Sie war augenblicklich noch verknallter in Karl. Dass er sie so in seinem Telefonbuch führte, ließ ihr Herz auf die allerschönste Art rasen.

Sie zögerte kurz und versuchte, sich zu sammeln. Aus dem Bad hörte sie einen inzwischen singenden Karl und prasselndes Duschwasser. Wer sagt »Ich« und »dich« mit »liebe« dazwischen zuerst? Und wann? Der Zeitpunkt war spielentscheidend, konnte die Gefühle lodern lassen oder das Flämmchen ersticken. Nur noch einmal schnell überfliegen, was sie geschrieben hatte. Wenn es ihr plötzlich peinlich erschien, würde sie die Nachricht verschwinden lassen. Sie öffnete die obere »Liebling«-SMS und las.

»Lene hat dicke Backen, Finchen Fieber. Mumps in der Kita. Würde Sylt lieber stornieren. Rufst du bitte kurz an nach deinem Termin?«

Wieder Herzrasen, diesmal allerdings von der allerfiesesten Sorte. Hitze. Kälte. Schweißausbruch. Da kam Karl mit einem Handtuch um die Hüfte aus dem Bad. Maja stützte sich wankend mit der freien Hand auf der Kommode ab. Ihre Stimme krächzte. »Willi also.« Sie bewegte fast unmerklich den Kopf hin und her, entsetzt und ungläubig. Karl ging ein paar Schritte auf sie zu und sah abwechselnd irritiert auf das Telefon in ihrer Hand und in ihr farbloses Gesicht. »Liebling, ich verstehe nicht …«

»Maja.«

Sie biss die Zähne zusammen und schluckte gegen die Faust in ihrer Kehle.

»Ich heiße Maja.«

Und so erfuhr sie von Karls drei »Problemen«. Die ersten beiden waren noch recht klein. Mit dem dritten war er seit neun Jahren verheiratet.

Die Nacht wurde lang und tränenreich. Er redete von einer kaputten Ehe. Sie von einem kaputten Typen. Er versicherte ihr, dass er sich trennen werde. Sie versicherte ihm dasselbe. Je länger sie stritten, desto leiser wurde Karl. Und umso lauter Maja.

»Wann hättest du es mir gesagt? Oder ihr?«

»Bald.«

»Hintergangen zu werden ist so was von demütigend. So respektlos. So ekelerregend. Und es tut weh, Karl, höllisch weh.«

»Tut mir leid.«

»Was genau: das Lebenslänglich deiner Ehe? Oder die Affäre im Affekt? Korrigiere: Ex-Affäre.«

»Nichts davon. Also: beides. Maja, ich …«

»Du hast deine Frau betrogen! Du hast mich betrogen! Und noch schlimmer: Du hast mich zur Betrügerin gemacht!!!«

»Quatsch. *Ich* lüge. *Ich* betrüge … nicht du.«

Fassungslos starrte sie an die Wand. Postkarten und Poster, die in der Unschärfe verschwammen. Karl schlich nervös um sie herum. Schweigen. In ihr wurde es dumpf. Sie hatte keine Kraft mehr. Weder um zu lieben, noch um ordentlich zu hassen. Sie lehnte sich an die Rückwand ihres Bettes, die Knie hochgezogen. Unter dem Bett angelte sie Fritz hervor, presste ihn an sich und zog die Decke bis zum Kinn. Sie sah Karl aus wässrigen, müden Augen an.

»Darf ich vorstellen? Das ist Fritz. Ich bin erniedrigenderweise Willi. Und weißt du, wer Karl ist? Ein Arschloch. Das bitte endlich geht.«

Sie schlief wenig und weinte viel. Fritz trocknete die Tränen mit seinen langen Ohren. Nach nur drei Stunden Schlaf musste sie aufstehen. Immer noch sehr erschöpft und kreuzunglücklich. Sie betrachtete den Albtraum ihrer selbst im Spiegel, verhinderte gerade noch rechtzeitig weitere Tränen und zwang sich eine aufrechte Haltung ab.

»Zurück auf null. Zurück zur Null. Zumindest zur Teilzeit-Null. Alle Konzentration auf Eduard.«

Maja schloss die unschöne Erinnerung mit einem kaum hörbaren Seufzer ab und ließ sich von Paule bereitwillig ein weiteres Glas Discounter-Schampus einfüllen. Für ihre Konsequenz in Sachen Karl hatten ihr die Freundinnen damals schon Fleißkärtchen und Tugendstempel ins Betragenbuch gegeben. Im Magen zog es trotzdem immer noch unrühmlich, wenn sie an ihn dachte. Immer weniger, aber immer noch. Paule versuchte sich in Aufmunterung:

»Sieh's mal positiv: Ein früh enttarntes Arschloch ist ein gutes Arschloch.«

»Wer kündigt für mich mein Arschloch-Abo?«

Maja nahm schlürfend einen großen Schluck und hickste leise. Die Frauen lachten vergnügt und bemühten sich, eindrucksvoll mitzurülpsen. Es war Greta, die ein vorzeigbares, räumliches Röhren schaffte. Helene hielt etwas beschämt die Hand vor den Mund, streckte den Rücken und warf ein:

»Außerdem war Franz doch nur im letzten von vier Jahren ein Arschloch. Macht das Fremdgehen nicht gut, aber bessert deine Bilanz. Oder?«

Maja hob den Blick von ihrem Glas.

»Ehrliche Antwort? Nein. Beschissen bleibt beschissen …«

»…und wenn, will ich's nicht wissen.«

Greta war mit ihrem Lieblingsspruch dazwischengegrätscht. Was okay war, aber gerade ihr ging so ein Satz leicht von den Lippen.

Immerhin war sie unter ihnen der Saurier in Sachen Liebe. Seit sieben skandalfreien Jahren mit ihrem Freund Nick zusammen, vier davon in einer gemeinsamen Kölner Wohnung. Und selbst das hatte keine nennenswerten Differenzen auf- oder die beiden gar auseinandergebracht. Sie schliefen im selben Bett und sogar immer noch miteinander. Greta überlegte laut.

»Vielleicht ist es mit Mitte dreißig noch zu früh für Gebrauchtwagen?«

»Gebrauchtwagen!?«

Helene verstand nicht sofort. Paule eilte gerne mit einem wohlwollenden Lächeln zu Hilfe: »In die Jahre gekommene Modelle. Second-Hand-Männer. Geschieden. Alleinerziehend. Manchmal, wenn Gebete erhört werden, kinderlos.«

Maja ergänzte:

»Die Teilnehmer der zweiten Runde. Krise um die vierzig. Also mittendrin ein Neubeginn. Im Leben und in der Liebe. Oder nur der halbgare Versuch einer Krisenbewältigung.«

Keiner musste es ansprechen. Sie dachte auch von ganz allein wieder an den unsäglichen Krisen-Karl. Obwohl sie ihn moralisch einwandfrei abserviert hatte, ließ er nicht locker, sondern störte ihren zurückeroberten Seelenfrieden in regelmäßigen Abständen. Durch Fleurop oder durchs Telefon. Er hatte es sich in den Kopf gesetzt, Willi zurückzuwollen. Jedem Einspruch zum Trotz.

Den fürsorglichen Freundinnen war nicht entgangen, dass Maja sich in den vergangenen Sekunden düsteren Gedanken hingegeben hatte. Sie taten das einzig Richtige: »Suuuse!«, riefen sie im Chor. Kurz darauf standen frische Gläser mit – diesmal bezahltem – Champagner vor ihnen. Breites Grinsen auf allen Gesichtern, auch auf Majas. Sie nahm einen verdächtig großen Schluck aus ihrem Glas und räusperte sich. Jetzt oder nie. Von ihrem Vorhaben zu erzählen würde bedeuten, dass sie es durchziehen musste. Etwas Erfolgsdruck war als Motivation sehr hilfreich. Nur von »Mission

Hamlet« würde sie erst einmal nichts berichten. Die Reaktionen fielen unterschiedlich aus. Greta und Paule feierten Maja ab, als hätte sie gerade Facebook erfunden. Helene war wie gewohnt erst einmal eher skeptisch.

»Ey. Du bist 35. Meinetwegen ›verdammte 35‹. Aber weit weg vom Ende.«

Maja verstand, was Helene meinte.

»Nein. Keine Bucket List. Keine ›100 Dinge, die Sie getan haben müssen, bevor alles vorbei ist‹. Einfach ›Majas Missionen‹.«

Greta hatten die Idee und vielleicht auch der Alkohol beflügelt.

»Aufgabe eins: Mach 'nen Pilotenschein.«

»Zu teuer«, warf Paule berechtigterweise ein.

»Oder 'nen Bungee-Sprung.«

Wieder protestierte Paule:

»Nee, zu sehr Klischee. Und dann reißt das Seil, und sie stirbt ausgerechnet mit 35. Nee.«

Helene hob an.

»Wenn schon, dann eher persönliche Herausforderungen. Was mit Überwindung.«

Greta tat so, als hätte sie den Vorschlag aus der besonnenen Ecke gar nicht gehört. Sie hatte doch gerade so einen schönen Lauf.

»Ha! Einen Marathon laufen! Der Klassiker. Alle mit Krise machen so was.«

Maja musste wieder lachen.

»Danach könnt ihr aber wirklich einen Mädelsabend *in memoriam* Maja machen.«

Helene ließ nicht locker und versuchte es ein weiteres Mal.

»In dunkle Kammern gehen. Also in deine persönlichen …«

»Genau. Meine Küche zum Beispiel. Ich dachte an so was wie kochen lernen.«

Paule und Greta prusteten zeitgleich los, doch Helene sprang Maja bei. »Ist doch gar nicht blöd. Da lernt man Leute kennen …«

Maja schüttelte sich lachend.

»Entschuldigung, Helene, aber so klingst du wie Zsa Zsa.«

Helene formte einen spitzen Mund und blickte fragend. Maja erklärte:

»Mutter. Ich nenne sie Zsa Zsa.« Paule stubste Maja in die Seite.

»Erzähl mal von Zsa Zsas Geschenk.« Maja berichtete von der Geldgabe ihrer Mutter und davon, wie sie sie verwenden sollte. Für Beautyfarm & Co, also Sachen, die man machte, wenn man alt oder reich oder gelangweilt oder alles davon war. Greta und Paule flüsterten sich gegenseitig ins Ohr und waren sich nach kurzer Beratung einig.

»Dann ist die Sache klar. Du hast deine erste Mission.«

Jetzt beugte sich auch Maja gespannt vor.

»Aha. Die da wäre?«

»Wir hören Zsa Zsas Frohlocken. Und stimmen mit ein. Du. Lässt. Etwas. Machen. Also, an dir.«

Da standen die Münder offen, Helenes vor Entrüstung.

»Kinder, bitte! Das hier ist das Leben. Nicht RTL 2.«

Greta triumphierte.

»Quatsch. Das ist lustig. Und Luxus. Über den nur die lästern, die ihn sich nicht leisten können. Maja muss unters Messer. Egal für was. Prost!«

Gelächter und Gläserklingen und wildes Geschnatter am Tisch hinten links. Mitternacht war schon seit einer ganzen Weile Vergangenheit. Nachdem sie reichlich leere Sektflöten und einiges an Geld auf dem Tisch zurückgelassen hatten, zogen sie ins Meier's weiter. Aber selbst auf der Tanzfläche wurde das Top-Thema des Abends fortgesetzt: Majas bevorstehende Rundum-Erneuerung. Auf die sich alle anderen noch mehr zu freuen schienen als das Objekt der Schönheit selbst.

Gegen vier Uhr morgens sahen die wenigen Gestalten, die um

diese Uhrzeit noch in der Altstadt unterwegs waren, vier Frauen über die nächtlichen Bürgersteige schlendern. Zwei von ihnen klackerten mit den Absätzen. Maja und Paule liefen barfuß, die Pumps in der Hand. Alle immer noch ununterbrochen kichernd. Auch wenn es Helene von Zeit zu Zeit mit »Pscht – Mädels!« versuchte, nur um dann selbst wieder loszugackern. Wieder waren sie eingehakt. Die allgemein verunsicherten Gleichgewichtssinne wussten es zu danken.

»Wenigstens einen Termin. Deal?«

Die Frauen waren an einer Kreuzung angelangt, wo sich die Wege trennten. Während Maja sich von Paule und Helene mit Kuscheln und Küssen verabschiedete, erinnerte Greta sie unter Zeugen noch einmal daran, auf was sie sich nach quiekendem »Nein« – »Doch« – »Nein« – »Dohoch« – »Ach« – »Memme« im Meier's verständigt hatten.

»Swai«, korrigierte Paule und klimperte dabei schon müde mit den Lidern.

»Beratungunschnibbeldischnabb.«

Maja löste sich aus der Umarmung und grinste.

»Wenn es schiefgeht, seid ihr mich los. Dann werde ich Gouverneur von Kalifornien.«

Das leise Lachen von Helene und Paule entfernte sich langsam, bis die Gassen es ganz und gar verschluckten.

10

Autsch. Der Tag danach. Vor dem möglichen Termin beim Plastischen Chirurgen in mittelfristiger Zukunft stand ein beinahe unmöglicher Termin bei Lina an diesem Sonntagnachmittag an. Die Küchenuhr zeigte 12. Noch ein wenig Regenerationszeit. Majas Schädel erfüllte alle Erwartungen – und brummte. Wer hatte eigentlich die Behauptung in die Welt gesetzt, dass Kaffee oder Kopfschmerztabletten halfen? Nichts konnten die. Gar nix. Maja musste es wissen, denn selbst drei Einheiten Koffein und Aspirin waren ohne Haupt- und Nebenwirkung an ihr vorübergegangen. Sie hoffte auf Heilung durch Rührei mit Schinken. Ordentlich gesalzen. Greta, die im Gegensatz zu Maja blind mit Küchengeräten hantieren konnte, stellte die Pfanne zwischen sie auf den kleinen Tisch. Sie pikten von beiden Seiten hinein. Greta schob sich eine volle Gabel in den Mund und lächelte Maja aufmunternd an.

»Für Spaß musst du Opfer bringen. Und wenn es hunderttausend Gehirnzellen sind.«

»Zehn Millionen Nervenzellen, die sterben«, sagte Maja kauend.

»Autsch. Da rechne ich den bisherigen Verlust mal besser nicht aus. Andererseits: meist fehlerfreier Fremdwort-Gebrauch und immer noch aufrechter Gang – Maja, wir liegen im Budget.«

Nach dem Frühstück brachte Maja ihre Freundin schweren Herzens zum Bahnhof. Und schleppte sich schweren Kopfes wieder in ihre Wohnung. Fritz saß wartend neben ihrem Kissen, doch sie erteilte ihm eine Kuschelabsage. Den Besuch im Hochparterre würde sie unter keinen Umständen ausfallen lassen. Die zwei Stunden Sonntags-Skat mit Lina und Frau Schnebel waren ihr heilig. Selbst wenn diesen zwei Stunden nur wenig Schlaf und viel fröhliche Versündigung an der Gesundheit vorausgegangen waren. Also schlurfte sie in Jogginghose und langärmeligem T-Shirt um halb zwei nachmittags zwei Stockwerke tiefer. Den gefrorenen Apfelkuchen, den sie mitbrachte, hielt sie sich bis kurz vor Linas Wohnungstür an die Stirn. Lina strahlte vom linken Perlohrring-Ohrläppchen zum rechten, als sie Maja die Tür öffnete.

»Mein liebes Kind! Auf dich ist Verlass.«

Als sie Majas ramponiertes Erscheinungsbild als recyclingwürdig eingestuft hatte, grinste sie zufrieden:

»Ich wusste, du enttäuschst mich nicht.«

Maja wiederum wusste, dass sie hier quengelig sein durfte. »Aua, Lina, aua. Der Herr Alkohol ist ein böser Schurke. Er hat mir sehr wehgetan. Darf ich auf den Arm?«

Lina lächelte. »Rein mit dir. Schnebel mischt schon seit einer halben Stunde.«

Maja ließ sich bereitwillig am Ärmel in die Wohnung ziehen, gab den Kuchen aus der Hand und tapste durch den schmalen, dunklen Flur. Zu beiden Seiten deckenhohe und restlos gefüllte Bücherregale. Sie hielt kurz inne und lehnte sich an den Holzrahmen der Wohnzimmertür, um sich zu sammeln und zu verschnaufen. Währenddessen wuselte Lina, die altersbedingt eigentlich das Vorzugsrecht auf Verschnaufpausen gehabt hätte, in ihre Küche und setzte den Backofen in Gang. Auch das Wohnzimmer war gut gefüllt, die hellgrüne Tapete mit den kleinen schnörkeligen Goldornamenten kam nur an wenigen freien Stellen zur Geltung. Die eine Längsseite des Raumes war, genau wie die Diele, mit schwarz-braunen Holzregalen und der dazu passenden Weltliteratur bedeckt. Lektüren eines langen Lebens. Auf der anderen Seite stand eine wuchtige, drei Meter lange Anrichte aus dunklem Holz mit vielen Schubladen, deren Messinggriffe glänzten. Auf der Ablage hatte Lina die kleinen bauchigen Porzellanvasen mit Goldrand zu den großen, kantigeren aus klarem und farbigem Kristall arrangiert. Sie sammelte außergewöhnliche Vasen, auch wenn sie nie Blumen hineinstellte. Maja hatte Lina einmal nach dem Grund für das blumenfreie Ambiente gefragt.

»Ach, mein Kind, weißt du, das Blühen lässt mir das Herz weit werden. Nur beim Welken zuzusehen macht mich betrübt.«

»Dann nimm sie doch weg, bevor sie verwelkt sind. Dann geht das Vergehen spurlos an dir vorbei.«

»Aber wann ist der Moment? Keiner sagt dir, ob sie nicht doch noch einen Tag in voller Blüte gestanden hätten. Oder zwei. Wer weiß schon, wann Frisch gegen Welk getauscht wird. Und plötzlicher, als man es merkt, ist der Saft dann doch vertrocknet. Deswegen.«

Über den leeren Vasen hatte Lina jede Menge Fotografien dicht an dicht aufgehängt. Maja ließ ihren Blick über die Bilder schweifen. Sie versuchte, die Anzahl der hölzernen Rahmen zu überschlagen. Passbildkleine waren dabei, viele, die die Größe eines Taschenbuchs hatten, und in der Mitte der Wand eines, das so stattlich war wie ein Weltatlas oder ein überdimensionierter Bildband. Dieses schwarz-weiße Foto zeigte Lina und ihren vor einigen Jahren verstorbenen Mann am Tag ihrer Hochzeit. Es war erst im Nachhinein auf diese imposante Größe gezogen worden, daher waren die Gesichter nicht gestochen scharf, sondern leicht pixelig. Aber Jakobs und Linas Lachen war deutlich zu erkennen. Dieser Augenblick musste so gewesen sein, wie man sich den schönsten Tag im Leben vorstellte. Einzigartig und vor allem außergewöhnlich glücklich. Das konnte Maja auch sechs Jahrzehnte später noch spüren. Um dieses große Foto herum verteilten sich an der langen Wand bestimmt an die hundert weitere. Viele der Bilder waren so alt, dass sie noch von gezackten, weißen Rändern umfasst wurden wie von schaumigem Wellensaum. Das war zu Majas Bedauern leider längst aus der Mode gekommen.

Linas Leben und das, was aus ihrer Liebe zu Jakob entstanden war, lächelte von der Wand auf sie und seit Jakobs Tod auch auf Frau Schnebel hinab. Linas Eltern und seine Eltern. Freundinnen, die es vielleicht noch, vielleicht auch schon nicht mehr gab. Geschwister, die Lina überlebt hatte. Kinder, Enkel und vermutlich auch Urenkel bewachten ihr Nickerchen auf der Couch und sahen sonntags beim Kartenspielen zu. Maja hielt bei einem farbigen Foto inne, das sie noch nicht kannte. Lina musste es erst vor kurzem gerahmt und aufgehängt haben. Ein junger Mann lächelte darauf in die Kamera. Den erkannte sie. Den gab es noch auf einigen anderen Bildern. Hier stand er an einem puderzuckerweißen Strand, im

Hintergrund ein schmaler Streifen türkisfarbenes Wasser. Er trug eine dunkle Sonnenbrille, ein weit geöffnetes Hemd und über der Schulter so etwas wie einen Rucksackgurt. Mehr war von ihm nicht zu sehen, denn er hatte das Foto offenbar selbst gemacht, indem er den Apparat vor das Gesicht gehalten, den Arm so weit wie möglich von sich weggestreckt hatte und dann Klick! – Schnappschuss eines Alleinreisenden.

Lina bemerkte, wie Maja in dem Bild und in ihren Gedanken versank.

»Kolumbus. In Neuseeland. Es kam am Dienstag. Er hat es sogar per Luftpost geschickt.«

»Ist er mittlerweile nicht längst einmal rum?«

Maja wusste von Lina, dass Kolumbus, ein besonders geliebter Enkel, schon seit über zwei Jahren auf Reisen war.

»Er weiß noch nicht, wonach er sucht. Das macht das Finden so kompliziert.«

Dann klopfte sie energisch auf den Stuhl neben sich. Frau Schnebel saß rechts von Majas Platz und verteilte die Karten. Maja nahm auf und sortierte das Blatt. Lina wartete geduldig, obwohl sie längst ihr Spiel im Visier hatte, und begann schließlich das Reizen.

»Ich sag mal 18. Und ihr hattet viel Vergnügen gestern?«

»Ja. Alle meine Mädels. Nur Luise konnte nicht. 18 hab ich.«

»Überhaupt kein Mann dabei, den du ein bisschen interessant gefunden hättest? 20.«

»Wenn du Edu meinst, der wollte mit. Ich hab's ihm verboten. 20, ja.«

»Warum das denn? Du vergibst dir damit doch nichts. Schäkern hilft. Und Stufe zwei erst recht. Wenn es sein muss, mit niedriger Hemmschwelle. Und getrunken habt ihr ja, gottlob, sicher reichlich.«

Lina kicherte und legte ihre Hand auf Majas Arm.

»22.«

»22? 22! Männer in der Vertikalen sind aber anders als Männer in der Horizontalen.«

»In den meisten Fällen, sagt man in meiner Generation, hat man sie liegend lieber. Null?«

»Null hab ich. Nur, weißt du, Lina, ich wollte nicht unzurechnungsfähig sein, wenn ich den Unterschied herausfinde.«

»Aber dann hättest du wenigstens einen Lichtschein gehabt, in all deiner Trübnis. Auch wenn du dich nur schemenhaft an ihn erinnern würdest. Deine Moral hätte ich mir nicht geleistet. Das ist so, wie sagst du immer, Ende zwanzigstes Jahrhundert. Vier!«

Jetzt musste Maja kichern, während sie noch einmal ihre Karten zurechtrückte und rechnete, um zu überprüfen, ob das Blatt ihrem geplanten Spiel genügte.

»Klar, will ich … vögeln. Aber noch viel lieber will ich das echte, große Ding. Nenn es Liebe. Ich bin alt genug dafür. Franz wollte es nicht sein, und Edu ist vermutlich nicht dafür gemacht. Vier, ja!«

»Und ohne Katerstimmung? Sieben!«

»Ob ich das ohne Kater auch so sehe? Sieben hab ich. Ja, ich glaube, auch ohne.«

»Dann verleg dich aufs Finden, mein Kind. Aber gönn dir ein, sagen wir, gröberes Raster. 30.«

»Karl könnte ich haben. 30 hab ich auch.«

»33. Nicht den. Der tut dir weh. Du musst dir etwas Gutes tun.«

»Wie soll das gehen? 33 geh ich mit.«

Lina legte ihre Karten verdeckt vor sich und faltete die schmalen Hände darüber. Dann sah sie Maja mit einem durchdringenden Blick aus ihren wachen, glitzernd-blauen Augen an. Sie sprach langsam und mit der Bedächtigkeit der Erfahrung.

»Verschwende dich, mein Kind. Verschwende. Den kostbaren, jugendlichen Körper. Nur nicht den kostbaren Kopf. 35!«

»35? So was von weg.«

Maja grinste. Frau Schnebel, die die ganze Zeit mit hochgezogenen Schultern und noch höher gezogenen Augenbrauen immer abwechselnd die eine Mitspielerin, dann die andere und dann wieder ihre Karten begutachtet hatte, schob nun etwas pikiert die Brille nach oben und murmelte:

»Auch weg.«

Lina grinste verschmitzt.

»Die Damen … wenig erstaunlich: Ich spiele Null Hand.«

Nach zwei Stunden mit lauwarmem Apfelkuchen und eiskalten Spielzügen waren Maja und Frau Schnebel ausgeknockt. Erstklassiger Sieg nach Punkten für Lina Abendstern. Die Gewinnerin jubelte wie ein junges Mädchen und begleitete Maja zur Tür, in der Hand ein flaches, mit farbigem Papier umwickeltes Päckchen. Ungeduldig, wie sie war, hatte sie bereits so viele Andeutungen gemacht, dass Maja längst wusste, was sich darin befand. Und deswegen zögerte, es anzunehmen. Doch Lina drückte es ihr in die Hand und schob sie damit ins Treppenhaus.

»Nimm und verschwende dich, Maja. Denk dran: grobes Raster. Nicht engmaschig.«

»Ich kann das nicht annehmen, Lina.«

»Und ob. Ich habe den Rest meines Lebens frei. Du brauchst Ferien. Die Reise gilt für zwei Personen. Eines deiner Mädchen kann ja mitkommen. Es soll da sehr schön sein. Und dort findest du sicher ein paar lohnende Objekte.«

Maja atmete zweimal tief durch und nahm Lina in den Arm. Die streichelte Majas Kopf und drückte ihr einen leichten Kuss auf die Stirn. Maja genoss die zarte Liebkosung und schloss einen Moment lang die Augen. Dann richtete sie sich wieder auf.

»Ich mache Fotos für deine Wand.«

»Nur, wenn du mit drauf bist.«

»Danke, Oma.«

»Von Herzen, Kind. Und jetzt geh spielen.«

Im Theater erwartete sie eine Paule, die so gesund und glücklich strahlte, als hätte es den gestrigen Abend inklusive Ausfallerscheinungen nie gegeben. Auf dem Weg zu den Garderoben erzählte sie Maja ihre großartigen Neuigkeiten. Die betrafen das nächste Stück, das das Ensemble ab kommender Woche einstudieren würde. Kein klassischer Schinken dieses Mal, vielmehr komödiantische Schonkost. Für Paule hieß das: Schluss mit der Dauer-Bühnen-Diät. Denn sie hatte eine bedeutende Rolle zugesprochen bekommen. Nicht mehr nur zweite Reihe hinten rechts, viermal über die Bühne huschen und dabei drei unterschiedliche Gestalten mimen. Nicht mehr nur »Zofe«, »Magd« oder »alte Frau« darstellen. Nein. Von Anfang bis Ende nur ein Kostüm. Jede Menge Sprechtext. Eine Figur mit Format und eigenem Namen. Außerdem gab es deutlich mehr Gage dafür, was allerdings nur dem gnädigen Wohlwollen von Regisseurin und Intendantin zu danken war, denn laut Vertrag hätte Paule in der laufenden Saison für ihren schriftlich festgelegten Hungerlohn alles spielen müssen, was ihr vorgesetzt wurde. Maja freute sich riesig für ihre kleine Kollegin. Und die glücklichen Umstände erklärten sicher auch Paules magische Wiedergeburt im Eilverfahren.

»Das Kind hat einen Namen. Einen Namen! Und es muss mit Zaubertrank getauft werden. Eine Runde Puppenbrause auf mich in der Kantine.«

Maja machte dicke Backen und rieb sich mit leidender Mine die Stirn. Harry Potter hatte an ihr nämlich noch kein gutes Werk getan.

»Uff, schon wieder Sekt, Paule?«

Sie stöhnte leise.

11

Hilfe. Sie stöhnte laut. Geräuschvoller Ausdruck der Überforderung. Seit mittlerweile zwei Wochen saß sie in jeder freien Minute am Küchentisch vor ihrem Laptop und klickte sich durch die diversen Angebote und Preislisten der ästhetischen Instandsetzung. Die Möglichkeiten des Teufels, seinen Beitrag zu Gottes Werk zu gestalten, schienen grenzenlos zu sein. Gerade betrachtete sie das Portfolio einer Schönheitsklinik in Hannover. Dafür müsste sie sich eine Dreiviertelstunde in den Zug setzen. Aber was waren anderthalb Stunden Bimmelbahn hin und zurück im Verhältnis zu einer Reise in ihre eigene optische Vergangenheit? Außerdem hatte Hannover einen hübschen Flughafen. Sollte das Projekt »Was machen lassen« in »Hättest du besser sein lassen« enden, könnte sie von hier aus wenigstens schnell irgendwohin fliegen, wo sie nicht so sehr auffiel. Nach Amerika. Oder zu ihrer Mutter.

Ihre Suche nach Möglichkeiten in Braunschweig selbst war nur mäßig erfolgreich gewesen. Bei der Recherche hatte sie genau eine eingetragene Institution gefunden, in der Schönheitseingriffe vorgenommen wurden. Unter anderem. Eigentlich handelte es sich um eine Praxis für Mund-Kiefer-Gesichtschirurgie. Beim Gedanken an einen Besuch in der MKG-Praxis war Maja mulmig. Es fühlte sich an wie der Gang zur Schlachtbank eines Braunschweiger Gesichtsmetzgers. Nein, nein. Es war sicher gut, nach Hannover zu fahren. Mit der Größe der Stadt wuchs in der Regel die Anzahl der Kunden und damit die Erfahrung in solchen Angelegenheiten. Lag in der Natur der Sache. Eine OP am offenen Herzen ließ man ja auch lieber im Klinikum in Potsdam durchführen als in einer Hinterhofpraxis in Posemuckel.

Maja lehnte sich einen Moment zurück und betrachtete den Bierdeckel, den sie an ihre schöne Old-School-Korkpinnwand geheftet hatte. Es war der Originaldeckel vom Geburtstagsparty-

Abend mit den Freundinnen in der Haifisch-Bar. Viele Getränke waren darauf abgestrichen und daneben in krakeliger Schrift die Worte »Was machen lassen« verewigt. Aus der Nummer kam sie ohne Schimpf und Schande nicht mehr heraus. In dieser Hinsicht war auf Greta und Paule Verlass. Ärgerlich, denn sie hatte nicht nur vor den Freundinnen, sondern besonders vor der Aufgabe einen Heidenrespekt und hätte es am liebsten sein lassen. Daher beschloss sie schon jetzt, dass die zukünftigen Mutproben für das abzuarbeitende Jahr nur eine auswählen würde. Und zwar sie. Vorschläge erlaubt. Kommentare zugelassen. Aber kein Mitbestimmungsrecht.

Sie widmete sich wieder der bunten Auswahl an Operationsmöglichkeiten. Klickte sich durch Straffung, Absaugung und Implantate wie sonst nur durch die Schuhregale im Onlineshop. Ein letztes Mal kamen ihr Zweifel: Warum bekam die durchaus vorhandene Klugheit die verdammte Eitelkeit nicht in den Griff? Und das, wo diese Eitelkeit doch so greifbar war. Sie waberte ja nicht spuren- und geruchlos im Unterbewusstsein herum. Sondern sah sie unverhohlen jeden Morgen vom Badezimmerspiegel aus an. In Majas Hirnwindungen schlummerte leider nicht einmal eine kleine, reißfeste Antwort, die als Handschelle taugte. Und so knickten der Moral vollends die knochigen Knie weg. Der Grund: Maja war nicht wahnsinnig selbstbewusst. Und hatte auch niemanden, der ihr ein gesundes Ego einredete oder durch schwindelerregende Liebe beim Aufbau half. Sie war weder berühmt noch reich genug, um die ganzen künstlerischen und künstlichen Komplexe zu verarzten. Und mit Klugheit ließ sich dagegen schon gar nichts machen. So simpel war das. Punkt. Und mit diesem Gedanken beendete sie das Kapitel in ihrem Kopf und schlug eine neue Internetseite auf.

Sie war auf der Homepage einer Privatklinik angekommen. Eine Klinik für ästhetisch-plastische Chirurgie mit angeschlossener Anti-

Aging-Akademie. Aha. Die dort handwerkenden Ärzte hatten sich nach eigenem Bekunden besonders spezialisiert auf: alles. Alles, was mit Fett, Falten und Formveränderung zu tun hatte. Die Klinik lag im Süden Hannovers, nicht weit vom schönen Maschsee entfernt. Das farbige Foto auf der Startseite zeigte eine protzige Gründerzeit-Villa mit Kiesvorfahrt, Springbrunnen aus Sandstein und riesigen Eichen zu beiden Seiten. Über dem Eingang prangte ein neckischer Name in geschwungenen Buchstaben: *Institut für natürliche Schönheit*.

Sie kopierte den Link und packte ihn in eine E-Mail an Greta, um zu beweisen, dass sie am leidigen Thema dran war. Greta wartete nämlich seit einigen Tagen ungeduldig auf Erfolgsmeldungen. Wahrscheinlich weil es eine so aufregende Angelegenheit war. Aber noch wahrscheinlicher, um sicherzustellen, dass Madame keinen Rückzieher machte.

Maja kniff die Augen zusammen und las das Kleingedruckte. Sie hatte nun schon eine halbe Stunde im Internet-Portal der Schönheitsklinik verbracht. Das alles machte einen höchst professionellen Eindruck auf sie. Mehr wollte sie ja nicht. Wenn schon Kontrolle und Nerven verlieren, dann wenigstens bei erfahrenen Kräften, die damit umgehen konnten. Dafür zahlte sie dann auch gern die siebenhundert Euro. Billigere Schönheit hätte sie in Osteuropa kriegen können. Polen war da ganz weit vorn. Auch diese Angebote hatte sie sich angesehen. Woche für Woche wurden neue Rabatt-Aktionen ausgerufen. Während ALDI Krakauer Würste im Angebot hatte, gab es in Krakau zwei Brüste »mit Dackelschnäuzchen« zum Preis von einer. Oder das 10er-Abo Botox inklusive Bonusheftchen. Oder drei OPs unter Vollnarkose und die vierte gratis dazu.

Bei den Leuten von der »natürlichen Schönheit« fühlte sie sich da eindeutig sicherer. Einigermaßen neugierig klickte sie sich durch die Top-5-Liste der meistgewählten Eingriffe. Ganz oben und damit am beliebtesten war die Bauchstraffung. Guck an. Sie hätte schwören können, dass Brustveränderungen auf der eins gesessen hätten. Nein. Die kamen erst danach. Bronze ging an Fett absaugen. Dann kam die neue Nase. Und dahinter? Maja lachte schallend auf. Und hielt sich dann beschämt die Hand vor den Mund. Es las sich schon sehr kurios, aber vielleicht war das ja tatsächlich ein ernsthaftes Problem. Womöglich unterschätzte sie Dramatik und Seelenlast. Vielleicht hatte sie von Schönheitsmakeln an jener Stelle noch nie gehört, weil sie ihren Freundinnen einfach zu selten zwischen die Beine sah. Aber was konnte man mit Schamlippen denn schon großartig machen? Verkleinern? Vergrößern? Aufspritzen??? Hm. Sie hatte noch keine Schamlippe lächeln sehen. Und Kräuselfältchen bekamen die ja wohl auch nicht. Nun ja, der Leidensdruck schien immerhin so gewaltig zu sein, dass es den Betroffenen tausend Euro wert war, sich davon zu befreien.

Ihr Handy klingelte. Gretas Name blinkte im Display. Die Freundin hatte ihre E-Mail wohl schon gelesen. Immer noch grinsend nahm Maja ab.

»Greta, stell dir vor … Lippen! Die im Erdgeschoss.«

»Noch besser: Weiter unten kommt noch ›Hodensackstraffung‹!«

»Sensationell. Das wurde aber auch Zeit.«

»Du kennst Fallbeispiele, Maja? Sag bloß!«

»Karl hatte viel Gutes. Aber auch ein Euter. Saftlos, leer und labberig. Wo haste die denn gesehen, die Klöten-Korrektur?«

»Na, in dem Bereich für Männer. Hodensackstraffung, Hängebauch und auch Haartransplantationen.«

»Das geht? Muss ich Edu erzählen.«

»Ach ja, richtig. Der und sein Katzenarsch.«

»Apropos Arsch. Po-Lifting, hab ich gedacht. Ist zwar teurer …«

»Vergiss es, Maja. Erstens sichtbar, zweitens sinnvoll – das war die Abmachung.«

Maja schnaufte und spielte ein bisschen die Genervte.

»Boah, Greta. Dann fällt der G-Punkt ja auch raus.«

»Ähm. Wieso? Hast du ihn etwa endlich gefunden?«

»Nein. Aber für siebenhundertfünfunddreißig Euro kann ich ihn mir vergrößern lassen.«

»Behauptet wer?«

»Das ›Institut für natürliche Schönheit‹.«

»Wann machst du einen Termin?«

»Morgen.«

»Versprochen?«

»Nein.«

12

Ehrensache. Maja hatte das nicht gegebene Versprechen gehalten. Fast drei Wochen nach dem Geburtstagsabend der Verderbnis hatte sie eine Verabredung in Hannover gehabt. Schweißtreibende Stunden im Institut inklusive einer Sitzung auf dem Behandlungsstuhl lagen hinter ihr. Aber das Schwitzen hörte noch nicht auf.

»Bar oder auf Rechnung?«

Die Assistentin an der Rezeption flüsterte. Und lächelte. So, wie sie bei allen anderen Kunden zuvor auch geflüstert und gelächelt hatte. Zu einem Zeitpunkt, als Maja mit wippendem Knie reichlich nervös in Zeitschriften mit vielen Bildern und wenig Text geblättert hatte, ohne zu ahnen, dass den Worten des Beratungsgesprächs auch gleich Taten folgen würden. Noch etwas benommen wühlte sie in ihrer Umhängetasche und legte den Stapel Geld aus dem Umschlag ihrer Mutter auf die Ablage. Die Frau hinter dem Tisch zählte geduldig, sehr, sehr geduldig, und gab ihr einen kleinen Rest zurück. Sie legte eine Visitenkarte dazu, auf der sie handschriftlich eine Handynummer notierte.

»Für den Notfall. Bei Fragen oder Problemen. Oder wenn sich irgendetwas merkwürdig verändert. Jederzeit.«

»Verändert?«

»Hängende Augenlider. Sprachstörungen. Speichelfäden. Das Übliche. Haben Sie auf dem Aufklärungsbogen ja unterschrieben. Und gelesen?«

Maja dachte: Nein. Sagte aber:

»Ja, natürlich.«

Und verließ das Haus im Stechschritt.

Im Zug holte sie die Informationspapiere hervor und ihr Leseversäumnis nach. Ändern konnte sie nichts mehr. Unterschrieben war unterschrieben, gespritzt war gespritzt. Aber sie wollte doch wenigstens wissen, was genau sie nicht mehr ändern konnte. Sie konzentrierte sich auf das Kleingedruckte und zog die Stirn kraus. So sehr, dass ihre vertikale Zornesfalte besonders schön zum Vorschein kam. Noch. Maja las. In etwa einer Woche würde sie das Ergebnis der Spritzkur begutachten können. Fünf bis sieben Tage dauerte es, bis das Botox seine ganze Wirkung entfaltete. Die tiefe Furche zwischen den Augenbrauen müsste dann dank Muskellähmung verschwunden sein. Und nicht nur das: Wenn sie einen erstaunten Blick aufsetzte, wobei man natürlicherweise die Augenbrauen hochzog, würde die Stirn nicht mehr aussehen wie der Blasebalg einer Ziehharmonika. Gleiches hatte ihr der Prophet im weißen Kittel für die kräuseligen Falten um die Lippen – Plissee-Fältchen in der Fachsprache – prophezeit, nachdem er sechs ziemlich schmerzhafte Injektionen rund um den Mund verteilt hatte. Und dann hatte sie sich auch noch einen »unmerklich volleren« Mund aufschwatzen lassen. Nicht Botox, sondern irgendein Plusterzeugs, dessen Namen sie wieder vergessen hatte. Wenigstens schien von dem Füllmaterial, das er ihr an mehreren Stellen direkt in die Oberlippe gespritzt hatte, keine ernstzunehmende Bedrohung auszugehen. Außerdem verflüchtigte sich der Luftmatratzen-Effekt von selbst nach ein paar Wochen. Hoffentlich.

Sie lehnte sich zurück in den filzigen Sitz und zog ihren Taschenspiegel hervor. Dann kontrollierte sie die Behandlungsspuren am Mund. Sosehr sie all das Schönheits-Gedöns aus tiefstem Herzen hatte doof finden wollen, so wenig Anlass bot sich dazu bislang. Das mit dem Zeug in der Lippe zum Beispiel hatte der Teufelskerl tatsächlich einwandfrei hinbekommen. Man sah nur eine winzige Aufpolsterung. Und auch nur bei sehr genauer Betrachtung. Kein Schlauchboot unter der Nase, keine Wiener-Würstchen-Visage. Schwein gehabt. Dass die Extraspritze für den perfekten Kussmund fast 200 Euro gekostet hatte, verdrängte sie eilig. An der Stirn waren erwartungsgemäß noch keine Veränderungen zu sehen. Daher klappte sie den Spiegel zu. Geduldsprobe.

Unabhängig davon, ob sie ein zufriedenes oder zerknirschtes Häkchen auf der Liste machen würde, stand nach ihrem Besuch fest: Der Wirtschaftszweig »Schönheit« war längst kein Zweig mehr, sondern ein Ast. Oder sogar ein stattlicher Baum, der auf dem Nährboden all dessen stand, was den Menschen Unzufriedenheit, Unglück oder Krise bedeutete.

Die laut posaunende Allgemeinheit fand das verwerflich. Und Maja hatte lange genug mitposaunt, obwohl es für sie grundsätzlich in Ordnung ging, wenn Menschen abstehende Ohren anlegen, hartnäckigen Hüftspeck entfernen oder Tränensäcke abtransportieren ließen. Die Frage, die sich ihr nun nach diesem Tag stellte, war vielmehr, ob das dann ausreichte: Der Makel geht, das Glück kommt? Oder wurde jeder, der einmal von der verbotenen Frucht gegessen hatte, sofort süchtig danach? Konnte perfekte Schönheit in die Abhängigkeit führen? In jedem Fall war die Sehnsucht letzten Endes wohl unstillbar. So. Und hier war Majas Endstation. Nicht Sehnsucht. Sondern Braunschweig. Schnell ins Theater. Wenigstens da servierten sie heute leichte Kost.

Paules Freudentanz nach dem letzten Vorhang schlug Maja auf den Magen. Die Freundin hüpfte auf und ab, zupfte an Majas Gesicht herum, umkreiste sie juchzend und forderte einen Kuss nach dem nächsten ein, so sehr war sie fasziniert von Majas neuem Mund, der so viel versprechend füllig war und sich so schön weich anfühlte.

»Auf die Wange. Und auf den Hals. Und auf den Mund.«

Maja küsste brav. Aber vor allem schnell, damit es nicht noch mehr Aufsehen gab. Und dann lachte sie, auch ganz brav.

»Paule, wenn ich hier deine Gespielin mime, kriegst du keinen mehr ab.«

»Quatsch. Mach noch mal. Männer finden das heiß.«

Wie aufs Stichwort schob sich Edu an die beiden heran. Maja sah etwas beunruhigt zu ihm hinauf. Sie war sich nämlich sicher, dass er sie schon während der Vorstellung skeptisch beäugt hatte. Allerdings hatte sie sich ebenso eingebildet, dass alle anderen sie skeptisch beäugt hatten, als sie mit ihrem frisch getunten Antlitz im Theater aufgetaucht war. Einen kleinen Augenblick lang hatte sie in der Maske überlegt, dass es besser gewesen wäre, sich gleich ein Schild umzuhängen, auf dem *Ja! Nein. Danke!* stand. Das sollte, so war der Plan, alle unvermeidlichen Kommentare beantworten:

(»Hast du was machen lassen?«) *Ja!* (»Fühlt sich das nicht komisch an?«) *Nein.* (»Sieht aber gut aus!«) *Danke!*«

Sie entschied sich dagegen, um schlafende Köter nicht mit gefundenem Fressen zu wecken. Doch Edu, der alte Hund, war längst wach. Und dass es irgendetwas zu erzählen gab, war ohnehin nicht mehr zu leugnen. Das hatte sie Paule zu verdanken, deren unverhohlenen, getanzten Aufregung und der ganzen Knutscherei. In kürzester Zeit würden alle Bescheid wissen. Wenn man ein mittelwichtiges Geheimnis hatte, dass nicht mit Krankheit oder Tod im Zusammenhang stand, konnte man es Paule erzählen – oder einfach eine Pressekonferenz abhalten. Jetzt allerdings schwieg Maja. Fragen musste er schon selbst. Edu ließ sich nicht lange bitten.

»Nicht, dass wir einen Anlass bräuchten, aber was feiert ihr?«

»Wir? Ach, Maja hat ...« Maja atmete ein.

»Fällt noch nicht auf, aber: Gesicht gepimpt. Silikon in der Lippe. Botox im Kopf. Der Wow-Effekt stellt sich die Tage ein.«

So. Es war raus. Und hatte nicht einmal wehgetan. Noch nicht. Immerhin war dies trotz ihrer ernstgemeinten Entschuldigung nun Edus Chance für eine ordentliche Katzenarsch-Retourkutsche. Sie setzten ihren Gang zu den Garderoben fort. Edu blieb noch einige Sekunden lang stehen und rannte dann hinter ihnen her. Neben den Frauen angekommen, hatte er seine Stimme wieder. Und darin lag einiges an ehrlicher Entrüstung.

»Sag mal ... geht's eigentlich noch?«

»Noch geht's, ja. In sieben Tagen kannst du dann mein eher reduziertes Minenspiel bestaunen.«

Maja grinste. Selten hatte sie den Kollegen so fassungslos erlebt.

»Du. Bist. Schauspielerin.«

»Danke. *Das* war's! Hatte ich fast vergessen.«

»Dein Gesicht ist dein Kapital. Dein Werkzeug. Da kannst du dir ja gleich die ... die Hände abhacken!«

Das war ein Vorwurf zu viel aus dem falschen Mund für die kleine, immer noch begeisterte Paule.

»Kollege! Dein Heiligenschein ist schon lange matt. Du plusterst beziehungsweise bumst dir dein Ego auf brauchbare Größe, zumindest wenn wir es nicht verhindern können. Majas Sache merkt keiner. Und sie verletzt keine Gefühle. Außerdem war es eine Art Grenzgang, und den müssen Schauspieler wagen. Ständig. Und jetzt Vorhang zu.«

In der Kantine setzten sich Maja, Paule und Edu gemeinsam an das hintere Kopfende des langen Tisches. Gesprächsbedarf. Es war nicht ganz leicht, den plötzlich aufgetauchten Apostel in Eduard zum Schweigen zu bringen. Sie versuchten es mit den naheliegenden Argumenten: Nichts war für die Ewigkeit, im Gegenteil, die zurückeroberte Vergangenheit war nur allzu vergänglich. Nach drei bis sechs Monaten wäre Maja wieder ganz die (35-Jahre-)Alte. Das Nervengift wäre abgebaut, das Silikon unter der Haut auch. Die Fältchen würden ihr Gesicht zieren wie eh und je. Und es blieb rein gar nichts zurück. Keine Narben, kein Operationsfehler, kein gebrochenes Herz. Bis zum Ende der laufenden Spielzeit waren es nur noch knapp sechs Wochen. Danach Pause bis Oktober. Das wiederum bedeutete, die längste Zeit als frisch saniertes Objekt würde Maja sowieso nicht auf der Bühne stehen. Edu lenkte ein und gab zu, dass er möglicherweise etwas überreagiert hatte. Dass Maja aber schon ein wenig charakterlos sei, daran hielt er weiterhin fest. Und das brachte sie zu einem Dauerbrenner ihrer Gespräche.

Dieses Thema war für so viele, die sie kannten, ein wunder Punkt: Das Aussehen. Die Jugend. Das Unverbrauchte. All das, woran sie sich schlechtestenfalls messen lassen mussten, wenn Talent und Wahrhaftigkeit nicht oder nicht mehr zählten. Und wenn beträchtlicher Ruhm und noch beträchtlicherer Reichtum Fehlanzeige waren. Da es bei Paule an beidem mangelte, fühlte sie sich ermutigt, eine alte und immer wieder gültige Erkenntnis mitzuteilen. Eine, von der Maja wusste, hatten sie doch jenseits diverser Gläser Wein oft genug gemeinsam darüber sinniert.

»Wir müssen mit der Sehnsucht leben lernen. Frieden machen mit der Unzufriedenheit. Von wegen Glitzer und Glamour. Es ist ein Fluch unseres Berufs. Das ganz normale Showbusiness-Schicksal.«

Maja nickte leicht. Sie lebten, von außen betrachtet, einen Traum, den viele Menschen träumten. Das vermeintlich aufregendere, das vermeintlich bessere Leben, umweht vom Duft des Exotischen. Wie sehr das »bessere« Leben zur Besessenheit werden konnte und wie allgegenwärtig die Verachtung war, das wussten nur die, die sich damit herumschlugen. Maja drehte an dem Teebeutelbändchen, das über den Tassenrand hing, und stützte den Kopf auf die linke Hand.

»Es ist nie genug. Das macht mich manchmal so alle. Nie genug Können, Fleiß, Leidenschaft. Alle Mühe umsonst, wenn einem niemand eine Chance gibt, das alles zu zeigen. Auf der Bühne oder beim Film. Wenn uns die, die es entscheiden, nicht machen lassen. Lebenslang abhängig.«

»Meine Rede. Wohlsein.«

Edu erhob sein Rotweinglas. Paule stieß mit ihm an, und beide nahmen einen Schluck. Maja setzte derweil ihren Gedanken fort.

»Das erklärt zumindest die mittlerweile salonfähige Gefallsucht. Und vermutlich auch viele andere Macken.«

Die beiden anderen lachten. Edu strich sich über den Kopf und grinste.

»Außerdem ist ein kleines bisschen Eitelkeit schon okay. Zumindest in eurem Alter.«

Maja musste schmunzeln und warf ihm mit ihren neuen Lippen einen Luftkuss zu, den er erwiderte. Paule dachte laut weiter.

»Aber noch ist der Zeitplan für das, was uns Schauspielern mit unseren malträtierten Gemütern widerfährt, nicht gut. Erst finden wir uns nicht gut genug, dann spielen wir uns in Hunderten von Vorstellungen die Seele aus dem Leib, bis uns eine bessere Rolle Bestätigung einbringt. Dann halten wir uns jahrelang für nicht schön genug, haben uns aber irgendwann mit dem eigenen Körper arrangiert. Und – huch – da beginnt auch schon sein Verfall. Herzlichen Dank!«

Wieder lachten sie. Natürlich war den dreien klar, dass ihr Lamentieren letztlich ein Luxusproblem markierte. Weil sie es ja trotz allem relativ gut getroffen hatten in Braunschweig. Weil sie von einer Gage lebten und nicht von Hartz IV, selbst wenn das eine manchmal verdächtig nah am anderen dran war. Weil sie morgens ausschlafen konnten, mittags Fanpost bekamen und abends Applaus. Sie unterhielten sich über ihre frühen Fantastereien. Die, über die schon lange nicht mehr fantasiert wurde: Titelseiten, Filmpreise, Amerika. Aber sie sprachen auch über die, für die es noch Hoffnung gab. Paule sehnte sich nach einer bezahlbaren Zweizimmerwohnung. Edu hatte tatsächlich noch einen Dreier auf der Liste (»Aber nur mit zwei Frauen. Keine Konkurrenz im Bett!«). Und Maja wünschte sich für diesen Sommer wenigstens einmal 30 Grad und Regen. Und sie schmiedeten Pläne, was sie im nächsten Leben anders machen würden. Eine Lehre mit realistischen Erfolgsaussichten zum Beispiel. Als Gärtner, Masseur oder Terminator.

Gegen halb eins stand Maja auf und schickte sich an zu gehen. Da zog Edu sie noch einmal dicht an sich heran und wisperte ihr etwas ins Ohr. So leise, dass sie sich anstrengen musste, um es zu verstehen. Seine Frage ließ sie grinsen.

»Sag mal, macht das Institut auch was mit Haaren?«

13

Würde. Unantastbar war sie laut Gesetz. Laut Maja weder zu tasten noch zu greifen. Und laut Lina? »Ach, weißt du: In Würde alt werden ist nur in Gedanken schwer. Und nur in jungen Jahren, mein Kind.«

Lina balancierte ein kleines Tablett aus ihrer Küche. Darauf zwei weiße Porzellantassen mit Goldrand und Untersetzer. Frau Schnebel fühlte sich nicht so. Der Kreislauf. Deswegen hatte sie sich zum ausgedehnten Mittagsschlaf hingelegt. Ausnahmsweise kein Sonntags-Skat. Stattdessen Tee und Diät-Plätzchen. Und Zeit zu zweit mit Lina. Auch schön.

»Alt wirst du von allein, Maja. Und das mit der Würde findet sich schon.«

»Ich finde meine gerade nicht, Lina. Und das nervt.« Maja nippte am Earl Grey, strich sich über die Stirn und machte Grimassen. Wobei sich die Augenbrauen nur halb so hoch ziehen ließen wie noch vor wenigen Tagen. Lina lächelte ihr aufmunternd zu. Maja hatte ihr von der ersten ihrer zwölf Mutproben erzählt. Und von den Fragen, die sie seither umtrieben. Lina streichelte mit ihren dünnen Fingern sanft über Majas Hand. Die Haut der alten Dame war durchscheinend wie Pergament und übersät mit hellbraunen Riesensommersprossen. Bläuliche Blutgefäße traten hervor, in den Nägeln zeigten sich Furchen. Maja küsste den Handrücken. Lina berührte ihre Wange und räusperte sich vorsichtig. »Ist es denn so würdelos, der Jugend hinterherzulaufen? Oder zu versuchen, sie einzufangen? Ich weiß nicht. Vielleicht lachhaft, ja. Und ein bisschen dumm, weil es zum Scheitern verurteilt ist. Aber selbst wenn. Soll doch, wer will. Meine Würde jedenfalls hat nichts mehr mit Äußerlichkeiten zu tun. Mir geht es um meine Selbstständigkeit. Wenn die eines Tages geht, Maja, dann muss sich der liebe Gott beeilen.«

Lina biss in einen Keks. Maja tunkte ihren in den Tee. »Meinst du, er ist jetzt sauer auf mich?«

Lina hüstelte, sodass ihr kleine Keksstückchen aus dem Mund fielen. Sie stippte die Krümel mit dem Zeigefinger von der Tischdecke und streute sie auf das Tablett. »Die Beichte kann ich dir abnehmen, Kind, aber für Absolution bin ich eindeutig nicht katholisch genug. Dennoch glaube ich: nein. Der hat andere Sorgen und Baustellen auf seinem Planeten. Und unter uns: Hätte es diese Möglichkeiten zu meiner Zeit gegeben, ich hätte das Wartezimmer gestürmt.«

Maja versenkte ein weiteres Plätzchen im Tee und deutete auf Linas Ohr, das mit einem kleinen Pflaster verklebt war. »Und in welchem Wartezimmer warst du dafür?«

»Ich habe mir die Ohrläppchen liften lassen.«

»Bitte was?«

Lina freute sich unverhohlen. »Nein. Akupunktur. Wegen der Hüfte. Und die Knie quälen mich von Zeit zu Zeit.«

Lina berichtete, wie sie zu ihrem Senioren-Piercing gekommen war. Jemand aus ihrer »Granufink & Greise«-Gruppe hatte sie darauf gebracht. Mit der traf sie sich schon seit einiger Zeit regelmäßig. Nicht irgendwo in Braunschweig, sondern irgendwo im Internet. Und auf der Plattform war einiges los. Jede Menge Rezepte fand sie dort beispielsweise, von Sachen, die sie zwar wegen viel zu viel Zucker längst nicht mehr hemmungslos futtern, aber immerhin noch backen konnte. Und Ablenkung fand sie dort. Denn mit einem neuen »Bekannten« schrieb sie sich Nachrichten, die mindestens ebenso süß waren wie die Plätzchen. Aber am häufigsten durchstöberte sie die Kleinanzeigen-Rubrik. Ohne Kaufabsicht. Nur um zu sehen, wovon Leute ihres Alters sich trennen mochten (Wohnmobile und Modelleisenbahnen) und was sie suchten (sie ihn, sie sie, er sie, er ihn. Das alte Lied). Und gegen drohende Blutleere in den grauen Zellen spielte sie Tetris oder »Ich packe meinen Koffer …«. Lina allein zu Haus. Aber online.

Im Gesundheitsforum waren zurzeit die Wunder und Verheißungen der alternativen Medizin schwer angesagt. Und da Lina der festen Überzeugung war, dass ihr tägliche Pillen gegen chronische Leiden noch mehr chronische Leiden, nur an anderer Stelle, verursachen würden, kamen ihr die Tipps gerade recht. Und so war sie in den Genuss eines perforierten Läppchens gekommen.

»Und das hilft?« Maja machte ein skeptisches Gesicht. Soweit ihr Gesicht die Skepsis zuließ.

»Die Gelenke haben Ruhe gegeben. Ob's der Glaube daran oder die Nadeln selbst sind, ist mir egal. Hauptsache, ich komme hier mal wieder häufiger raus.«

»Willst du ihn treffen?«

»Das weiß ich nicht. Noch nicht. Außerdem ist er schon 79!«

»O Gott. So alt?« Maja lächelte.

»Tja, das ist meine gefrorene Seite, liebes Kind. Wer, wie ich, die 80 hinter sich gelassen hat, muss eiskalt kalkulieren. Das Durchschnittsalter vom Freundeskreis zwei Jahrzehnte unter dem eigenen hält hier oben frisch.«

Sie tippte sich an die Schläfe. Und lachte. Außerdem müsse sie ja ein ehrfürchtiges und respektvolles Auditorium für das Verbreiten ihrer gesammelten Werke haben. Also der ungefragt angebrachten Altersweisheiten, zu denen sie langsam ebenso neigte wie andere ihres Jahrgangs. Lina nahm noch ein Gebäck. Ihr Gemüt erhitzte sich, und die Wangen bekamen Farbe. Es war eine zweischneidige Sache, die Rolle der Stammesältesten innezuhaben. Einerseits war nicht zu leugnen, dass sie diejenige mit den meisten Baumringen unter der Rinde war und damit natürlich auch die meiste Erfahrung mit dem Projekt Erde hatte. Aber andererseits mochte sie sich nicht damit anfreunden, so zu werden wie alle Alten vor ihr. Konkret bedeutete dies, dass sie in den vergangenen zwei Jahren eine unwillkommene Wandlung an sich bemerkt hatte. Störrisch sei sie geworden, bisweilen überheblich. Natürliche Auswüchse des Alters, wie sie meinte, die es deswegen aber noch lange nicht gutzuheißen galt. Maja versuchte sich in Beschwichtigung und versicherte ihrer »Großmutter«, dass ihr noch nichts Anstrengendes an ihr aufgefallen sei. Doch Lina ließ nicht ab. Sie hatte eine eigene These über die Entwicklung des menschlichen Charakters durch die Jahrzehnte. Und die ging so: Auf die Welt kamen sie alle als anarchisches, revoltierendes Individuum. Einzige Aufgabe: schlafen, essen, spielen, wachsen. In der Schulzeit: schlafen, essen, lernen, wachsen. Alles unter den Fittichen der Familie. Dann wurde abgenabelt. Nach diversen Kleinkriegen und Unabhängigkeitserklärungen zwischen zwölf und 30 kehrte eine gewisse Ruhe ein. Waffenstillstand. Oder sogar Versöhnung. Mit dem Schicksal vielleicht, vornehmlich aber mit den Eltern. Und auch mit dem, was man tat, wollte und geworden war. Kurzum: mit der eigenen kleinen Welt. Die Phase der Anpassung folgte. Auffallend unauffällig werden. Zu bequem für Aufruhr. Zu faul für den Untergrund. Zu satt für Widerstand. Umstürze des bestehenden und vor allem funktionierenden Werte-, Polit- oder Ich-Systems nur nach Umtrunk und Absturz. Das war eine Ära mittelmäßiger Maulhelden. Diese Routine hätte als angenehme Unaufgeregtheit der Lebensmitte akzeptiert werden können. Leider verfluchten die, die in ihrer Jugend eher im Zickzack gerannt waren und nun doch linientreu schlenderten, das geradlaufende Leben irgendwann doch als Last. Und alles, was Vertrauen schaffte, als angsteinflößende Monotonie, die durchbrochen werden musste. Nicht selten von herbeigeredeten oder ausgewachsenen Krisen. Das war der Zeitpunkt, zu dem besonders Männer dämliche Dinge taten. Frauen eigentlich auch, aber die ließen sich wenigstens nicht dabei erwischen. Wenn das Paar dann mit Glück, Verstand und Sigmund Freuds Hilfe wieder zueinandergefunden hatte, wusste es zu diesem Zeitpunkt dann im Groben, wie zukünftige Hindernisse vermieden oder Hürden ohne Knochen- und Vertrauensbrüche übersprungen werden könnten. Wer an diesem Punkt angelangt war und die Augen aufhielt, entdeckte, dass jetzt die beste Zeit vor ihm lag. Drei, vielleicht vier weißbeflaggte Jahrzehnte. Friedensabkommen. Erst das gehobene Alter gestattete einen erneuten Ausbruch aus der Angepasstheit. Rentner-Revolte. So wirkte es zumindest, wenn graue Damen und Herren aufmüpfig wurden. Aber sie hatten nun einmal etwas mitzuteilen. Und nichts mehr zu verlieren. Sie besaßen Wissen über die Menschheit und ihre metamorphosierende Welt, das niemandem nützte, wenn man es stillschweigend mit unter die Erde nahm. Außerdem gab es keine Furcht mehr vor Zurückweisung. Wer wollte es einer runzeligen Seniorin verübeln, wenn sie ungefragt Füllhörner der Erkenntnis über allem ausschüttete, das nicht schnell genug flüchtete.

»Das Jungvolk, das ich um mich herum schare, macht mir Spaß.

Natürlich. Aber eigentlich ist es purer Egoismus. Weißt du, Maja: Ich möchte auch eine Zeit lang fehlen und vermisst werden. Und nicht nur vermissen. Deshalb darf man nicht als Letzte übrig sein.«

Maja nahm Lina in den Arm und schmiegte sich schweigend an die alte Dame. Dann sprach sie aus, was sie dieser Tage immer wieder beschäftigte. »Ich will das auch nicht, Lina. Also, in meinem Segment Letzte sein. Ungeliebt. Mitte 30. Für immer Single. Allerdings bin ich auf dem besten Weg dahin.«

»Ach. Gegen Spinnweben im Hausflur gibt es Mittel.«

Maja löste sich schmunzelnd aus der Umarmung. Wusste sie doch nur zu genau, was jetzt kam. Es war Zeit für ein weiteres von Linas Lieblingsthemen. Majas Matratzentemperatur, die nach Linas Auffassung eindeutig zu oft eindeutig zu kalt war. Der einzige Punkt, in dem Lina und Zsa Zsa einer Meinung waren. Lina rutschte gut gelaunt auf dem Stuhl hin und her. Einmal mehr beschrieb sie detailliert, wie sie sich nach dem Tode ihres Mannes vor fast zwanzig Jahren und einer schmerzhaften, intensiven Trauerphase schließlich neu organisiert hatte. Mit Geschick und Geselligkeit hatte sie sich ihr ganz eigenes »soziales Netzwerk« aufgebaut. In diesem Netzwerk war eine Handvoll ebenso alleinstehender Männer versammelt. Die kamen, wenn Lina anrief. Und zwar nur zu einem Zweck: um mit ihr oder, wenn es nicht mehr so gut ging, bei ihr zu schlafen. Nach Lust und Laune oder eben Kraft und Saft. Von diesem Harem, den sie sich damals hielt, hatte sie bis zur Enkel-Adoption Majas niemandem erzählt. Frau Schnebel, die zu jener Zeit gerade zu ihr gezogen war, bekam natürlich alles mit. Und war wie immer und bei fast allem etwas peinlich berührt. Wenn Besuch da war, spielte Frau Schnebel Gespenst. Sie bewegte sich durch die Wohnung, als wäre sie gar nicht anwesend. Stellte sich taubstumm. Oder ging einkaufen.

Die nicht mehr ganz taufrischen Gigolos wussten auch voneinander. Also, dass es keine Liebhaber-Exklusivität gab. Was zu einer unausgesprochenen Wettkampfsituation führte, von der vor allem eine ausgesprochen profitierte: Lina. Und die, ganz Gentlewoman, genoss und schwieg. Ihre Angelegenheit. Ihr Geheimnis. Ihr Wille.

»Ich singe ja keine Arien mehr, wenn es so weit ist. Das Alter macht langsam und leise. Da geht eine Stunde im Bett noch als Quickie durch. Aber, glaub mir, sie können es. Auch jenseits der 70. Jeder Zweite will es. Und oft.«

»Krass, Lina. Du tust es häufiger als ich.«

»Ach, das war einmal. Die neuen Hüften stellen sich, wie gesagt, etwas an. Aber es gab Tage ...« – Lina lächelte vielsagend und trank von ihrem Tee – »... da musste die Schnebel oft einkaufen gehen. Sehr oft.«

Außerdem sei diese Sache ein nicht zu unterschätzender Dienst an der Allgemeinheit, stellte sie weiter fest. Ein bedeutsamer Beitrag zum Gemeinwohl. Entlastung des kränkelnden Gesundheitssystems. Schließlich sei das, was sie mit ihren »Bekannten« veranstaltet hatte, gerade in ihrem Alter sehr gesundheitsförderlich. Ja, wirklich. Es verhinderte nämlich Herzinfarkte und erhielt die Vitalität. Das war bewiesen. Darüber gab es Statistiken. Und so war doch allen geholfen. Lina zeigte ein mädchenhaftes Grinsen. Und Maja wusste nur zu genau, was Lina ihr einmal mehr ans Herz legen wollte: Maja möge die Suche nach der großen Liebe hintenan stellen und endlich aufhören, sich aufzusparen. Sollte heißen: dem dusseligen Märchenprinzen auf seinem weißen Pferd, der sich augenscheinlich andauernd vergaloppierte, noch Zeit geben. Nicht tatenlos darauf warten, bis er endlich mit neuem Navi am Gaul unter ihrem Küchenfenster stand. Sondern die Zeit nutzen.

»Ich habe *nur noch* Sex auf Abruf. Der Typ kennt meinen Zyklus mittlerweile besser als die Bundesliga-Tabelle. Und das heißt was.« Gretas Stimme klang ziemlich genervt. Das Telefon zwischen Ohr und Schulter eingeklemmt, lief Maja durch ihre Wohnung und räumte nebenbei die Theatertasche aus. Seit einer halben Stunde führten sie ihr fast schon zur Tradition gewordenes Wochenend-Endgespräch. Es war kurz vor Mitternacht. In den vergangenen Minuten hatte Maja vom Nachmittag bei Lina erzählt. Und vom unmoralischen Gebot der alten Dame. Wobei Greta beim besten Willen und größter sittlicher Pingeligkeit nichts Unmoralisches daran hatte finden können. Maja trug zurzeit keine Verantwortung für das Herz oder die Gefühle eines männlichen Gefährten. Warum dann nicht ein kleines bisschen verantwortungslos sein? Deswegen ermutigte Greta ihre Freundin ziemlich unmissverständlich, sich die zahlreichen, schmucken Söhne Braunschweigs häufiger als bisher aus der Rückenlage anzusehen.

»Mach verruchte Sachen, Maja. Verdorbenes Zeug. Wenn du das in einer Beziehung nicht früh anfängst, ist es vorbei. Den Moment kriegt man nicht wieder hin. Nach sieben Jahren sagt keine mehr plötzlich: Schatz, heute lieber mal schnell und schmutzig.«

»Ich hab es sowieso gern sauber.«

»Dann vögel halt ein bisschen für mich mit. Hast du schon deine zweite Mission?«

»Eine Idee. Ja.«

»Jawollo! Sex auf Abruf?«

»Außer Konkurrenz. Und alles andere: außerhalb deiner Kompetenz, meine Liebste. Ich möchte noch einmal an meine uneingeschränkte Selbstbestimmung erinnern. Zumindest in dieser Angelegenheit.«

Ende der Diskussion. Der einen wenigstens. Denn damit kehrten sie zum Einstiegsthema zurück, also der Fortpflanzung und dem extrem akuten Babywunsch. Nicht so sehr ihrem, sondern dem ihres Freundes Nick, der in diesem Punkt nicht so recht mit sich reden lassen wollte. Geld und Liebe seien doch in ausreichendem Maß vorhanden, warum also warten? Greta hatte versucht, ihm beizubringen, dass sie sich noch nicht bereit fühlte. Dass die Gegenwart von Säuglingen bei ihr keine hormonelle Katastrophe anrichtete und auch Tierwelpen im Fernsehen kein Grund für plötzliche Tränenausbrüche waren. Sie hatte sich bemüht, ihn zu verstehen. Aber noch mehr hatte sie sich bemüht, ihm klarzumachen, dass ihre Welt ohne tickende Uhr auskam. Und auch ohne die Überzeugung, dass Kinder für den Rest ihres Lebens die beste Idee wären. Nick hatte auf diese Einwände immer nur eine Antwort parat: nämlich Greta möglichst schnell und kunstvoll flachzulegen. Immerhin etwas. Und Grund genug, nicht weiter zu streiten.

Bis zum eindeutig formulierten Baby-Wunsch vor einigen Monaten war Nicks Bedürfnis nach Beischlaf bereits stark eingeschlafen gewesen. Greta hatte oft versucht, sich zurückzuerinnern. Seine Lust-Flaute musste kurz nach dem Einzug in die gemeinsame Wohnung begonnen haben. Anfangs hatte Greta noch einen Heidenspaß daran gehabt, in die Verführerinnen-Rolle zu schlüpfen, lieferte ihr die Situation doch beste Argumente für neue, teure Spitzenunterwäsche in regelmäßigen Abständen. Und sich dann ganz emanzipiert das zu holen, was sie brauchte und wollte, war cool. Ganz ohne Spaß ging die Sache ja auch an Nick nicht vorbei. Irgendwann vor zwei Jahren kam dann der kalkulierbare erste kleine Knacks. Dennoch: die zwei hatten es wieder hinbekommen. Sie hatten geredet, über Bedürfnisse. Vor allem, wenn sie einseitig waren. Und sie hatten einen Plan gemacht. Reichlich erwachsen, wie sie damals fand. Eine Vereinbarung zu »Verabredungen«. Das funktionierte. Der wenigstens wöchentliche »Jour Fick« im Bett mündete immer in den Tagesordnungspunkt Kuscheln. Sie schmusten miteinander, entknoteten sich und bemerkten, dass sogar ein paar Knoten in Nicks Kopf gelöst worden waren. Beteuerte er zumindest. Sie vertraute darauf und ließ es laufen. Bis zum Start der Offensive. Erklärtes Ziel: Reproduktion. Und an dem Punkt verwirrten sich wiederum Gretas Gefühle und Gedanken. Dennoch spielte sie mit. Halbherzig zwar, aber sie sträubte sich nicht. Weil Nick ein cooler

Typ war, ihr cooler Typ. Und der machte einfach vieles richtig. Beispielsweise sagte er nach all den Jahren immer noch »Ich liebe dich«. Ohne dass es nach Maschine klang. Sogar morgens, wenn ihr Mund noch nach nassem Hund roch. Und er küsste den nassen Hund sogar.

Greta seufzte wieder. »Wenn er könnte, würde er den Eileiter hochkriechen, um dem Ding auf die Sprünge zu helfen.«

»Dann redet doch noch mal.«

»Immer wenn es geklappt haben könnte, räumt der Mann vor jedem meiner Schritte den halben Hausstand aus dem Weg. Und vorhin wollte er schon verbieten, dass ich mit der Leiter die *Mad Men*-DVDs aus dem obersten Regalfach hole. Sag mal, geht's noch? Selbst wenn ich schwanger wäre, bin ich doch nicht schwerbehindert.«

»Redet, Greta.«

»Haben wir. Viel zu viel. Ich weiß ja, was er will. Aber ich will eben nicht. Oder vielleicht doch. Irgendwie. Nur nicht gerade jetzt.«

»Nur Sprechenden kann geholfen werden.«

»Hm. Ich hab schon überlegt, wieder mit dem Rauchen anzufangen …«

»Wenn's hilft.«

»Bis dahin verlasse ich mich weiter auf die Kraft meiner wankelmütigen Seele, bete inständig für die erste Migräne meines Lebens und zähle auf die Statistik. Demnach habe ich noch ein paar Monate Zeit, bis ich zum Brutkasten mutiere. Aber lass uns von dir reden, Maja, mein Herz. Was macht das neue Gesicht?«

Maja lachte laut auf. »Genießt und schweigt. Sozusagen.«

Sie lag im Bett, hatte das Licht gelöscht und lächelte. Mission 2 stand unmittelbar bevor. Der Traum einer jeden Frau? Mitnichten. Davon träumten Männer vielleicht, dass Frauen von so etwas träumten. Aber sie wollte es ausprobieren. Und ganz unabhängig vom Ausgang des Projekts würde sie etwas zu erzählen haben. Und dann wären es nur noch 10 Missionen, die sie erfinden müsste. Die sie sich gab, um etwas dafür zu bekommen, was immer das auch sein mochte. Vielleicht waren es diese Gedanken, die sie entspannten. Vielleicht war es aber auch das, was Fritz ihr noch flüsterte. Als sie schon gleichmäßig tief atmete und fast in die innere Dunkelheit entglitten war, meinte sie, seine leise, liebenswerte Stimme zu hören. Er murmelte etwas wie: »Auch ohne Baby lohnt sich ein Wunsch. Für Würde bist du nicht alt genug. Und bis dahin ist kein Sex auch keine Lösung.«

14

Pitt-Stop. Maja ließ sich gerade auf Vordermann bringen. À la Brad Pitt. Der Hollywoodstar war ihr Vorbild. Allerdings nicht zu seiner Zeit als *sexiest*, sondern allenfalls als schmuddeligster *man alive*. Strähnige Haare, tiefer, schräger Pony, unrasiert. Ein Look wie Mundgeruch und doch cool dabei: Da sollte Majas Verwandlungsreise hinführen. Die Maskenfrau mit dem Wasserkopf und dem Hippopotamus-Po war wie zu erwarten schon weg, erledigte sie doch seit kurzem nur noch Dienst nach Vorschrift. Hatte also auch sein Gutes, dass eben jene Matrone, die gerade noch als mies bezahlte Praktikantin ausgebeutet worden war, jetzt schon felsenfest angestellt auf der Gehaltsliste des Braunschweiger Stadttheaters stand. Matrönchens Anwesenheit, ihr neugieriges Gegucke und Gefrage und Gegacker hätte Maja nur mit buddhistischer Disziplin und Zwerchfellatmung ertragen, während sie sich mehr und mehr optisch veränderte. Beziehungsweise verändern ließ. Die Lieblings-Maskenbildnerin nahm ein Schlückchen vom Sekt, den ihr Maja als Dankeschön für die Überstunde mitgebracht hatte. Maja lehnte gemütlich im Polsterstuhl des Maskenraums und betrachtete im Spiegel die Szenen der Verwandlung. Ihren Busen hatte sie sich selbst mit Mullbinden an die Rippen gebunden und den nunmehr burschikosen Oberkörper unter einem stylishen Langarm-Shirt mit Banksy-Print versteckt. Majas lange Haare waren in kleinen Schnecken flach auf den Kopf gedreht und festgesteckt worden. Darüber zog die Maskenbildnerin noch eine zum Haarnetz umfunktionierte Nylonstrumpfhose, dann erst stülpte sie Maja die dunkelblonde Perücke über. Modell Bon Jovi. Der erfreuliche Bon Jovi, nach seiner Abkehr von der beängstigenden Dauerwelle. Mit der Schere kürzte sie hier ein bisschen, schnippelte dort ein wenig und modellierte einige Strähnen mit Haarwachs. Der Anspruch lautete: Surferboy-Look. Brad »We will, we will, fuck you« Pitt. Ein heißer Hund, den keine halbwegs zurechnungsfähige Frau abweisen würde, und wenn er noch so müffelte. Und siehe da: die fertige Fransenfrisur hatte schon viel von der Zielperson. Die Maskenbildnerin schattierte Majas Gesicht mit einem dunklen Puder, sodass es etwas kantigere Züge bekam, und schminkte ihr leichte Augenringe. Das sei typisch männlich. Und verwegen. Sie verteilte die Farbe außerdem an allen Stellen, wo bei Männern normalerweise Haare wuchsen. Am Kinn, an den Kieferknochen und über der Oberlippe. Dann machte sie sich daran, Majas untere Gesichtshälfte unter einem Flokati von Haaren zu verstecken. Dafür griff sie im Regal nach einer Art Vlies, auf das jede Menge hellbrauner Haare geknüpft waren. Sie schnitt die Fläche in Form und befestigte den Bart mit dem unvermeidlichen Theaterkleber. Maja stöhnte leise. Das wieder vom Gesicht zu pulen, würde bedeuten, die Epidermis gleich mit abzuziehen. Nun ja: Etwas leiden für Brad und seine Gesichtsbehaarung musste schon drin sein. Sie überprüfte ihr Antlitz.

»Was meinst du? Bisschen viel Yeti, oder?«

Sie blickte unsicher zur Maskenfrau und zupfte und rieb sich am fellbesetzten Kinn.

Die Maskenbildnerin hatte weniger Zweifel. Sie strich, stolz und fasziniert vom eigenen Werk, über den täuschend echt wirkenden Bart und lachte.

»Aber, liebe Maja, ein unverkennbar männlicher Yeti. Mit ein bisschen Glück und Geschick bleiben da sogar Reste vom Essen drin hängen.«

Maja schüttelte sich angewidert und verzog ihr Gesicht in alle Richtungen. Sie probte den Pitt-Look. Versuchte sich in begehrenden Blicken. Versonnen – lässig – geil – besoffen. Das ganze Programm. Um dann innezuhalten.

»Sexier. Ich finde, es muss mehr Sex haben. Ich bin ja auf Beute aus. Zumindest theoretisch.«

Die Maskenbildnerin zuckte mit den Schultern und gab mit einem gleichmütigen »Okay« ihr Einverständnis. Sie zückte ihren Apparat und kürzte die Härchen auf Fünf-Tage-Wuchs. Majas Augen weiteten sich aufgeregt. Das war die Optik, die sie sich vorgestellt hatte. Wieder spielte sie vor dem Spiegel mit diversen Fratzen herum. Schließlich erhob sie sich und drückte der Maskenfrau einen festen Kuss auf den Mund. Fast schon so grobmotorisch wie ein Mann. Pauly war jetzt Pitt. Mit Ambitionen auf den Titel »Sexiest Man Niedersachsens«. Und gleich würde sie zum ersten Mal in ihrem Leben als Mann ausgehen.

Auf dem Weg zur Kneipe übersprang Maja Pfützen. Über Sinn und Verstand der Mission diskutierte sie nicht mehr, weder mit sich selbst noch mit anderen Bedenkenträgern (Helene!). Denn sie wollte ihre Missionen nicht moralisch oder gar pädagogisch in Frage stellen. Stattdessen erwartete sie sich nicht zu erwartende Antworten. Ausrufe- statt Fragezeichen. In der Hoffnung, dass es jenseits der Erfahrung irgendetwas gab, das anders war.

Diese Dieseits-Jenseits-Sache, die nichts mit dem Tod, sondern ausschließlich seinem Kontrahenten, dem Leben zu tun hatte, war natürlich nicht ihre Erfindung. Darüber hatten sich schlaue Menschen mit Zeit, Papyrusrolle und wirklich langem Bart vor vielen tausend Jahren schon Gedanken gemacht. Und doch erleuchtete sie der Gedanke, als wäre es ihr eigener. Diesseits weniger schlau als jenseits. Das galt für jedes Jahr, jeden Monat, jede Woche und, ja, jeden Tag im Leben. Im Alltag war das nur allzu leicht zu übersehen. Weil sie nicht so offensichtlich war, die winzige Weisheit, die möglicherweise hinter der nächsten Minute lauerte. Die schrie ja nicht die ganze Zeit:

»Los! Mach schon. Augen und Synapsen auf. Dahinter ist es spannend.«

Dennoch lag hinter jeder Kurve die Chance auf mehr Erkenntnis.

Maja zog noch einmal vorsichtig am Bart. Dann fester. Der saß. Und ihren Verhaltenskodex hatte sie auch schon definiert: wenig tun, wenig reden, wenig denken. Aber eine Ausstrahlung haben wie der Held im Zelt. Das Aussehen dazu stimmte, bis auf eine Kleinigkeit. Ein Pimmel fehlte. Da ließ sich ohne umschnallbares Equipment aus dem Erotik-Paradies nix machen. Aber so tun, als läge da einer dick und bräsig halb rechts hinterm Hosenlatz, das sollte schon hinzukriegen sein. Maja grinste vor sich hin. Ihr war leicht zumute. Pimmelhochjauchzend. Sozusagen.

Im Haifisch war die Hölle los. Wie immer eigentlich. Die Lieblingsbar-Parameter lauteten auch heute: dichtes Gedränge, verzerrter Gitarrenrock, Stimmengewirr und schlechte Luft. Maja rieb sich den zarten Feuchtigkeitsfilm von ihren Händen. Sie straffte sich und beruhigte die Nerven, indem sie sich einredete, dass Schwitzen a) sehr maskulin und b) bei den Menschenmassen nur verständlich wäre. Dann schob sie sich in Richtung Theke voran. Ihr

Herz klopfte hastig. Zum einen natürlich, weil die Mission gerade noch aufwühlender wurde, als sie sich das tausendmal ausgemalt hatte. Zum anderen, weil sie dachte, jeder müsse augenblicklich erkennen, dass die kleine Maja heute verkleiden spielte. Und die Peinlichkeit einer öffentlichen Demaskierung hätte sie, Rollenstudium hin oder her, nur ungern aushalten müssen. Kurz vor dem Tresen blieb sie ein letztes Mal stehen, um sich für ihre erste Kneipenbierbestellung als ganzer Kerl zu sammeln. Da erblickte sie Suse, Stammkellnerin und damit Feldmarschall im Haifisch, die mit einem Tablett voller Getränke direkt auf sie zukam. Flucht unmöglich. Suse wollte sich in gewohnt forscher Manier an ihr vorbeizwängen, während Maja stocksteif stehen blieb und die Luft anhielt. Suse sah ihr grimmig in die Augen und warf ihr ungehalten ein paar Worte hin.

»Festwachsen ist nicht, mein Freund. Die anderen haben auch Durst.«

Maja gab stumm den Weg frei. Diesen Kasernenhofton der geübten Kellnerin schmetterte Suse nur »Fremden« entgegen. Aufatmen. Die Feuerprobe hatte Maja bestanden. Darauf erst mal was Kühles für die blonde »Brad«. Maja orderte mit größtmöglicher Lässigkeit und nahm drei große Schlucke. Kleiner Rülps. So ging's besser. Sie lehnte sich mit angewinkeltem Ellbogen locker an die Bar und übte sich in einer der einfacheren männlichen Disziplinen: stehen und schweigen. Minutenlang. Niemand schien ihn wahrzunehmen, weder Mann noch Frau. Es gab keinerlei diskrete Versuche der Kontaktaufnahme. Maja wusste nicht, ob das wirklich ein gutes Zeichen war. Jedenfalls war es neu. Als Frau allein in einer Kneipe hatte man an manchen Tagen schneller einen Typen an der Backe als ein Getränk in der Hand.

Sie bestellte das zweite Bier. Plus Schnaps. Ein bisschen Mut fürs Gemüt. Die selbstsicheren Jungs baggerten angeblich nüchtern, aber das würde sie in dieser Ausnahmesituation definitiv nicht hinkriegen. Überdies stellte Maja ernsthaft in Frage, ob es diese selbstsichere Anmachgarde überhaupt gab. Ihr Erfahrungsschatz beschränkte sich größtenteils auf Kerle, die schon schielten, wenn sie sich ihr näherten. Moos ansetzen wollte sie hier jedenfalls nicht. Also musste der nächste Schritt bald mal gewagt werden. Ausgehen als Mann hieß: flirten, baggern und abschleppen. Maja observierte das Feld. Zwei Meter von ihr entfernt stand eine sehr hübsche Dunkelhaarige mit zarten Gesichtszügen und lustiger Zahnlücke am Tresen. Eine Mischung aus Vanessa Paradis und Winona Ryder. Bei ihr stand eine eher unscheinbare Freundin. Immerhin nur eine und nicht mehrere. Gute Ausgangslage also für die geplante Invasion. Auf einen ganzen Haufen Hühner zu treffen, das wusste Maja aus eigener Erfahrung, war für Männer eher undankbar. Mit nur zwei Ladys würde Maja umgehen können.

Immerhin: Braunschweigs Winona Ryder hatte schon zweimal zu ihr herübergeschaut. Und, olé, olé, gelächelt.

Okay. Attacke. Aber wie?

Der erste Satz musste sitzen. Erst recht, weil Maja spätestens in drei Schlucken einen sitzen hatte. Mann, war das schwer. Dabei hatte sie sich oft gefragt, wie sie gern angesprochen werden würde. Was nicht aufdringlich, beschämend oder kreuzdämlich wäre. Es gab so viele Möglichkeiten. Die witzige Variante:

»Ihr …«

(Machte man doch so, oder? Immer beide ansprechen, selbst wenn der Mann es eigentlich nur auf eine abgesehen hatte?)

»… seid der einzige Lichtblick hier. Darf ich ein Getränk lang in die Sonne?«

Und dann total lustig ein Fass Bier mit Strohhalm bestellen. Hmpf. Eher nicht.

Oder die schlichte:

»Habt ihr was dagegen, euch fünf Minuten mit mir zu unterhalten?«

Ehrliche Ansage. Aber in der Wirkung? Ging so, je genauer sie darüber nachdachte.

Dann vielleicht doch die direkte: »Ficken oder Fresse?« Nicht gut. Tja, die tadellose Anmache war vermutlich doch eine filigrane Kunst. Und Maja gerade der Welt größter Kunstbanause. Ein Königreich für Nikotinabhängigkeit. Mit »Haste mal Feuer?« kam man doch immer ran, oder? Frustriert sah sie in Winonas Richtung. Die hatte ihr den Rücken zugedreht und erzählte der Unauffälligen gerade mit großer Geste irgendeine langatmige Geschichte. Die Blasse blickte in Majas Richtung und stupste Winona an. Die wandte den Kopf, lächelte und machte mit einem seitlichen Nicken eine einladende Geste. Maja zeigte fragend auf sich selbst. Die Frauen schmunzelten und nickten erneut. Herzrasen. So wie es schien, luden die Damen sie in ihre Gesellschaft ein. Zu Gespräch und Getränk. Majas Mut kroch aus seinem Versteck hervor. Sie war noch nicht ganz bei ihnen angelangt, da strahlte ihr die Blasse so sehr entgegen, dass die Wangen ein rosa Licht abwarfen: »Hallo!«

Maja antwortete brav mit der einstudierten gesenkten und sonoren Stimme. »Hallo!«

»Allein trinken ist ungesund, Freund. Wir fühlten uns für dein Wohlergehen verantwortlich. Prost.«

Maja lächelte. »Danke. Prost!«

Kling (Sekt) gegen Klong (Bier) ertönte. Alle drei tranken. Die Blasse schneller als die beiden anderen.

»Also: Ich bin die Hanne. Und das ist meine Freundin Nina. Eigentlich Christina. Aber mag sie nicht so. Nina ist knackiger. Und –« Nina hielt sich etwas verschämt einen Zeigefinger vor den Mund. Hanne stoppte den Redeschwall abrupt, drehte sich zu Maja und fragte: »Okay. Und du bist …?«

»Ich bin Maj–« Sie stockte. Hitze. Kälte. Der ganze Kneippsche Terror. Wer war sie eigentlich? Über einen Namen hatte sie sich dämlicherweise keine Gedanken gemacht. »Ähm … Maj…oran.«

Hanne und Nina kollabierten. Schallendes Gelächter und eine Fontäne aus Sekt und Spucke schwappten in die Mitte. Maja nutzte den Moment zum Nachdenken. Wieder blieb nicht viel Zeit. Wo war das ganze hilfreiche, funktionsbeschleunigende Adrenalin, wenn man es wirklich dringend brauchte? In Produktion? Verdampft? Noch kein Mitglied der EU? In jedem Fall sehr weit weg. Was tun? Tja, mitspielen wohl, einfach mitspielen. Sie nahm eine eindruckschindende Haltung an (oder zumindest das, was Frauen gern als eindruckschindende Haltung definierten, weil sie es an männlichen Versuchsobjekten tausendfach so beobachtet hatten – Schultern straffen, Brustkorb heben, Lippen schürzen und dem Ego mit vielen »Ich«-Sätzen auf die Sprünge helfen). Dann räusperte sie sich kaum hörbar.

»Äh, Inkas!«

Maja hielt für eine winzig kleine dramaturgische Pause inne.

»Kommt von den Inkas, der Name.«

Sie verharrte in ihrer Pose und schielte nach der Reaktion. Das Glucksen und Kichern verebbte. Hannes und Ninas Gesichter nahmen interessierte Züge an. Maja fühlte sich bestätigt und machte tapfer weiter als dritter Bruder Grimm. »Schräger Einfall der Eltern halt. '68er. Südamerika-Fans. *Aficionados*.« Das letzte Wort setzte sie mit beiden Zeige- und Mittelfingern in der Luft in Anführungszeichen und rollte dabei mit den Augen. Nina wischte sich noch einmal mit dem Zeigefinger über den Mund. Sie blickte leicht betreten, was Maja fast schon wieder leidtat.

»Entschuldige … Majoran. Aber, es klang im ersten Moment so … so …« Maja ging rollengerecht dazwischen. »Ich weiß, ich weiß. Ich lebe ja schon eine Weile damit. Die Kurzform macht es auch nicht besser. Aber wenn ihr es aushaltet, bin ich für euch der Majo.«

Hanne, die mittlerweile ganz und gar nicht mehr Blasse, strahlte wieder von Ohrläppchen zu Ohrläppchen. »Dann: Willkommen bei den zwei fröhlichen dreien, Majo. Was trinkst du?«

Schon eine ganze Zeit lang stand Maja mit gekreuzten Oberschenkeln da, gerade so, als könnte sie den Toilettengang nicht nur hinauszögern, sondern mit ein bisschen Glück und Geduld ganz vermeiden. Doch irgendwann ließ sich auch der gehorsamste Harnweg nicht mehr hinhalten, und so entschuldigte sich Maja recht plötzlich und zwängte sich zu den Klos durch. Schon klar, dass sie in dem Aufzug nicht bei den Damen reinkonnte. Zumindest nicht, ohne Hysterie oder Inhaftierung zu riskieren. Also steuerte sie auf den Raum mit den Pissoirs zu, Stoßgebete gen Kneipenhimmel sendend, dass dort, wie es sich gehörte, auch ein oder zwei abschließbare Sitzörtchen vorhanden waren. Denn bei aller Experimentierfreude: Maja sah sich nicht wirklich mit runtergelassener Hose und gelupftem Bein über dem Urinal hängen. Das würde rein technisch betrachtet zwar gehen – sie hatte als Vierjährige einige Übungsstunden im Stehpieseln hinter sich gebracht –, aber sie war nicht scharf darauf, Tumulte auszulösen oder sich eine Anzeige für irgendwelche Ordnungswidrigkeiten auf dem Männerklo der Haifisch-Bar einzufangen. Maja sog noch einmal Luft durch die Nase, ließ die Tür mit dem Meerjungfrauenbild links liegen und steuerte zielstrebig auf die nächste zu, die ein hübsches Foto vom Weißen Hai zeigte und wie immer halb offen stand.

Die Niagarafälle in all ihrer weltwunderhaften Schönheit waren ein Rinnsal gegen das, was das Haifischbecken der Männertoilette gerade auffing. Durch den Bodenspalt sah sie die Schatten der kommenden und gehenden Pullermänner. Sie lächelte selig vor sich hin, wegen der Erleichterung, die erstaunliche Glücksgefühle hervorrief, und auch weil sie den Pullermännern jetzt endlich mal bei ihren Pinkelpausengesprächen zuhören konnte. Wer lästert über wen? Wer macht welche Frau klar? Und vor allem wie. Zu ihrem großen Bedauern war die Gesprächsfreude der Jungs eher klein. Es pinkelte sich in der Männerwelt also offenbar doch am schönsten, wenn man so tat, als wäre man allein. In diesem Streifen mit dem Titel »Das Schweigen der Männer« hätte keine Frauen jemals mitgespielt. Nein. Definitiv nicht. Auch kurz vor Selbstaufgabe oder Sturztrunkenheit gab es immer noch Typen oder Themen, die dringend diskutiert werden mussten. Ohne großes Auditorium. Vor allem ohne das männliche. Und wo, bitte sehr, wenn nicht auf dem Klo. Kostbarer Toiletten-Talk. Wie anders, wie fremd und vor allem wie still es hier zuging. Ein merkwürdiges, geheimnisvolles Universum, das Maja heute Abend als Alien besuchte. Und das weitgehend ohne Worte auskam. Metallisches Ratschen von Reißverschlüssen. Räuspern. Und Flüssigkeitsverlust. Das war alles. Doch dann wagte eine Reibeisenstimme den Tabubruch. Und sprach.

»Nix für ungut, mein Freund, aber schmeiß lieber wech, was du da inner Hand hast …«.

Dann wurde gelacht. Sogar gegackert, wie bei den Mädchen, nur eben siebzehn Oktaven tiefer. Auch Maja musste grinsen. Dann sammelte sie sich und atmete noch einmal tief durch. Sie hatte gerade den Türgriff umfasst, als wieder eine Stimme zu ihr drang. Allerdings eine, die ihr sehr vertraut war. »Frohlocket, ihr Völker! Wenigstens das Klo ist voller als ich.«

Aus ihrem Grinsen wurde ein überraschtes Runzeln. Das war ganz eindeutig, ohne jeden Zweifel, aber so was von hundertprozentig – Edu. Was machte der denn jetzt noch hier? War in der Theaterkantine der Rotwein ausgegangen? Unmöglich. Die Haupteinnahmequelle würde niemals versiegen. Und wo waren all die willenlosen Praktikantinnen, wenn sie der Menschheit im Allgemeinen und Maja im Speziellen wirklich einen Dienst erweisen könnten? Kacke. Kacke. Kacke 1000. Dem Kollegen wollte sie nun wirklich nicht begegnen. Zumindest nicht in ihrem Aufzug. Andererseits musste das ja nicht unbedingt der Strich durch ihre Rechnung werden. Wenigstens ein Mega-Mädchen und seine Freundin hielten sie schließlich seit gut einer Stunde für einen vorzeigbaren Typen. Dann würde das bei einem Eduard Zimmer auf der anderen Seite der Nüchternheit doch wohl auch funktionieren. Und wenn nicht, würde sie ihn eben einweihen und zum Klappehalten verdonnern. Maja verließ die Kabine und schob sich am stehpinkelnden Edu vorbei zum Waschbecken. Ehe sie es begriffen hatte, stand er schon hinter ihr und wartete, bis er an der Reihe war. Maja rieb die Seife schaumig. Immerhin, er wollte sich die Hände waschen. Damit gehörte er der Minderheit an, so das Ergebnis ihrer unrepräsentativen dreiminütigen Sitzstudie. In der Zeit hatte sie nämlich viele Sneaker-Paare kommen und gehen, aber nicht ein einziges Mal den Wasserhahn laufen hören. Augenscheinliche Ausnahme: Edu. Neurotisch, aber reinlich. Wunder geschehen. Sie schüttelte ihre Hände trocken. Als sie ihr Aussehen im Spiegel überprüfte und sich bemühte, Edu dabei nicht direkt anzusehen, sprach er sie an: »Sag mal, dich kenne ich doch irgendwoher. Haben wir vielleicht schon mal miteinander gesoffen oder gefickt oder so?«

Maja staunte erst kurz über die unerwartete Frage und dann ordentlich über sich selbst. Weil sie im Angesicht dieser unnatürlichen Situation so flüssig antwortete, als hätte sie das alles schon tausendmal erlebt.

»Das eine zu oft. Das andere nie.«

Sie drehte sich um und ging einen Schritt zur Seite, sodass Edu ans Becken heranwanken konnte. Dann verschränkte sie die Arme.

»Wobei ich nicht gedacht hätte, dass du mit … Männern schläfst.«

»Ach, wenn das Hirn nicht viel mehr als graue Knetmasse ist, nimmt man doch, was kommt.«

Er rieb sich die Hände, lehnte sich an die Kacheln und musterte sie von oben bis unten. Sie hielt stand und musterte mit kritischem Blick zurück. »Sag jetzt du mal: Du bist doch der aus dem Theater.«

Edu richtete sich ein wenig auf und hob das Kinn. Es hatte ihn jemand erkannt. Er war augenscheinlich geschmeichelt. Ach herrje, wie einfach. Egal. Es funktionierte jedenfalls. Und zwar besser als erwartet. Also setzte sie nach. »Für so jemanden wie dich dürfte es doch kein Problem sein, Frauen zu finden zum …« *(Komm schon, Maja, es ist nur eine harmlose Aneinanderreihung von Buchstaben)* »… Ficken.«

Edu, der schon etwas träge mit den Augenlidern klapperte, winkte ab. »Pfff … Jaaa. Neee. Eine, klar, eine kannste immer haben. Irgendein. Anruf, zack, bitte schön, Ihr Triple-A-Pass, *Access All Areas*. Und dann ist die Show um. Kumpel, das is' öde. Langweilig. Macht leer …«

Maja war mit ihrer Befragung noch nicht am Ende. »Mal ernsthaft 'ne Beziehung versucht?«

»Goldener Käfig? Hatte ich. War nix für mich. Fliegen geht nur allein.«

Edu lachte schnaubend. Maja lächelte. Und in diesem Lächeln war einiges an Mitgefühl und Zuneigung für ihn. Fast hätte sie Edu den Arm gestreichelt, doch sie hielt sich zurück. Fest stand, der Mann war nichts für die Ewigkeit. Nicht mal für einen Ewigkeitsversuch. Maja bewegte sich aus ihrer Ecke. »Mut oder Einsamkeit, Liebe oder Leere. Denkfutter zum nächsten Drink …«

Als sie fast schon am blutverschmierten Weißen Hai vorbeigegangen war, rief Edu ihr noch etwas hinterher. »Du klingst wie eine Freundin von mir. Also eine Kollegin. Eine Kolleginfreundin. *Ihr* würde ich es zutrauen. Wenn ich mir vertrauen könnte …«

»Vertrau dir, Edu. Und: Trau dich endlich. Und halt bloß den Mund.«

Damit ließ sie ihn stehen.

Hanne und Nina begrüßten sie mit großem Hallo und frisch gefülltem Glas. Sie stießen an und unterhielten sich weiter über Männer und Frauen. Wobei, eigentlich mehr über Frauen. Und ihre einfach nicht zu leugnende Großartigkeit. Es wurde gelacht. Es wurde geflüstert. Und es wurde plötzlich gepöbelt. Als Edu sich nämlich zwischen sie zwängte. Hanne rebellierte als Erste. »Besetzt. Nächste Tür.«

Nina stimmte ihr zu. »Wir sind vollzählig. Die Suche geht woanders weiter.«

So leicht ließ Edu sich nicht abschütteln. Im Gegenteil. Die Zurückweisung und vermutlich auch gewisse Mengen Alkohol schienen ihn kampfeslustig gemacht zu haben. Jedenfalls blitzten seine Augen, während Maja handlungsunfähig, gewissermaßen schockstarr der Szene beiwohnte.

»Jetzt sag ich euch mal was: Das da …« – er legte in einer kameradschaftlichen Geste seinen Arm um Majas Schultern, aber die Art, wie er zudrückte, ließ sie ahnen, dass es jetzt unangenehm werden würde – »… das ist eine Frau, die ihr bezirzt. Ha. Ein Mädchen. Ach, was: ein Weib.« Er kniff Maja in die ohnehin schon rot leuchtende Wange. »Ein Weib, mit allem Drum und Dran. Nur ohne Zipfel. Na? Nanana? Da staunt ihr, was?«

Maja hielt sich die Hände vor das Gesicht. Edu mochte seine guten Momente haben, keine Frage. Aber er war und blieb ein Arschloch. Bis in alle Ewigkeit. Hanne und Nina sahen sich an. Eine merkwürdige Pause entstand. Dann schob Hanne sich nach vorn. »Eine Frau. Bingo! Mit Zipfeln jeder Art machen wir für gewöhnlich sowieso nur eins: dran ziehen. Oder sie abschneiden.«

Maja blickte erschrocken auf. Sie ertappte sich mit leicht geöffnetem Mund. Immerhin hatte sie die Fähigkeit zu sprechen neu entdeckt. »Wow. Das sind ja Neuigkeiten. Wer zum Narren hält, wird selbst –«

Jetzt war es Nina, die sie unterbrach. »Alles cool, Beste. Siehst aus wie einer. Bewegst dich wie einer. Der Rest ist halt Frau. Für unsere Idee vom Spiel zu dritt warst du der Lotto-Sechser.«

Hanne klopfte Maja fast ein bisschen mitleidig auf den Oberarm. »Wir dachten, das ist vielleicht dein Ding? Als Typ. In Männerklamotten und so! Deswegen machen anständige Mädchen bis zur formvollendeten Unanständigkeit mit.«

Maja rieb sich wieder das Gesicht. Hinter den Handflächen zuckten die Augen nervös. Schämen oder triumphieren? In Tränen ausbrechen oder schweigen? In Luft auflösen oder gleich tot umfallen? Sie entschied sich für das Einfachste: lachen. Erst hinter ihren verkrampften Fingern. Dann lauthals. Die anderen drei ließen sich anstecken. Es dauerte eine Weile, bis sie wieder bei sich waren.

Schließlich stellte Maja Kollegenschwein und Rampensau Edu vor. Und sich. Sie erzählte von ihrer Verwandlung und ihrer Mission. Hanne und Nina hörten beeindruckt zu und zollten Maja Respekt. Irgendwann kündigten sie dann den Ausstieg aus diesem ungewöhnlichen Abend an, allerdings nicht, ohne Maja ihre Telefonnummern auf die Hand zu kritzeln. Auch wenn es zutiefst bedauerlich sei, dass so ein Prachtexemplar an die stumpfe Männerwelt verloren gegangen war, würden sie sie gern wiedersehen. Man könne ja »mal Pommes mit Ketchup und mit Majo essen«. Hahaha. Winkend, wankend und Kusshände werfend verschwanden Hanne und Nina aus der Tür. Maja und Edu wedelten noch zurück, als Majas Gesicht plötzlich einfror. Während die Frauen sich aus der Bar quetschten, hatte sich ein äußerst ungern gesehener Gast neben den beiden durch die Eingangstür geschoben. Der Lord Voldemort in Majas Leben: Karl. Leider hatte sie nicht halb so viel Mumm wie Harry Potter. Und sie war wenig begabt darin, sich einfach wegzuzaubern. Begegnung mit Karl? Auf gar keinen Fall. Erstens: Sie hatte den Gipfel ihrer Schlagfertigkeit lange hinter sich gelassen. Zweitens: Wenn Karl sie um diese Uhrzeit hier entdeckte, hätte er sich im Handumdrehen ein äußerst unattraktives Bild von ihr gemacht. Maja, der verzweifelte Single, ertrinkend im Meer des Selbstmitleids, der Einsamkeit und des Alkohols. Dieser Sorte von

Mitgefühl konnte Maja bestens widerstehen. Drittens, und das war die eigentliche Ölspur auf der Fahrbahn: Wenn dem Mitgefühl ein wenig moralisches Angebot folgen sollte, worauf sie sich bei Karl verlassen konnte, war sie sich nicht sicher, ob sie auch hier restlos widerstand. Sie packte Edu bei den Schultern. »Notfall, Edu. Frag nicht. Erklärung morgen. Würdest du mich bitte küssen? Rein kollegenschweinmäßig, meine ich.«

Edu hob die Augenbrauen. »Hier! Jetzt? Mit Zunge?«

»Mann, Edu! Hamlet hat Ophelia jeden zweiten Abend den Lappen in den Mund geschoben. Oder es zumindest versucht. Erinnere dich. Nur beeil dich damit.«

Edu zögerte nicht lange. Er nahm Majas Kopf in die Hände, zog sie zu sich und setzte vorsichtig seine Lippen auf ihre. Und dann das volle Programm. Mit leichtem Druck und Leidenschaft. Maja verharrte in diesem Moment. Die Augen geschlossen. Das war gut. Das tat gut. Sehr gut sogar. Hitze strömte einmal von oben nach unten und zurück. Der Maulheld knutschte ganz hervorragend. Nicht zu nass. Nicht zu labberig. Und auch nicht so, als wäre er im vierten Quadranten auf der Suche nach Karies am Weisheitszahn. Dann riss sie die Augen wieder auf und schielte umher, ohne dabei Edu zu vernachlässigen. Sie musste nachsehen, wo Karl sich herumtrieb. Der kam jetzt geradewegs auf sie zu und schien ihr direkt ins Gesicht zu blicken. Sie hielt die Luft an. Dann drehte er den Kopf zur anderen Seite. Natürlich! Das hatte sie beinahe vergessen. Auch wenn ihre Tarnung bei den Expertinnen aufgeflogen war, sah sie für den flüchtigen Betrachter immer noch aus wie ein Mann. Küsste sie Edu also gerade umsonst? Da war Karl auch schon an ihnen vorbei. Sie senkte erleichtert die Lider und widmete sich wieder dem Kuss. Aus Höflichkeit dem Retter gegenüber. Und auch, weil es manchmal egal ist, unter welchen Umständen man wen küsst. Hauptsache, es schmeckt. Dann löste sie sich vorsichtig von dem fremden, vertrauten Mund.

»Danke. Das war knapp.«

»Und kurz. Jetzt zu mir?«

Sie stieß Edu lachend von sich. »Was geht dir durch den Kopf?«

»Knetmasse … aber bunt.«

Edu grinste. Maja grinste. »Komm, Edu. Ein Stück begleite ich dich.«

Hase Fritz blickte freundlich drein wie immer. Aber sicherlich platzte er vor Neugier. Maja zwinkerte ihm vielsagend zu, dann rutschte sie unter ihr dünnes Laken. Es war zu warm für die Daunendecke. Außerdem glühte nicht nur der Kopf, sondern ihr ganzer Körper. Dann endlich zog Maja für Fritz das kuriose Fazit dieses noch viel kurioseren Abends: ein Mann, der an sie ranwollte, weil sie ein Mann war. Zwei Frauen, die an sie ranwollten, weil sie eine Frau war. Und ein nur mittelfürchterlicher Edu, der ab heute bewiesenermaßen an sie ranwollte, weil sie Maja war. Oder er nicht mehr zurechnungsfähig. Egal. Sie ärgerte sich ein paar Minuten lang, nicht selbst ein bisschen unzurechnungsfähiger gewesen zu sein. Und versprach sich, die nächste Gelegenheit für eine Besteigung des Mount Eduard zu nutzen. Selbst wenn sie danach ins Sauerstoffzelt müsste. Was sollte das elende Gezicke.

An der Pinnwand in ihrer Küche heftete ein weiterer Zettel. *Ausgehen als Mann* war seit einer halben Stunde mit einem dicken roten Filzstifthäkchen versehen. Ein Teil der unsichtbaren Aufgabe Nummer 13 – *Edu Liebe gestehen* –, nämlich ihn erst einmal zu küssen, war auch abgehakt. Die Umstände hatte sie sich ja nicht vorgegeben. Bei *Was machen lassen* hatte sie lediglich das Wort *machen* geschwärzt. *Was … lassen* war nicht ganz so verräterisch und taugte überdies als Regel Nummer 1 für so ziemlich alles. Ein Stück brauchbare Lebensabschnitts-Philosophie. Ein drittes, leeres Stückchen Papier hatte sie auch schon dazugepinnt. Sie wusste recht genau, was sie bald darauf schreiben würde. Die aktuelle Spielzeit dauerte nur noch vier Wochen. Das bedeutete: Nicht mehr lange, dann hatte sie sehr lange frei. Drei Monate immerhin. Und – danke, Lina! – einen richtigen Urlaub vor sich. Und zwar einen, wie sie ihn niemals hatte machen wollen.

15

Miau. Miau miooo. Der nächste Morgen verhielt sich, wie man es von einem manierlichen *Morgen danach* erwartete. Er kam viel zu früh. Und hatte die Hucke voll mit Katzenjammer. Maja stöhnte. Zwischen die Schübe von Kopfschmerzen und -schütteln schlich sich eine Handvoll Anmerkungen zum Vorabend. Maja machte Fußnoten im Kopf. Zum einen: Ja, es gab sie, die perfekte Partnerschaft. Hanne und Nina hatten, was sich jeder wünschte. Ein Leben wie ein Lied. Einen Menschen an der Seite, der im selben Rhythmus tanzte. Zum zweiten: So ein Perspektivwechsel durch Kostümwechsel funktionierte als aufregende Idee am besten. Im Auge des Betrachters mochte sie ein fast perfekter Kerl gewesen sein. In ihr drinnen war sie mehr Doppel-X-Chromosom als die gesamte Chefredaktion der *Emma*. Die Tempomacher des Herzens wie Ärger, Glück, Angst oder Liebe fühlte und beschrieb doch schon jede Frau unterschiedlich. Unmöglich also, das auch nur annähernd als Teilzeit-Mann nachzuempfinden. Maja brühte sich einen Kaffee und legte sich damit noch einmal ins Bett, ein paar Minuten wenigstens. Sie sah blinzelnd aus dem Fenster, während sie weiter nachdachte. Notiz Nummer drei: So sehnsüchtig sie jetzt gerade einen Kübel aufgelöster Aspirin-Tabletten benötigte, so wenig sehnte sie sich nach einem Pimmel. Nicht für umsonst und drangenäht. Die Geschichte des Penisneids? Ein einziges, beknacktes Missverständnis. Und definitiv einer von Sigmunds freud-loseren Tagen. Ihr vierter Gedankenstrich trieb ihr einen feinen Hauch Himbeerfarbe in die Wangen. Eines musste man ihm lassen: Das Überraschungsmoment hatte er vorbildlich genutzt. Edu war tatsächlich ein äußerst begabter Küsser. Äußerst äußerst. Teufel noch eins. Vielversprechender Erstkontakt auf der körperlichen Ebene. Wenn er in den weiteren Disziplinen, die der Phase 1 mitunter folgten, ähnlich begnadet zu Werke ging … hui, dann Gnade ihr Sex-Gott. Mochte sie hoffentlich bald einmal in die Versuchung geführt werden. Die fünfte, vorerst letzte Erkenntnis des jungen Tages kam ihr mit dem letzten Tropfen Koffein. Die bunten Magazine schrieben ja vierteljährlich, dass es sich jenseits der 30 nicht mehr gehörte, aus einer Bar zu torkeln. Sondern höchstens halbbetüddelt zu stolzieren. Als Frau von Welt und Würde.

Maja knautschte sich ihr Kissen im Nacken zurecht. Mochte ja sein, dass sie für derlei offiziell zu alt war. Aber erstens war sie nicht getorkelt. Auch nicht stolziert, sondern fast gestürzt. Und zweitens: als, wenn auch inoffizieller, Mann! Ätsch.

»Maja und ihre Missionen also.«

Edu rieb sich das Kinn und bestellte einen zweiten Pfefferminztee. Es gab keinen Anlass, sich zu feiern. Auf der Bühne hatte er eine fast an Arbeitsverweigerung grenzende Darbietung gegeben. Müde und mechanisch. Und genau so war auch der Applaus ausgefallen. Außerdem wurde ihm allein beim Buchstabieren des Wortes Sauvignon richtig schlecht.

»Keine schlechte Idee für dein Traumajahr.« Er räusperte sich. »Und der Kuss?«

»Heldenhafte Rettung von Schutzbefohlenen. Karl nicht gesehen?«

»Den Großen?«

»Karl-Arsch, ja. Den will ich, wenn überhaupt, erst am Tag nach seiner Scheidung treffen.«

»Also in diesem Leben nicht mehr.«

Maja seufzte.

»Ich weiß. Wobei das alles falsch ist. Der lügt sein Leben an. Seine Frau, seine Kinder, sich. Und mich – was nur wenig zählt, ich weiß – eine Zeit lang auch. Für Wahrheit und Wahrhaftigkeit muss man an zwei, drei wichtigen Stellen nur Ja oder Nein sagen. Mehr nicht. Richtig?«

»Nein. Macht kein Mann freiwillig. Fünf Buchstaben.«

»L-I-E-B-E?«

»A-N-G-S-T. Die meisten Männer rennen ihr Leben lang weg, die Angst zehn Zentimeter hinter sich im Nacken.«

»Angst, wovor? Altes Leben doof. Neues besser. Und mit neu meine ich nicht mich. Der füttert seine Familie mit einer vergammelten Sorte von Liebe. Mindesthaltbarkeitsdatum vor Jahren abgelaufen. Weil er aber kein gefühlloser Zombie ist, frisst sein Gewissen dafür an ihm rum.«

»Manchmal reicht die Erinnerung an das, was Liebe war, Maja. Oder zumindest Routine.«

»Sagt der, der die Langstrecke selbst immer zugunsten kurzer Höhenflüge bestens zu vermeiden wusste. Nein. Karl ist unglücklich und stillt den Hunger mit Fast Food. Macht nicht lange satt, und trotzdem gibt er sich das immer wieder. Vermutlich sogar in diesem Augenblick. Mit einer neuen Ahnungslosen. Ahhh …«

»Vielleicht. Aber das ist es nicht, Maja. Sieh es mal so: Er geht in Zeitarbeit anschaffen für sein Ego. Davon kriegt sie nichts mit. Also tut es nicht weh. Ja, er hält den gemeinsamen Lebensentwurf über die Flamme. Gefährlich, aber in Ordnung, solange nichts und niemand Feuer fängt oder Lunte riecht. Nenn es Entscheidungsvermeidung.«

»Aus Bequemlichkeit?«

»Und aus Angst.«

»Angst ist eine Drecksau.«

Edu nickte und wühlte sich grunzend mit beiden Händen kreuz

und quer durch die Haare. So bot er auch äußerlich einen derangierten Anblick. Vielleicht war es die katerbedingte Schwermut. Vielleicht fehlte ihm Kraft, die üblichen Schutzschilde hochzuhalten. Vielleicht war auch einfach noch etwas Vertrautheit übrig vom Vorabend. Ein Tröpfchen romantische Restnähe. Jedenfalls zog er alle dicken Vorhänge zur Seite und ließ sie in seine weniger schicken Kammern gucken. Er redete von sich. Aber anders als sonst schielte er nicht darauf, dass ein Gag den nächsten abklatschte. Heute zeigte sich der Kerl, der sonst sowohl humoreskes als auch erotisches Potenzial aufwies, impotent. Ja, er sprach sogar von Lebensimpotenz.

»Lebensimpotenz?«

»Ja. Lebensimpotenz. Die Unfähigkeit, sich selbst dauerhaft hochzukriegen.«

Edu rückte an Maja heran. Es gehe den Männern, sagte er, um die ewige, quälende Frage, ob das, was sie taten, richtig war. Und ob es reichte. Wie alle Typen rede auch er sich bis zum Beweis des Gegenteils ein, immer noch einmal ganz von vorn beginnen zu können. Oder wenigstens an die jüngste Kreuzung zurückgehen und den anderen Weg wählen. Darum sei es so wichtig, immer wieder nachzusehen, ob die Hintertürchen tatsächlich noch einen Spaltbreit offen standen. Und wenn nicht, kraftvoll dagegenzutreten. Edu behauptete, dass jeder Mann, der dafür Zeit und Raum und Gehirnzellen übrig hätte, sein Weltbild teilte. Ein Weltbild, das besagte, dass die gesamte Menschheit alterte und reifer wurde. Dass es sich ein jeder einigermaßen gemütlich machte im eigenen gewählten oder akzeptierten Lebensmodell. Aber doch nicht ein Solist und Individualist und Ausnahmemann wie er. Er, der ewige, überzeugte Jungbleibende. Der Peter Pan unter den Provinzhelden. Er würde nicht fahl und zerknittert und so aufregend wie Morphium werden. Nein. Er würde ungestüm, prall und begehrenswert bleiben. Unberechenbar und wild. Ein exotischer Beruf half dabei, diese Illusion aufrechtzuerhalten. Wenn es gar nicht anders ging, versteckte sich der Revoluzzer aber auch hinter der Fassade des Gutbürgerlichen. Bis zum Tag X.

Der Tag, an dem einem auf einmal der unangenehme Bekannte winkte. Einer, den man zwar vom Hörensagen kannte, dem man aber bisher kunstvoll ausgewichen war. Blöd nur, dass er sich nicht austricksen ließ, dieser Schurke. Da stand er plötzlich und grinste einem entgegen. Es war der Herr aus der Mitte des Lebens. Einer Mitte, die sich plötzlich wie das Ende anfühlte.

»Gestatten, Krise mein Name. Wie Kruse, nur mit i. Ich komme, um Sie daran zu erinnern: Zurück auf Los geht nicht mehr mit Mitte 40. Zumindest nicht mal eben so. Friss oder stirb.«

Bis zu jenem Moment mit Herrn K. schafften es die meisten mühelos, sich einzureden, dass sie alles noch mal auf null setzen könnten, wenn sie nur wollten. Job, Frau, sogar Familie. Huch, schiefgegangen? Dann eben neuer Versuch. Spätestens in den Vierzigern spürte auch der standhafteste Berufsjugendliche: Das war der letzte Windhauch des letzten Waggons, nicht mal die Rücklichter sind mehr zu sehen. Edu redete sich in Fahrt.

»Abgefahren, der Zug. Ein für alle Mal. Und dann werden wir panisch. Tun unglaublich dumme Dinge. Wer geschickt ist, schämt sich. Aber im Stillen. Die meisten stellen sich allzu dämlich an. Und dann schämen sich vor allem die anderen. Und mindestens einer heult.«

Wieder rieb sich Edu den Brummschädel. Maja legte ihren Kopf ein wenig schief. »Das ist mir zu einfach. Frauen haben auch Fragen. Und wissen keine Antwort. Aber sie sagen Ja oder Nein. Damit es weitergehen kann. Am Ende findet sich doch sowieso immer irgendwas, das falsch war. Aber es war wenigstens ein Weg, der gegangen wurde. Und kein Stehenbleiben und Sich-um-sich-selbst-Drehen. Komm schon. Augen zu und durch. Krisen suchen Bewältiger.«

»Aber diese eine in der Mitte ist so übermächtig. Alles hinterfragend. Ausnahmslos alles. Spätestens jetzt. Und auf einmal ist das Ende näher als der Anfang. Hilfe! Der altbekannte Kladderadatsch. Nichts Neues, und das macht's noch perfider. Das eigene Elend gibt es millionenfach seit Benennung der Depression. Wo war ich? Wo bin ich? Wo soll's, bitte schön, hingehen? Um dann festzustellen: Was, schon so spät? Nicht mehr viel Zeit für die Prüfung. Und mehrere Antworten ankreuzen ist nicht.«

Edu machte sich und seine Artgenossen regelrecht fertig. Männer seien das starke Geschlecht. Ja, und wie. Ganz stark im Schwachsein. Und noch stärker darin, das bloß niemanden wissen zu lassen. Schweigende Jammerlappen. Das genaue Gegenteil von dem, was sie immer sein wollten. Ein Konsortium von Angstmolekülen. Angst zu versagen, zu verschrumpeln, nicht zu bestehen. Belächelt und nicht ernstgenommen zu werden. Ein ganzes vergeudetes Leben lang.

So erklärte er sich und seine Sucht nach Wertschätzung. Selbstzufriedenheit war längst kein Maßstab mehr, Wertschätzung war der Sirup für die Seele, der regelmäßig und möglichst dickflüssig ausgegossen werden musste. Von Kollegen, von Freunden oder, wenn gar niemand mehr half, auch von der Familie. Und wenn Lob und Liebe nicht mehr ausreichten, gab es noch die universell akzeptierte Währung der Wertschätzung, und die hieß nun mal Geld. Je mehr Stellen das Guthaben auf dem Konto aufwies, desto höher der eigene Stellenwert, so die einfache Rechnung.

Maja wollte widersprechen. Aber Edu ließ sich nicht stoppen. Nur eine einzige Sache war noch kostbarer als jede Menge Reichtum. Weil es etwas war, was sich selbst irre vermögende Menschen nicht kaufen konnten: und das war Ruhm.

Dass Edu weder überirdisch reich war noch überregional berühmt, machte ihm bei genauem Daraufherumdenken ordentlich zu schaffen. Da er also lieber nicht so intensiv nachdachte, reichten sein Bekanntheitsgrad in und um Braunschweig und die Anzahl an speichelnden Verehrerinnen, um sich mit dem Status quo zufriedenzugeben. Maja legte ihre Hand auf seine. Er griff zu. Fester, als sie erwartet hatte.

Edu hatte blankgezogen. Und Maja befand, dass er in all seiner verletzbaren Nacktheit eine unvermutete Schönheit offenbarte. Er atmete ein paar Mal schwer, dann hob er das Gesicht und sah ihr tief in die Augen.

»Und du, Maja?«

»Krise? Hm. Weiß nicht. Ich hab Kollegen, einen Job, eine Wohnung, da träumen andere von.«

»Traummann?«

»Ich bin nicht unglücklich allein. Ich bin es nur ungern. Wäre so schön, wenn der Nächste der Letzte wäre. Ich hatte ja schon beim letzten Typen gedacht, ich wäre am Ziel.«

Sie vermied es bewusst, Karls Namen ein weiteres, überflüssiges Mal auszusprechen.

»Dann lockere deinen Griff ums Herz. Nimm dir, was kommt. 24 Stunden lang verliebt sein kann dir sieben Tage lang gute Laune machen.«

»Du machst mir Angst.«

»Weil?«

»Das schon mal jemand zu mir gesagt hat. Allerdings jemand, der wirklich weise ist.«

Lina ließ ihr Blatt sinken. Ihre Augen weiteten sich aufgeregt. So sehr, dass sie für einen Moment vergaß, weiter zu reizen. Die Stimmung im Hochparterre war seit wenigen Momenten aufgeheizt wie kurz vor einem Sommergewitter. Es war Sonntagnachmittag. Frau Schnebels Kreislauf war auf der Höhe, und entsprechend senkrecht saß sie im Sessel. Linas Wangen füllten sich mit gesunder Gesichtsfarbe, immer wieder leckte sie sich über die Lippen. Maja musste kichern beim Anblick der beschämten Frau Schnebel und der plötzlich sehr an Details interessierten Lina. Der Grund: Majas Dienstagabend-Geschichte. Sie hatte soeben genüsslich und ausschweifend von der zweiten Mission berichtet. Die trotz des Prädikats »Grober Unfug« mit Recht als Grenzerfahrung durchging. Ohne jeden Zweifel. Dafür sprach allein die Ausbeute: die Aussicht auf zwei Mal Sex mit drei verschiedenen Leuten. Einem Mann und zwei Frauen. Wenn sie nur gewollt hätte. Lina rutschte aufgeregt auf ihrem Stuhl hin und her.

»Und warum hast du nicht …?«

Sie holte kurz Luft.

»Ich meine, wenigstens mit Edu?«

Es lag unverkennbar ein wenig Enttäuschung im Klang ihrer Stimme.

»Lieblings-Lina! Ich habe tatsächlich einen Luftzug lang darüber nachgedacht.«

»Ach. Und der hat dir die Augen tränen lassen, sodass du nicht mehr klar gesehen hast?«

Maja senkte die Stimme und flüsterte theatralisch:

»Ich werde schon einen Weg zu ihm finden. Aber nicht heute – verschieben wir es doch auf morgen …«

Lina lachte laut auf, glockenhell wie ein junges Mädchen. Es war berührend, sie so zu hören und zu sehen.

»Verstehe. Vorhaben wurde vom Winde verweht. So, Frau Schnebel, und jetzt steig endlich aus. Ich habe hier eine echte Oma auf der Hand.«

Nach den miesen Blättern des Nachmittags – Lina hatte haushoch gewonnen – holte Maja an diesem Sonntagabend nach der Vorstellung ein wirklich schickes Blatt Papier hervor. Handgeschöpft. Mit Struktur und Gewebespuren. Sie bereitete ein Kuvert vor, das adressiert und mit der hübschesten Briefmarke frankiert wurde, die sie in ihrer Postdose in der Schublade fand. Dann setzte sie sich an ihren Küchentisch. Ihr Atem wurde schneller und schwerer. Über die Worte musste sie nicht mehr nachdenken. Die hatte sie in den vergangenen Tagen wohl hundertmal formuliert. Kurz bevor sie der Mut wieder verlassen konnte, beugte sie sich über das Blatt und schrieb.

Lieber Edu,

ob ich Dir (hässliches) Entlein bin oder Schwan, ist egal. Wenn Du mein Herz anguckst, kommt es auf dasselbe raus. Ich würde wollen. Dich wollen. Es probieren wollen. Fliegst du eine Weile mit mir? Ich habe Mut gegen Deine Angst. Und genug Liebe für uns beide im Herzen. Meistens jedenfalls.
Ach ja: Wenn Du zu alldem Nein sagst und es trotzdem irgendwem erzählst, nur um damit mal wieder ungalant zu prahlen, hab ich Freunde, die es wie einen Unfall aussehen lassen. ☺
Keine Nachfragen, bitte.
Ja … dies ist so etwas wie eine Liebeserklärung.
Mach damit, was Du willst.

(Noch nicht ganz »Deine«, aber prinzipiell bereit dazu:)
Maja

Sie las, und ihre Hände zitterten. Sie las wieder, und ihr Herz schlug schnell. Dann faltete sie den Bogen eilig, packte ihn in den Umschlag und klebte den Brief zu. Ein heikles Schriftstück. Oder zumindest ein gewagtes. Ob ihr Mut auch gegen ihre eigene Angst ausreichte, wollte sie die Zeit entscheiden lassen. Deswegen klemmte sie den fertigen Brief so hinter die Pinnwand, dass er zur Hälfte hervorlugte.

Irgendwann, nicht weit nach Mitternacht, lag Maja im Bett. Ihr

Gesicht glänzte rot und speckig. Entweder von der Aufregung, die das Schreiben des Briefes mit sich gebracht hatte, oder von der dicken Schicht Nachtcreme. Zsa Zsa würde sowieso bald ungefragt Nachschub liefern, also durfte sie verschwenderisch sein. Sie drückte Fritz einen Kuss auf und hatte gerade das Licht ausgemacht, da meldete ihr Handy piepsend den Eingang einer SMS. Die Nachricht kam von der Kölner Freundin Greta und bestand aus drei Worten:

»Es ist vollbracht.«

16

Mulmigkeit. »Wenn Sie sich dann bitte unten herum freimachen würden.« Aus der unbetonten Beiläufigkeit dieses Satzes sprach die jahrzehntelange Übung, die Majas Braunschweiger Frauenarzt wohl besaß. Immerhin hatten sich seine Schläfen und die oberen Stirnseiten bereits vor vielen Monden freigemacht. Und mit Haartönung allein war bei der Menge an Ergrautem auch nicht mehr viel auszurichten. Der Doc hatte das Alter erreicht, in dem Weiß das neue Schwarz war. Wo Katzenärsche zum Establishment gehörten und Haarefärben nur etwas für unverbesserliche Berufsjugendliche war. Kurzum: Sie befand sich in den Händen eines Profis. Und trotzdem genierte sie sich.

Halbjährlicher Pflichttermin beim Weiber-Archäologen, mit ihr als Grabungsstätte. Sommerliche Arzttermine waren ihr lieber als die im Winter. Mit einem Kleid und nichts darunter den Untersuchungsstuhl zu besteigen erschien ihr weniger würdelos. Darum achtete sie selbst in der kalten Jahreszeit auf überlange T-Shirts oder Pullis, die den Po bedeckten. Es reichte ja, dass der Herr Gynäkologe die Topografie ihrer Intimzone in- und auswendig kannte, da musste er nicht auch noch die dazugehörige Popografie studieren. Die Hügellandschaften an ihrem Hintern blieben geheim.

Maja kletterte so selbstverständlich wie möglich auf die Beinespreizliege, legte die Unterschenkel in den dafür gedachten Schalen ab und ließ den Onkel Doktor sein Handwerk verrichten. Sie konzentrierte sich darauf, nicht zu verkrampfen. Doch allzu locker lassen durfte sie auch nicht, denn immer, wenn sie beim Frauenarzt war, hatte sie unerklärlicherweise enorme Bauchluft. Vielleicht lag es auch am Gefuhrwerke mit dem kalten Ding im Leib. Also hinten zu, vorne entspannen. Ein Drahtseilakt. Der Arzt bekam von ihrem inneren Kampf nichts mit. Stattdessen murmelte er immer wieder zufrieden »Gut« und »Schön« und lenkte dann ihre Aufmerksamkeit, wie immer, auf das schwarz-weiße Ultraschallbild. Hätte er ihr damit den Andromeda-Nebel erklärt, sie hätte es geglaubt. Unterdessen zeigte sich der alte Herr ganz begeistert, dass hier »der wunderschöne linke Eierstock« war und dort – er wühlte hochmotiviert in seinem Untersuchungsgebiet – »... dort ist der rechte. Ha!«

Maja lächelte schweigend erst den Universums-Monitor und dann den Onkel Doktor an. Das hast du fein gemacht, guter Mann, dachte sie bei sich. Und weiter: Überraschenderweise haben meine beiden Eierstöcke auch in den vergangenen sechs Monaten ihren Bestimmungsort nicht verlassen, sondern sich offenkundig für das Bleiberecht entschieden. Und das, wo ich ihre wertvolle Arbeit bisher weder zu schätzen wusste, noch zielorientiert in Anspruch genommen hätte. Noch zu nehmen gedenke. In naher Zukunft.

Maja zog sich wieder an. Sie wollte gerade ihre Tasche greifen und gehen, da räusperte sich ihr Arzt und bat sie, noch einmal ihm gegenüber Platz zu nehmen.

»Frau Pauly, Sie lassen sich ja schon seit einigen Monaten keine Anti-Baby-Pille mehr verschreiben, und daher nehme ich an ...«

Maja ahnte, worauf er hinauswollte. Und versuchte mit einem Zucken der Mundwinkel und Schultern, dieses sehr gewichtige Thema etwas zu erleichtern. Und im Übrigen möglichst schnell zu beenden.

»Richtig. Ist halt so. Wissen Sie, ich bin meistens ganz gut im Warten.«

Er beugte sich vor und wählte eine besonders sanfte Stimme.

»Glauben Sie mir, es geht sehr vielen genau wie Ihnen. Erst recht in Ihrem Alter. Da passiert das einfach nicht mehr so schnell. Aber warten Sie nicht zu lange.«

Maja war sich auf einmal nicht mehr ganz sicher, dass sie verstand.

»Wie meinen Sie das?«

»Nun ja, Hormone könnten helfen. Die Zeit fliegt. Ich könnte den Kontakt zu einer sehr renommierten Kinderwunsch-Praxis herstellen.«

Maja stutzte. Es dauerte ein paar weitere Sekunden, bis sie begriff.

»Ach so. Nein. Ich brauche die Pille nicht. Ich habe zurzeit keinen Partner.«

»Oh.«

Jetzt war der Frauenarzt tatsächlich für einen Moment sprachlos. Dann fuhr er fort.

»Und ich dachte … Wissen Sie, es ist meine Pflicht, Frauen jenseits der …« – er kramte ihre Karteikarte hervor – »… Frauen wie Sie darauf hinzuweisen, dass es biologisch gesehen, nun ja …«

Maja war zwar wieder ganz und gar bei sich, aber ganz und gar nicht in der Stimmung zu diskutieren, weder ihr Ranzigwerden noch den Verbleib der großen Liebe. »Ja, ja. Ich weiß. Natürlich. Aber, wissen Sie, ich warte auf den Richtigen. Romantisch, oder?«

»Warten Sie nur nicht zu lange, Frau Pauly. Nicht zu lange.«

Dieser Satz hatte etwas Eindringliches. Viel eindringlicher, als ihr lieb war. Also erhob sie sich eilig und verließ das Sprechzimmer. Schnell. Mit Händedruck und Lächeln. Und einer Kopfkirmes, die es in sich hatte.

Für die Vormittagsprobe im Theater war Maja durch den zeitigen Arzttermin noch etwas zu früh. Im Saal packte sie ihre Tasche auf einen Platz in Reihe 1 und erklomm die Seitentreppe zur Bühne. Der Vorhang war bereits aufgezogen. Sie aktivierte ihr noch müdes Zwerchfell, indem sie 20 Mal hechelnd ein- und ausatmete, schüttelte sich, machte sich lang, beugte den Rumpf, bis die Finger den Boden erspürten, und streckte die Wirbelsäule. »Warten Sie nicht zu lange. Nicht zu lange.« Dieser Schlusssatz hatte sich in ihr Bewusstsein geätzt. Zunächst war sie wahnsinnig wütend darüber gewesen, dass ihr der Herr Frauenarzt das Thema Torschlusspanik mit auf den Weg gegeben hatte. Jetzt war sie wahnsinnig wütend darüber, dass er sie recht direkt aufgefordert hatte, zur Samenräuberin zu werden. Wie anders sollte sie dieses »Warten Sie nicht zu lange« deuten, nachdem sie gerade vom unauffindbaren Mr Right gesprochen hatte. In ihrer Vorstellung war der Mann nicht nur Zulieferbetrieb, sondern auch einer von zwei Geschäftsführern des Unternehmens. Und wenn die Eizellenfertigung nur noch Restbestände beisteuerte, musste der Laden halt ohne Endprodukt dichtmachen. Die Konjunktur hatte sowieso gerade eine herbe Flaute.

Da kam Paule aus der Bühnengasse auf sie zu, gesellte sich zu ihr und stieg in die Aufwärmübungen mit ein. Dass über Maja ein Tiefdruckgebiet hinwegzog, war ihr nicht entgangen. »Welcher Furz sitzt dir denn quer?«

Majas Blick war immer noch wolkenverhangen. Die Hände in den Hüften, ließ sie ihr Becken kreisen. Links herum. Rechts herum. Das schaffte Erleichterung. »Der, den ich mir beim Gyn vorhin verkneifen musste. Sag mal, hat deine Frauenärztin dich je ungefragt aufs Schwangerwerden angesprochen? Ich meine, ohne Vorwarnung. Aus dem Hinterhalt.«

Paule hüpfte auf der Stelle. Sie keuchte und grinste. »Dauernd. Ich wette, die unterhält einen heimlichen Großhandel tickender Uhren. Aber ich bin eine schlechte Abnehmerin.«

»Wieso machen die das? Geht mir persönlich zu weit.«

»Müssen die, denke ich. Wir sind über 30. Und zu beschäftigt für intensives Nachdenken über die drei Ks.«

»Kinder, Küche, Kirche? Komm mir nicht mit Relikten aus vergangenen Jahrhunderten, Paule.«

»Nein. Topaktuell heißt der Lebensentwurf: Kerl, Karriere, Kind. Die Männer können selbst bis zur Blasenschwäche ihr Erbgut noch verteilen wie ein Rasensprenger. Wie es um die Fruchtbarkeit des Mutterbodens bestellt ist, weißt du selbst.«

»Bevor die Brutstätte endgültig dichtmacht, muss der Doc mich auf den begrenzten Produktionszeitraum hinweisen? Glückwunsch. Ist ihm gelungen. Und was bekomme ich gegen die Nebenwirkungen?«

Sie mussten das Gespräch unvermittelt beenden, weil ein ganzer Schwung von Leuten auf die Bühne strömte. Die lieben Kollegen waren da. Unter ihnen und damit sogar richtig pünktlich auch Edu, der gut gelaunt und geradewegs auf die beiden zusteuerte. Paule zwickte er lächelnd in die Seite. Maja nahm er kurz in den Arm und drückte ihr, wie bei jeder Begrüßung seit ihrem Kater-Krisen-Gespräch, einen leichten Kuss auf die Stirn. Allerdings hatte er das bisher immer eher beiläufig und ohne Zeugen getan. Daher wurde jetzt ein wenig getuschelt und geraunt. Maja errötete. Auch Paule riss die Augen auf und formte mit den Lippen die Worte »Ihr zwei?«. Maja machte eine abwinkende Geste und vertröstete sie mit einem lautlosen »Später«. Noch bevor Paule sich aufregen konnte, dass Maja ihr offenkundig höchst interessante Wendungen in der Beziehung zu Edu verheimlicht hatte, begann die Probe.

Die abendliche »Weinprobe« in der Theaterkantine nach Aufführungsende fiel für Maja heute aus. Unter einem Vorwand hatte sie sich aus der Pflicht gestohlen. Zu Hause wartete Wichtigeres auf sie. Nämlich ein Telefontermin mit Greta. Auch wenn sie am selben Tag auf den gleichen entwürdigenden Stühlen Beinakrobatik veranstaltet hatten, war das Ergebnis ihrer Kölner Freundin doch deutlich spannender als ihres.

»Was soll ich sagen: In mir wächst eine Weintraube.«

»Und in ein paar Monaten bringst du einen Champagner zur Welt?«

Greta lachte. »Achte Woche. So groß wie eine Traube. Aber eine mit Herzschlag.«

»Den konntet ihr sehen? Wow.«

Stille. Die Leitung knackte ein bisschen.

»Greta?«

Die Freundin schniefte kurz und hauchte kaum hörbar: »Ja. Bin noch da.«

»Weinst du, Liebes?«

Da brach es aus ihr heraus. Greta schluchzte und redete. Redete und schluchzte. Maja musste sich konzentrieren, um alle Worte ihrer Freundin zu verstehen. »Das ist so viel. Alles ist mir zu viel. Eben war ich noch Greta, das coole Mädchen. *Sex and the City*-Frau. Greta, die so lange gefeiert hat, dass der letzte Cocktail nahtlos in den Frühstückskaffee überging. Und bald bin ich Greta, die Mutter. O Gott. Ich darf gar nicht daran denken. Ich wollte das doch gar nicht. Ich dachte, ich könnte das noch ein, zwei Jahre hinauszögern. Nick juchzt den ganzen Tag. So, als wären Greta und Nick zusammen nix. Als wären wir nur plus X super. Jetzt gibt's kein Zurück mehr. Ich würde es nicht übers Herz bringen, das wegmachen zu lassen. Also muss ich da durch. Und dann hab ich heute das Herzchen gesehen … und …« Greta schnäuzte sich.

»Und was, Liebes?«

»… und das war … das war … irre. Die Weintraube lebt.«

Maja atmete auf. »Irre gut?«

»Ja. Irre gut.«

»Glückwunsch, Gretchen. Du kannst den Herzschlag von deinem

kleinen Wesen sehen. Wahnsinn. Und für alles andere hast du ja erstens noch eine ganze Weile Zeit. Und zweitens mich.«

»Apropos: Wie war's denn bei deinem Arzt?«

»Sagen wir mal so: Wenn es nach meinem Onkel Doktor geht, habe *ich* keine ganze Weile mehr Zeit ... Die Rebe trocknet.«

»Und wann geht es mit deinem Abenteuer los?«

»Am Montag.«

Der Sonntag vor dem Montag stand ganz im Zeichen der Dernière. Der letzten Aufführung ihrer Komödie und der allerletzten Vorstellung dieser Saison. Zu diesem Zeitpunkt hatten alle, mit denen sich Maja auch in der kommenden Spielzeit Kantinentisch und Bühnenbetten teilen würde, ihre Vertragsverlängerungen in der Tasche. Wenn sie nicht ohnehin den Status eines festen Ensemble-Mitglieds genossen. Beides beruhigte jedenfalls ungemein. Dementsprechend gelöst würde es auf der Bühne zugehen. Allerdings, und genau dieser Punkt wurde schon seit Tagen übereifrig diskutiert, wurde es zunehmend schwieriger, passende und neue Dernièren-Scherze zu erfinden. Also welche, die ein sowieso schon lustiges Stück noch aufzupeppen vermochten. Beziehungsweise bestand die Kunst darin, sich Dinge einfallen zu lassen, die die Kollegen allen Anti-Kicher-Mantras zum Trotz aus der Fassung brachten. Requisite allein würde da wenig ausrichten. Außerdem war der Gummi-Pimmel, den Maja an ihrem Geburtstag wohl oder übel in den Blumenstrauß binden musste, an Denkwürdigkeit kaum zu überbieten. Was also an diesem Abend über die Bühne gegangen war und vor allem wie, war dementsprechend nichts für die ewige Bestenliste der originellsten Dernièren aller Zeiten. Aber es war immerhin, was es sein sollte. Nämlich unterhaltsam.

Rückblick. In zwei Momenten vereitelte Maja lachende Gefühlsausbrüche, indem sie einen kleinen Hustenanfall simulierte und hinter der vorgehaltenen Hand ihr Grinsen verbarg. So geschehen, als im 2. Akt Edu in seiner Rolle als blasierter Geschäftsmann auf die Bühne stürmte. Er trug, wie immer, seinen grauen Anzug. Und er trug, wie sonst nie, über dem edlen Zwirn einen eng sitzenden BH mit Superman-Motiv auf den Halbschalen-Körbchen. Es war Majas BH.

Ich muss das mit der Comic-Unterwäsche sein lassen – ein für alle Mal, war ihr erster Gedanke. Und dann: Der Sack hat in meinen Sachen gewühlt.

Das wusste außer ihr zum Glück niemand. Und so spielte sie die Mischung aus Empörung und Vergnügen weitgehend unbemerkt weg. Kurz vor dem großen Finale wurde es noch einmal knapp in Sachen Selbstbeherrschung. Und zwar für Paule und sie. Maja, die sexy Sirene dieser Komödie, hatte sich mit Kajal einen formschönen Salvador-Dali-Bart über die Lippe gezeichnet, der bei ihren affektierten Schmollmund-Gesichtern hübsch tanzte. Und Paule »antwortete« darauf in ihrer Zweierszene mit dem Verlesen eines Briefes. Laut Theaterstück war das an dieser Stelle das Schreiben der im Ausland lebenden nervigen Mutter.

Paule hatte stattdessen die eigenwillig übersetzte Bedienungsanleitung einer batteriebetriebenen Plastik-Weihnachtskerze in der Hand. Und das trug sie mit ordentlich Pathos in Stimme und Bewegung vor:

»Mit diese Sensazionell-Modell Sie bekommen nickt nur teutonische Gemutlichkeit für trautes Heim. Auch Erfolg bei anderes Geschleckt. Nach Weihnachtsganz aufgegessen und länger, weil Batterie viel Zeit gut lange. Zu Erreischen Gluckseligkeit unter finstrem Tann ganz einfack:

Erstens: Auspack und freu.«

Das Publikum kicherte.

»Zweitens: Slippel A kaum abbiegen und Slippel B verklappen.

Drittens: Für eigens Weihnachtsfeierung setzen auf Tisch.

Viertens: Für kaput oder Batterie mehr zu Gemutlichkeit beschweren an: Wir.«

Das Publikum lachte.

»Fünftens: Für neue Batterie alt Batterie zuruck für Sauberwelt in deutscher Wald.«

Die Zuschauer applaudierten, und in kleiner Abwandlung zu ihrem Originaltext erwiderte Maja:

»Ratschläge, die die Welt nicht braucht. Einen Mann finde ich so wohl kaum. Was kümmern mich die Worte dieser alten Schachtel. Ähm, aus dieser Schachtel.«

Es wurde gejubelt und laut geklatscht. Keine Frage, das waren die Abonnenten. Die konnten ja sogar jede Zäsur des Stückes synchron mitatmen. Denen kam der Freestyle vielleicht sogar ganz recht. Hinter dem Schlussvorhang wurde ebenfalls gepfiffen und applaudiert. Das Ensemble feierte eine alles in allem ziemlich erfolgreiche Spielzeit.

Auch bei der Party im Anschluss präsentierten sich die Schauspieler in Hochform. Ein weiteres Jahr des regelmäßigen Trinktrainings in der Theaterkantine machte sich bezahlt. Der rote, weiße und perlende Wein floss, als gäbe es kein Morgen. Maja schwor sich zu vorgerückter Stunde, dass dieses Glas das definitiv letzte des Abends wäre. Und erteilte sich gleichzeitig Absolution dafür, dass sie den Eid auch schon bei dem Glas davor und dem davor geleistet hatte. Da entdeckte sie ihre Lieblingskollegin Paule, die gerade von der Toilette kam. Paule zögerte. Paule wankte. Paule hatte schon ordentlich die Lampe an. Nichtsdestoweniger oder vielleicht auch gerade deswegen fühlte Maja eine nahezu wilde Liebe zu dieser tapferen kleinen Person. Und eine wilde Idee. Sie stürmte auf sie zu. Beide setzten sich an einen kleinen Tisch.

»Paule, meine Liebste … Ich. Hab. Ferien. Für dich!«

Paule verzog ihr Gesicht zu einer lustigen Grimasse.

»Aber, Majaaa. Ich hab selber Ferien.«

»Lina, meine Oma … die alte Dame, die bei der Hamlet-Premiere war? Lina hat mir jedenfalls sieben Übernachtungen auf Rügen geschenkt. Inklusive Essen. Für zwei!«

Maja war sich im Klaren darüber, dass sie drauf und dran war, ihre eigene Mission zu torpedieren. Sprichwörtlich unmöglich zu machen. Der Plan war gewesen, allein zu sein. Darauf hatte sie sich im Kopf schon bestmöglich eingestellt. Aber das war ihr gerade egal. Weinseligkeit hin oder her, es gab Wichtigeres als ihre Ausflüge ins unerkundete Ich. Zum Beispiel: Paule selig machen. Und Maja wusste, dass »Urlaub« für Paule hundertprozentiges Glück bedeuten würde. Sie konnte sich nicht daran erinnern, dass die Freundin aus der Sommerpause jemals wirklich erholt oder flächendeckend gebräunt zurückgekehrt wäre. Eine Paule machte keinen Urlaub. Eine Paule schnaufte. »Nee, will arbeiten. Bei meinen Eltern auf dem Hof. Kriegen die mich auch mal zu Gesicht. Ist lieb, aber: nein, danke.«

Doch so schnell ließ Maja nicht locker. »Paule! Wir zwei. Eine Woche das süße Leben genießen.«

»Vielen Dank, Liebes. Ich brauch die Kohle. Will auch mal ganz verrückt schon im September die Heizung anmachen.«

»Komm schon. Salzwasser, Sonnenbrand, Alkohol?«

»Irgendwann. Wenn ich einladen darf …«

»Hm. O.k. Das heißt nein?«

»Genau. Wohlsein!«

Damit war die Diskussion beendet. Nun denn. Die Absage hatte auch ihr Gutes: freie Bahn für die nächste Mission, die morgen beginnen würde.

Sie verabschiedete sich von allen mit Handschlag, Kuss oder Umarmung, dem Maß ihres Mögens (der lieben Kollegen) oder Hoffentlich-etwas gemocht-Werdens (von den Chefinnen) entsprechend. Edu hatte sie sich für diese Tschüss-Runde absichtlich als letzte Haltestelle aufgehoben. Jetzt stand sie mit Jacke, Tasche und

Lächeln im Gesicht vor ihm. Er nahm sie wortlos und fest in die Arme und streichelte ihren Kopf. Und sie genoss es, sich ungehemmt an seinen Körper zu schmiegen und in seine anatomischen Senken zu kuscheln. Das Tal zwischen seinen letzten Rippenbögen füllte sie mit ihrem Brustkorb. Ihr Gesicht legte sie in seiner Halskuhle ab. Das war erstaunlich schön. Oder: besser als sonst. Nein: am besten. Am allerallerbesten. Edu murmelte so leise, dass nur sie es mitbekam: »Die allerbeste Spielzeit meines Lebens.«

»Ach ja? Warum das?«

Maja hatte ihren Kopf gehoben und sah ihn herzklopfend und erwartungsvoll an. Er löste sich vorsichtig aus der Umarmung. Einer, Majas Gefühl nach, nicht mehr nur kollegialen Umarmung.

»Ja …«, er überlegte kurz, dann sagte er mit stolzem Unterton: »Siebzehneinhalb. Eigentlich achtzehn, mit dir. Aber Knutschen ohne Vollzug zählt nicht ganz.«

Edu grinste. Maja ging einen kleinen Schritt zurück und boxte ihn, so cool es ging. Obwohl sie ein kleines bisschen uncool beleidigt war. Sie war keine halbe Nummer. Und erst recht keine Trophäe in seiner Vitrine. Auch keine kleine. Noch nicht. Vielleicht war das aber auch einfach seine Art, jede Form von Gefühlsduseligkeit zu blockieren. Edu eben.

»Magst du dich nach Rügen mal melden? Ich bleibe wohl hier.«

»Mach ich, Edu. Schöne Ferien.«

»Ich dich auch!«

Sie drückte ihm einen schnellen Kuss auf die Wange, den er sanft zurückgab. Und dann verließ sie beschwingt und beschwipst die Kantine und tauchte in die Nacht. Der leichte Windzug, der durch die Straßen der Braunschweiger Altstadt wehte, erfrischte Kopf und Gemüt. Sie sog kräftig die abgekühlte Luft ein und fühlte, wie der Sauerstoff sie von innen duschte. Innehalten. Das war ein seltener Moment. Genau in diesem Augenblick war sie mit sich selbst und sogar aller emotionalen Unruhestiftung ziemlich zufrieden.

Urlaub allein. Diese zwei Worte hatte sie auf den Zettel an ihrer Pinnwand geschrieben. Während sie zum dritten Mal prüfte, ob in allen Zimmern und der Küche die wichtigen Stecker gezogen worden waren, überlegte sie auch, ob sie schon ein rotes Häkchen dahintersetzen durfte. Denn in vierzig Minuten, um Punkt 8.00 Uhr, würde sie bereits im Zug Richtung Ostsee sitzen. Fünfeinhalb Stunden Fahrt über Berlin nach Bergen auf Rügen. Und erst in einer Woche ging es wieder zurück. Komme, was da wolle. Dem nicht umbuchbaren Spar-Ticket der Deutschen Bummelbahn sei Dank. In einem Anflug plötzlichen Aberglaubens entschied sie sich dagegen. Die Sache sollte keinen Haken haben. Nicht von vornherein.

Maja schnappte sich ihren Rollkoffer. Den aktuellen ALDI-Champagner verstaute sie lieber in ihrer Umhängetasche. Kein Sonntagsskat mit Lina, kein Freundinnenabend und kein Wochenend-Endgespräch mit Greta gestern. Also ausnahmsweise auch keine Puffbrause auf Eis für die Dame des Hauses. Auf Rügen wäre der Nachholanruf bei ihrer Kölner Freundin fällig. Und damit auch ein bisschen vom alkoholischen Begleitgetränk. Maja stieg das Treppenhaus hinab. Lina stand schon geschniegelt und gestriegelt an der geöffneten Tür. Mit strahlenden Augen und schimmernden Perlenohrringen.

»Pass auf dich auf, mein Kind.«

»Und du pass auf euch auf. Keine Harakiri-Aktionen, bis ich wieder da bin. Wasserkiste und Lebensmittel vom Einkauf am Freitag müssten euch bis nächste Woche reichen.«

»Aber sicher. Bei meinem Mäusemagen. Und jetzt weg mit dir, Liebes!«

Maja küsste und umarmte sie und schulterte die Tasche. Im Weggehen rief sie noch etwas zu Lina hoch.

»Lass keine fremden Männer rein, hörst du? Das sind alles Schweine.«

Lina lachte laut. Dieses leichte, glockenhelle Lina-Lachen.

»Im Gegensatz zu dir, Kind. Hab viel Spaß. Und lass dir reichlich Telefonnummern geben.«

Eine Stunde später lehnte Maja mit dem Kopf am Zugfenster und blickte, immer noch etwas müde, nach draußen. Es regnete den ganzen Morgen schon ohne Pause. Sogar mit Gerumpel und Geblitze bisweilen. Die aufgeheizte Sommererde ließ das Wasser ziemlich schnell wieder verdampfen. Eine Waschküchenwelt aus Nebelschwaden und milchiger Luft. Sie holte sich einen Milchkaffee aus dem Bordrestaurant gegen den Gedankendunst.

Was erwartete sie in diesem Urlaub allein? In jedem Fall ein wunderschönes Hotel in der Tradition der alten, feudalen Badehäuser aus dem 19. Jahrhundert. Lina hatte sich nicht lumpen lassen. Wobei Maja den Gutschein schlussendlich auch nur deswegen ohne schlechtes Gewissen annehmen konnte, weil Lina nichts dafür bezahlt, sondern ihn selbst von einem ihrer Kinder geschenkt bekommen hatte, für sich und die Schnebel, wie ihre Oma zumindest recht glaubhaft versicherte. Was durchaus stimmen konnte. Je seltener sie zu Besuch kamen, desto häufiger erreichten Lina Päckchen mit teuren Aufmerksamkeiten darin, das hatte Maja selbst miterlebt. Liebes-Lückenfüller, die Lina mit der Einsichtigkeit des Alters als Ersatz akzeptierte.

»Das habe ich schon mir selbst zuzuschreiben, Maja. Ich komme nur beim besten Willen nicht darauf, an welcher Stelle ich die Bindung versäumt habe. Daher zähle ich auf eine Reinkarnation in ein schlaueres Leben. Dümmer würde ich nur ungern wiederkommen. Irgendwann wird auch das größte Schaf von der Erkenntnis geküsst.« Maja hatte selbst Angst, Lina zu enttäuschen, wenn sie berichten musste, dass wieder kein Held aufgetaucht war, der die Höhle tollkühn für sich erobert hatte. Ach, die schlaue Lina würde das schon verstehen. Denn die schlaue Lina verstand alles. Und sie, ihr Adoptiv-Enkelkind, verstand sie besonders gut.

Maja hatte »Adoptiv-Enkelkind« im Hirn noch nicht zu Ende buchstabiert, da durchzuckte sie ein kleiner Blitz. Eine der Sekunden, in denen man selbst überrascht feststellte, wie rasend schnell die Themen zwischen den Synapsen hin und her sprangen und auf mehreren Transmittern tänzelten. Ihre Gedankenkette bis zum Schreckmoment war »Enkelkind – Kolumbus – Reise – Fotos« gewesen. Sie hatte Lina doch jede Menge Bilder und wenigstens eines für die Wohnzimmerwand versprochen. Wo war der Fotoapparat? Bitte nicht noch auf dem Küchentisch. Bitte, bitte, bitte nicht. Maja wuchtete den Koffer von der Gepäckablage, riss den Reißverschluss auf und wühlte ihre bis eben noch halbwegs sortierten Klamotten durch. Nichts. Unter dem Kulturbeutel? *Im* Kulturbeutel? Fehlanzeige. Im Stauraum des Innenfutters fand sich etwas, wenn auch nicht das gesuchte Objekt. Sie kramte ein Paar vertrockneter, bröselnder Zigaretten hervor. Zwei Stängel kurz vor der Pulverisierung. Wo kamen die denn …? Ach. Richtig. Das war beinahe museales Beweismaterial für eine der guten Erinnerungen an Franz. Der Mann ihrer letzten langen Beziehung, die sie kurz vor dem jähen Ende für ziemlich perfekt befunden hatte. Bis der Bilderbuch-Franz sich als Betrüger-Franz entpuppte. Der Franz, dessen Namen sich ihre Mutter bis heute nicht merken wollte. Obwohl sie ihm vermutlich liebend gern im Überschwang eines schwiegermütterlichen Sympathie-Anfalls schon zu Lebzeiten ihre gesamte Anti-Falten-Creme-Linie vermacht hätte. Plus Douglas-Clubkarte. Jedenfalls hatten Franz und sie in einem Urlaub auf der griechischen Insel Kos gemeinsam mit dem Rauchen aufgehört. Das war jetzt über vier Jahre her. Maja hatte am »Tag des letzten Zugs« heimlich zwei SOS-Kippen in ihrem Koffer deponiert. Für den Fall, dass sie es gar nicht mehr aushielten. Stattdessen hatte er ihr nach dem zweiwöchigen Ausflug in die Ägäis sein Doppelleben gebeichtet. Das immerhin schon ein Jahr andauerte. Und er hatte auch nur gestanden, weil Greta von der unschönsten Nebensache der Welt Wind bekommen und von ihm eine Entscheidung gefordert hatte:

»Entweder du beendest deine Affäre sofort. Oder du sprichst mit Maja. Wenn du in schweigende Schockstarre verfällst, kann ich für mein Schweigen nicht mehr garantieren.«

Der freundschaftliche Zweck heiligte manchmal eben sogar rechtswidrige Mittel wie Erpressung. Maja war ihr bis heute dankbar dafür. Allem Herzschmerz und Rotz zum Trotz. Mit dem Schandfleck eines Seitensprungs, der eine kurzzeitige Geschichte gewesen wäre, hätte sie vermutlich irgendwie leben oder umgehen können. Erst recht natürlich, wenn Franz die Eier gehabt hätte, allein mit seinem verseuchten Gewissen klarzukommen. Aber nach zwölf Monaten des wohlorganisierten Verbrechens durfte niemand auf einen Freispruch hoffen. Nicht bei ihr. Die Zigaretten hatte sie, wie sie gerade feststellte, erstaunlich schnell vergessen. Der Entzug von Franz dagegen war qualvoll und lang gewesen.

Maja entsorgte das, womit sie einst kunstvolle Rauchkringel in die Luft geblasen hatte, in den kleinen Abfallbehälter. Jetzt qualmte nur noch ihr Kopf. Wo war die handliche, fast neue Digitalkamera? Sie klappte den Deckel zu. Letzte Chance. Das vordere Reißverschlussfach am Kofferbauch. Im Futteral ertastete sie etwas. Sie wühlte hektisch, umschloss fest, was ihre Finger fanden, und zog – olé! – den Apparat hervor. Und mit ihm einen kleinen gefalteten Zettel. Als sie ihn aufklappte und las, musste sie unweigerlich schlucken. Noch ein Souvenir aus der Ära Franz. Er hatte das Briefchen wohl vor oder während der Inselferien hier versteckt, wissend, dass sie es normalerweise beim Auspacken nach der Heimkehr gefunden hätte. Am Reinemachtag, den sie mindestens so heiß liebte wie ihr 90-Grad-Programm. Der gewohnte Gang der Dinge war von Franz' Geständnis durchkreuzt worden. Deswegen musste die muffelnde Sommermode warten. Stattdessen galt es, eine andere Art schmutziger Wäsche zu waschen. Der Schleudergang, in den Maja dadurch geraten war, hatte diesen Zettel verschluckt, wie sonst nur einzelne Socken. Bis jetzt.

Liebste Majischka …

Es zog in ihr. Maja befahl ihrem Körper, sofort die AG Selbstheilung zu einem außerplanmäßigen Treffen einzuberufen. Die musste mit Fugenmaterial bereitstehen, um drohende Haarrisse, die sich irgendwo hinter ihrer Brust bilden könnten, schnell zu kitten. Dann las sie weiter.

Dunkles machst Du hell.
Kaltes machst Du warm.
Graues machst Du bunt.
Mich machst Du besser.
Und wie man Spaghetti Bolognese macht, zeig ich Dir gern.
Es liebt Dich unendlich:
Dein Franz

Maja sah auf. Aus dem Fenster. Zum Gepäcknetz. Auf den Zettel. Den sie dann energisch zusammenknüllte. Sie schnaufte. Pillermannsacksau! Sacksauarsch! Und was für einer. Geschwafel. Lächerliches Geschwafel. Erst recht die Sache mit dem privaten Italienisch-Kochkurs. Das musste er doch geahnt haben, dass es dazu nicht mehr kommen würde. Auf eine Art bedauerlich. Denn Franz machte wirklich hervorragende Hackfleischsoße. Am Ende allerdings nur noch aus ihrem Herzen.

Wut tat gut. War aber auch keine dauerhafte Lösung. Vor allen Dingen musste dringend verhindert werden, dass der Herr Zorn zum Reisebegleiter wurde. Im »Urlaub allein« hatte nämlich auch der nichts zu suchen. Nein, die Schublade wurde schnell wieder geschlossen. In der hatte sie seinerzeit genug herumgewühlt.

Sie sah wieder aus dem Fenster. Es hatte aufgehört zu regnen. Die dunkelgraue Wolkendecke von vorhin war nur noch hellgrau, an manchen Stellen sogar wollweiß und zerfleddert. Maja sehnte sich nach der gereinigten Luft, die ein Donnerwetter hinterließ, das weitergezogen war. Sie ließ ihre Gedanken noch einmal zurückwandern.

Drei Jahre lang hatte es, zumindest ihrem Empfinden nach, vorbildlich funktioniert. *Sie* hatten funktioniert. Als gemischtes Doppel. Als Liebende und sogar als sich liebende Freunde. Bis die unterschiedlichen Definitionen von Liebe aufeinanderprallten. Daran ging alles kaputt. Die Synchronität war verloren gegangen. Der eine liebte plötzlich so, die andere anders. Die eine mehr, der andere weniger. Phasenweise war das okay. Wenngleich auch das erst einmal tapfer ausgehalten werden wollte. Dennoch handelte es sich dabei um ein ziemlich normales Phänomen in jeder längeren Beziehung. War die Strecke der unterschiedlichen und unterschiedlich intensiven Gefühle allerdings zu lang, konnte einem von beiden auch schon mal die Puste ausgehen. Das Gefühl der Liebe war bis auf den messbaren Teil an chemischer und hormoneller Verwirrung im Hirn eine sehr individuelle Angelegenheit. Jeder liebte auf ureigene Art. Die Welt liebte unterschiedlich. Unterschiedlich laut, unterschiedlich heftig, unterschiedlich euphorisch. Manche Menschen waren unheimlich fix im Verlieben. Und meist auch ähnlich zackig im Entlieben. Dennoch glaubten auch die Turbo-Typen meist an ein »für immer«. Selbst wenn »für immer« nur bis zum nächsten Winter dauerte. Andere brauchten Ewigkeiten, bis sie sich fallenlassen konnten. Dann aber mit Wucht und vollem Gewicht. Ohne Seil und Fallschirm. Jetzt oder nie. Das war auch Majas Weise. Und Franz? Womöglich hatte er sie auf seine Franz-Art tatsächlich bis in alle Ewigkeit geliebt. Und es war für ihn kein Widerspruch, dass es eine Zeit lang diese Zweitfrau gab. Dennoch folterte Maja eine Frage auch heute noch, und sie sehnte sich nichts mehr herbei, als dass diese Folter nicht erst in der Ewigkeit ihr Ende fände. Es war die Frage aller Betrogenen: Was fand er an und bei der anderen, das sie ihm nicht bieten konnte? Die Antwort war dünn. Und er hatte sie ständig wiederholt:

»Es hat nichts mit *dir* zu tun. Es hat nichts mit *uns* zu tun.«

Wie oft hatte sie diese ausgeleierten und entsetzlich öden Sätze in ihrem letzten Kapitel mit ihm ertragen müssen. Und sie leierte genauso öde zurück.

»Und ob, Franz. Es geht um unsere Zeit, unsere Wahrheit und unsere Erfüllung. In dem Moment, wo du *uns* Gemeinsamkeit stiehlst, wo du *mich* belügst und *mir* wehtust, hat es extrem viel mit mir und uns zu tun.«

»Nicht mit meinem Gefühl.«

An dieser Stelle wimmerte er nur noch. Während Maja schrie. »Es ist mehr als nur dein Schwanz. Franz!« Sie rieb sich mit beiden Händen über das Gesicht. Gerade so, als könnte sie damit die Bilder der Vergangenheit wegwischen. Wenn sie es sich genau überlegte, dann war dieses Ding mit der Liebe doch eigentlich eines der Unmöglichkeit. Was für ein enormer Glückstreffer, wenn sich zwei Liebende von identischem Geschmack fanden. In der Traumvorstellung ging das so: Die Eine lernt den Einen kennen. Beide aus ähnlichem Holz geschnitzt. Beide wollen das Gleiche. Von der Liebe, von sich und auch vom Leben. Und zwar nur zu zweit. Dann war die Sache geritzt. Oder aber es kamen zwei zusammen, die gemeinsame einsame Sache machten. Mit offenen Augen in die offene Beziehung. Ging auch. Hauptsache, beide wollten dasselbe. Und dass diese Art der Liebe bis zum süßen Ende hielt, was sie zu Anfang versprach.

Das Sinnieren darüber, wie eine Liebesbeziehung dauerhaft funktionierte, brachte sie im Moment nicht weiter. Sie sah keine große Liebe in greifbarer Nähe. Nur eine gescheiterte in der Ferne ihrer Vergangenheit.

Franz hatte immer schöne Briefe formuliert. Ja. Aber er buchstabierte »Liebe« anders als Maja. Und deswegen war es richtig gewesen, diese Geschichte nicht fortzuschreiben.

17

Ferientagebuch. Eine Woche später hatte Maja ein weiteres Kapitel abgeschlossen. Wieder eine Mission, die Geschichte war. Die Ostsee lag hinter ihr. Der Urlaub auch. Abreisetag. Wieder war es für die Mittagszeit deutlich zu dunkel. Allerdings ausschließlich am Himmel. Majas Kopf war die Karibik. Paradiesische Zustände. Sonnig und heiß. Sie stand mit ihrem Gepäck und klopfendem Herzen am Bahnsteig von Bergen und war viel zu früh dran. Was auch daran lag, dass sie grundsätzlich nicht gern unpünktlich war. Vor allem aber durfte sie diesen speziellen Zug keinesfalls verpassen, sonst würde es teuer werden. Und noch mehr Geld als unbedingt notwendig wollte sie nicht ausgeben. Die Luxus-Unterkunft und die erstklassige kulinarische Verpflegung waren durch Linas Gutschein zwar abgedeckt und bezahlt worden. Dennoch wollte am Ende noch eine amtliche dreistellige Summe von Maja beglichen werden. Oje. Ojeeeee. Aber auch: olé! Denn es hatte Spaß gemacht, über die Stränge zu schlagen. Weil es im großen Stil verantwortungslos war. Und derbe unvernünftig. Herrlich.

Von Unvernunft und Verantwortungslosigkeit. Das sollte der Titel für diese jüngste Episode aus ihrem Leben sein.

Der dritte Grund, warum sie jetzt schon zappelig auf die Bahn wartete: Sie freute sich sehr auf zu Hause. Sehr, sehr, sehr. Auf ihre Wohnung. Ihren Fritz. Ihr Bett. Ihr Bad. Kurz: auf ihren Alltag. Maja stellte fest, dass sie Alltag liebte. Alltag war toll. Auch und gerade in Liebesdingen. War diese schrecklich anstrengende Verliebtheit einmal vorbei, fing doch erst der wirklich lohnende Part an.

Nicht, dass diese Phase zeitweiliger Geisteskrankheit nicht irre gut war oder sich nicht irre schön anfühlte. Nein, nein. Also: doch, doch. Und wie. Die kostete sie auch aus. Man nehme nur diese unstillbare Sehnsucht nach dem Herzensmann. Nach immer noch mehr Nähe, obwohl sie seinen Atem bereits an ihrem Hals spürte. Verknotete Knie bis zur Arthrose. Dieses Ziepen in der Körpermitte, wenn er die Wohnung verließ. Flirren vor den Augen, wenn er noch einmal zurückkam, um sich den Schlüssel und einen weiteren Kuss abzuholen. Das leise Summen auf den Lippen, nachdem er es sich anders überlegt hatte und Bürotag gegen Betttag tauschte. Hach! Wundervoll. Und sie schrieb ihm die Entschuldigung dazu.

Lieber Herr Chef, mein Liebster kann heute an der Arbeit leider nicht teilnehmen. Sie ahnen es schon: Er ist nicht mehr ganz dicht, es geht ihm zu gut. Er leidet bis auf unbestimmte Zeit an einem heftigen Anfall amouröser Umnachtung. Daher muss er unglaublich viel schlafen. Und zwar mit mir! Wenn er eines Tages wieder ins Büro kommt, schreibt er die Mathearbeit nach. Seien Sie bitte nicht sauer auf ihn. Sie waren doch auch nicht immer ein Spießer. Ihre Maja. Allgemein bekannt als indische Göttin der Weiblichkeit. Spezialisiert auf Niedersachsens Göttin der Lenden.

Ohne Zweifel, das hatte schon was. Dieses Gefühl der überirdischen Kraft in sich. Mit beiden Händen ein Stück Erdkruste mit Braunschweig drauf aus seiner Schale zu knacken, hochzuheben und auf einer Pazifikinsel wieder absetzen zu können. Alles machbar, wenn jemand sie darum bat.

An solchen Götter-der-Liebe-Tagen hätte Maja auch als Präsidentin der Milchstraße eine gute Figur gemacht. Keine Frage: dieses hysterische Verliebtsein hatte Suchtpotenzial. Weswegen sich ja manche lieber immer wieder neu verliebten, als in die deutlich gelassenere Liebe reinzurutschen. Euphorie-Kicks im Jahresrhythmus statt dämmrige Alltagsromantik einer Langzeitliebe. Doch was das betraf, war Maja anders.

Bei aller verrückten Liebe: Schön wurde es, wenn die akuten sechs bis zwölf Monate geschafft waren. Wenn der Hormonhaushalt endlich vom Dauerstress befreit werden konnte. Für ihr Innenleben begann dann der Frühjahrsputz. Die Spuren der Endorphin-Überschwemmung beseitigen. Alles trockenlegen. Aufräumen. Zur Ruhe kommen. Fürs Außenleben hieß das: beieinander sein und wissen, dass das Beieinander-bleiben-Wollen von beiden Beteiligten als eine super Idee angesehen wurde. Kein tosender Torpedo, lieber ein leises, belebendes Lüftchen voll Amore. Das war ganz eindeutig Majas bevorzugte Lebens-, Liebes- und auch Wetterlage.

In dieser Hinsicht lag eine tadellose Woche hinter ihr. Sieben Tage lang eine erfrischende Brise aus Ost-Süd-Ost, sieben Tage lang freie Sicht auf eine flirrende Sonne, die richtig gut drauf war und ihren Job juligemäß erledigte. Licht und Luft hatte Maja also in ausreichendem Maß abbekommen. Aber auch Rügen und seine Söhne waren in dieser Zeit äußerst liebenswürdig zu ihr gewesen.

Die Charme-Offensive der Insel ging direkt bei ihrer Ankunft los. In Bergen wartete ein adrett gekleideter junger Mann auf sie. Den hatte augenscheinlich das Hotel geschickt, um ihr, fein daherredend, erst einmal alle Sorgen abzunehmen. Und die Reisetaschen. Und um sie dann unter vollendetem Smalltalk zum Zielort zu fahren. Die Tour war leider viel zu kurz. In dem rollenden Wohnzimmer hätte sie es auch länger ausgehalten. Es war eine Limousine neuester Bauart mit abgedunkelten Scheiben und laufendem Mini-Fernseher in der Kopfstütze. Fernseher! In der Kopfstütze!! Aaaah!!! Zwei Werbepausen später war sie da. Ihre Herberge erwies sich als wahrer Luxusschuppen. Tatsächlich noch einen Tick herrschaftlicher, als die Bilder im Internet das erahnen ließen. Der Baumeister von Schloss Sanssouci hätte hier die Verletzung seiner Urheberrechte, wahlweise eindeutigen Ideenklau einklagen können. Maja betrat ehrfürchtig die Lobby.

An der zehn Meter langen Rezeption aus geschnitzter Räuchereiche schob ihr die Kostümchendame am Empfang mit einem auffordernden Zwinkern einen Schlüssel zu.

»Die Seeblick-Suite.« Maja glotzte stumm. Die Empfangs-Madame lächelte.

»Ein Upgrade. Mit Gruß von der Direktion. Da Sie allein reisen und der Gutschein vorab für zwei Personen bezahlt wurde.«

Jetzt bekam auch Maja ein Grinsen hin.

»Wow, cool! Ähm. Ja, danke. Das ist … angenehm.«

Sie griff nach dem Schlüssel und zögerte dann noch einmal.

»Aber … da wohnt dann nicht noch jemand mit mir, oder?«

Die Kostümchenfrau nahm die Hand vor den Mund und kicherte.

»Nein, Frau Pauly. Die Suite haben Sie so lange ganz für sich allein, wie Sie das wünschen.«

Maja versuchte, nichts Zweideutiges in dem Satz zu hören, und wandte sich zum Gehen. Ehe sie sichs versah, hatte sich der adrette junge Kerl wieder bei ihr eingefunden. Lautlos neben sie hinmaterialisiert quasi. Der konnte also nicht nur Auto fahren, sondern kam auch aus der Zukunft. Gut, dass das geklärt war. Er trug das Gepäck und hauchte ihr allerlei Informationen zu. Etwas von »Langschläferfrühstück bis zwölf Uhr«, »sehr schöner Wellness-Bereich mit Pool« und »bei Sonderwünschen fragen Sie einfach nach Maurice, das bin ich«. Maja konzentrierte sich beim Gang durch die heiligen Hallen nur darauf, nicht allzu überfordert zu wirken. Seite an Seite mit ihrem persönlicher Schlossgeist durchschritt sie die langen, weichen Flure. Hochflorteppiche und Textiltapete mit Ornamenten. Eine gefühlte Halbtageswanderung später standen sie vor Zimmer 327, und Maurice beamte sich augenblicklich weg.

Endlich rastete die schwere Tür der Suite hinter ihr leise im Schloss ein. Maja verschaffte sich in Sekundenschnelle einen Überblick. Die Augen flitzten hin und her. Sie hielt die Luft an, machte dicke Backen und schritt eilig einmal quer durch ihre Bleibe. Da wurde ihr zum zweiten Mal innerhalb von dreißig Minuten blümerant. Sie atmete aus, gab nach und sank neben dem Koffer in die Knie. Unglaublich. Das war einfach unglaublich. Vor allen Dingen: unglaublich super. Vor der riesigen Glasfront, die den Blick auf das Meer freigab, schwappte das Wasser friedlich an den Sandstrand. Durch das gekippte Fenster hörte sie es gurgeln und zischen. Begleitet von segelnden Möwen, die hin und wieder ihr markantes Lachen ertönen ließen, und kleineren Kollegen, die mehrstimmig zwitscherten. Kurz: eine Idylle wie aus der Fernsehwerbung. Was für ein Panorama. Ein Ausblick, der ihr kurz die Luft nahm. Aber auch das Innenleben der Suite sorgte für begeisterte Schnappatmung. Ihre Bleibe bestand aus zwei Räumen und einem Bad. In dem vorderen Zimmer thronte ein mächtiger Breitbildfernseher mit DVD-Player, Spielkonsole und Couch. Auf dem Glastisch davor ein riesiger Teller mit Äpfeln, Aprikosen, Himbeeren, Weintrauben und einem Schälchen mit verschiedenen Edelnüssen. Daneben ein silberner Kübel, in dem eine Flasche Champagner im Eiswürfelbad vor sich hin fror. Wenn da mal nicht die kleine Schwester aus dem ALDI mächtige Komplexe bekam. Sie tätschelte grinsend ihre Umhängetasche. Mal ehrlich, so was gab es doch sonst nur im Kino. *Pretty Woman, Plötzlich Prinzessin* und so weiter. Sie musste wieder schmunzeln und griff zu der Karte auf dem Tisch. Der Direktor des Anwesens wünschte der lieben, geschätzten Frau Pauly einen durch und durch angenehmen Aufenthalt und hieß sie mit herzlichsten Grüßen und unleserlicher Unterschrift willkommen. Maja legte den Brief vorsichtig an die alte Stelle zurück. Und fühlte sich für einen Moment sehr wichtig, sehr reich, sehr berühmt und sehr zufrieden. Sie schob sich auf die Couch und blickte aus dem

Breitbildfenster ihrer Suite. Draußen lief Ostsee-TV vom Allerfeinsten.

Wenn ein Urlaub normalerweise für zwei Leute geplant worden war und am Ende nur einer allein die Reise tatsächlich antrat, dann lag zwischen dem Plan und seiner Ausführung meist eine Geschichte, die einem einen Kloß in den Hals trieb. Hier verhielt sich das anders. Aber wenn sie jetzt schon niemanden hatte, der mit ihr pubertäre Quiekgeräusche des angemessenen Ausflippens von sich gab, dann musste sie wenigstens ein paar Vorzeigfotos machen. Lina würde sich freuen. Paule würde sich ärgern. Maja war glücklich. Sie rappelte sich auf und holte ihre Kamera.

Sechs Stunden später bekam sie Hunger. Sie hatte sich aber auch ganz schön verausgabt an diesem ersten Nachmittag. Die Sorte Verausgabung, die man sich ausschließlich für den Urlaub aufhob. Zielloses Stromern zum Beispiel. Durch so ziemlich alle Flügel und Gänge ihrer prachtvollen Herberge. Selbst diese eine wuchtige Tür hatte sie nicht stoppen können. Allerdings versteckte sich dahinter so etwas wie der begehbare Schrank des hoteleigenen Restaurants. Keine Haute-Couture der Frau von Welt, sondern Zutaten für die Haute-Cuisine des Chefkochs. Kühlware lagerte stapelweise in den Regalen. Grünzeug und Tiere. Beziehungsweise das, was von ihnen nach Anwendung kunstvoller Schnitttechnik übrig war. An einer Stange baumelten kopflose Gänse. Sie fröstelte. Schnell war sie aus dem Raum des ewigen Winters wieder ans Tageslicht geeilt und dann zum Strand geschlendert, wo sie den Rest des Nachmittags verbrachte. Alle Energie wurde nun in das beidseitige Anbraten ihrer hellen Pelle gesteckt. Ohne Sinn, Verstand und Lichtschutzfaktor. Mit Badetuch, Wasser und dem ersten ihrer vielen Bücher unter dem Arm kehrte sie später in ihre Residenz zurück, duschte, fröhlich wirres Zeug vor sich hin summend, ausgiebig und kühlte ihre Brandwunden mit Körpergel und reichlich Creme. Dann endlich folgte sie ihrem quengelnden Magen und machte sich auf den Weg ins Hotel-Restaurant »Chez Ginette« zum Abendessen.

Begrüßt wurde sie von einem schlanken, hochgewachsenen Kellner. Den Herrn zierte großflächig graumeliertes Haar und eine schicke Livree in Schwarz. Er begrüßte sie mit »Bonsoir, Madame!« und begleitete sie zu einem Zweiertisch am Fenster. Eifrig versorgte er sie mit Menü- und Weinkarte, sprach für beide Bereiche seine formidablen Empfehlungen aus, wies noch schnell darauf hin, dass alkoholische Getränke grundsätzlich nicht in der Verpflegung inbegriffen seien, und wich mit angedeuteter Verbeugung vornehm zurück. Maja atmete zweimal tief durch. Schon ein klein wenig gewöhnungsbedürftig, das alles. Also, das elegante Getue jetzt zum Beispiel. Fies war es nicht. Einfach fremd. Bis zum Ende des Urlaubs würde sie sich mit dem Pomp hoffentlich in irgendeiner Form angefreundet oder wenigstens so weit arrangiert haben, dass es ihr nicht mehr ganz und gar unangenehm wäre, von jemandem hofiert zu werden, der auch ihr werter Erzeuger hätte sein können. Sie gab sich dafür eine Woche Zeit. Für die Essensentscheidung brauchte sie nicht ganz so lange. Die Wahl war schnell getroffen. Sie dachte an die Garderobenhaken des Küchenschrankes und das, was daran aufgehängt war. Heute Gans? Unmöglich.

»Einmal das vegetarische Menü, bitte. Und den Wein, den Sie vorgeschlagen haben.«

»Ausgezeichnete Wahl, Madame. Ein Glas, eine Karaffe oder eine Flasche, Madame?«

»Ein Glas, bitte.«

»Sehr wohl, Madame. 0,1 oder 0,2, Madame?«

Einmal »Madame« hätte gereicht. 0,1 Liter Wein allerdings würde unter diesen Umständen jedenfalls nicht reichen.

»Dann 0,2.«

»Sehr gern, Madame. Wasser dazu, Madame?«

»Ja, bitte. Aber Sie müssen mich nicht …«

»Leise oder laut, Madame?«

Das heimliche Wortgefecht um die penetrante »Madame« bekam einen Nebenschauplatz. Seit Jahren führte sie den Guerilla-Kampf gegen einen Durchmarsch des Sprachgebrauchs, der Wasser in »laut oder leise« einteilte. In ihrem ganzen Leben, in wirklich keiner Situation, noch nicht einmal auf dem prähistorischen Klo im Haifisch, hatte sie sich durch den explosiven, sinnesraubenden, schier unerträglichen Lärm bestialisch lauten Wassers belästigt gefühlt. Darum sagte sie schmunzelnd mit ein klein wenig Betonung:

»Ohne – Kohlensäure, bitte.«

»Ein Glas oder eine Flasche, Madame?«

»Eine Flasche, bitte. Vielen Dank, *Monsieur*! Und, ähm, ich heiße übrigens Maja.«

Der uniformierte Ober sah sie einen Moment lang verwirrt an. Aber zu ihrer Erleichterung lächelte er ganz *un*uniformiert zurück und deutete auf sein Namensschild.

»Jean. Oder …« – er zögerte, blickte sich kurz um und beugte sich etwas zu ihr herunter – »… oder einfach: Heinz. Enchanté, Madame!«

»Chin-chin, *Madame*! Auf alle, die du lieb hast … und auf dich!«

Maja sah aus dem Fenster, sprach ihren Trinkspruch in die Ostsee und prostete der Strandpromenade zu. Dann nippte sie vom Rotwein, den ihr Heinz in Windeseile gebracht hatte. Sie kramte aus ihrer Umhängetasche alle Requisiten hervor, die sie sich für die Beschäftigungstherapie einer Alleinesserin mitgebracht hatte. Tageszeitung vom Zimmer, ihr Strandbuch, das Handy und das nagelneue, für diese Reise gekaufte Moleskine-Notizbuch. Mit nichts darin außer jeder Menge Linien, die nur darauf warteten, ihre Gedanken des Tages aufzunehmen. Gute Gedanken auf der Reise. Das war insofern eine Neuigkeit, als dass Maja eigentlich zu den klassischen Schwarzschreibern zählte. Wenn es in ihr finsterer nicht werden konnte und das Weh ihr nicht nur den letzten Nerv, sondern auch den Schlaf raubte, dann schrieb sie sich den Wust an Nachtschmerz von der Seele, in der Hoffnung, dass das innere Schwarzknäuel immer heller wurde, je mehr Fäden sie zur Entwirrung herauszog und in dunkler Tinte und geschwungenen Buchstaben auf Papier bannte.

In diesem Urlaub verhielt es sich anders. Die Idee war, ein Weißbuch zu schreiben. Für die Augenblicke, wenn einem Sternchen vor der Linse tanzten vor lauter Leichtigkeit. Für schöne Erlebnisse, die zum Vergessen zu schade wären. Da es ja nun einmal niemanden aus Fleisch und Blut an ihrer Seite gab, mit dem sie Erlebtes teilen und doppelte Erinnerung schaffen konnte, musste eben das Werk aus Papier und Ledereinband ihr Leben aushalten.

Zweieinhalb Stunden später fand sie sich pappsatt und platt vom Tag auf ihrem Zimmer wieder und öffnete in durchaus feierlicher Stimmung das Notizbuch für ihren ersten Tagebucheintrag.

Tag 1

Ich bin ein Star – wehe, hier holt mich einer raus! Mit Chauffeur und Fernsehauto (!) abgeholt worden. Das Hotel ist ein echter Palast. In der Suite (!) das Meer vor Augen und die Niagarafälle im Bad (Dusche mit Wasserfall aus der Wand). Telefonieren ist im »Chez Ginette« verboten. Also nur SMS an Greta & Paule verschickt. Bis jetzt keine Antwort. Paule hat bestimmt kein Guthaben mehr auf dem Handy, und Gretas Nick hat garantiert alle Handys im Radius von 1500 Metern um die heilige Entstehungsstätte seines Erben vernichtet. Schädliche Strahlung und so.

Erstes Dinner allein, nur ich und Heinz.

Apropos: Heinz ist offiziell Jean. Und ich bin offiziell eine Madame.

Nur, wer ist »Ginette«?

Fazit: Der erste halbe Tag hat gar nicht wehgetan. Die erste Hautschicht schon.

Bonne nuit!

Ziemlich genau vierundzwanzig Stunden später saß Maja wieder auf ihrer Hotel-Couch, das Notizbuch auf den Knien. Im Hintergrund dudelte der Wohnzimmerfernseher vor sich hin. Eine Angewohnheit, die sie aus ihrem Alltag in den Urlaub mitgeschleppt hatte. Bevor ihr die Augen zufielen, wollte sie wenigstens noch die wichtigsten Punkte niederschreiben.

Tag 2

Ausgeschlafen heute. Eine Stunde sinnlos durchs Vormittagsfernsehen gezappt. (Irre: Der Fernseh-Bildschirm im Schlafzimmer dreht sein »Gesicht« in die Richtung, aus der das Signal der Fernbedienung kommt. Hab's ausprobiert, funktioniert aus jeder Ecke.) Was tun mit so einem freien, unverplanten Tag im Ostseeparadies? Keiner da, der sich was wünscht, wogegen ich anmeckern könnte. Fatalerweise bin ich beim Tele-Gym-Programm hängengeblieben. Und hab mich an das kostenlose Angebot hier im Haus erinnert … Ich dämlicher Restposten!

Habe am YOGA teilgenommen. O Herr im Himmel, warum nur? Reicher bin ich nur um eine Erkenntnis, auf die ich lieber verzichtet hätte. Schlüsselmoment während der Gymnastikstunde: Position »Herabschauender Hund«. Hände und Füße auf der Erde, Hintern in der Luft, Beine gestreckt und Kopf hängend. Stelle fest: Was mich da ansieht, sind hässliche Schrumpel-Knie. Dummerweise gehören die zu mir. An den Strand nur noch im Neoprenanzug.

Fotos von allem gemacht, auch von mir und Meer. Immer nur das halbe Gesicht drauf. Außerdem warte ich noch, bis die rote Haut vor der vorzeitigen Alterung noch braun wird.

Mit Schminke abends hat die Madame heute schon ein bisschen nach »sonnengeküsst« ausgesehen. Glück gehabt. Bin dem Chauffeur begegnet, dem adretten. Ich saß nach dem Dinner allein an der Bar (gut, mit Handy, Greta hat geantwortet) und habe mir, Tipp von Heinz-Jean, einen »Hugo« gegönnt. Irgendein Trend-Getränk mit Sekt, Minze und Limette oder so. Lecker. Und knallt. Da kam Maurice aus einer Tür neben dem Tresen und schrieb Sachen in ein dickes Buch. Allerdings war er schon in Zivil. Hatte wohl gerade Feierabend. Alle Achtung. Die Modepolizei war zufrieden. Aber wenn ich mich nicht verhört habe, hat Heinz eindeutig gesagt: »Bis morgen, MORITZ!«

Fazit: Den Herabschauenden Hund zu machen, ohne würgen zu müssen, braucht Übung. Und Tapferkeit. Fotos von sich selbst zu machen braucht Übung. Pläne nur mit sich selbst zu machen braucht auch Übung. Aber immer Bestimmer sein hat was verdammt Verführerisches. Genau wie dieser Moritz …

Am dritten Abend erlag Maja nach dem Abendessen der Versuchung im Edelstahlkübel. Sie hob die wuchtige Flasche aus dem Kühler und köpfte den teuren Schampus des Hauses. Der übrigens auf wundersame Weise immer noch so kalt war, dass die Sektflöte von innen beschlug. Wie durch Zauberhand hatte sich das Schmelzwasser nämlich jedes Mal, wenn sie länger nicht in ihrem Zimmer gewesen war, wieder in Eiswürfel verwandelt. Daher beschloss sie, die guten Geister des Hauses nicht überzustrapazieren, und läutete das Ableben des süffigen Zeugs ein. Sie ließ sich ins Sofa sinken und wählte Gretas Nummer. Die Freundin war sofort an der Strippe.

»Und? Und? Und?«

Greta klang aufgeregt. Nach Majas letzter Textnachricht, bei der sie offenkundig noch an der Bar gesessen hatte, war nichts mehr von ihr zu lesen gewesen. Maja seufzte und nahm einen Schluck.

»Wenn ich zurück bin, bin ich pleite.«

»Was? Der Kerl lässt sich für seine Dienste doch nicht etwa bezahlen?«

»Ha, Dienste! Schön wär's. Der lässt sich noch nicht einmal einen Drink spendieren. Dienstvorschrift. Auch nach Feierabend. Aber die Preise hier … mein Abendessenswein zum Beispiel. Da fließt jedes Mal ein knisternder Zehner die Kehle hinunter.«

»Na ja, einen zum Essen …«

»Drei … nur heute.«

Am anderen Ende der Leitung ertönte Lachen. »Hehe, gegen deine *soziale* Verarmung hast du ja immer noch mich.«

»Und das mit dem Lebensglück muss ich sowieso allein können. Ja, ja. Ich weiß.«

»Jep. Allein bist du ja jetzt. Einsam auch?«

Maja überlegte kurz und schüttelte dann den Kopf. »Nein.«

»Unglücklich?«

»Nein. Aber …«

»Hm?«

»Aber heute endlich mal Edu-mäßig drauf. Zum ersten Mal. Weißte, ein bisschen in Moritz tagesverliebt. Und bereit, ihn mit offenen Armen und Beinen zu empfangen. Aber er interessiert sich offenkundig überhaupt gar kein bisschen für mich. Ganz nach Vorschrift.«

»Vielleicht musst du bis zum Abend vor deiner Abreise warten.«

»Weil ich dann fast kein Gast mehr bin, für den es fast keine Vorschrift gibt? Und er sich mir auf dem Zimmer ganz unvorschriftsmäßig nähern darf?«

Anderthalb Stunden später und weit nach Mitternacht legte Maja auf. Müde griff sie zum Tagebuch. Weißbuch. Es soll ein Weißbuch werden. Voll mit schönen Gedanken. Das dachte sie noch, bevor sie losschrieb.

Tag 3
Alles in allem ist alles super. Unverändert super. Sonne satt. Maja satt. Rosa wird hellbraun. Jetzt gerade bin ich allerdings blau. Und bald arm. Apropos ARM. Schreibe wie ein umtrainierter Linkshänder. Werde ich morgen nicht mehr lesen können. Egal.

*Wo hört Alleinsein auf, und wo fängt Einsamsein an? Keine Ahnung. Irgendwo nach der ersten Champagnerflasche und vor der zweiten. Staffelstabübergabe. Und Einsamkeitsgesellschaft ist definitiv total unsuper. Fazit? Ach, f**k you, Fazit.*

Gefrühstückt wurde nicht am Buffet, sondern im Bett. Und zur Mittagszeit. Sie schämte sich nicht, den ALDI-Champagner doch noch für ein Glas geöffnet zu haben. Sie hasste sich dafür. Allerdings erst beim Frühstück. Eigentlich hatte sie den Tag mit Lesen verbringen wollen, aber sie hatte keine drei Seiten geschafft. So wie sie auch sonst nichts zustande gebracht hatte, was auch nur annähernd mit Aktivität in Verbindung zu bringen war. Nur raufrollen auf die Liege am Pool. Matt sein. Schlafen. Wasser trinken. Schlafen. Wasser trinken. Immer noch matt sein. Viel mehr Wasser trinken. Und noch etwas schlafen. Dann, gegen Abend, runterrollen von der Liege. Feststellen, dass man gar nicht genug Wasser trinken kann im Leben, und zum Abendessen schlurfen. Grummelnd schlurfen.

Nach dem Essen hatte sie ihre Fassung und eine einigermaßen brauchbare Gesamtkonstitution wieder. Sie ließ sich in ihrem Zimmer auf die Couch fallen, schaltete den Fernseher an und landete in der Reklame. Irgendein Pharma-Konzern versprach »gute Preise und gute Besserung«. Sie nahm das Weißbuch zur Hand.

Tag 4

Antidepressivum für Katertage. Bitte, schnell. Eine Marktlücke. Warum hat das noch niemand erfunden? Gemein, auf was für eine billige Art einem ein so teures Gesöff die Stimmung verderben kann. Körper fühlt sich mittlerweile entgiftet an. Seele nüchtert langsamer aus. Mein Sinn für die Richtigkeit der Dinge ist heute stumpf. Früher habe ich mir und anderen ein »Ach, wird schon« oder »Wird schon gut gehen« immer geglaubt. Heute ist klar: Es wird eben nicht immer schon. Und erst recht nicht gut. Form-

schöner Vertrauensverlust ins Leben. Voilà: Risiko des Älterwerdens. Nebenwirkung vom Schampus, ja. Andererseits (Mitleidserreger-Modus ein): Ich war doch nur der arme, willenlose Diener meiner heimlichen Sehnsüchte. Und jämmerlicher Sklave verleugneter Ängste. Und weil Gefühle keine Rettungsweste tragen, kann man sie bestens ersäufen. Moritz war heute nicht da. Morgen wieder im Dienst. Hat Heinz gesagt. Und dass ich mich von Moritz mal über die Insel und zum Kap Arkona fahren lassen soll. Kostet wohl nicht so viel mehr als mit dem Bus hin und her.

Kein Abendessenswein heute, da kann das gesparte Gold ja gleich in den adretten Chauffeur der Dienstvorschriften investiert werden. Heinz will das mit dem »Konsjärsch« klären. Naturellement! Le Concierge! Lina hätte gesagt: »Hausmeister im Sonntagsanzug«.

Apropos Lina. Wenn das mit der Inseltour klappt, werde ich ihr von einem Tag am Meer, der gleichzeitig ja irgendwie auch ein Tag mit Moritz ist, erzählen können. Das dürfte als Date durchgehen. Und als Antidepressivum für Singles Mitte 30 allemal.

Maja kaute auf dem Stiftende herum und krickelte Kringel und Spiralen unter den Absatz. Dann schrieb sie weiter.

Da schau her. In mir hat gerade ganz kurz was gegrinst. Deutlich bessere Laune krabbelt langsam aus ihrem Loch. Wurde aber auch Zeit. :-)

Fazit: Ab heute nicht nur Madame Maja, sondern auch Baronin zu Münchhausen. Großartiges Gefühl, sich selbst aus dem Psychoschlamassel zu ziehen. Nicht unbedingt an den Haaren, aber mit an den Haaren herbeigezogenen Perspektiven. Nämlich der Aussicht auf das Panorama am Kap Arkona. Und der Aussicht auf ein bisschen Moritz exklusiv.

Die heilsame Wirkung ausgiebiger Nachtruhe ohne vorherigen Alkoholgenuss in ungesundem Ausmaß machte aus Maja einen neuen Menschen. Auferstanden aus den Ruinen des Lotterlebens. Und auf zu den Ruinen und Baudenkmälern der Insel. Die erste Sehenswürdigkeit erwartete sie bereits in der Lobby. Mann des Tages: Moritz. Natürlich im Anzug, aber immerhin ohne Schlips. Das ging vermutlich noch als leger durch. Und – oho! – die obersten zwei Knöpfe an seinem Hemd waren geöffnet. Dass Maja so einen Hauch von Haut einmal derart sexy finden würde, hätte sie sich auch niemals träumen lassen. Jedenfalls nahm sie sehr wohl wahr, dass sich unter dem Hemd offenkundig eine gepflegte Männerbrust mit leichter Bräunung versteckte. Aber das war noch nicht alles. Während sie Moritz heimlich musterte, wurde ihr klar, was sie an ihm so lockte. Es waren nicht nur sein hübsches Aussehen oder seine zuvorkommende Art. Vielmehr umwehte ihn der Hauch eines Gefühls, das sie lange vergessen hatte. Und das erst dann Bedeutung bekam, wenn es verloren gegangen war. Moritz strahlte aus jeder Pore die Leichtigkeit der Jugend aus. Diese süße, anziehende Unbeschwertheit, die einen so lange trug, bis einem das Leben ersten Ballast mit auf den Weg gab. Das war es. Diese Aura hatte sie gefesselt. Eine Sehnsucht nach den unbekümmerten Tagen. Sie wimmerte kurz und unhörbar.

Moritz begrüßte sie lachend, ließ sie auf der Rückbank einsteigen und fuhr zügig vom Hof. Während sie über schmale Landstraßen und durch idyllische Alleen rollten, mimte Moritz das Insel-Lexikon. Bevor er mit einer neuen Geschichte begann, sah er immer in den Rückspiegel und fing Majas Blick ein. Und sie schenkte ihm gern ihre ungeteilte Aufmerksamkeit. Ihr war aufgefallen, dass Moritz es seit heute früh vermied, sie mit »Sie« anzureden. Ob das ein gutes Zeichen war? Eine geheime Sympathiebekundung vielleicht. Oder gar der Versuch, sie dazu zu bringen, ihm das »Du« anzubieten, das er selbstverständlich vorschriftsgemäß erst einmal offiziell würde ablehnen müssen. Dennoch, so malte es sich Maja im Köpfchen aus, würden sie sich über das Verbot hinwegsetzen. Heimlich sprächen sie sich mit ihren Vornamen an und nur, wenn die Paragrafen-Polizei in der Nähe war, würden sie sich verschwörerische Blicke zuwerfen und etwas gespreizt das »Sie« anwenden. So weit ihre romantische Erklärung, seines Unge-SIEzes. Aber sie war sich nicht sicher. Und ließ ihn daher etwas um Sie und Du herumeiern.

Um nicht in die Verlegenheit einer förmlichen Anrede zu kommen und sich andererseits nicht als frecher Duzer zu outen, umging er jedenfalls die persönlichen Fürwörter in seinen Sätzen gleich ganz. Was zu merkwürdig kurzen Fragesätzen führte:

»Von Störtebeker gehört? Das ist hier quasi der Volksheld.«

»Wer stört den Bäcker?« Maja stellte sich mutwillig ein bisschen unwissender, als sie es war. Männer wollten glänzen. Und sie spielte gern das Staubtuch.

»Klaus Störtebeker, der Pirat. Kommt angeblich von ›Stürz den Becher‹. Weil er und seine Jungs wohl eine ganze Menge trinken konnten, ohne umzufallen.«

»Sympathisch.« Maja grinste. Moritz setzte nach.

»Einen Vier-Liter-Humpen Wein hat der in einem Zug geschafft. Das soll ihm erst mal einer nachmachen.«

»Haha … Das soll ihm lieber erst mal *keiner* nachmachen.« Maja zog lachend die Augenbrauen hoch. Die Erinnerung an den Kopfschmerz war noch nicht blass genug. Weil Moritz die dramaturgische Erzählpause hielt, traute sie sich, nachzufragen. »Und was hat der feine Herr Pirat hier auf Rügen getrieben? Anstatt seiner Zunft alle Ehre zu machen und ein ordentlicher Robin Hood auf dem Wasser zu sein?« Maja hoffte insgeheim auf eine romantische Geschichte, in deren Mittelpunkt eine liebreizende Frau stünde. Und lag nur knapp daneben.

»Hier hatte er seinen Schatz versteckt. Oder vielleicht sogar mehrere.«

»So, so. Und wie ist der Klaus ein Held geworden?«

»Er hat elf Seeräuber gerettet …«

Moritz machte wieder eine kleine Pause. Maja nutzte sie artig, weil sie den Eindruck hatte, dass es sich an dieser Stelle gehörte, Begeisterung zu zeigen. »Das ist ja allerhand!«

Moritz lächelte. Diesen Moment der Geschichte liebte er am meisten. »Und zwar *nachdem* der Henker ihm den Kopf abgeschlagen hatte.«

»Bitte?« Jetzt war Maja wirklich beeindruckt.

»So war die Abmachung. Alle Männer aus Störtebekers Mannschaft, an denen ihr Kapitän auch ohne Kopf noch vorbeigehen konnte, sollten begnadigt werden. Elf hat er geschafft, dann hat ihm jemand ein Bein gestellt.«

»Ach herrje. Größtes Mitleid mit Nummer zwölf, was?«

»Am Ende war es egal. Der Bürgermeister hat sein Versprechen nicht gehalten und alle dreiundsiebzig Freibeuter enthaupten lassen.«

»So eine Ratte. Ganz schön viel schlechtes Karma. Da hat die Sippe bestimmt heute noch was von.«

Moritz sammelte an diesem Tag jedenfalls eine Menge gutes Karma. Er gab einen vorzüglichen Inselführer ab, auch wenn er nicht ganz aus seiner allzu förmlichen Haut konnte. Noch nicht einmal am Kap Arkona, wo sie eine geschlagene Stunde lang allein und unbeobachtet im Gras saßen. Unbestritten idyllisch, auf einem Plätzchen am Fuß des Leuchtturms. Während Maja immerhin zweimal in Moritz' Richtung schielte, schien der ausschließlich Augen für den spannenden Wellengang zu haben. Kein Regelbruch durch Zungenküsse. Leider.

Gegen 23 Uhr fand sich Maja in der Sitzkuhle ihres Sofas wieder. Ihr Sommerkleidchen hatte sie abgestreift und gegen Schlafshorts und T-Shirt eingetauscht. Knie angezogen. Stift gezückt. Märchenstunde.

Tag 5
Wenn mich jemals irgendwer heiraten wollen würde und dieser jemand auch noch genug Anstand für einen klebrig-süßen Antrag besäße, dann gefälligst am Kap Arkona. Anfang und Ende der Welt. Und eines von Gottes besseren Ergebnissen beim Rumwurschteln am Projekt Erde. Leider hat sich selbiger mit dem Herstellungsauftrag von Moritz für meine Bedürfnisse ein bisschen verspätet. Um Jahre verspätet. Oder ist Alter auch relativ? Heute war allerdings noch nicht einmal ein Flirt zu holen. Nur eine Höflichkeit nach der anderen. Auch daran gewöhnt man sich. Von gesittetem Blabla unter Fremden hat meine Abendessensbekanntschaft wiederum nicht besonders viel gehalten. Holla.

Maja blickte auf die Visitenkarte neben sich, die sie vor einer halben Stunde zur Verabschiedung überreicht bekommen hatte. Mit ordentlichem Händedruck und Kopfnicken. Immerhin hatten sich die beiden Menschen am Ende der Hände dabei fest in die Augen gesehen, und das »Rufen Sie mich gerne an!« hatte für eine leere Worthülse zu vollmundig und überzeugend geklungen. Sie nahm sich wieder ihr Buch vor und schrieb.

Situation vorhin: Ich sitze an »meinem« Tisch. Stammtisch quasi. Restaurant knallvoll, nix mehr frei. Heinz kommt herangewieselt. »Peinlich, peinlich, kein Platz mehr. Zu viele Gäste von außerhalb. Dürfte ich Ihnen vielleicht jemanden an den Tisch …?« Natürlich darf er. Wenn's jemand Blödes ist, bin ich halt vor dem Nachtisch schon wahnsinnig satt. Wenn nicht, dann nicht. Es kommt eine Mittfünfzigerin mit luftigem Kleid. Blümchenmuster drauf und obenrum ordentlich gefüllt. Das Dekolleté platzt aus allen Nähten, die Aktentasche auch. Blümchenfrau mit Börsenfuzzi-Accessoires. Kuriose Outfit-Kombi. Gefolgt vom kuriosesten Smalltalk, an den ich mich erinnern kann.

Sie: »Guten Abend, Uta Schindel. Danke für die Störerlaubnis.«

Ich: »Gerne. Maja Pauly, hallo.«

Sie: »Damit wir uns nicht anschweigen müssen: Was machen Sie beruflich?«

Ich fang an, herumzustammeln. Überrumpelt und überrascht: »Ich? Ähm …«

Kopfkirmes: Wie sag' ich's, ohne dass es aufgesetzt oder wichtigtuerisch klingt? Die Leute reagieren immer entweder sehr interessiert oder sehr desinteressiert. Ist halt so, bei so einem Job, der in die Kategorie Paradiesvogel fällt. Ich entscheide mich für die Wahrheit. Ohne bescheidenes Drumrumgerede.

»Ich, also, ich bin Schauspielerin.«

Sie (weit aufgerissene Augen, Hand vorm Mund): »Ach … ach …«

Ich: »Ach?«

Sie: »Ach … mein herzlichstes Beileid!«

Ich verschlucke mich. Sie lacht.

»Schindel Filmproduktion. Ich kenne Ihr Freud und vor allem Leid. Beziehungsweise das Ihrer Zunft. Nun gut. Störtebeker-Festspiele? Oder verdienen Sie auch Geld?«

Und so ging das weiter. Kreuzverhör zwischen Vorspeise und Hauptgang.

Sie hat gefragt. (»Freund? Mann? Kinderwunsch? Ortsgebunden?«)

Ich hab geantwortet. (»Nein. Nein. Ähhh. Nein.«).

Sie hat weiter gefragt, ich weiter geantwortet. (»Studium?« – »Ja.« – »Erfahrung?« – »Hauptsächlich Theater. Ein paar Kurzfilme.« – »Lust auf Kino?« – »Ja.«)

An manchen Stellen hat sie mich sogar in Haupt- und Nebensätzen zu Wort kommen lassen. Dann hat sie in fünf Minuten zusammengefasst, was sie hier treibt. Dass sie Urlaub macht, um in Ruhe arbeiten zu können. (Aha.) Dass sie eigentlich nie wieder mit Schauspielern, die sie nicht schon kennt, reden wollte. Erst recht nicht mit welchen vom Theater, die zum Film wechseln wollten. (Nein, nein, keine Widerrede, das wollten sie im Prinzip alle.) Weil die, die sie kenne, ihr für dieses und die nächsten zwei Leben reichten. In Masse und Betreuungsintensität. Dass sie mit Mordshunger ins »Chez Ginette« gekommen sei und sich dann dermaßen übertrieben darüber aufgeregt habe, dass es keinen Tisch mehr gab, dass sie sich selbst für einen Moment unglaublich peinlich war. So sehr, dass sie in einer stillen Diskussion mit der Karma-Aufsichtsbehörde versprochen hatte, es bei der nächsten Gelegenheit wiedergutzumachen. Ob ich ihre nächste Gelegenheit sei?

Maja lächelte immer noch und legte die Visitenkarte ins Weißbuch. Vorsichtshalber schrieb sie Schindels Adresse und Telefonnummer noch einmal ab. Und zwar unter ihren Tagebucheintrag. Das Schicksal hatte ihr heute ein Bündel ausgefüllter Lottoscheine geschenkt. Nicht, dass sie das noch verzockte.

PS: Ich habe meine Gesellschaftsfähigkeit verloren. Seit zwei Tagen führe ich Selbstgespräche. Ernsthaft. Hab mich nicht verhört. Leise, aber in eindeutig verständlicher Sprache. Gemurmelte Anweisungen für einen reibungslosen Tagesablauf. So was wie »Okay, jetzt duschen« oder »Was essen« oder »Schnell, Sonnenmilch, schnell«.

PPS: Ich mutiere zum Kauz.

PPPS: Hiiiilfe!!!!

Nach dem Frühstück wagte Maja die Berg-und-Tal-Fahrt. Mit dem geliehenen Rad über Rügen. Morgens im Bett hatte sie die Idee noch recht reizvoll gefunden. Am Abend attestierte sie sich selbst hoffnungsloses Übergeschnapptsein. Ihr tat einfach alles weh. Und trotzdem hatte es sich gelohnt. Weil sie von einem spätromantischen Sommergemälde ins nächste gefahren war. Vorbei an saftigen Landschaften in drei unterschiedlichen Grüntönen, durch gelbe Rapsfelder, deren Rand mit Einsprengseln von Mohnblumen gesäumt war, hin zu abgelegenen Stränden. Farbmix Weiß und Türkis, alles zum Ziemlich-hübsch-Finden. Und endlich hatte sie auch ein paar Fotos für Lina im Kolumbus-Style gemacht. Fotoapparat in der linken Hand am ausgestreckten Arm Richtung Nasenspitze drehen, abdrücken und sich freuen, wenn das Antlitz mit all seinen wesentlichen Merkmalen scharf erfasst worden war. Auf den gelungenen Schnappschüssen sah man Majas gebräuntes Gesicht in der Sonne nebst Dünengras im Wind nebst Sand im Hintergrund nebst einem Lächeln, das Seligkeit in den Mundwinkeln trug.

Abends bei Heinz und Ginette und einer Karaffe vom börsennotierten Rotwein kam sie zur Ruhe. Was genau es war, das am großzügigen Schluck so gut tat – das Gefühl, die ausgetrocknete Kehle zu balsamieren, oder der zarte Schwindel, der wie eine tanzende Flammenspitze in ihrem Kopf aufflackerte –, sie wusste es nicht so recht auszumachen. Jedenfalls fühlte sie sich gelöst, als sie später zum Buch griff.

Tag 6

SOS. Ich brauche einen neuen Po. Der alte wurde vom Sattel gefressen. Und wo wir schon mal dabei sind, ein paar Bedingungen: keine Bindegewebsschwäche, muss in die Lieblingsjeans passen und darf nicht wackelpuddingmäßig schlackern beim Gehen. Ach, und einen Flacharsch bitte auch nach Möglichkeit vermeiden. Danke schön, liebes Universum. Wenn du dich mit der Bearbeitung der Bestellung beeilen könntest, wäre das ganz wunderbar.

Währenddessen widme ich mich der Erde, die hier besonders gelungen scheint. Und genau das macht mir gerade »hmpf!«. Weiß nicht, wohin mit der Begeisterung. Niemand da, dem man die Bilder und Geschichten vom Tag noch mal erzählen kann. Niemand, der gemeinsam mit mir »ach, ist das schön hier« brabbelt bis zum Einschlafen. Niemand, der das Erlebte teilt. Der dasselbe und doch lauter andere Sachen gesehen hat. Niemand, der bezeugen kann, dass es war, wie es war. Nämlich sauschön. Und der es echt macht dadurch.

Gerade fühlt sich alles unecht an. Machen das die Menschen, die man um sich schart? Sind sie der Echtheitsbeweis für das eigene Leben? Zweien glaubt man doch immer eher als einem. Außerdem wird Schönes durchs Teilen doppelt schön. Alte Philosophen-Mathematik.

Maja orderte die zweite Karaffe. Sie hielt ihr Glas dicht vors Gesicht, schwenkte den Wein darin und sah aus dem Fenster. Teilen. Teilen wollen und teilen können. Das war für jede Art von Beziehung, die nicht einfach im Ostseesand verlaufen sollte, eine gute Grundidee. Teilen und *mit*teilen. Egal, ob Gedanken, Gefühle oder gemeinsame Geschichten. Durch das Teilen gab jeder dem anderen ein Stück von sich. Hinterließ eine Spur. Das konnte ein Glücksmoment sein, wenn man von der bestandenen Prüfung erzählte. Oder ein Augenblick tiefer Ehrlichkeit, wenn Maja zugab, dass sie sich nicht mehr erinnern konnte, wann sie in etwa aufgehört hatte, ihre Mutter zu lieben. Jedenfalls bedeutete teilen, irgendetwas zu geben, das bleibenden Eindruck hinterließ. Dazu gehörten auch die Dinge, die beide fürchteten. Oder staunen ließen. Oder gute Laune machten. Oder man fühlte sich einfach nur nicht einsam.

Das Handy piepte. Maja leerte den letzten Schluck, sah mit Schrecken, dass es schon wieder Mitternacht war, und fragte sich, wer ihr jetzt noch schrieb. Von den Freundinnen war nichts zu erwarten. Es sei denn, in Gretas aufregendem Leben als Storchennest hätte sich etwas getan. Maja griff nach ihrem Telefon. Ihr wurde schwummrig, als sie sah, wer ihr so spät schrieb.

Geliebte Maja.

Sie schluckte und rieb sich hastig den wässrigen Film von den Augen, der sich heimlich von der Seite herangeschlichen hatte.

Ohne Dich bin ich leer und dumm und schwach und einsam. Ohne Dich bin ich ein Nichts. Komm zurück. Und lass uns wieder alles sein. Dein Karl

Maja ließ das Telefon sinken und drehte das Display zur Tischplatte. Sie schluckte trocken. Es zog im Bauch, es pochte im Hals. Bloß weg hier. Schnell weg. Maja raffte ihre Sachen zusammen, bedeutete Heinz, dass er den Wein auf ihre Zimmerrechnung schreiben sollte, und eilte die Flure entlang zu ihrem Hotelzuhause. Dabei spürte sie deutlich, dass der Alkohol bereits eifrig im Blutkreislauf seine Runden drehte. Sie fing an zu weinen. Die Melancholie des Merlot oder einfach eine frisch geöffnete alte Wunde. Wer wusste das schon so genau. Der Typ hatte wirklich ein Gespür für schlechtes Timing, das musste man ihm lassen. Und besonders ein Gespür für die richtigen Worte zur falschen Zeit. Dieses »Ohne Dich«-Ding drückte bei ihr alle Knöpfe. Tränen rannen ihr die Wangen hinunter, während sie die Tür aufschloss. Sie schluchzte auch noch mit Zahnbürste und Pfefferminzgeschmack im Mund. Der Schmerz verzog sich erst wieder in seine Schublade, als sie sich ins Bett gelegt hatte.

Der Radiowecker zeigte 3.47 Uhr an, als sie plötzlich mit klopfendem Herzen aufwachte und hastig zum Handy auf ihrem Nachttisch griff. Ohne über die Konsequenzen und die Uhrzeit, ohne überhaupt nachzudenken, drückte sie Karls Nummer. Die Mailbox sprang an. Sie flüsterte heiser: »Ich lass mir nicht den Schwarzen Peter zuschieben. Morgen Abend bei mir. Nicht vor acht.« Dann ließ sie sich schwer zurücksinken und schlief weiter. Mit ganz leichtem Schnarchen.

Tag 7
Anrufliste: 3.47 Uhr, Anrufdauer 7 Sekunden. Es war also nicht nur ein böser Traum. Ich habe es tatsächlich getan. Ich DÄMLICHE, BESCHISSENE PLANSCHKUH. Dabei ist die Regel so alt wie die Geschichte komplizierter Liebesbeziehungen: Don't drink and dial. Das. Ist. Das. Letzte. Grmpf. Doppel- und Dreifach-Grmpf.

Apropos das Letzte: Heute fällt alles, was ich mache, in die Kategorie »berühmte letzte Aktionen«.

Letztes Wachwerden zwischen vier Kissen. Letztes Frühstück mit frischem Wassermelonen-Shake und Eiern im Glas. Letzte Dusche im Wasserfall. Alles das letzte Mal. Abfahrt in zwei Stunden. Schön und schade. Wie immer halt. Daran ändert auch Urlaub allein nix. Was Urlaub allein allerdings sehr wohl mit erwachsenen Menschen macht: Er setzt Flausen frei. Wie wenn man Kinder zu lange allein zu Hause lässt. Die kommen auch auf die beknacktesten Ideen. Aber am Ende zählt mein Ergebnis.

Auch das Geheimnis der sagenumwobenen Ginette ist übrigens gelüftet. Ich hab Heinz beim Frühstück danach gefragt. Jene Ginette, nach der das Restaurant benannt ist, war niemand Geringeres als die erste große Liebe von Kochtopfgott Paul Bocuse. Vermutlich ist jedes seiner Gerichte eine Hommage an die Unerreichte. Très romantique. Und damit Au revoir, ihr lieben Ferien allein. Und à bientôt.

Im Wagen auf dem Weg zum Bahnhof ging es schweigend zu. Moritz chauffierte still. Maja echauffierte sich, auch still. Sie kaute hektisch auf ihrem Kaugummi für ultrafrischen Atem herum und kramte ihr Handy hervor. Nachricht an Karl: »Behandle den Anruf von heute Nacht wie eine anständige Affäre. Leugne, dass es ihn gab, ja? Ich war betrunken. M.« Sie drückte auf *Senden* und spürte zu ihrem eigenen Unmut, wie sehr ihr Herz zu klopfen anfing. Keine zehn Sekunden später kam die Antwort. »Lustig. Ich auch. K.« Sie ließ das Telefon sinken. Lustig? Überhaupt nicht lustig. Einen kurzen Augenblick lang erwog sie, sich über Karls Reaktion zu ärgern. Weil das bedeutete, dass sein ganzes Alles-Nichts-Gerede einem nebligen Kopf entsprungen war. Und somit kein verwertbarer Ausdruck ernst gemeinter Sehnsucht. Dann beschloss sie, stattdessen dem Schicksal für ihre und seine Neigung zu Rotwein zu danken, und sah erleichtert einem Karl-freien Abend entgegen.

Und einem gleich vorschriftenfreien Moritz. Im Rückspiegel. Lächelnd.

Sie erreichten die Bahnstation in Bergen. Maja wurde nervös. Nur noch wenige Augenblicke, dann wäre die Chance für immer vorbei. Die Chance, etwas zu wagen. Etwas Unerhörtes zu tun. Flausenhafte Fantasien zu wagen. Sich ein blaues Auge oder einen dunkelblauen Knutschfleck abzuholen. Oder dafür zu sorgen, dass sie Rügen sowohl zum ersten als auch zum letzten Mal erlebt haben sollte. Weil sie sich hier nie wieder würde blicken lassen können. Moritz ahnte nichts von ihrem Kopfkompott. Er half ihr, wie er es bei allen Gästen tat, aus dem Wagen und bemühte sich, wie er es bei allen Gästen tat, um ihre Koffer. Sie standen am Bahnsteig. Maja rieb sich die Hände. Wenn, dann jetzt. »Hier endet dein Dienst am Gast, richtig?«

Moritz lächelte. »Ja. Es sei denn, ich kann noch etwas tun … für … ähm … für …«

»Dich. Also mich. Bloß nicht ›Sie‹.«

»Bitte?«

»Spätestens jetzt darfst du, Moritz, mich, Maja, doch endlich duzen, oder? Hier ist Endstation für unsere offiziellen, diplomatischen Beziehungen, richtig?«

»Von mir aus gern … Maja.«

»Fein. Dann reich mir doch bitte als Erstes deine Hand.«

Moritz hielt ihr, ohne zu zögern, die Hand hin, in der Erwartung, sie kräftig geschüttelt zu bekommen. Maja ergriff sie und drehte die Handfläche nach oben. Sie zückte den Kugelschreiber, den sie für diesen Moment vorbereitet hatte, und schrieb ihre Telefonnummer darauf. »Wenn du mal in Braunschweig sein solltest und Lust auf Kunst, Kultur und Saufgelage hast. Ich kenne die billigsten Kneipen.«

Moritz lachte laut und griff nach dem Stift. »Ich schreib dir meine auch auf. Wenn du mal wiederkommst.«

»Nein. Lieber nicht. Danke.« Maja zog den Kugelschreiber zurück und ließ ihn in ihre Tasche plumpsen. Sie hielt immer noch Moritz' Hand. Das Herz schlug ihr bis in den Kopf hinein, ihre Augen flackerten. Sie schluckte. Und schluckte ein zweites Mal. Zur Sicherheit. Runter mit dem Kaugummi. Dann straffte sie die Schultern und trat noch dichter an ihn heran. »Okay. Moritz. Dann: danke für alles. Das waren super Ferien mit einem tollen Inselführer. Du bist ein Spitzentyp. Ich hätte eine allerletzte Bitte …«

Moritz' Augen funkelten verschmitzt, und seine Grübchen vertieften sich. Jetzt flüsterte er beinahe.

»Zu Diensten, Maja.«

Statt den Satz hervorzustoßen, den sie seit dem Morgen etwa tausend Mal im Kopf geübt hatte (»Würdestdumichjetztgefälligstendlichküssen?«), nahm Maja Moritz' Kopf in ihre Hände und drückte ihm vorsichtig einen zarten, aber entschlossenen Kuss auf die Lippen. Noch bevor sie zurückweichen konnte, hatte Moritz ihr Gesicht vorsichtig umgriffen und küsste zurück. Und das, alle Achtung, wie ein Großer. Mit so viel angenehmem Fordern und leichten, genießerischen Seufzern, dass ihr sehr, sehr mollig wurde. Irgendwann lösten sie sich voneinander. Maja spürte, dass ihr Gesicht glühte wie eine Tomate. Aber das war ja auch Ziel der Übung gewesen. Mit einem leicht verschämten »Huch. Das war aber schön« ging sie etwas auf Abstand. Sie sah auf die Uhr. »Abfahrt. Der Zug kommt, ähm, gleich. Dann tschüss, was?«

Moritz lächelte wortlos. Er sah in seine Hand. Und dann wieder Maja an. »Du bist schon verrückt. Aber das ist cool.«

»Mit verrückt und cool kann ich sehr gut leben. Dann … bis niemals wieder, vermutlich.«

»Oder Braunschweig, was?«

Jetzt war es an Maja, wortlos zu lächeln und Moritz hinterherzublicken, der sich noch zweimal umdrehte und winkte, während er den Bahnsteig verließ.

Maja sah in den Himmel, aus dem plötzlich dicke Tropfen fielen. Sie musste lächeln. Ein Wolkenbruch, der sich gewaschen hatte. Ihre Ferien endeten wettermäßig genauso, wie sie begonnen hatten. Dunkelgrau und mit einem ordentlichen Schauer zwar, aber bei immerhin 31 Grad. Sie trat aus dem Schutz des Vordachs heraus, breitete die Arme aus und warf den Kopf in den Nacken. Kleine Wasserbömbchen zerklatschten auf ihrem Gesicht, manche schluckte sie lachend hinunter. Herrlich, so ein Sommerregen, dachte sie und grinste. Geht doch. Das mit der Wunscherfüllung. Sie strahlte über das ganze Gesicht.

Und sie strahlte immer noch, als sie am frühen Abend in Braunschweig die Hauseingangstür aufschloss. Daran konnte noch nicht einmal die SMS etwas ändern, die sie anpiepte, als sie sich ins Bett hatte fallen lassen. Die Textnachricht kam vom Unvermeidlichen.

18

SMS-Sex. Maja seufzte. Dass sie es so weit hatte kommen lassen. Sie schüttelte innerlich den Kopf. Aber mit Worten kopulieren statt in Fleisch und Blut, das war in diesem sehr speziellen Fall deutlich angebrachter. Durch die virtuelle Nummer war ihr Gewissen in etwa so rein wie das Bettlaken, in dem sie sich jetzt wachrekelte. Ihre Augen wurden von der Sonne empfindlich geblendet. Sie rieb und gähnte herzhaft. Dann griff Maja noch einmal zum Telefon neben dem Bett und klickte sich durch die lange Liste an Nachrichten, die nur einen Absender hatten: Karl. Karl, der Penetrante. Karl, der Penetrator. Dem gestern Abend die Augen vor Wollust übergequollen sein mussten. Das konnte sie jetzt noch einmal nachlesen. Karl war fast schon auf dem Weg zu ihr gewesen, und sie hatte ihn nur mit der Aussicht auf einen Kurzmitteilungs-Quickie stoppen können.

Er besaß ein Talent für Worte, dieser Karl. Besonders die obszönen. Detailliert und bilderreich hatte er ihr beschrieben, was er in welcher gymnastisch anmutenden Stellung mit ihr zu tun gedachte. Zunächst hatte Maja sich bei ihren Antworten zurückgehalten. »Unbequem« tippte sie in ihr Handy. Oder: »anstrengend«, »puuuh«, einmal sogar »gääähn«. Das schien Karl aber nicht abzuschrecken. Im Gegenteil, der Motor der sexuellen Kreativität kam jetzt erst auf Touren. Doch als er irgendwann eine Koitus-Choreografie durchgab, die ihrem Part in dem Spiel zwar ein wenig Ruhe gönnte, ihn aber wie einen Zehnkämpfer auf dem Lattenrost aussehen ließen, gebot sie ihm Einhalt. »Karl! Bisschen zart, bisschen schmutzig. Und ein bisschen so, als wär's das letzte Mal. Go!« Er hielt sich daran. Und die Art, wie er daraufhin beschrieb, was er in Gedanken auf dem Teppich mit der delikaten Stelle zwischen ihren Schenkeln und tatsächlich auf der Couch mit sich tat, machte ihr ordentlich Feuer. Und zwar nicht nur unterm Hintern.

Doch da Karl, jedem reizvollen Wortsex zum Trotz, seit dem Ende ihrer Affäre noch nichts für eine Aufhebung seines Status als Arsch getan hatte, dachte sie in Wahrheit die ganze Zeit über an einen tugendhafteren Mann: Moritz. Und an das, was sein jugendlicher Körper versprach. Da brauchte es nicht mehr viel Fingerspitzengefühl, um die Flammen in ihrer Körpermitte zur Explosion zu bringen. Wie es in der Natur der Sache lag, löschte sich das Feuer von selbst. Langsam, genüsslich, mit Seufzen. Maja gab sich hin. Und ignorierte dabei, dass Karl drei ungeduldige Nachrichten hintereinander schickte, in denen er ernsthaft wissen wollte, wie sie es sich und vor allem, wie er sich so gemacht habe. Sein Wissensdurst war ihr egal. Maja war satt. Das Telefon auf lautlos gestellt, hatte sie sich einfach zufrieden zur Seite gerollt und war eingeschlafen. Mit Moritz im Kopf.

Maja gähnte ein weiteres Mal und lächelte. Heidewitzka, wie lange war das her – der letzte Do-it-yourself-Sex auf Textnachrichten. Sie erinnerte sich an ihre Schauspielschulzeiten. Als Handys noch unter der Artikelbezeichnung »Gesprächsknochen« abgelegt wurden und Sex mit sich selbst potenziell dumm und blind machte. Aber das hatten sie alle in Kauf genommen. Nicht nur die Jungs. Das wusste sie verbrieft aus zahlreichen Cafeteria-Gesprächen mit den Mitstudentinnen. Sex mit sich selbst, dessen waren sich alle Freundinnen damals und auch heute noch einig, war der beste, den man kriegen konnte. Immer ausgecheckterе Vibratoren, eine exzellente Geländekenntnis und jahrelanges Training machten die Frau nun einmal zur besseren Handwerkerin. Ein für alle Mal. Diese Feststellung musste nur bis in alle Ewigkeiten ein weibliches Geheimnis bleiben. Sonst würden die Jungs es nach der aktiven Phase der frischen Verliebtheit ja gar nicht erst versuchen, das richtige Knöpfchen zu finden und sachgemäß zu bedienen. Die Verschwiegenheit in dieser Sache, jener Geheimbund der Weiber aller Länder, wurde damals in der Cafeteria mit Holunderlimonade beschworen und begossen. Und seither sammelten die Frauen Anekdoten über Männer. Und besonders über die auf der Suche nach dem Heiligen Gral.

Maja richtete sich im Bett auf und lachte laut. Sie musste an einen saisonalen Bettfreund vor langer Zeit denken, dem sämtlicher Orientierungssinn fehlte. Vor kurzem erst hatten sich Greta und sie einen Abend lang eine Pannen-Story nach der anderen erzählt. In zwei Jahrzehnten der emanzipierten Sexualität kam da einiges zusammen. An jenem Abend mit der Freundin wurde auch Johnnys Darbietung wieder zum Leben erweckt. Zur großen Freude Gretas, die sich kaum wieder einkriegte. »Der Naturbursche. Haha. Dschungel-Johnny – genau, Maja. Er Tarzan, du Jane.«

»Und wenn er mit mir schon nicht im Busch leben konnte, musste ich mir wenigstens einen wachsen lassen. Bääh. O Mann. Kein Wunder, dass der sich nicht zurechtfand.«

»Kein einziges Mal Urschrei?«

»Kein einziges Mal in den vier Wochen. Du verstehst, dass ich mich trennen musste. Von Johnny. *Und* dem Wildwuchs.«

»Der Arme. Hast ihm aber auch nicht gerade viel Zeit zum Üben gelassen, Maja. Wissen wir doch spätestens seit der ersten Beziehung, die länger als zwei Monate gedauert hat, dass aus gutem Vögeln nur mit ein bisschen Zeit sehr gutes Vögeln wird. Oder?«

»Mag sein. Aber der hat dermaßen konsequent die Warnhinweise des Navigationssystems ignoriert …«

»Hast du wieder Topfschlagen gespielt?«

»Was denn sonst? Wenigstens hatte er so eine Chance zu entdecken, dass er auf dem richtigen Weg ist. Ich hab ja nicht ›wärmer, wärmer‹ gerufen …«

»Nein. Schlimmer. Du wolltest ihn ranstöhnen an den verborgenen Schatz. Durch Lautstärke zum Ziel.«

»Genau. Am Ende habe ich gebrüllt. Allerdings vor Verzweiflung. Der hat sich angestellt, als hätte das Knöpfchen die Pest, die Cholera und Harry Potters Tarnumhang. Ach, Gretchen, das waren Zeiten.«

Ja. Das waren Zeiten. Maja stand auf und drückte zielsicher ihre morgendlichen Küchen-Stamm-Knöpfchen. Radio und Kaffeemaschine. Immerhin Zeiten mit regelmäßigem Geschlechtsverkehr. Und daher gar nicht mal die schlechtesten. Maja fand Sex in einer Beziehung nämlich grundsätzlich super. Besser als One-Night-Stands. Natürlich hatte sie sich auch in dieser Disziplin versucht. Ja, sie wollte unabhängigen, selbstbestimmten, verantwortungslosen Sex. Und nein, es war nichts für sie. Ihre Intimzone und sie waren sich einig: Eine höchst unzufriedenstellende Angelegenheit war das Ganze. Und selbst wenn es mal gut passte, trug der Morgen danach den schalen Beigeschmack, dass es von diesem Kuchen nur das eine Stückchen gab. Denn ein One-Night-Stand blieb nun mal eine stillschweigend verabredete Einmaligkeit. Was auch gut so war. Denn wenn das eigentlich einmalige Vögeln doch wiederholt wurde, obwohl es eigentlich nur ums einmalige Vögeln hatte gehen sollen, dann hinterließ es meistens irgendwann bei einem von beiden Schmerzen. Deswegen galt: Wenn einer von beiden Wiederholungswünsche in sich trug, sollte er diese ansagen, und dann würden beide wenigstens überlegen, ob der Versuch einer Art Beziehung sinnvoll war. Denn mit einem Etikett – und sei es noch so klein, z.B. »Juli-Liebelei« – ließ sich einfach entspannter arbeiten, auch im Bett. Selbst dann, wenn sich nicht sofort eins ins andere fügte. Wenn beide Menschen nicht von Sekunde Null an wie zwei fremdgepolte Leiber magnetisch zueinander hingezogen wurden.

Das Leben war schließlich keine Erfindung von Rosamunde Pilcher. Und Sex eine Sache von Entwicklung, Übung und Anpassung. Evolution eben. Maja hatte im Laufe der Jahre in dieser Hinsicht einiges für sich gelernt. Selbst wenn die Puzzlestücke nicht hundertprozentig passten, selbst wenn der Curry-Pommes-Typ auf die Wachtelbrüstchen-Frau prallte, selbst wenn sie (Maja!) es oft und der andere (ihr Exex!) es nur vierteljährlich tun wollte – Sprechenden konnte geholfen werden. Hauptsache, die beiden trafen sich irgendwo in der Mitte. Einigten sich auf Art und Häufigkeit der Stelldicheins. Am Ende kam immer eine schöne Zweisamkeit dabei heraus. Der Akt – zwei atemlose Körper, zwei heiße Köpfe, zwei pochende Herzen. Und sein Nachbeben – ein Gefühl in zwei Menschen.

Dieses Gefühl hatte Macht. Denn es klebte zwei Seelen auf das Süßeste zusammen. Zumindest für die Weile der Zweisamkeitszeit. Und das war besser als alles andere. Besser als jedes Kamasutra. Besser als jeder Orgasmus. Zweisamkeit. Männer auf der Jagd nach dem Höhepunkt taten sich schwer, das zu verstehen. Vorwerfen mochte man es ihnen nicht. Die Frauen hielten ja dicht, was den Wert des Höhepunktes betraf. Limonadenehrenwort. Da es der weiblichen Welt also insgeheim nicht in erster Linie um die Sekunden der Ekstase ging, war der Weg dorthin umso mehr das eigentliche Ziel. Küssen, Streicheln, sich ineinander verschlingende Körperteile. Diesen Weg konnte keine allein gehen. Und wollte es auch nicht.

Das Begehrtwerden beispielsweise war irre gut. Das Sich-so-sehr-wie-nie-als-Frau-Fühlen, weil einen der andere anziehender und unwiderstehlicher fand als jedes andere Lebewesen auf diesem Planeten. Ihn wiederum pausenlos und in jeden Winkel des Körpers küssen zu wollen. Während er sie einatmete, als brauchten seine Lungen eine Ladung Maja statt Luft. Zu spüren, dass es sich lohnte, einmal die Muskeln an der richtigen Stelle zusammenzuziehen. Weil es bei ihm das lustvollste Stöhnen der Hingabe noch verstärken konnte. Das Gefühl zu haben und es auch in seinen Augen zu sehen, dass der andere gerade für eine kurze Zeit am Rand des Wahnsinns balancierte. Das war großartig. Erregend. Ein Gefühl von Herrschaft und lieblicher Gewalt, das aber wechselseitig funktionierte. Und diese Form von Machtausübung war so sexy wie nichts anderes.

Maja stellte die Kaffeetasse auf ihrer Badezimmerablage ab und machte sich daran, die Rügen-Bräune im Gesicht und am Körper mit Farbe und Fummel zu dekorieren und nur so stark zu verhüllen wie unbedingt nötig. Sie freute sich über eine großen Portion Selbstbewusstsein, die ihr sommerlich aus dem Spiegel entgegenlächelte, und dachte bei sich: Gut, dass Karl nicht wusste, was ihm entgeht. Er hätte sich durch nichts davon abhalten lassen, meine Eingangstür mit einem Bulldozer zu rammen. Und beim Rest hätte er auch nicht lange gefackelt.

Die Sommertage brannten sich flirrend durch Braunschweig. Tropische Zustände in der Stadt. Damit Lina nicht dauernd das Gefühl plagte, ihr säße »ein Panther auf der Brust«, hatte sie sich mit Maja darauf verständigt, bei heruntergelassenen Rollläden Eistee mit Minzeblättchen zu trinken. Der Zimmerventilator surrte vor sich hin. Frau Schnebel schnarchte friedlich auf dem Sofa. Maja hatte ausführlich von Rügen erzählt. Von zu viel Wein und Weinseligkeit. Von Heinz und der umschwärmten Ginette. Und davon, dass sie mit Moritz gern mehr ins Detail gegangen wäre, während bei Karl Textnachrichten fast schon zu viel gewesen waren. Schließlich stellte sie eine Frage, die schon lange in ihr herumwaberte. Und Lina berichtete freimütig, was sie in ihrem Leben mit dem zarten Pflänzchen Lust und seinen Trieben anzufangen gewusst hatte. In einer Zeit, in der Sexualität und vor allem das Reden darüber gesellschaftlich derart verpönt war, dass man ins Zweifeln kam, ob nicht doch der Storch das eine oder andere Kind heranschleppen musste.

»Nicht alles habe ich ausprobiert. Aber vieles. Und mit mehr als nur einem Mann. Ich muss zugeben: Da sind einige Kerben im Holz. Jedenfalls mehr als bei Schnebel, der alten Dörrpflaume.«

Die letzten Worte raunte Lina leise und lächelte verschmitzt, während sie mit einem Blick überprüfte, dass Frau Schnebel wirklich tief und fest das Nickerchen der Gerechten nickte.

Maja stocherte in ihrem Glas nach den Eiswürfeln und hakte nach.

»Aber hast du nicht so früh geheiratet? Da blieb doch gar nicht viel Zeit zum … ähm … Rumprobieren.«

»Vor meiner Ehe nicht. Aber, und das weißt du doch, danach. Und … ein paar Mal auch, na ja …«

Maja machte große Augen und lachte. »Das. Gibt's. Doch. Nicht. Lina, das Liebesluder!«

Die alte Dame schmunzelte wieder zart und mädchenhaft, als hätte sie gerade jemand bei etwas Verbotenem ertappt. Dann hob sie die Augenbrauen und ruderte ein wenig mit den knochigen Händen.

»Nun, alles lernst du nicht vom Hörensagen. Es war aber nie meine Absicht, ihn zu verlassen. Oder gar ihn zu verletzen. Nein, nein, da habe ich schon achtgegeben. Außerdem hatte er auch seine Geschichtchen. Ich wusste davon.«

Wieder machte Maja ein erstauntes Gesicht. Lina winkte ab. »Nein. Meine habe ich vor ihm verborgen. Weißt du, das hätte er nicht verkraftet.«

Maja nickte unmerklich.

»Alle Achtung, dass du das so hinbekommen hast. Das eine auszuhalten. Und du hast dich nie verliebt?«

»Für eine Zeit war ich schon verliebt. Aber darüber hinaus hat sich mein Herz beherrscht. Es war riskant. Das hätte auch schiefgehen können, ich weiß. Zumal der eine wirklich äußerst begabt war in den Dingen, die er mir angedeihen ließ. Aber – das habe ich mir immer gesagt – so hatte ich immerhin einige Male das beste Stelldichein der Welt. Und das kann nur behaupten, wer sehr viele Vergleichsmöglichkeiten hat. Oder keine einzige.«

»Aber heißt das, du warst mit einem Mann zusammen, mit dem es gar nicht am allerschönsten war? So, wie man sich das immer wünscht?«

»Nun, es wurde jedenfalls besser mit den Jahren. Weil ich nach meinen Ausflügen offener und mutiger wurde. Aber wenn du so fragst – nein, er war kein Überflieger, was das Körperliche anging. Aber für Kopf und Herz – ja, da war er mein Traummann.«

»Immerhin: Ihr seid zusammengeblieben.«

»Weil wir uns unendlich geliebt haben. Die einzig gültige Definition für das perfekte Paar. Wir waren glücklich miteinander, Maja.«

»Was für ein Geschenk.«

Lina strich sich mit einer Hand über die andere. »Ja. Es war ein Geschenk. Aber nicht nur. Man musste auch etwas dafür tun. Es brauchte Durchhaltevermögen. Und Willen. Den Willen, ihn und vor allem mich zu lieben.«

»Weil so die große Liebe anfängt, richtig? Mit der Liebe zu sich selbst ...«

»Es ist nun mal so. Wenn du weißt, dass nicht in ihm, sondern ausschließlich in dir das Glück wohnt, dann kommt es nicht darauf an, mit wem du es offiziell dein Leben lang suchst. Das klingt fürchterlich unromantisch, ich weiß. Aber es beruhigt ungemein.«

»Aber, Lina, was ist dann mit der berühmten, der großen, der einen Liebe?«

»O ja, Kind, die gibt es. Allerdings, meine ich, mehr als einmal. Ich behaupte, du kannst vielerlei Liebe die Chance geben, die berühmte, die große, die eine zu werden.«

»Sagst du so. Wie soll das gehen?«

»Natürlich müssen die wichtigen Parameter stimmen. Es muss eine Grundverständigung geben. Einigkeit über Suche, Sehnsucht und Wünsche. Alles andere liegt an euch. An eurer Fähigkeit, sich selbst zu lieben. An seinem und deinem Willen. Am Durchhaltevermögen. Und an der Gabe zum Machtverzicht.«

»Aber, Lina, es geht doch nicht nur um Macht.«

»Immerzu geht es darum. Kriege und Scheidungen – die Konsequenz überzogener Machtansprüche. Des Menschen größte Aufgabe scheint zu sein, dem anderen seine Freiheit zu lassen. Und zwar besonders, je mehr er sich von einem selbst unterscheidet.«

Lina nippte an ihrem Eistee und beobachtete, wie ihre Sätze in Maja arbeiteten. Dann fügte sie schmunzelnd hinzu:

»Keine Regel ohne Ausnahme. Es gibt einen Ort, an dem Machtspiele nicht nur gestattet, sondern besonders willkommen sind.«

Maja kroch aus den Gedanken, in die sie durch Linas Worte versunken war, wieder hervor und musste nun ihrerseits schmunzeln. »Ich weiß es, ich weiß es. Im Bett.«

Lina reckte ihren Hals in die Länge und schlug vornehm die Augen nieder. »Wohl wahr, mein Kind. Im Bett.«

Als Maja ein paar Tage später abends heimkam und den Briefkasten öffnete, stürzte ihr ein Stapel Prospekte und Bringdienstzettel entgegen. Und wieder ein neuer Sushi-Express, der in der Innenstadt mit den Pizza-Taxis und Asia-Mobilen Autorennen spielte. Der Masse an Lieferservices nach zu urteilen, hatte ganz Braunschweig dem Selbstgekochten abgeschworen und ernährte sich hauptsächlich von Dingen, die man per Buchstaben-Zahlen-Kombinationen ordern konnte. Maja packte die Flyer ungelesen auf den Stoß Altpapier im Flur und beschloss, ihre Post, die ohnehin nur aus Rechnungen, Rechnungen und vermutlich noch mehr Rechnungen bestehen würde, erst im sicheren Umfeld ihrer Küche zu öffnen. Dort ließ sie sich auf den Stuhl fallen und trennte erst einmal Gut (eine Postkarte von Paule) von Böse (nein, keine Rechnungen, es waren bereits Mahnungen). Sie stockte, als sie plötzlich einen festen weißen Umschlag aus Büttenpapier in der Hand hielt. Ihr Name und ihre Adresse standen darauf. Also kein Irrtum. Nur wer ihr die Post geschickt hatte, das war nirgends zu lesen. Merkwürdig. Sie bekam so gut wie nie Briefe. Und erst recht keine von anonymen Absendern. Wer sollte ihr denn schreiben wollen? Und warum? Sie wendete das Kuvert in den Händen, konnte nichts Bedenkliches daran feststellen. Ihre Koordinaten waren mit Schreibmaschinenschrift auf die Vorderseite getippt worden. Der Umschlag außerdem ordnungsgemäß bebriefmarkt und gestempelt, aber ansonsten blank. Dass sie ihn in der vergangenen Minute etwa zehn Mal vor und zurück gedreht hatte, änderte im Übrigen nichts daran. Einigermaßen aufgeregt öffnete sie den Brief, zog langsam ein säuberlich gefaltetes DIN-A4-Blatt aus dem Umschlag und klappte die Seite auseinander. Auch die war erstaunlich leer. Nur in der Mitte des Blattes standen drei Worte. Sonst nichts. Geschrieben mit derselben Schreibmaschinen-Typografie wie auf dem Kuvert, war dort zu lesen:

Eine Frau küssen

19

Schnapsidee. Paule in Sektlaune. Edu im gepflegten Rotweinrausch käme auch in Frage. In jedem Fall musste Alkohol mit im Spiel gewesen sein, als sich ein unbekannter Jemand eine neue Aufgabe für Maja ausgedacht und diese zu Papier und zur Post gebracht hatte. Maja nahm entgegen ihrem Vorsatz doch ihr Handy zur Hand und starrte auf das Display. Eigentlich wollte sie nur durch kluges Kombinieren herausfinden, wer Mister oder Miss X war. Aber mit dem Denken trat sie seit Tagen schon auf der Stelle herum. Und so hatte sie sich entschlossen, Paule nun per SMS zu fragen. Das war insofern eine wasserdichte Angelegenheit, als Paule eine miserable Schwindlerin war. Um die Wahrheit herauszufinden, musste man ihr noch nicht einmal gegenübersitzen. Sie log nicht gut. Und deswegen log sie nie. Wenn also sie die Urheberin des anonymen Schreibens wäre, würde man sie nicht lange piken müssen, bis es aus ihr herausplatzte. Maja tippte: »Wenn du willst, küsse ich eine Frau.«

Es dauerte keine halbe Minute, bis Paules Reaktion kam. »Warum sollte ich das wollen? Und seit wann trinkst du schon vormittags Alkohol? :-)«

Maja lächelte. Paules Name konnte von der Liste der potenziellen Verdächtigen gestrichen werden. Zum hundertsten Mal ging sie im Kopf alle in Frage kommenden Personen durch. Zum hundertsten Mal ohne eindeutiges Ergebnis. Zumal der Kreis derer, die von ihren Missionen wussten, immer noch überschaubar klein war. Oder aber ihr Vorhaben hatte sich dank Kantinenfunk schneller an ihrer Wirkungsstätte herumgesprochen, als ihr lieb war, und jetzt erlaubte sich jemand einen geschmacklosen Scherz, indem er den mysteriösen Auftraggeber aus dem Hintergrund mimte. Allerdings gab es im gesamten Theater, mit Ausnahme von Edu vielleicht, keine Person, der sie solche manipulatorischen Qualitäten zuschreiben mochte, also verwarf sie diesen Ansatz. Stattdessen streifte sie in Gedanken an ihrer Freundin Luise aus Berlin vorbei. Mumm genug hatte die jedenfalls, sich keck und dreist und einfach so in Majas Sache einzumischen. Außerdem war sie damals nach der Nummer mit der Giftspritze zur Faltenlähmung nicht dabei gewesen, um zu schwören, die Klappe zu halten, wenn es um zukünftige Vorschläge für Majas Missionen ging. Andererseits hatte Luise gerade genug mit sich selbst zu schaffen und einen ziemlich dicken Hals auf ihren Typen, denn das Zusammenleben mit dem werten Herrn Freund gestaltete sich eher holprig. Blieb aus dem engen Kreis noch Greta. Ohne Beziehungsprobleme. Ohne dicken Hals, nur mit immer dickerem Bäuchlein. Möglich. Maja wählte ihre Nummer.

»Na, was macht meine Lieblingskölnerin mit der Kraft der zwei Herzen?«

Greta am anderen Ende der Leitung klang ein wenig jämmerlich. »Um ehrlich zu sein: Sie kotzt.«

»Ach herrje. Sind die ersten drei Monate jetzt nicht langsam um?«

»Doch. Genau jetzt. Und ich habe die leise Hoffnung, dass die Tage des Würgens gezählt sind. Jeden Quadratzentimeter unserer Keramikschüssel hab ich schon beschwallt. Ich kann nicht mehr.«

»Und das Baby?«

»Dem geht's gut. Das nimmt sich von mir, was es braucht, aus den Vorratskammern meiner Zellen quasi. Was zur Folge hat, dass ich immer dünner werde. Nur der Bauch wächst ein bisschen.«

»Und deine Mutterliebe?«

»Was ist damit?«

»Wächst die auch ein bisschen?«

»Mal so, mal so. Die Hormondiktatur regiert nicht geradlinig. Es gibt Momente, da könnte ich grundlos heulen und dem Tag hinterherjaulen, an dem mir meine Unschuld abhandengekommen ist und ich Penisse in mein Leben gelassen habe.«

»Der Fluch des Phallus.«

»Und dann wiederum gibt es gute Minuten, da finde ich das alles ziemlich verrückt. Und cool. Und … und … wunderbar. Dass eine meiner winzigen Eizellen mit einem von Nicks winzigen Spermien rummacht …«

»Zu viel Information, Gretchen.«

»Dass daraus ein Mensch wird. Mit allem Zipp und Zapp. Zum Anfassen. Das ist dann doch wieder einfach nur wahnsinnig toll.«

Maja lächelte. Und liebte ihre Freundin in diesem Augenblick noch ein bisschen mehr als sonst. Dieses Rauf und Runter der Gefühle kannte Maja nur zu gut. Nur musste sie dafür nicht einmal schwanger sein. Sie mochte, dass Greta nichts nur deshalb schönredete, weil es schöngeredet gehörte.

»Allerdings könnte es sein, dass das große Kotzen bald doch wieder losgeht.«

»Weil?« Maja wartete geduldig auf die Erklärung.

»Weil Nick mich jetzt schon zu einem Geburtsvorbereitungskurs angemeldet hat …«

Greta machte eine Pause und holte tief Luft.

»… und unbedingt mitkommen will.«

»Okay. Darf mir jetzt auch mal kurz schlecht werden?«

»Sag ich ja.«

Sie redeten nicht über Maja, die eine Frau küssen sollte, aber das war auch nicht mehr nötig. Greta war als anonymer Absender einer Mission von Majas Radar verschwunden. Auch wenn sie sich noch dagegen sträubte, so stand sie doch bereits mit einem Bein im berühmten Paralleluniversum der Hechelübungen und des Lebens als Presswurst. Und dabei ging es nicht nur um die Lieblingsjeans, die ein paar Monate lang Pause hatten. Vor Greta lag die große Herausforderung, Mutter zu werden und diesen Umstand spätestens zur Geburt des Babys auch gut zu finden. Selbst wenn das hieß, gemeinsam mit dem Partner und mehreren anderen Pärchen Hintern-Kneten und Damm-Massieren zu üben, minutenlang zu grunzen und zu grölen und Wasserfälle zu imitieren, um der Frau die Vorstellung zu erleichtern, das Kind aus sich herauszu*gießen*.

Viel schneller als Greta kam Maja schon drei Nachmittage später unvermittelt in den Genuss vielstimmigen Gruppenkeuchens. Helene gab ein neues »Körperarbeit«-Seminar und hatte ihre Schauspieler zwangsverpflichtet. Von einigen Teilnehmern des Workshops war brunftähnliches Röhren zu vernehmen. Andere brummten vor sich hin wie Grizzlybären mit Blähbauch. Und angefasst wurde auch. Mal an den Händen, mal an den Hüften. Majas Partner war, wie in den vergangenen Tagen schon, Edu. Was nicht unangenehm war. Sie ließ sich gern von ihm berühren. Er war behutsam im Umgang mit ihr und trotzdem bestimmt. Gute Mischung. Die beiden schoben sich also gegenseitig durch den Raum und lärmten dabei nach Helenes Anweisung. Zwischendurch unterhielten sie sich leise wie zwei Erstklässler, die nicht beim Quasseln erwischt werden wollten. Edu flüsterte in abgehackten Sätzen und machte dabei zickige Zischlaute. Denn Edu kam sich blöd vor.

»Was für ein Esoterik-Scheiß. Keine Einreiseerlaubnis nach Gomera mehr für Helene und ihren Hippie-Matze. Für die nächsten vier Jahrhunderte.«

»Nicht jeder Hippie ist ein schlechter Hippie. Außerdem, warst du nicht auf der Waldorfschule? Da müsstest du das doch alles noch kennen.«

Edu strafte sie mit Blicken und zwickte in einen dummerweise viel zu weichen Teil ihrer Hüfte. Maja zuckte zusammen, musste aber kichern. »Autsch. Und guck nicht so. Alles unglaublich niedlicher Babyspeck. Der hat nur den Absprung verpasst.«

Edu grinste zurück. Und tat dann ein wenig beleidigt.

»Pff. Wer mit der Klischeekeule um sich schlägt, hat es nicht besser verdient. Ja, ich war Waldorfschüler. Und das ist auch gut so.«

»Ihr habt aber schon so merkwürdige Turnübungen gemacht, oder?«

Edus Körper versteifte sich etwas. Sie spürte, dass ihm ihre Fragen etwas unangenehm wurden. »Worauf willst du genau hinaus, Maja? Nein, wir haben nicht nur unsere Namen getanzt. Und Eurythmie ist als Heilvariante mittlerweile sogar von den Krankenkassen anerkannt. Eigentlich ist das wie eine eigene Form Yoga. Oder noch besser: das Original zu Helenes Öko-AG hier. Körper lockermachen, Köpfchen lockermachen.«

Sprach's, schielte zu Helene hinüber und röhrte vorsichtshalber noch einmal laut wie ein Hirsch. Maja wieherte und schnaubte. Dann waberten sie weiter möglichst unauffällig durch den Raum. Aber Maja war mit ihrer Vernehmung noch nicht fertig.

»Würdest du sagen, du bist aufgeschlossener erzogen worden als andere? Offener?«

Edu blieb kurz verdutzt stehen. »Was wird das? Ein Interview für den Braunschweiger Stadtanzeiger?«

Maja setzte sie als Engtanzpaar wieder in Gang.

»Edu. Du hattest schon Sex mit Männern und –«

»Ein einziges Mal –«

»Ein Mal, gut. Würdest –«

»Und ich war unzurechnungsfähig.«

»Ist doch egal. Also: betrunken schwul, richtig?«

Edu verzog den Mund leicht schief. Und Maja sah ihm fest in die Augen. Sie holte Luft. »Würdest du dich dafür interessieren, wenn ich was mit einer Frau hätte?«

Wie aus dem Dornröschenschlaf wachgeküsst, riss Edu Augen und Mund auf und streckte die Arme, an deren Ende er Majas Hüfte hielt, einen Augenblick lang weit von sich, nur um sie noch enger an sich heranzuziehen. »Du musst mir … Du *musst* mir versprechen, dass ich dabei sein darf, wenn es so weit ist. Ich mach auch nichts. Ich sag auch nichts. Nur gucken, okay? Ich kann sehr, sehr leise atmen. Hörst du? Ra-püh … ra-püh …« Edu atmete hektisch ein und aus. Maja beherrschte sich mühsam, nicht laut loszulachen. Er ließ nicht locker. »Wenn ihr natürlich, ich meine, wenn es Bedarf gäbe, dann würde ich mich schon bereit–«

Maja strich, immer noch lachend, sanft seine Hände von ihrem Körper. »Halblang, Edu-Herz. Das war eine rein hypothetische Frage. Aber du hast sie zu meiner vollen Zufriedenheit beantwortet.«

Fast schmollte Edu ein wenig. Doch seine euphorische Stimmung glomm noch vor sich hin. »Für den Testlauf der Theorie in der Praxis bin ich jederzeit gerne dein Bewährungshelfer.«

Maja schmunzelte immer noch. Dann wurde sie ernst. Nervös kaute sie auf einem imaginären Bissen herum und fixierte ihn mit festem Blick. »Du warst es, stimmt's? *Du* hast mir den Brief geschrieben.«

Edu zuckte mit den Schultern und lächelte seinerseits. »Ich habe keine Ahnung, was du meinst.«

Schon klar, dachte Maja. Dann nahm sie Helene wahr, die auf die beiden zusteuerte und währenddessen mit fester Stimme etwas in den Raum rief.

»So, jetzt jeder für sich noch eine Minute Arme und Beine ausschütteln und dann war es das für heute. Danke, Leute.« Sie wandte sich Edu und Maja zu. »Na, ihr habt heute aber einiges zu bereden gehabt, was? Schaut mal, hier ist noch mal schriftlich, was ich euch neulich schon angekündigt habe. Ihr kommt doch, oder?« Sie drückte beiden je einen Umschlag mit einer Klappkarte in die Hand. Was sie von *diesem* Brief zu erwarten hatte, wusste Maja sofort. Helene feierte am übernächsten Wochenende Verlobung. Und Edu und Maja waren eingeladen.

Die Party-Indizien Qualm und Lärm hatten sich schon im Haus ausgebreitet, als Maja gegen 21 Uhr Helenes und Matzes Flur betrat. Stimmengewirr und Musik tönten bis ins Erdgeschoss. Sie stieg die Stufen in den vierten Stock hinauf. Am Eingang der Wohnung begrüßte sie ein wirklich glücklich aussehendes, lachendes Gastgeberpaar. Rote Wangen, glänzende Augen, sprudelnde Worte und Getränke. Maja gratulierte, umarmte beide fest und smalltalkte sich warm. Weil die beiden aber eigentlich mitten im Gespräch mit einem anderen Pärchen steckten, verabschiedete sich Maja nach wenigen Anstandsminuten aus der Runde, schob sich an plappernden Menschen vorbei und versuchte, Edu zu finden. Er und Paule hatten eigentlich schon da sein wollen. Sie sah viele noch nicht vertraute Gesichter. Die meisten spontan sehr sympathisch. Allerdings war weder von Edu noch von Paule etwas zu sehen. Komisch. Mit Edu hatte sie sich fast so etwas wie verabredet. Sie spürte ein leichtes Ziehen der Enttäuschung im Bauch. Sie nahm ein Getränk, fläzte sich auf einen freien Sessel und dachte daran zurück, wie die Physiotherapeutin vor einigen Wochen in der Kantine mit dieser Wir-werden-heiraten-Sache um die Ecke gekommen war. Alle hatten unwillkürlich mehr oder weniger verdutzte Gesichter gemacht, schließlich galt Helene nicht gerade als Ausbund an Spießbürgerlichkeit.

»Wieso wundert euch das so sehr? Die Verliebung liegt schon einige Zeit zurück. Es gibt seit Jahren keine nennenswerten Verluste. Verlobung ist da nur logisch.«

»Mit Hochzeit irgendwann?«

Paule war diese Nummer augenscheinlich am wenigsten geheuer.

»Nicht irgendwann. Nächstes Jahr. Im Sommer wird geheiratet. Und bevor ihr fragt: Jawoll, in Weiß. Mit Blümchen.«

Helene lächelte und nickte. Offenkundig sehr zufrieden.

Edu hatte die Augenbrauen hochgezogen.

»Aber das heißt *für immer Matze*. Nur Matze. Ausschließlich Matze. Das ist dir schon klar.«

»Klar ist das klar. Aber klar ist auch: Wenn ich das mit einem hinkriegen kann, dann mit dem. Nur mit dem. Und ich will es wenigstens versucht haben. Mit Matze versucht haben.«

Mit diesem Satz, der in Helenes Welt eine Art riesengroße, urromantische Liebeserklärung an ihren Typen war, war dann auch das Erstaunen beendet. Doch Maja war sich nach wie vor nicht sicher, was sie von der Tradition der Verlobung halten sollte. Ob sie das alles nur altmodisch fand oder doch zutiefst beunruhigend. War das nicht furchtbar einengend? Und obendrein völlig unrealistisch? Sie dachte an Lina. Selbst sie und der Mann ihres Lebens hatten es mit der ewigen Treue nicht hinbekommen. Immerhin hatte diese Liebe ein Leben lang gehalten und war erst vom Tod geschieden worden. Vielleicht bestimmte ja auch die Form den Inhalt. Sollte heißen: Mit dem Gerüst Ehe war die Chance auf eine lebenslange Beziehung eventuell höher als ohne. Zumindest verhinderte das Verheiratetsein, dass rostige Flinten von hitzköpfigen Schmollkandidaten allzu schnell in Kornfelder geworfen wurden und womöglich für immer verloren gingen. Die Siebensachen waren flugs gepackt, und eine gemeinsame Wohnung verließ man schneller als die Institution Ehe mit Goldring und Stammbuch. Eine Scheidung zu beantragen, monatelang das Scheitern zu betrauern und vor Rechtsanwälten eingestehen zu müssen, dass man als Paar versagt hatte, so ein Schritt wollte wohlüberlegt sein.

Maja schüttelte sich den Frost von der Seele und beschloss, noch einmal nach Edu und Paule Ausschau zu halten. Mit einem neuen Drink in der Hand arbeitete sie sich bis in die Küche vor. Und dort standen tatsächlich die zwei Vermissten, in Gespräch und Getränk versunken. Allerdings nicht tief genug, um Maja nicht noch unter Quietschgeräuschen in ihre Mitte zu nehmen. Beinahe im selben Augenblick spürte Maja eine Berührung auf ihrer Schulter.

»Ach, guck an. Maja! Und der Rest der Gang.« Maja drehte sich um und schaute direkt in das hübsche Gesicht ihrer Lieblingskellnerin. Suse aus der Haifisch-Bar. Im Schlepptau der neueste Fisch an ihrer Angel.

»Das ist meine Freundin, Viola. Viola, das sind meine monatlichen Fixeinkünfte: Maja, Paule und Eduard.«

Viola reichte allen die Hand. Und machte damit ihrem Image als frischer Fisch alle Ehre. Sie drückte schwach und glitschig zu und wand sich aus dem Begrüßungsgriff wie ein schleimiger Aal. Ebenso, wie sie sich im Übrigen auch aus jedem Versuch herauswand, sie in ein Gespräch zu verwickeln. Was zur Folge hatte, dass Edu und Paule nach zehn Minuten wieder aus der großen Runde ausstiegen und ihren eigenen Gesprächskreis eröffneten. Suse widmete sich dann eben hauptsächlich Maja. Das wurde dem Fischlein irgendwann zu bunt. Es verschwand und kehrte auch nach großzügig bemessener Pinkelpausenzeit nicht zurück.

»Wo ist er denn wohl hin, dein schillernder Zackenbarsch?«

Maja zwinkerte Suse verschmitzt zu. Die trank einen großen Schluck und seufzte. »Eher Zickenbarsch. Um ehrlich zu sein: Wir machen uns das Leben schon seit ein paar Wochen schwer. Ich glaube, das läuft gerade aus.«

»Ach. Das tut mir leid.«

»Und mir erst, Maja. Aber besser jetzt, bevor es richtig hässlich wird. Weißt du, wenn Paare in der Öffentlichkeit nicht mehr miteinander, sondern nur noch übereinander reden. Allerdings während der andere danebensteht. ›Sie meckert immer … Sie denkt nie dran …‹ *Public Poisoning*. Runtermachen vor Publikum. Nur, weil zwei Versager den Zeitpunkt verpasst haben.«

»Und euer Zeitpunkt ist jetzt?«

»Scheint so. Dabei war ich mir am Anfang wirklich sicher, dass es diesmal klappt. Aber außer gutem Sex war nicht viel drin. Tja, wieder nix mit Suses 3-H-Plan: Häuschen. Heiraten. Haufen Kinder.«

Sie unterhielten sich eine Weile über das Familienmodell, von dem Suse schwärmte. Darüber, wie Paare, die aus zwei Frauen bestanden, das anstellten. Das Kinderkriegen (mit einem schwulen Samenspender beispielsweise) und das Großziehen (optimalerweise mit einem schwulen Samenspender, der Lust auf Mitverantwortung hatte). Sie diskutierten, wie man wohl die Rollen verteilte, ob sie verteilt werden mussten und wie man dem Kind das Modell der doppelten Mama erklären würde. Sie schmunzelten über den Luxus zweier Mütter und eines Vaters und stellten die Regel auf, dass es außer bedingungsloser Liebe sowieso keine weiteren Regeln gab. Es war bereits nach Mitternacht, als es in Suses Tasche piepte.

»Bin bei mir. Schöne Kurzgeschichte, aber wohl kein Happy End. Danke. Leb wohl. V.«

Maja sah, wie Suses Gesicht Farbe verlor. Die Katastrophe kommen zu sehen bewahrte nicht vor dem Schock. Sie parkte die Freundin umgehend an der Tür und eilte selbst noch einmal durch die Wohnung, um wenigstens den Gastgebern auf Wiedersehen zu sagen. Helene entschuldigte sich schon jetzt dafür, am kommenden Montag leider immer noch betrunken zu sein. Maja lächelte und winkte zum Abschied. Dann suchte sie die beiden Kollegen. Erfolglos. Edu und Paule hatten an diesem Abend offenkundig die Lizenz zum Sich-in-Luft-Auflösen. Sie beschloss, dass es in Ordnung sein müsste, die Freunde ausnahmsweise zu vernachlässigen. Wenn sie ihnen die Angelegenheit demnächst in Ruhe erklären würde, hätten sicher beide Verständnis für ihren Sondereinsatz. Sie zog die matt dreinblickende Suse am Ärmel und trat mit ihr hinaus in eine sternenklare, lauwarme Sommernacht. Noch nicht nach Hause, nicht auf direktem Weg jedenfalls, darüber waren sie sich einig. Sie bummelten durch die Straßen und sprachen über Viola. Und über sehr viele andere Versuche, die Suse schon hinter sich hatte. Zweimal musste Suse kurz weinen. Und einmal musste auch Maja kurz weinen. Nämlich als das Kapitel Karl zur Sprache kam. Suse brachte Edu als ernsthaften Kandidaten ins Spiel. Das brachte Maja wenigstens zum Lachen. Und auch zum Nachdenken. Kategorisch ausschließen wollte sie ihn nicht mehr. Allen Unkenrufen ihrer Freundinnen zum Trotz. Und zwar nicht, weil sie verzweifelt wäre oder so. Er machte etwas mit ihr in letzter Zeit, dass sie reizte. Vor allem, weil er sich veränderte. Und das war ziemlich anziehend. Abwarten. Ganz unabhängig von allen Kerlen dieser Welt, befand Maja, dass es Zeit war für Komplimente. Und so attestierte sie Suse unglaubliche Liebenswürdigkeit und einen Sexappeal, dem sich weder Mann noch Frau entziehen konnte. Und Suse versicherte Maja mehrfach, sowohl liebesfähig als auch beziehungsreif zu sein. So richteten sich die gekrümmten Seelen aneinander wieder auf, und die beiden schlenderten weiter durch die Nacht, bis sie irgendwann vor Majas Hauseingang standen. Maja nahm Suse in den Arm und Suse Maja. Fest und weich zugleich. In dieser Sekunde wusste Maja, was nun passieren würde. Und hatte überhaupt nichts dagegen.

Suse nahm Majas Kopf zwischen beide Hände und lächelte sie an. Dann näherte sie sich und umschloss zart Majas Mund mit ihren Lippen. Maja erwiderte den Kuss, ohne zu zögern. Schwindelgefühle. Die Welt im Karussellmodus. Maja wurde heiß. Dann spürte sie Suses Hand, die sich zaghaft unter ihr T-Shirt schob. Hinter den geschlossenen Augen tanzten glitzernde Sterne. Sommernachtstraum.

20

Ewigkeit. Ein ziemlich dehnbarer Begriff. Wenn es sich um Liebe handelte, beispielsweise. Aber auch in Sachen Dinge, die man für immer und ewig für sich behalten wollte. Majas Abmachung mit sich selbst hatte in diesem Fall eine kurze Lebenszeit. Zwei Sonntage bei Lina hatte sie erfolgreich überstanden, ohne ein Sterbenswörtchen über die Geschichte mit Suse zu verlieren. Doch heute, am dritten, fiel es ihr unglaublich schwer. Sie vermochte nicht einmal auszumachen, woran das genau liegen konnte. Schließlich ging es nicht um die spektakulär geplante Übernahme der Weltherrschaft oder die Entdeckung außerirdischen Lebens. Nein, im Vergleich dazu war das Thema verhältnismäßig läppisch: Sie hatte Sex mit einer Frau gehabt. Hm. An der Art ihres Geheimnisses konnte es also nicht liegen, dass es unbedingt aus ihr herausplatzen wollte. Es musste die Tatsache sein, dass Maja es nicht gut aushielt, ein für sie so ungewöhnliches Ereignis nur mit sich allein auszumachen. Weil es eben etwas war, dass jenseits des Gewohnten stattgefunden hatte. Nicht alltäglich war. Der Reiz des Neuen. Die Freude über eine exklusive Entdeckung. Der wollte sie so gern Ausdruck verleihen. Überdies interessierte sie Linas Meinung. Na ja. Und in aller Aufrichtigkeit musste sie sich eingestehen, dass es ihr mit so einer Story ziemlich sicher gelingen würde, den Ruhepuls der Rentnerin aus seinem gemächlichen Rhythmus herauszukatapultieren. Maja hatte sich entschieden. Es würde ein anderes Geheimnis kommen, um das eine große ihres Lebens zu werden, das sie zu den Würmern und Schnecken mit ins Grab nahm.

Die Stunde war günstig. Frau Schnebel schnarchte. Ausnahmsweise mal wieder, denn in den vergangenen zwei Wochen war ihr Fitnessgrad ganz vorbildlich gewesen. Blutdruck und Spielfreude waren gleichermaßen auf der Höhe. Nur heute bat sie noch einmal um die Erlaubnis für ein Schläfchen auf dem Sofa, die ihr selbstredend nicht verwehrt wurde. Und so legte Maja los. Lina knusperte an ihrem Keks herum, trank tröpfchenweise von ihrem Tee und hörte aufmerksam zu. Sie fragte nichts und nickte nur. Gleichwohl wurden ihre Augen größer, als Maja ausführlich von dem Part berichtete, der sich nicht mehr im Hauseingang, sondern exakt zwei Stockwerke über ihr abgespielt hatte. Maja näherte sich dem Höhepunkt der Nacht und ihrer Erzählung. Da hielt sie auf einmal inne und griff instinktiv nach Linas Hand. Schnebel hatte aufgehört zu atmen. Auch Lina hielt jetzt erschrocken die Luft an. Dann flüsterte sie in Richtung Couch: »Frau Schnebel? Schnebelchen! Ist alles in Ordnung mit dir?«

Statt einer Antwort gab Frau Schnebel ein kleines Seufzen von sich und schnorchelte ohne jegliche Regung weiter. Lina legte den Zeigefinger an den Mund. »Lieber ein bisschen leiser, Maja. Das wäre zu viel Aufregung für die Gute. Nicht dass wir heute noch Schnebel auf dem Gewissen haben. Das wäre zu schade. Ich hab sie ja doch gern, die knorrige, alte Wurzel.« Maja rückte näher an Lina heran und brachte die Episode um den One-Night-Stand mit Suse zu ihrem schönen Ende. Linas Wangen hatten mittlerweile eine rosa Färbung angenommen. Mit einem erlösten Seufzer ließ sich ihre Oma gegen die Lehne des Stuhles sinken. »Gut, Maja. Gut. Nicht wahr? Es war doch gut?«

»Ja. Das war es. Eine Frau weiß schließlich, was sie da tut. Was der anderen Frau gefällt. Sehr gefällt. Und Suse ganz besonders.«

»Gut zu wissen. Nicht alles *muss* man ausprobieren, um Gewissheit zu haben. Aber vieles *will* doch ausprobiert werden.«

Vom Sofa kam ein lautes Niesgeräusch. Lina kicherte. »Achtung. Schnebel erwacht. Themenwechsel: Eistee?«

Der letzte Sonntag der spielfreien Zeit und damit der letzte Sonntag eines äußerst freundlichen Sommers endete mit Minzkrautgeschmack im Mund.

21

Chaostage. Die letzten Tage vor einer Premiere, erst recht wenn es die erste Vorstellung einer neuen Spielzeit war, fühlten sich immer ziemlich durcheinander an. Und es umwehte sie ein bitterer Geruch der Verzweiflung. Überschrift dieses Kapitels: »Das schaffen wir nie.« Ungeachtet der Tatsache, dass von jeher natürlich immer alles irgendwie bis zum Tag X fertig geworden war, war man sich am Braunschweiger Stadttheater seit Menschengedenken jedes Jahr aufs Neue sicher, dass es dieses Mal auf gar keinen Fall klappen würde. Dass man dem Premierenpublikum die Eintrittspreise erstatten und sich selbst die fristlose Kündigung würde abholen müssen. Alle möglichen Mitarbeiter wuselten daher ziemlich angespannt auf und hinter der Bühne herum wie Ameisen in ihrem Haufen. Leider fehlten den Beteiligten die traumwandlerische Sicherheit und der untrügliche Instinkt des Insekts, und so stand man sich ständig gegenseitig im Weg. Dass jedes Gewerk für sich beanspruchte, das wichtigste Rädchen im Getriebe zu sein, machte ein reibungsloses Miteinander schier unmöglich. »Wie lange dauert das denn noch?« und »So können wir hier nicht arbeiten!« zählten zu den meistausgerufenen Sätzen in der Woche vor dem großen Tag.

Und so kam es, dass mit dem Herannahen des Premierenabends Restarbeiten am Bühnenaufbau oder dem Bühnenbild mit unübersehbarer Hektik und deutlich spürbarer Ruppigkeit in Bewegung und Ton verrichtet wurden. Unglücklicherweise ließen sich die zumindest nach außen wichtigsten Akteure, nämlich die Schauspieler, von der allgemeinen Überhitzung anstecken. Beim Blick in die Flickstube des Kostümfundus etwa bekamen sie nicht selten mittelschwere Panikattacken, denn sie glich einer Baustelle. Auf der einen Seite eine Gebirgskette aus Kleidern und Schneiderbüsten, an denen kreuz und quer Stoffbahnen festgesteckt waren. Auf der anderen Seite ein schweigend arbeitendes Näherinnentrio nebst Praktikantin, von der man nicht genau wusste, ob sie nur lethargisch oder schon depressiv war. Nichts davon verströmte die Zuversicht, dass hier bis zur Premiere beeindruckende Kostüme entstehen würden. Und das, wo es so viel abzuändern und zu vervollständigen gab. Die Hauptprobe 1 am gestrigen Abend war so etwas wie die Feuertaufe der Bühnenoutfits gewesen. Passte alles, hielten die

Nähte selbst wildestem Körpereinsatz stand und ließ sich das komplette Spiel in dem jeweiligen Zwirn störungsfrei umsetzen? Klappten die schnellen Umzüge hinter der Bühne? Und wenn nein, wie wurde das Problem gelöst? Fragen, auf die es rechtzeitig zur heutigen Hauptprobe 2 immerhin schon einige zufriedenstellende Antworten gegeben hatte (besser Gummizug als Gürtel, Klettverschluss statt Knöpfe und in einem Härtefall der SOS-Plan: Kostüm der neuen Szene bereits unter dem Kostüm der alten Szene tragen).

Maja für ihren Teil war eigentlich ganz zufrieden. Nur eine Sache brannte ihr auf den Nägeln. In letzter Zeit wurde sie das Gefühl nicht los, dass mit Paule irgendetwas nicht in Ordnung war. Schon seit Tagen kam es ihr vor, als trüge sie eine Zentnerlast mit sich herum, die ihr wie ein 7,5-Tonner auf den ohnehin schmalen Schulterchen saß. In den ersten Tagen des Wiedersehens hatte Maja die Laune als eine von Paules üblichen Stimmungsschwankungen abgetan, für die es einen bewährten Verhaltensritus gab: Paule sagte nichts – Maja fragte nichts. Doch da sich dieses Tiefdruckgebiet dermaßen hartnäckig über Paules Kopf hielt, wollte Maja sie nicht noch wochenlang wortlos dem miesen Wetter ausliefern. Schließlich war sie ihre Freundin. Und Kollegin, mit der sie gut zusammenarbeiten, auf der Bühne funktionieren und harmonieren musste. Und natürlich auch *wollte*.

Weil Paule eben noch nie gut darin gewesen war, von sich aus über ihre Sorgen zu sprechen, war der erste Schritt Majas Job. Und nun, da inhaltlich-spielerisch im Großen und Ganzen auch bei den anderen alles einwandfrei gelaufen war, befand sie, dass der Zeitpunkt für den Bruch des Schweigegelübdes gegenüber Paules Knurrigkeit gekommen war. Die Nachbesprechung im Bühnenraum war kurz und schmerzlos ausgefallen, und alle strömten wild durcheinanderredend und hörbar gut gelaunt zur Kantine. Selbst Paule machte heute Abend einen vergleichsweise aufgeräumten Eindruck. Hin und wieder huschte sogar ein Lächeln über ihr Gesicht. Gut. Sehr gut sogar. In der Theaterkantine angelangt, steuerte Paule, dicht gefolgt von Maja, auf den langen Schauspielertisch zu, an dessen Kopfende ein lautstark schwärmender Edu bereits Platz genommen hatte. Er schwärmte natürlich von sich. Wie sollte es anders sein. Bevor sich Paule dazusetzen konnte, ergriff Maja die Chance und die Freundin am Ärmel. »Paule, hast du einen Moment für mich? Ich muss mal mit dir reden …« Maja lächelte. Sie hatte sich sehr genau überlegt, wie sie es Paule möglichst leicht machen könnte, sich ihr gegenüber zu öffnen. Mit einem Kniff. Gefühlte hundert Mal hatte sie im Kopf die Abläufe und ihre Sätze geübt, beinahe mehr als ihren Sprechtext für die neue Rolle.

Zuerst versicherte sie Paule, dass kein Problem so groß oder so kompliziert sein könnte, dass es nicht mit ihr besprochen und vor allem gelöst werden dürfe. Und dann fragte sie, ob denn auch sie, Maja, alles mit ihr, Paule, besprechen dürfte. Paule bejahte bestimmt, und Maja antwortete nach Plan, dann brauche sie jetzt nur noch zwei Dinge: Paules ungeteilte Aufmerksamkeit und ein ruhiges Plätzchen.

Sie wies auf einen Zweiertisch in der Ecke und setzte sich direkt in Bewegung. Eine Vertrauensbasis schaffen. Eine intime Atmosphäre der Freundinnen-Nähe. Maja orderte zwei Gläser Rotwein. Gleich würde sie Paule erst einmal zur Mitwisserin machen. Sie würde ihr von der Nacht mit Suse erzählen. Und dass sie, Maja, etwas verwirrt gewesen sei danach. Dass sie beinahe geplatzt wäre, weil sie das Geheimnis unbedingt mit ihrer guten Freundin teilen wollte, sich aber einfach nicht getraut habe, weil sie nicht wusste, ob Paule diesen einmaligen Seitenwechsel verurteilen würde – aus welchen Gründen auch immer. Dann würde Maja ihr erklären, dass die Sache mit Suse eine Art interessante Grenzerfahrung gewesen war. Aus der Situation entstanden. Ein aufregender und in gewisser Form reizvoller Ausflug, ohne Zweifel. Aber nichts, was nach Wiederholung schrie. Und dass es wahnsinnig guttat, endlich darüber sprechen zu können und Paule gegenüber nicht mehr so zurückhaltend sein zu müssen.

Maja hatte sich alles genau zurechtgelegt. Sie wollte Paule das Gefühl vermitteln, dass sie, Maja, diejenige sei, die sich in den vergangenen vier Wochen unrund verhalten habe. Um der Freundin so aus der Reserve zu helfen. Und sie dann gegebenenfalls, wenn sie nicht von selbst aus sich herausging, mit einem »Und du? Ist bei dir alles okay? Oder hast du auch ein bisschen was auf dem Herzen?« zum Reden zu bringen. So weit der akribisch durchdachte und, wie Maja fand, freundliche und gleichermaßen ausgefuchste Plan.

»Also, Paule. Was ich dir die ganze Zeit schon sagen wollte …« Maja räusperte sich. Paule knispelte auf ihrer Unterlippe herum. »Ich habe Sex gehabt … mit einer *Frau*.«

Maja hielt die Luft an. Und grinste. Paule hielt die Luft an. Und litt. Sie wurde rot und bekam wässrige Augen. Dann antwortete sie. Leise, flüsternd. Aber die Worte schossen mit einer Wucht und einem Druck heraus wie Wasser aus einem geplatzten Rohr.

»Und ich habe mit Edu geschlafen. Sehr oft mittlerweile. Oh, Maja. Es tut mir so leid.«

Paule legte ihre Hand auf Majas Unterarm. Maja stierte darauf. Darunter brannte es. Der Rest ihres Körpers fühlte sich an wie ertränkt. Die Welt um sie herum wurde leise. Dafür wummerte es in ihr drin umso lauter. Und sie spürte, wie sich ihr Herz teilte. Ein scharfer, schmerzhafter Schnitt machte zwei Filethälften aus dem zarten Stück Fleisch. Die eine Seite wurde ochsenblutrot, fast schwarz. Die andere leuchtete rosa, an manchen Stellen fast weiß. Schwarz und weiß. Sie sah Paule in die Augen. *Paule? Du? Meine Freundin? Wie kannst du nur?*, dachte sie rabenschwarz.

»Oh. Ach. Hm. Er ist ja nicht mein Freund«, sagte sie blütenweiß.

Paule blickte gequält drein. »Na ja. Eigentlich wärt ihr zwei doch dran gewesen, es zu versuchen. Wart ihr nicht kurz davor?«

Maja wurde schwarz vor Augen. *So ist es. Und das hast du genau gewusst. Und trotzdem hintergehst du eine der treuesten Freundinnen. Wie lange bist du schon das Katzenarsch-Flittchen?* »Darf ich fragen, seit wann … seit wann ihr …?« Flöt. Flöt. Flöterötötöt. Weiß, weißer …

»Helenes Verlobung. Da hat es gezündet. Bei mir jedenfalls.«

… Weißglut! Maja spürte einen Knoten im Hals. Sie schluckte dagegen an. »Ihr seid aber … Seid ihr dann jetzt zusammen? Also, so richtig?« *Mögen seine Sackratten dir ins Unterhautfettgewebe krabbeln und Krätze verbreiten.*

»Ich denke, ja. Es fühlt sich jedenfalls gut an, Maja. Ich hätte es dir … also, wir … wir hätten es dir früher sagen sollen …«

Wir … wir …. ich könnte kotzen. Hochverrat. »Kein … ähm … kein Problem, Paule. Ich freu mich für euch. Wirklich.«

»Ach, Maja, du bist die Coolste. Wie sehr ich dich lieb hab.«

Paule versuchte eine Umarmung über Gläser und Tisch hinweg. Maja wusste nicht, wie sie schnell genug aus der Szene, die sie jetzt kommen sah, fliehen konnte. Also ließ sie sich darauf ein. Als sie Paules warmen Atem an ihrem Hals spürte, tat die Erinnerung an das, was sie eigentlich für Paule fühlte, das Übrige. Ihr schossen Tränen in die Augen.

Nein, Paule. Ich bin das Gegenteil von cool. Ich bin die allerletzte, kleingeistige Scheißkuh. Ein missgünstiges, egozentrisches Stück Sondermüll. Emo-Abschaum. Verachtenswert. Und nicht zum Liebhaben. Wirklich nicht.

Sagen konnte sie nichts. Als sich Maja aus der Umklammerung löste, legte sie ein bisschen Geld für einen Wein auf den Tisch, von dem sie kaum zwei Schlucke genommen hatte. Dann schnappte sie sich ihre Tasche und stand auf. Bloß raus hier. Nach Hause. Irgendwo, wo man heimlich heulen konnte. Sie versuchte Paule möglichst gefasst anzusehen und schaffte sogar ein schräges Lächeln. »Alles klar. Ich muss leider schon los. Greta ruft gleich an. Redebedarf. Schwangerschaft. Hormon-Hölle. Kannste dir ja denken.«

»Ach so. Aber das hat nichts mit mir … oder Edu …?!«

»Nein.« *Doch*. Weiße Lüge. Schwarze Warheit.

Paule lächelte erleichtert. Viel zu erleichtert. Und griff noch einmal Majas Hand.

»Danke, Maja.«

»Dafür nicht. Bis morgen.«

Maja stapfte nach Hause. Staccato in den Beinen, Crescendo im schmerzenden Herzen. Sie ließ dem Schluchzen seinen Raum in ihrem Oberkörper und den Tränen ihren Lauf.

Das war er, der Super-GAU. Ohne Notfall-Aus. Für das, was sie gerade war, was sie gedacht hatte und was sie fühlte, *hasste* Maja sich. Obwohl sie eigentlich auch das Wort »hassen« hasste. Weil es ihrer Meinung nach nur sehr wenige Ereignisse und noch weniger Menschen gab, auf die ein derart strenger Begriff und erst recht das Gefühl dazu passte. Schlimm war, dass sie verloren hatte. Noch schlimmer war, dass sie sich wirklich widerlich fand. Am schlimmsten aber war, dass sie gegen all das nichts tun konnte.

»Maja Pauly, du bist ein schlechter Mensch. Ein schlechter, schlechter Mensch.«

Sie murmelte den Asphalt an, den sie unter sich wegtrat, als hoffte sie auf Einspruch. Oh, wie wenig sie sich gerade leiden konnte. Und wie unangenehm es war, sich sein eigenes Unangenehm-Sein zu attestieren. Nach außen hatte sie vielleicht Größe gezeigt. Aber Maja kannte die bittere Wahrheit. Sie neidete Paule das Glück, ausgerechnet Paule, die lange genug mit dem Unglück in ihrem Leben zu kämpfen gehabt hatte. Oh, wie sie sich schämte. Denn tief in ihrem Herzen war sie zwar getroffen und zornig, aber vor allem beleidigt. Eine beleidigte Zweitplatzierte. Sie schmollte wie ein Kleinkind, dem man das Förmchen geklaut hatte. Dabei war es noch nicht einmal ihr Förmchen. Wie arm.

Reichtum in wenigen Wochen – von zu Hause aus. Das Reklameblättchen für einen ominösen, aber lukrativen Nebenjob fiel ihr als Erstes entgegen, als sie den Briefkasten in ihrem Hausflur öffnete. Sie sortierte den Poststapel auf dem Weg nach oben. Ein paar Rechnungen, die getrost noch einige Tage ungeöffnet bleiben durften. Und dann – sie hielt die Luft an – der gleiche Umschlag, die gleiche Schrift. Sie riss den Brief auf und zog das beschriebene DIN-A4-Blatt hervor. Als sie die Aufgabe gelesen hatte, musste sie höhnisch lachen. Was da stand, war ohnehin schon skandalös genug. Aber dass ausgerechnet er ihr jetzt so etwas auftrug, war das Letzte. Dreckskerl. Sie schüttelte den Kopf und sprach zu ihrer Küche.

»Das könnte dir so passen, Edu!«

Dann zerriss sie das Papier. Und im Mülleimer landeten Fetzen, die zusammengesetzt drei Worte ergeben hätten: *Anonymen Sex haben.*

Die Generalprobe vor Publikum war eine absolute Katastrophe. Allerdings ausschließlich, was Majas Einzelleistung betraf. Die anderen hatten durchweg geglänzt. Hatten stellenweise überragend gespielt. Was sich in begeisterten Applaus- und Jubelstürmen hatte messen lassen. Nur sie war völlig neben der Spur gewesen. Sie hatte einige ernstzunehmende Texthänger gehabt und an entscheidenden Stellen den Witz versemmelt. Äußerlich verhielt sie sich, wie man es von ihr erwartete. Sie tat zutiefst betreten, sah zu Boden und gelobte hoch und heilig, über Nacht noch einmal intensives Textstudium zu betreiben. Aber eigentlich wusste Maja, dass sie bei der Premiere funktionieren würde. Sie konnte ihren Text. Sie wusste, wie sie ihre Rolle spielen würde. Sie mochte ihre Figur. Und sie freute sich, dass es wieder losging. Lauter Faktoren, die immer dazu beigetragen hatten, dass sie ordentliche Arbeit ablieferte. Heute war sie einfach nicht bei der Sache gewesen. Das ging nur niemanden etwas an.

Maja musste noch etwas anderes abliefern. Und das war ein Päckchen, das sie in den vergangenen vierundzwanzig Stunden mit sich herumgeschleppt hatte und das ihr schwer auf dem Gemüt lastete. Der Adressat war Edu. In der Kantine schnappte sie ihn sich und zerrte ihn zu demselben Tisch, an dem am Abend zuvor die unheilvolle Enthüllung stattgefunden hatte. Sie redete, ohne sich bremsen zu lassen. Dass sie in erster Linie verletzt sei, weil die beiden sie nicht früher eingeweiht hatten. Dass sie vor allem von ihm enttäuscht sei. Weil es doch so etwas wie zarte Anfänge gegeben habe. Der wirklich gute Kuss in der Kneipe. Die Blicke und Berührungen beim Workshop. Das hätte sie doch nicht überinterpretiert. Hatte sie nicht, bestätigte Edu. Maja sprudelte weiter. Dann sei das doch alles nicht in Ordnung. Weil sie jetzt natürlich das Gefühl hatte, unglaublich austauschbar zu sein. Eben noch heißestes Objekt der Begierde westlich der Chinesischen Mauer. Jetzt schon durch jemanden ersetzt, der ein größeres Kontrastmodell zu ihr nicht sein könnte. Wo er ihr doch so lange das Gefühl gegeben habe, die Richtige zu sein. Vielleicht nicht »die Eine«. Aber eine, die in Frage gekommen wäre. Und, ja, sie bedauere sehr, nicht mutig genug gewesen zu sein, es mal drauf ankommen zu lassen mit ihm. An dieser Stelle zeigte Edu zum ersten Mal eine ernstzunehmende emotionale Regung und machte erstaunte Augen. Maja registrierte es und fuhrt fort: Und jetzt bedauere sie sehr, dieses Bedauern gerade mitgeteilt zu haben. Sie sank ein bisschen zusammen. Dann holte sie noch einmal Luft. »… und im Übrigen: Mir Sex mit einer wildfremden Person zu wünschen macht deinen Sex mit einer mir sehr vertrauten Person auch nicht besser.«

Edu lächelte sein nicht so schönes, weil gönnerhaftes Überheblichkeitslächeln. »Was auch immer du der Welt damit sagen willst.«

Maja schluckte. Das Weiße in ihr hätte ihm höflich die Schwachstellen seiner Moral aufgezeigt. Das Schwarze in ihr wünschte ihm nichts weniger als die Beulenpest. Weder das eine noch das andere gewann. Stattdessen ließ sie ihr tonnenschweres Kinn in die Hand sinken.

Er tippte ihr vorsichtig auf die Stelle zwischen den Augenbrauen. »Es lebt. Dein Gesicht ist zurück. Ich kann deinen Zorn wieder sehen.«

»Ach. Idiot.« Maja wischte Edus Zeigefinger von ihrer Stirn. Allerdings mit bereits nachlassender Wut. Dann zog sie die Augenbrauen energisch hoch und in alle möglichen Richtungen und betastete die senkrechte Rinne über ihrer Nasenwurzel. Ihres Vaters Furche, wiederhergestellt.

22

Blumen. Genauer gesagt: Schnittblumen. Wenn gar nichts mehr ging, half immer Blühwerk. Maja musste sich dringend welches für ihre Wohnung besorgen. Denn sie konnte etwas Hilfe gut gebrauchen. Dabei sah alles auf den ersten Blick so schön aus.

Der Oktober war drauf und dran, aufs Vorbildlichste vergoldet zu werden. In der Theaterkasse klimperten die Silbertaler nur so vor sich hin. Die Kritiken nach der Premiere von *Der Widerspenstigen Zähmung* waren ausnahmslos positiv ausgefallen. Stellenweise sogar deutlich positiver als von den Kühnsten im Ensemble erhofft. Zwei der größeren Tageszeitungen hatten sich förmlich ein Wettrennen der Begeisterung geliefert, den das eine Blatt nur durch einen Kunstgriff für sich entscheiden konnte. Da beide Rezensionen jeweils auf der Länge einer ganzen, mit eindrucksvollen Szenenfotos bebilderten Seite am Montag nach der Premiere erschienen waren, legte die eine Redakteurin noch einmal nach. In einem Kommentar am Dienstag schwadronierte sie über die fruchtbaren Äcker der Kultur in Niedersachsen und hob in der zweiten Hälfte ihres Textes noch einmal die außerordentliche Güte, ja Brillanz der *Wi-*

derspenstigen-Inszenierung hervor. Sie endete mit dem eindringlichen Appell, dieses Stück auf keinen Fall ungesehen an sich vorbeispielen zu lassen. Wow. Erst als Maja sich beide Artikel und damit auch deren Autorinnen-Namen noch einmal näher betrachtete, dämmerte es ihr. Beide Rezensentinnen – das war zumindest eine mögliche Erklärung der Hysterie – hatten zu unterschiedlichen Zeiten schon als Matratzenschoner des Hauptdarstellers gedient. Sollten doch andere darüber schimpfen, dass die deutsche Kultur und ihre Schreiberlinge am Boden lagen. In Braunschweig lagen sie unter Edu, und das war in diesem Fall auch gut so. Diese Nachberichte also und eine konstant ordentliche Leistung des Ensembles führten dazu, dass die Kasse bimmelte. Seit fast drei Wochen spielten sie nun schon die *Widerspenstigen*. Seit fast drei Wochen vor ausverkauftem Haus. Flaute nicht in Sicht. Intendantin und Regisseurin hüpften wie jüngere, aber dafür übergewichtige Kessler-Zwillinge strahlend durch die Gänge. Tätschelten hier, lobhudelten da, stellten den Hauptrollen jede Menge Rotwein und Blumensträuße in die Garderoben und spendierten den anderen zumindest hin und wieder ein Feierabendbier in der Kantine. Kurzum: Es gestaltete sich alles geschmeidig.

Nur Majas Seelenleben war noch immer angeraut und kratzig. Seit sie um Edu und Paule und die Summe, die sie bildeten, wusste, juckte ihr unaufhörlich das Herz. Und sie mühte sich redlich, nur heimlich zu kratzen. Was schwerfiel. Denn seit sich die zwei Kollegen vor Maja als Paar geoutet hatten, zeigten sie auch allen anderen, dass sie waren, was Menschen in diesem Stadium ordentlicherweise zu sein hatten: frisch verliebt. Allein auf der Welt. Und schwerer voneinander zu trennen als siamesische Zwillinge. Gestern Abend hatte Edu Paule zu allem Überfluss auch noch einen wirklich schönen Strauß dunkelroter Rosen überreicht. Vor allen anderen. Damit auch bloß jeder mitbekam, was für ein urromantischer Kerl er doch eigentlich war.

Ja, ja, die Liebe. Es gab sie in allen Formen, auch in den gespreiztesten, widerlichsten. Dunkelrote Rosen. Pah. Ein bisschen dicke für sechs Wochen sogenannter Beziehung. Das dachte sich Maja allerdings nur still. Wie recht sie doch hatte: Wenn nichts mehr half, dann halfen Blumen.

Und genau davon würde es heute jede Menge geben in der Stadt. Wie jedes Jahr am zweiten Oktoberwochenende fand an diesem Sonntag in der Altstadt der berühmte Braunschweiger Kräuter-Zwiebel-Staudenmarkt statt. Dass Maja ausgerechnet dort ihr Wochenendglück suchte, hatte sie im Grunde ihrem Ex zu verdanken. Immer wenn es zwischen Franz und ihr richtig gescheppert hatte und er meinte, dass sie eine kurze Auszeit voneinander brauchten, vor allen Dingen er von ihr, dann fiel der legendäre Satz: »Maja! Geh Blumen fotografieren.«

Was so viel bedeutete wie: »Mach Mädchensachen. Frauenkram. Kitsch und Krempel. Nur geh und lass mich in Frieden.« Der Spruch war auch deswegen so fies, weil Franz genau wusste, dass Maja zwar unheimlich gern, aber unheimlich schlecht fotografierte. Kein Talent für Motive, keine Ahnung von Licht. Immerhin hatte es dazu geführt, dass Maja zwar die Blümchen, denen sie während ihres Spaziergangs begegnete, nicht ablichtete, aber welche kaufte. Und die dann zu Hause schön in leeren Flaschen und Schalen anrichtete. Was ihr die Stimmung immer für einige Stunden wieder aufhellte. Die Blumen ihrerseits hielten ein paar Tage, manchmal eine Woche lang tapfer durch und ließen dann mangels Pflege die Köpfe hängen. Aber für den Moment wenigstens hatten sie ihren Zweck erfüllt. Das war es, was zählte. Und genau das hatte Maja jetzt auch im Sinn. Blühendes für die Bude. Und damit auch für ihr eigenes Oberstübchen. Auf zum Staudenmarkt und schauen, was die Flora Mitte Oktober noch so hergab.

Die Gärtnereien, Baumschulen und Zierpflanzenhändler bauten ihre Stände zweimal im Jahr rund um die Braunschweiger Martinikirche auf. Der erste der beiden Staudenmärkte fand zum Frühjahrsauftakt statt und eröffnete die Saison. Im März boten die Sämereien jede Menge kleinteiliges Krümelgut in Papiertütchen an, aus dem sich in absehbarer Zeit etwas Schönes entwickeln würde. Oder gleich vorgezogene Jungpflanzen, aus denen einige Wochen oder wenige Monate später Obst und Gemüse wurde. Die Blühpflanzen, Sträucher und Stauden gab es in jeder Größe. Bereit für den Umzug raus aus dem Gewächshaus oder der Vorzucht und rein in den Garten. Majas Ausflug führte sie zum Markt der zweiten Jahreshälfte, der den Winter einläutete.

Dafür würde sie sogar den Skatnachmittag schwänzen. Aber nur, wenn es der Oma von unten nichts ausmachte. Sie klingelte an der Tür im Hochparterre. Lina öffnete, hörte sich Majas Plan an und winkte nur lächelnd ab. Es schien ihr offenbar gar nicht so unrecht zu sein. Maja wurde kurz skeptisch. Auch weil leichter Qualm aus der Wohnung drang. »Ist das wirklich in Ordnung? Und ist bei euch alles in Ordnung?«

»Ich habe den Kuchen verkohlen lassen. Ist mir noch nie passiert. Ich backe gleich einen neuen. Hast du morgen spielfrei?«

Mit einer neuen Verabredung zu Kaffee und vermutlich köstlichem Käsekuchen zog Maja los in Richtung Innenstadt. Morgen würde sie mit Lina den Sonntagnachmittag nachspielen. Mit K & K und ohne Skat. Und so manches Ereignis ihrer vergangenen Wochen besprechen. Besprechen müssen.

Es war angenehm mild, stellte Maja fest, als sie hinaus auf die Straße trat. Gemächlich spazierte sie in die City. Der Herbstmarkt bot jede Menge Zwiebeln, die entweder noch vor dem Frost oder dann im ganz jungen Frühjahr in den Garten gesetzt werden durften. Außerdem gab es ganzjährig Pflanzbares, auch für den Fensterbankkasten. Und natürlich Rosen, Gehölze und Stauden. Alles Gewächse, die jetzt noch gern in die immer noch sommerwarme, aber schon wieder gut durchfeuchtete Erde wollten. Einfach weil sie in so einem Klima am besten anwuchsen.

Maja mochte den Markt sehr gern, obwohl sie mit Pflanzen im Allgemeinen und ihrer Pflege im Speziellen eigentlich nicht viel am Hut hatte. Wenn es im menschlichen Wesen wirklich so etwas wie einen angeborenen achten Sinn für Grünzeug gab, dann hatte sie ihn durch konsequentes Leugnen seiner Existenz verkümmern lassen. Zu ihrem eigenen Bedauern, denn sosehr sie es liebte, einfach an den Ständen vorbeizuschlendern, noch mehr hätte sie es geliebt, eine Ahnung von all dem zu haben, was sie dort sah. So blieb ihr nicht mehr, als spitze Ohren zu machen. Sie hatte großes Vergnügen daran, die Gespräche zwischen Kundschaft und Verkäufern zu belauschen und dabei manchmal nicht ausmachen zu können, wer eigentlich der größere Experte war. Und sie genoss das Gefühl, mitten in ihrer äußerst liebgewonnenen Wahlheimat Braunschweig Gast in einem ihr ganz und gar fremden Land zu sein, dessen Sprache sie beim besten Willen nicht verstand.

»Flöresömito umkadingsda in die Erde?«

»Aber nur, wenn Sie mit dem Kalk kramsipumpamsel schnöpfen.«

»Aaah, das muss man dann mit dem Pflanzloch verzusamzimpelt umpfmanumpfixen. Aber ohne Wurzelsperre.«

»Ist das Containerware, die gelummibummiflausel Frischwaren-Fraxelschnurz?«

»Natürlich.«

»Danke schön.«

»Bitte sehr. Gern geschehen.«

»Auf Wiedersehen! Und bis zum Frühjahr. Ich komm dann für die neuen Sorten Black Cherry und Chuck Berry.«

»Und Fred Perry.«

»Genau. Und Fred Perry.«

Maja schlenderte durch die Gänge. Betastete hier vorsichtig ein paar Blätter und imitierte da prüfende Kennerblicke auf den Wuchs. Eine fremde Welt, ja, aber so freundlich dabei. Diese Welt übte eine Faszination auf Maja aus, die sie kaum zu beschreiben vermochte. Wie aus einem kleinen Korn ein so hübsches Stück blütenreicher Busch (sagte man überhaupt Busch dazu? Oder Strauch? Gestrüpp???) werden konnte. Was Sonne und Wasser und ein liebes Wort von Zeit zu Zeit so alles vollbringen konnten. Einfach nur toll. Manchmal wünschte sie sich, eine ernsthafte, vollblutige Gärtnerleidenschaft zu besitzen. Aber selbst wenn, wohin damit? Sie hatte ja noch nicht einmal einen Balkon. Außerdem war sie sich des Coolness-Faktors eines solchen Hobbys nicht sicher. Die einen belächelten die Blumen-Uschis und Heckenscheren-Günthers. Machten sich über Latzhosen und krempige Sonnenhüte lustig und wurden nicht müde zu betonen, dass sie so alt gar nicht werden konnten, dass sie sich freiwillig ins Beet begaben. Fanden Gärtnern extrem öko oder, noch schlimmer, total spießig. Die auf der anderen Seite des Gartenzauns hielten dagegen, dass dieses kleine Fleckchen Erdreich und die viele Mühe, die man damit hatte, der Inbegriff der Glückseligkeit waren. Die liebten ihre dank Muttererde dauerdreckigen Fingernägel und lebten im Prinzip mit nur einem einzigen Paar Schuhen im Schrank. Olivfarbenen Gummistiefeln. Wie praktisch.

Maja sah sich um. Nach einer Horde uniformer Massenmenschen sahen die Besucher nicht aus, die wie sie in Sonntagnachmittagsstimmung über den Markt bummelten. Das Feld reichte von Dreadlocks bis zur Dauerwelle. Von Lederkutte bis Barbourjacke. Nur Gucken war also noch kein Bekenntnis zur Spießigkeit. Zum Anschauen durfte kommen, wer wollte. Maja schmunzelte vor sich hin. Das sollte sich ohnehin erst einmal einer trauen, was gegen Blümchen und Grünes zu sagen:

»Pflanzen? Find ich megascheiße!«

oder

»Fuck you, Flowers! Fuck YOU!«

oder

»Also ich *hasse* ja die Natur. Und du?«

Machte keiner. Klar. Die Spreu, also die Glotzer, trennte sich erst bei genauerer Betrachtung vom Weizen, also den Kleingärtnern. Die, die fachsimpelten und häufig mit dem Bollerwagen angereist waren, das waren die Checker. Die kauften nicht nur ein, die pflanzten auch ein. Mit dem korrekten Werkzeug in die korrekte Erde an den korrekten Standort. Aber – so hatte Majas Observierung ergeben – unter denen, die es ernst meinten mit dem Blumen-Business, war eine Gruppe eben doch besonders stark: die schicken Rosenzüchter-Rentner. Braun gebrannt. Silbergelockt. Am liebsten auf Sylt oder im Staudenbeet. Zielgruppe: ältere Spießer.

Spießigkeit war negativ besetzt. Keiner ließ sie sich freiwillig nachsagen. Wer spießig war, war altmodisch, engstirnig, unflexibel. Und das ausgerechnet in einer Welt, in der man dynamisch, offen und modern zu sein und zu bleiben hatte. Diesen Ansprüchen entsprachen Spießer nicht. Aber wenn sie damit glücklich waren, was war dann verkehrt daran? Bedauerlich war es nur, wenn ebenjene Spießigkeit zu einem Lebensmodell wurde, das den eigenen Vorstellungen nicht mehr entsprach. Wenn die Anpassung nur eine Folge von Faulheit war. Und bekannte Wege nur deswegen nachgetrampelt wurden, weil das Gras links und rechts davon zu hoch erschien. Ansonsten war nichts einzuwenden gegen ein »Ich mach es auch so wie die anderen«. War nicht die größte Errungenschaft im Kampf gegen die Gleichform, wenn es einem egal war, ob man es ganz anders machte oder eben am Ende doch so wie alle? Mehr noch: Die schlimmste Form des Spießbürgertums war doch der demonstrative Ausbruch aus der geformten Norm. Revolte um der Revolte und nicht der Sache willen.

Sie erhob sich von der Bank und pfiff beschwingt vor sich hin.

Nach einer kleinen Runde über den Markt kehrte sie in ihre Wohnung zurück. Sie hatte ein bisschen eingekauft. Und eine neue Mission.

Zu Hause packte Maja erst einmal aus. Zunächst war da dieses schilfgrasähnliche Gestrüpp im Topf. »Elefantenfuß« hieß es und sah aus wie alles Mögliche, nur nicht wie ein Elefantenfuß. Die Pflanze sei das ganze Jahr über grün, hatte die Verkäuferin versprochen. Und gießen müsse man sie auch nicht viel. Zumindest nicht jetzt im Winter. Maja nickte zufrieden vor sich hin. Damit würde Lina sicher problemlos umgehen können, und meckern würde sie hoffentlich auch nicht. Dass die Großmutter kein Faible für das Blühende hatte, weil ihr das Welken wehtat, hatte Maja mittlerweile ja knurrend akzeptiert. Aber eine immergrüne Pflanze auf der Fensterbank, die ein bisschen Karibikflair verbreitete, darüber würde sie sich doch hoffentlich freuen. Sie stellte den Elefantenfuß im Topf zur Seite und holte noch einen kleinen Sack Erde hervor, ein paar kleine Töpfe und drei Tütchen mit Samen darin und lateinischen Namen darauf. Von denen, die sie sich ursprünglich ausgesucht hatte, hatte ihr der freundliche, dicke Mann lachend abgeraten. Das wäre einfach der falsche Zeitpunkt. Aber das hier, das ginge wohl. Das könne sie alles auch in der kalten Jahreszeit ziehen, das würde wachsen und gedeihen. Der freundliche Dicke nickte ihr aufmunternd zu. Vielleicht nicht ganz so üppig, aber dafür sei es auch nicht so anspruchsvoll. Nicht schwer großzuziehen. Keine Wissenschaft. Das kultiviere sich quasi selbst. Da könne nicht einmal der größte Depp etwas verkehrt machen. Er lächelte freundlich und dick, Maja gequält. Nun, jetzt hatte sie das Zeug also zu Hause. Und gleichzeitig hatte sie eine neue Mission. Säen. Sie würde zum ersten Mal in ihrem Leben etwas säen. (Und wachsen lassen. Und nicht kaputt gehen lassen. Und ernten.) Danke, freundlicher, dicker Mann.

23

Kresse. Krasse Kresse. Selbst gesät. Selbst gehegt. Selbst gepflegt. Selbst gezogen. Und jetzt stand er direkt vor ihr, der kleine, dichte Forst aus Kresse, gekeimt auf einer Untertasse. So grün und saftig wie in den Pappschälchen im Supermarkt. Und immerhin schon fünf Zentimeter hoch. Nach gerade mal einer Woche sah das, was unspektakuläre Brösel auf feuchter Watte gewesen waren, wirklich aus wie essbare Kresse. Maja hatte sich ihren Küchenstuhl an die Fensterbank herangezogen und die Arme auf dem Sims abgelegt. Ihr Kinn ruhte auf den übereinanderliegenden Händen. Sie blickte in einen Urwald. Schnurgerade wuchsen die schlanken Bäumchen in die Höhe. Die Baumkronen bestanden aus kleinen Blättern, die sich dem Licht entgegendrehten. Sie hatte ihre Nasenspitze so dicht an die zarten Kressestängel herangeschoben, dass die Konturen vor ihren Augen verschwammen. Sie blickte durch das grüne Dickicht vor ihren Wimpern wie durch einen Dschungel. Wenn sie bewusst und tief einatmete, roch sie sogar das leicht senfig-scharfe Aroma, das die Kresse so lecker machte. Ja, auch ihre Kresse schmeckte richtig lecker, das wusste sie, weil sie bereits die Probe aufs Exempel gemacht hatte. Allerdings nicht ohne vorher Lina gefragt zu haben, ob sie das schon durfte. Die Vorsicht kam nicht von ungefähr. Durch dieses botanische Projekt hatte sich nämlich enorm viel Respekt vor der Arbeit und den Produktionsabläufen der Natur angesammelt. Die Beobachtung, dass die Kresse fast innerhalb von Tagesfrist keimte und unter Sonneneinfluss und Wasserzufluss so schnell wuchs, das man ihr dabei zusehen konnte, hatte Maja nachhaltig beeindruckt. Aussaat, Keimung, Wuchs, Ernte. Klar hatte sie auch vorher schon gewusst, dass Kresse der Ferrari unter den Küchenkräutern war. Aber wie so oft war auch hier theoretisches Wissen das eine und praktisches Erfahren das andere. Und Lina kannte sich in der ganzen grünen Welt um einiges besser aus als sie, weswegen Maja vor der allerersten Ernte ihres allerersten Kräuteranbaus den Rat der Oma eingeholt hatte. Nachhilfe bei Lina. Die alte Dame hatte amüsiert, aber sehr geduldig erklärt, dass Kresse zwar deutlich höher wuchs als eine Brotdose, wenn man sie nur ließe, dass es absolut in Ordnung sei, das Gewürz schon früher zu ernten. Und so kam es, dass Maja, immer noch randvoll mit Ehrfurcht vor diesem biologischen Wunderwerk, nur einen einzigen Stängel vorsichtig abknipste und minutenlang genüsslich daran herumlutschte. Selten hatte ihr etwas so Winziges so wahnsinnig gut geschmeckt. Die Erinnerung daran stimmte sie auch jetzt noch fröhlich. Ja, Kresse war ihr Freund.

Die anderen Herrschaften, Petersilie und Dill, standen noch nicht auf der Freundesliste. Maja hob den Kopf, blickte zu den Töpfchen und überprüfte ein weiteres Mal den Status quo. Nichts. Außer der dunkelbraunen, immerhin gut hydrierten Erde war noch nichts zu sehen. Kein Fitzelchen Grün weit und breit. Angeblich brauchten diese Samen aber auch viel länger, bis sich ein Blättchen aus ihnen schälte. Pflanzenkundige Weisheit vom freundlichen Dicken. Also Geduld. So lange himmelte sie eben ihren Zuchterfolg an. Und schielte vorsichtig zu ihrem Daumen hinunter, um zu sehen, ob sich farblich schon etwas änderte.

Als beim Spaziergang über den Staudenmarkt die Idee für diese neue Mission entstanden war, hatte sie beinahe ein schlechtes Gewissen bekommen. Zu simpel. Zu unspektakulär. Nicht fordernd genug. Das war keine Aufgabe von dem Kaliber, das sie im Kopf gehabt hatte, als sie seinerzeit beschloss, dieses Lebensjahr unter der Überschrift »Majas Missionen« sinnvoll und besonders zu machen. Lina hatte sie beschwichtigt. Sie hielt die Sache mit dem Säen im Gegensatz zu Maja für einen außerordentlich guten Plan. Und sie hatte wie immer recht behalten.

Was war da in den vergangenen Tagen bloß geschehen? Mit dem Kauf der Samen hatte sie Verantwortung für etwas, ja, Lebendiges übernommen. Diese Samen brauchten ihre Zuwendung in Form von Klopapier oder Watte für die Kresse, ein bisschen Kräutererde für das Trödelgrün Petersilie und Dill und regelmäßig Wasser für alle drei. Nicht zu viel. Nicht zu wenig. Dann würde dieser unglaubliche Lebenszirkel beginnen. Die Schalen dieser zarten Keime brachen wie von Zauberhand geknackt auf, und heraus kam ein klitzekleines, aber in sich vollkommenes Pflänzchen. Als hätte allein die Gegenwart von Wattebausch und Wassertropfen das stille Kommando an die Samengesellschaft gegeben:

»Aufbruch jetzt. Raus da. Und zwar ruckizucki!«

Es brauchte nicht viel, und dieses Fusselgrün wurde größer. Bis es eben kein Fusselgrün, sondern Spitzen-Küchenkresse war. Und wenn Maja der Natur ihren Lauf und die Schere Schere sein ließ, dann würde die Kresse einen halben Meter groß. Mit irgendwann weißen oder rosafarbenen Blüten und Schoten, die sich darin bildeten. Und in diesen Schoten würden sich, wenn die Blüten schon längst welk waren – schau weg, Lina –, zu diesem Zeitpunkt neue Samen entwickelt haben. Samen, die in der Erde oder auf Toilettenpapier oder Watte zu neuer Kresse werden konnten. Wunderwelt Natur. Einfach fantastisch. Ein perfektes System. Natürlich wusste sie das alles seit ungefähr 30 Jahren, und dennoch hatte es sie noch nie so sehr begeistert wie jetzt. Woran lag das?

Vielleicht ließ einen die ewige Suche nach brüllenden Sensationen im eigenen Leben das, was schon immer da war und immer da sein würde, vergessen. Unbewusste Missachtung. Weil es reizlos schien durch seine Nähe und Erreichbarkeit. Nicht aufsehenerregend genug. In ihr war über die Jahre der Sinn für das Zauberhafte im Winzigen geschrumpft, und sie war froh, dass alles gerade wieder anfing, kräftig zu wachsen und scharf zu werden. Die Gartenkresse und ihre Aufmerksamkeit.

Ach ja. Spielfreie Montage hatten viel Schönes. Nicht nur, dass Maja in Ruhe über einen Fanclub für Kresse nachdenken konnte. Sie liebte es auch, montags ein wenig Sonntag nachzuspielen. Langsames Tempo beibehalten, liegengebliebene Dinge weiterhin unerledigt liegen lassen, gammeln, dösen, entspannen. Das montagliche Sonntagspielen hatte aber noch einen weiteren großen Vorteil. Die Geschäfte waren geöffnet. Sie ging also ein wenig bummeln, kaufte zwei bunte Magazine und machte es sich damit zu Hause auf dem Sofa bequem. Abends war sie mit Greta zum Telefonieren verabredet, bis dahin stand nichts an. Die größte Kraftanstrengung brachte sie für die Strecke zwischen Couch und Kühlschrank auf. Und auch nur, um Getränkenachschub oder Essbares zu holen. Sie löffelte gerade Ravioli kalt aus der Dose, als das Telefon klingelte. Das musste die Kölner Freundin sein.

»Hallooooo … Na, wie geht es meiner anderen Seelenhälfte?«

Maja schluckte hastig den vollen Mund leer. »Hallo, Gretchen. Wie es mir geht? Ach … Ravioli aus der Dose.« Dann schob sie eilig einen Bissen hinterher.

»Nicht aufgewärmt, will ich hoffen?«

»Wo denkst du hin.«

»Das höre ich gern. Hier auch alles entspannt. Bis auf das Kleine in mir. Das kann mittlerweile Karate.«

Doch nicht nur die Tritte hielten Greta auf Trab. Auch die Arzttermine. Einen Haufen Untersuchungen hatte sie über sich ergehen lassen müssen. Aber es war alles gut verlaufen. Ein erstes 3D-Ultraschallfoto des Babys besaßen sie auch seit heute. Nick sei ausgeflippt vor Glück, weil er sich in dem kleinen Wesen wiederzuerkennen glaubte. Zum Glück war Greta nicht vorher herausgerutscht, was sie beim Betrachten des Bildes als Erstes gedacht hatte. Nämlich: »Oje, ganz schön hässlich.« Mit viel Wohlwollen vielleicht irgendwie interessant, aber sehr weit weg von niedlich oder süß.

Und ja, sie würde es so schnell wie möglich einscannen und per E-Mail schicken. Und Maja dürfe, nein müsse auf jeden Fall ehrlich sein. Außerdem berichtete Greta, dass sie sich trotz zunehmender Rundlichkeit immer noch konsequent weigerte, irgendeine Klamotte zu kaufen, die aus der Abteilung Umstandsmode stammte. Also alles wie immer. Wie es denn bei Maja laufe? Vor allem mit der neuen Mission. Aufs Stichwort legte Maja los und ließ Greta an all den Erkenntnissen teilhaben, zu denen sie die zarten Pflänzchen im Laufe des freien Tages gebracht hatten. Als sie den Wachstumsprozess beschrieb, gab sie sich besonders viel Mühe, die einzelnen Schritte, die sie beobachtet hatte, möglichst detailliert wiederzugeben. Greta machte keinen Mucks und holte erst tief Luft, als auch Maja eine Atempause einlegen musste. »Maja?«

»Hm?«

»Maja, ich lass dir ein T-Shirt machen, okay? Mit dem Aufdruck *Ich bremse auch für Küchengewürz.* Denn bei allem Respekt vor deiner Stubenhocker-Philosophiererei: Ist dir eigentlich klar, dass du mir seit zwanzig Minuten hysterisch von der Kräuterzucht berichtest? Genauer gesagt von … Kresse. Nicht falsch verstehen, Maja. Eigentlich finde ich deine Begeisterung großartig. Behalt dir das bloß. Aber sag, wie soll das erst werden, wenn du eines Tages selbst mal ein Baby bekommst? Wenn ein richtiger Mensch in dir heranwächst. Dann wirst du ja komplett verrückt.«

»Du musst doch auch wahnsinnig werden beim Sinnieren über dieses Wunder, das da in dir heranwächst. Oder?«

»Hm. Ich würde es vermutlich. Aber ich sinniere nicht. Ich nehme es einfach hin. Und sage häufiger Danke. Zumindest häufiger als früher.«

»Wem sagst du Danke? Nick?«

Greta lachte. »Ha! So weit kommt's noch. Die Situation ist in Ordnung. Ich habe mich damit arrangiert. Aber bis ich zum ultimativen Mutterschaf werde, braucht es noch ein paar hormonelle

Sturmfluten. Ich meinte eher: Danke, ähm … Universum. Danke, Weltenergie. Danke, Gott, wenn du so willst. Einfach, weil alles gesund und gut ist mit dem Baby. Das macht mich dankbar. Weißte?«

Maja summte bestätigend in den Hörer, aber Greta wollte sich genauer erklären. »Stell dir nur vor, bei der ersten großen Untersuchung im August wäre herausgekommen, dass das Kleine vielleicht eine Behinderung hat. Dann hätten Nick und ich eine Entscheidung treffen müssen. Dafür oder dagegen.«

»Die schwerste Entscheidung bisher. Wahrscheinlich.«

»Ja. Andererseits: Sind nicht alle Entscheidungen schwer, bei denen man nur ein Ja oder Nein ankreuzen kann und kein Vielleicht? Und bei denen es kein Zurück gibt?«

Da war es wieder, das Kreuz mit dem Kreuz. Ein Lieblingsdilemma in Majas Welt seit einigen Monaten und ebenso lange ein Lieblingsthema zwischen Greta und ihr. Für manches im Leben gab es keine Auswahlmöglichkeit. Das fanden die einen bitter, den anderen kam es gerade recht. Weil sie nicht vor die Wahl gestellt wurden und keine folgenschweren Schritte einleiten mussten. Das war aber eher die Ausnahme. In der Regel kamen doch alle immer wieder an Kreuzungen und mussten eine Richtung einschlagen, auch ohne immer genau zu wissen, wo der Weg endete. Im Zweifel wählte man eben den, bei dem einem ein bisschen weniger mulmig war. Hauptsache, man ging und blieb nicht stehen. Wichtig war, dass man hinterher seinen Frieden damit machte. Erst recht, wenn die Entscheidung vielleicht im Nachhinein doch nicht die richtige gewesen war. Passierte. War menschlich. Irren gehörte dazu. Das wollte akzeptiert werden. Besonders, wenn Fehler irreparabel waren. Bedauern war in Ordnung. Und ein wenig Nachdenken auch. Denn Katastrophen mussten ja nicht unbedingt wiederholt werden. Aber ewig lange Grübeln und Hinterhertrauern? Damit war niemandem geholfen. Schließlich war die menschliche Natur eine der Neugier, des Interesses und der Sehnsucht nach dem Ausbruch.

Nur so war man ja überhaupt aus der Höhle und den Tierfellen herausgekommen. Und jetzt saßen da zwei Frauen. Die eine Anfang der 30. Die andere in deren Mitte. Beide hatten sie den bunten Strauß an Möglichkeiten vor sich, für den ihre Vorfahren, besonders die weiblichen, in vielen Generationen gekämpft hatten – und fühlten sich überfordert. Typischer amerikanischer Supermarkt-Effekt: erschlagendes Überangebot. Wo soll ich zugreifen?

Greta vertrat eine beherzt zupackende Haltung. Natürlich war auch sie überzeugt, dass Nachdenken und Abwägen gesund und sinnvoll war, allerdings nur bis zu einem gewissen Grad. Nach angemessener Frist sei der Grübel reinste Tortur. Dann lieber den tapferen, halbäugigen Griff ins Regal. Maja gehörte zu denen, die am liebsten von jeder Sorte die Probepackung gekauft hätten. Alles mal antesten, auch wenn das erst einmal mehr kostete, und dann endgültig entscheiden. Um wenigstens einen Funken Gewissheit zu haben. Manchmal ging das im Leben. Meistens nicht.

Greta versuchte, Maja mit einem Beispiel aus einem ihrer liebsten Themenfelder von der Richtigkeit ihrer Sicht zu überzeugen: Sex. Sie alle bekamen vorgelebt, von Menschen aus den Medien oder der Geschichte, dass so viele Wege zur Glückseligkeit führten. Der eine blieb sein Leben lang allein, gönnte sich laufend wechselnde Partner und schwärmte davon so farbenfroh und heißblütig, dass einem allein vom Zuhören die Wangen glühten. Der andere schwor auf die Vorzüge der Kommune. Besonders im Alter. Lebens- und Lakengemeinschaft gegen Altersstarrsinn und Arthritis. Der Dritte outete sich als überzeugter Monogamist, sang ein Loblied auf die klassische Partnerschaft und wirkte alles andere als trüb dabei. Der Vierte propagierte eine einvernehmliche Ménage à trois und konnte nach zweiundneunzig glücklichen Jahren nicht so ganz unrecht haben. Und ein Fünfter hatte dem Körperlichen entsagt, vereinigte sich mit Gleichgesinnten ausschließlich spirituell und strahlte wie die fleischgewordene Erleuchtung. Und jetzt, fragte

Greta, was nun? Wie fand man nun heraus, welches Modell das Beste sei? Würde Maja all das ernsthaft ausprobieren wollen? Ausprobieren *können* vor allem? Wohl kaum. Weil es ein unmögliches Unterfangen wäre. Daher wäre, und so halte sie es mit allen Entscheidungen, immer eine grobe Idee hilfreich, was für das eigene Leben vermutlich optimal wäre. In ihrer beider Fälle war anzunehmen, dass es sich um das Modell einer feinen Zweierbeziehung handelte. Mit einem weiteren Menschen. Einem. Und nicht mehreren. Und Sex zu haben wäre auch recht schön.

»Das heißt aber auch: Wenn du verrückte Sex-Dinger machen willst – mach sie jetzt, Maja. Jetzt bist du frei. Vögelfrei, sozusagen. Stell dir vor, du triffst den tollsten Typen der Welt. Er ist in allem super, vor allem für eine lange Liebe, nur hat er keinen Bock auf, ähm … fancy Fickzeug.«

»Will ich den dann überhaupt für immer?«

»Und wie. Maja, die alte Regel: Sex ist gut für den Anfang und irgendwann zu Ende. Die Liebe, wenn du Glück hast, nicht. Heißer Sex hat mit Garantie immer die kürzere Halbwertzeit als das heiße Herz. Als die Liebe plus ihre guten Nebenwirkungen. Also: Nimm mit, was du gebumst kriegst.«

»Jaja, Gretchen. Schon verstanden. Und ich nehme ja gern. Wenn ich denn endlich mal wen Anständiges zu fassen kriege.«

Maja lächelte wieder vor sich hin und wunderte sich gleichzeitig ein bisschen über Gretas plötzlichen Enthusiasmus und ihr Motivationstraining in Sachen Beischlaf. Das Wundern dauerte nur kurz. Denn von der »Vögelfreien« kam Greta zu den zwei Hass-Lovebirds der Saison. »Läuft das mit Paule und Edu noch?«

»Jep.«

»Und läufst du noch innerlich Amok deswegen?«

»Manchmal.«

»Na ja. Wird bestimmt immer einfacher. In der Zwischenzeit, Maja, geh Blumen pflanzen. Oder doch lieber fotografieren?«

Maja musste lachen. »Du bist zwar schwanger. Aber trotzdem eine blöde Kuh.«

Jetzt lachte Greta laut.

»Und ich dich, meine Maja!«

Nachdem Maja aufgelegt hatte, hallten Gretas Worte in ihrem Kopf nach. Nicht das, was sie am Ende des Telefonats gesagt hatte, sondern das davor. Das mit der Welt der Optionen. Den unendlichen Möglichkeiten, die eher Fluch als Segen zu sein schienen. Maja hatte sich selbst darin erkannt und ihre Unfähigkeit, manchmal nur einen einzigen Schritt zu tun, der etwas Mut verlangte, und dann die Zeit entscheiden zu lassen, ob es der beste Schritt aller Zeiten oder einfach nur ein Fehltritt war.

Sie schwang sich vom Sofa auf und bummelte in die Küche. Die Altpapierkiste war ihr Ziel. Sie wühlte ein paar Pappkartons und Verpackungen zur Seite. Dann holte sie kleine Papierstückchen hervor. Edus in seine Einzelteile zerlegten anonymen Brief. Oder zumindest das, was davon noch übrig war. Buchstabenpapiersalat. Sie sortierte die Fragmente und klebte die zerrissenen Wortfetzen mit Tesafilm wieder zusammen. Nichts schien ihr im Augenblick absurder und abwegiger als die Vorstellung, mit einem unbekannten Typen einfach so in die Kiste zu steigen, aber ein Hintertürchen für diese Absurdität durfte offen bleiben. Und so heftete sie das zusammengeflickte Papier zu den anderen an ihre Pinnwand. Eine Mission? Mal sehen. Es war eine Möglichkeit. Eine von vielen. Und sie musste sich ja nicht sofort entscheiden, ob sie dafür war oder dagegen.

24

Rot. Genauer »Phase Rot« – so hieß Linas Jagdsaison. Auch wenn es den klassischen Sommer- und Winterschlussverkauf schon lange nicht mehr in dieser Form gab, so waren sich Lina und Maja sicher, im Frühling und im Herbst eindeutig mehr rote SALE-Schilder an den Ladentüren und in den Schaufenstern der Geschäfte zu sehen als sonst. Und eine massive Häufung der Lockplakate. Durchgestrichene schwarze Originalpreise, die durch deutlich niedrigere Ziffern in Feuerwehrrot ersetzt wurden. In dieser Phase wurde geshoppt. Jawohl. Klamottenkauf für »die Antike und das junge Ding«. Dabei hatte Lina, als Maja anfangs mit dem Vorschlag um die Ecke kam, der Großmutter ein paar hübsche neue Kleidungsstücke zu besorgen und ihr als Einkaufsberaterin zur Seite zu stehen, zunächst energisch abgewinkt: »Ach, Kind. Ich brauche doch nichts. Meine Sachen sind doch noch gut. Außerdem dauert es einen halben Tag, bis ich in diesen winzigen Umkleidezellen ein neues Teil anprobiert habe.«

Maja hatte keine Miene verzogen und sie mit zarter Strenge in der Stimme aufgefordert, ihre Antwort zu wiederholen. Da dämmerte es Lina, und sie lachte laut auf. »Gott, ich bin nicht nur eine, ich klinge auch noch wie eine alte Schachtel. Das ist ja grauenvoll. Grau-en-voll! Wo ist mein Mantel? Raus mit uns auf die Straße! Ran an die Wühltische!«

Seitdem war die Phase Rot fester Bestandteil von Linas und Majas Oma-Enkelin-Routine. Und auch diese zweite Novemberwoche war dafür hervorragend geeignet. Lina und Maja zogen also wieder einmal los.

»Wir könnten sogar die Arkaden wagen. Ist ja schließlich Montag. Was meinst du, Lina?«

»Die schicken Schlossarkaden. Muss ich wieder modernisiert werden?«

Lina schmunzelte. Maja schmunzelte. »Immer, Lina. Unser ganzes Leben ist ein einziger, unendlicher Modernisierungsprozess. Weißte doch.«

Lina war mit den Schlossarkaden einverstanden. Am Wochenende war es für ihren Geschmack in der großen Einkaufspassage, in der sich ein Ladengeschäft an das nächste reihte, immer zu voll. Aber zum Wochenanfang würde sie nicht befürchten müssen, pausenlos angerempelt zu werden oder minderjährigen Skateboard-Anfängern nur noch per gefährlichem Altershechtsprung auf den Seitenstreifen zu entkommen. Sie enterten die erste Boutique. Maja hatte sich innerhalb weniger Sekunden von den textilbehängten Nischen verschlucken lassen. Lina steuerte unbeirrt auf eine Sitzmöglichkeit bei den Umkleidekabinen zu. Was jetzt folgte, war über drei Jahre hinweg einstudiert und professionalisiert worden. Und so kam Maja schon erstaunlich schnell mit einer Wagenladung an Klamotten über dem Arm zurück. Lina hob beide Hände an die Wangen. »Oh, mein liebes Kind. Wenn ich nicht achtgebe, dann verkaufst du mich eines Tages an einen Zirkus.«

»Keine Sorge, Lina. Als Oma bist du zwar mein bestes, aber auch mein einziges Pferd im Stall. Und dieses Pferdchen wird auch heute Farbe tragen. Jawohl.« Sie nickte der Oma aufmunternd zu und verschwand in der Umkleidekabine. Lina lehnte sich zurück und versuchte, sich zu entspannen. Eine halbe Stunde lang kam Maja in immer wieder neuen Outfits aus der Kabine. Am Ende hatte sie zehn Variationen vorgeführt. Jetzt war Lina an der Reihe. Sie sollte sich entscheiden. Maja hätte am liebsten alles für sie eingekauft. Von dreien war sie sofort überzeugt. Zu fünf Outfits ließ sich Lina am Ende breitschlagen. Maja ging damit zu einer der freundlichen Verkäuferinnen, übergab die ausgewählten Zusammenstellungen und fragte die Frau etwas kleinlaut, ob es möglich wäre, das alles eine Nummer kleiner rauszusuchen und dann zur Kasse zu bringen. Die Mitarbeiterin, hocherfreut über diese äußerst günstige Beratungs-

Erfolgs-Bilanz (null Einsatz, dicker dreistelliger Umsatz), sagte eilig »Kein Problem, kein Problem« und huschte von dannen.

Maja ließ sich neben Lina nieder. »Und?«

Lina tätschelte Majas Wange. »Danke, mein Liebes. Ich genieße es und leide gleichermaßen.«

»Warum macht dir Farbe immer noch solche Angst?«

»Reine Gewohnheit. Und die störrische – ich will nicht hoffen, senile – Weigerung, sich auf etwas Neues einzulassen. Wobei ich es wollen will. Du weißt, ich ziehe immer an, was wir zusammen kaufen. Und gerne!«

Maja griff Linas Hand und drückte sanft zu. »Ich weiß. Das freut mich so. Aber ich muss immer tapfer sein, wenn ich dein schmerzverzerrtes Gesicht sehe. Ginge es nach dir, wäre der Inhalt deines Kleiderschrankes noch der von vor dreißig Jahren.«

Lina kicherte und beugte sich zu ihrer Adoptiv-Enkelin vor. »Der *ist* von vor dreißig Jahren. Wenn man mal von den Schätzen unserer Beutezüge absieht. Aber so ist das mit meiner Generation. Ist dir noch nie aufgefallen, dass alte Leutchen modisch auch immer veraltet aussehen? Wie aus einer anderen Zeit. Und sie sind es auch. Wir hören irgendwann einfach auf, neugierig zu sein, und machen alles so, wie wir es schon immer gemacht haben. Bequemlichkeit setzt sich durch. Ich würde sagen, die Trägheit gewinnt irgendwann zwischen dem 60. und 70. Lebensjahr Oberhand. Spätestens.«

»Schade. Weil so viele noch so schick sind im Köpfchen. Aber nicht mehr am Körper. Dabei hat das doch auch Aussagekraft.«

»Tja. Es kann nicht jeder eine Maja haben. Und nicht jeder hat Geld in üppigem Maß. Oder mag es sich gönnen.«

Jetzt schien Maja ehrlich entrüstet. »Also bitte. Das, was du zweimal im Jahr in Textilbarren investierst, das sind doch verhältnismäßig kleine Summen. Und das hast du dir durch ein langes, hartes Leben mehr als verdient.«

»Das sagst du so, Maja. Aber Kriegskinder können nicht aus ihrer

Haut. Auch nach so vielen Jahrzehnten nicht. Unnötig Geld ausgeben kostet jede Menge Überwindung. Erst recht, wenn es für Dinge ist, die wir uns früher haufenweise selbst gemacht haben. Machen mussten. Weil wir es uns nicht hätten leisten können. Was haben wir genäht, gehäkelt und gestrickt. Für uns, für andere. Bis die Fingerkuppen aufsprangen. Und ich sage dir, die Sachen sahen so nobel aus wie frisch von der Ladentheke.«

Wie aufs Stichwort kam die Verkäuferin herbeigewuselt und deutete an, dass nun alles vorbereitet sei. Lina und Maja gingen zur Kasse, tauschten Scheine gegen Tüten und Wechselgeld und schlenderten gemütlich weiter. Maja trug die Einkäufe – und ein paar frische Gedanken mit sich herum. Zwei Dinge machten sie ein wenig aufgeregt. Zum einen hatte Lina nie davon erzählt, wie gut sie in Handarbeit war. Denn Maja, der häkeln, nähen, stricken so fremd war wie den meisten Menschen Quantenphysik, interessierte es sehr, ob es womöglich noch textile Schätzchen aus der produktiven Hochphase gab. Und das Zweite war die Sache mit der Neugier beziehungsweise dem Punkt, an dem man sie plötzlich verlor. Deswegen griff sie das Thema noch einmal auf. Lina erklärte sich ausführlicher. Sie war der felsenfesten Überzeugung, dass ein gewisses Maß an Neugier, an Sehnsucht nach Neuem nicht nur ein gutes Indiz für geistige Jugend war. Sondern dass umgekehrt, wer sich die Neugier bewahrte, auch etwas für das Jungbleiben tun konnte. Und sie, Maja, sei so etwas wie ein Jungbrunnen. Weil sie unbeirrt der großmütterlichen Neugier immer dann auf die Sprünge half, wenn diese faul und träge und schlapp wie ein nasser Sack am Boden herumlag. Genuss und Genügsamkeit in allen Ehren, aber ginge es nach Lina, so musste stets ein kleiner Mangel im Kopf und im Herzen herrschen. Ein ziepender Unterdruck. Das Gefühl, noch etwas erleben, erfahren oder ausprobieren zu wollen. Einfach die feste Gewissheit, dass die eigene Geschichte noch nicht zu Ende erzählt war.

Der Shopping-Tag endete ausgewogen: zwei Taschen und Tüten links und genauso viele rechts in der Hand. Maja war sehr zufrieden, und Lina schien es auch zu sein. Müde, aber glücklich. Umso gemütlicher bummelten sie aus den Arkaden heraus. Vor der Tür blieb Lina kurz stehen und zog genussvoll die frische Luft ein. Dann kramte sie in ihrer Manteltasche nach Kleingeld. »Komm, ich spendiere uns ein Grummeltaxi.«

»Super Idee. Ich bin auch ganz schön fertig.«

Erstaunlicherweise und wie gemacht für diesen bisher so friedvollen Tag, war sogar der Taxifahrer ein Sonnenscheinchen. Er wurde noch nicht einmal übellaunig, als seine Kundinnen ihm ihr Ziel nannten. Dabei hätte er allen Grund dazu gehabt. Denn die Strecke war wirklich nicht weit. Gerade mal grummeltaxiweit eben.

Im Hauseingang sah Maja noch schnell nach ihrer Post. Doch sie wurde enttäuscht. Heute kein feines Kuvert aus Büttenpapier. Nichts Neues aus Edus kreativer Ideenschmiede und somit kein Vorschlag für eine weitere ihrer Missionen. Stattdessen Lieferservice-Flugblätter ohne Ende. Maja seufzte.

Dann drückte sie der Oma einen Kuss auf die Wange und brachte ihr die Einkäufe in die Wohnung, bevor sie sich an den Aufstieg zu ihrer eigenen machte. Diesen äußerst zufriedenstellenden Oma-Tag würde sie stilecht ausklingen lassen. Zum Abendbrot schmierte sie sich Brothälften mit unterschiedlichem Aufstrich und Belag. Ein paar Gürkchen an die Seite und kleine Kirschtomaten. Schnittchenteller in Erinnerung an die anderen Großeltern. Die, die schon in der WG mit Gott wohnten. Beim Essen kreisten ihre Gedanken weiter um die Neugier. Diese Eigenschaft schien ja eine geradezu wunderwirksame Heilkraft zu haben. Insofern musste sie sich ehrlicherweise fragen, wie es um ihre natürliche Neugier bestellt war. Sie griff nach einem sauren Gürkchen. Fühlte sie eine Neugierde? Ein Interesse für Unbekanntes? Vor allem für Bereiche, die nicht in unmittelbarem Zusammenhang mit ihrem Beruf oder ihren Lieblingsbeschäftigungen standen. Nicht dass sie sich jetzt unbedingt zum Erkunden von Neuem zwingen wollte. Aber wer ehrlich neugierig war, der war doch im Prinzip offen für alles, oder?

Sie schob sich ein Stück Käsebrot in den Mund. Liebend gern hätte sie sich selbst Weltoffenheit, grenzenlose Wissbegierde und Begeisterung für jedes Lebewesen, die meisten Dinge und die unterschiedlichsten Geschicke attestiert. Aber sie musste sich eingestehen, dass sie sich bis jetzt im Beruf und in der Freizeit nur in den bekannten Wirkstätten bewegt hatte. Dass sie sich bislang beim Designen ihres Lebens an keine anderen Schnittmuster herangetraut hatte als die, die ihr schon seit Jahren vertraut waren. Die sie blind zusammennähen konnte. Und im Zweifel auch geschickt zu flicken wusste. Übersetzt für ihr Dasein als Theaterschauspielerin hieß das: bewerben, vorsprechen, bewerben, vorsprechen. Absagen verdauen. Und irgendwann ein Engagement unterschreiben. Dankbar sein für Arbeit. Workshops belegen, um Lernbereitschaft zu demonstrieren. Alle paar Jahre das Haus und die Stadt wechseln. Aufpassen, nicht frustriert zu werden. Noch mehr aufpassen, nicht irgendwelchen Süchten zu verfallen. Tagein, tagaus. Jahrein, jahraus. Bis zum großen Durchbruch oder der mickrigen Rente. So war es vorgezeichnet. Nach diesem Musterbogen lebte sie.

Immerhin hatte sich eben ein unerwarteter Musenkuss in ihr Gedankenspiel verirrt. Ihr war eine Idee gekommen, mit der sie sich selbst ihren Lernwillen und das Vorhandensein von Eifer beweisen würde. Eine Idee, aber noch keine Ahnung, wie sie das anstellen sollte.

Sie setzte sich an den Computer. Das Ergebnis ihrer Recherche von »Stricken+lernen+Videoanleitung« war ziemlich erstaunlich. Über 7000 Treffer in 0,3 Sekunden. Da würde sie sich in den nächsten Tagen stundenlang durchklicken können. Obwohl sie noch nicht eine

Masche auf der Nadel hatte und ehrlicherweise noch nicht einmal Wolle besaß, wurde ihr schon etwas mollig zumute. Eine schöne November-Aufgabe. Ein Projekt, auf das sie sich freute, als hätte jemand ihrem Herzen ein Mohair-Mützchen übergestülpt.

Als sie zwei Stunden später im Bett lag, holte sie sich Hase Fritz an die Seite und erzählte ihm von ihrem Tag. Und von ihrem Vorhaben. Sie hatte den Eindruck, dass er sich heimlich einen Pullunder wünschte.

25

Elternbesuch. Das Stichwort im Kalender für dieses Wochenende wirkte wie eine Drohung. Maja beschlich für einen kurzen Moment ein kleines Gefühl des Unbehagens. Das musste noch ein Überbleibsel aus ihrer Zeit als Schauspielstudentin in Leipzig sein. Damals hatte sie ihre Eltern eigentlich nur deswegen regelmäßig empfangen, weil es sich eben so gehörte. Weil sie ein höfliches, wohlerzogenes Mädchen war. Und dummerweise auch ein ziemlich unkreatives, dem bis zum Ende des Studiums keine guten Ausreden oder zementschweren Gegenargumente eingefallen waren, die die beiden von ihren allzu häufigen Besuchen hätten abbringen können. Also empfing sie sie halbherzig. Zsa Zsa bewegte sich mit dem Feingefühl einer Dampfwalze durch ihre Wohnung, ihren Freundeskreis und die Leipziger Stadtteile. Was sie hinterließ, musste Maja noch Wochen später aufräumen oder reparieren.

Im Fall ihrer Wohnung, an deren Sauberkeit ihre Mutter nicht nur einiges auszusetzen hatte, sondern die sie in unbeobachteten Momenten auch eigenwillig umdekorierte, hieß das, Zsa Zsas Geist vertreiben, indem sie alles wieder in die gewohnte Unordnung brachte. Im Freundeskreis bedeutete es, sich für mehrere Monate in gruppentherapeutischen Teerunden anhören zu müssen, wie der Abnabelungsprozess von der Tyrannei des Elternhauses beschleunigt werden konnte. Oder, wenn Zsa Zsa besonders viele Fettnäpfchen erwischt hatte, nur mitleidige Blicke und Schweigen zu ernten. Was fast noch schlimmer war. Und was die Stadtteile Leipzigs anging, in denen ihre Mutter unangenehm aufgefallen war, so mied Maja einfach für geraume Zeit gewisse Cafés und Bars. Zu sehr fürchtete sie sich vor einer Untergrund-Terrorzelle, die sich den Kampf gegen bräsige, überhebliche Westdeutsche auf die Fahnen geschrieben hatte. Und sie wollte auf keinen Fall durch einen spektakulären Meuchelmord zur Symbolfigur der gewaltsamen Protestbewegung gemacht werden.

Ihr Unwohlsein in Bezug auf Elternbesuch hatte sie sich damals aber auch selbst vorzuwerfen. Weil sie sich durch jede Geste in ihrer persönlichen Freiheit angegriffen fühlte. Weil sie sich nicht erwachsen zur Wehr setzte. Weil sie nicht souverän war. Und noch keinen Frieden geschlossen hatte mit Zsa Zsa und ihrer, nun, eigenwilligen Art.

Das war mittlerweile anders. Zsa Zsa war immer noch ganz die Alte. Ihre Marotten auch: sich ungefragt und unangebracht einmischen. Kommentare abgeben, ohne zu bemerken, dass die Schwelle der Peinlichkeit bereits überschritten war. Und der Dauerbrenner, immer einige Dezibel über der verträglichen Lautstärke zu liegen. Aber Maja hatte, um die Gegenwart ihrer Mutter für alle und vor allem für sich selbst so ungefährlich wie möglich zu gestalten, einen nicht ganz fairen, aber umso brauchbareren Kunstgriff angewandt. Mit dem Beginn ihres Engagements in Braunschweig und kurz vor dem ersten gefürchteten Besuch erhielten ihre Freunde und die Leute im Theater ein ziemlich genaues Briefing, was und vor allem wer da auf sie zukommen würde. Sie schilderte dabei in den schillerndsten Farben, was für ein Kreischvogel ihre Frau Mama war, und ließ sogar ihre leise Vermutung über die seltene

Form einer psychosozialen Störung im Raum stehen. Selten war ihr so viel Aufmerksamkeit entgegengebracht wie damals, als sie alle auf ihre verhaltensauffällige Mutter und den nicht weniger merkwürdigen, weil so stillen, mausgrauen Vater vorbereitete. Und selten war Zsa Zsas Getöse mit größerem Gleichmut und verständnisvolleren Gesten und Blicken ertragen worden wie seither. Ja, selbst Majas eigener Unmut über die Eigenarten ihrer Mutter war einem entspannten Mitgefühl gewichen. Seither war der Elternbesuch nicht mehr gleichbedeutend mit 9/11.

Der heutige war nur noch wenige Stunden entfernt. Waren die beiden pünktlich, würden sie zunächst in Majas Wohnung einen Kaffee und ein Gläschen vom bereitgestellten ALDI-Schampus trinken. Sie würden »Hach, was war wieder viel los auf der Autobahn« (dramatischer O-Ton Zsa Zsa) und »Wie immer freitags« (leiser O-Ton Papa) sagen und sich kurz ausruhen. Wenn sie allerdings knapp dran waren, ging es direkt ins Theater. Dort würden sie die reservierten Plätze in der dritten Reihe einnehmen und die Tochter hinterher mit dem Rest der Schauspielerhorde in der Kantine treffen. Das war die Abmachung.

Bis Maja ihrerseits ins Theater musste, um sich für die heutige Vorstellung vorzubereiten, hatte sie noch ein wenig Zeit. Und die verbrachte sie wie jede freie Minute in den vergangenen zwei Wochen: nämlich strickend. Olé.

Es hatte tatsächlich funktioniert. Sie hatte gelernt, wie man zwei Metallnadeln und einen Faden so umeinanderschlug, dass dabei eine Öse entstand. Und dann eine Öse aus einer Öse an einer Öse. Stricken eben.

Am Morgen nach dem Omatag mit Lina war sie losgezogen und hatte sich eine Grundausstattung zugelegt. Dicke Nadeln und dicke Wolle, in der Annahme, dass sie die Handarbeit damit einfacher lernen würde. Kindern gab man ja auch erst Wachsstifte in die Hand, bevor sie mit Füllfederhaltern schrieben. Dann war sie mit Nadeln, Wollfaden und Vorfreude zu ihrem Computer spaziert, hatte sich einige Internetfilme mit Strickanleitungen angesehen und losgelegt. Sie war noch nicht besonders schnell, weil sie sich noch sehr darauf konzentrieren musste, was sie tat. Von den Vollprofis aus der Hochschule war sie noch einige Maschen weit entfernt. Die hatten während der Seminare vor sich hin gestrickt und dabei dem Dozenten so starr und fest ins Gesicht geguckt, dass der nicht für den Bruchteil einer Sekunde auf die Idee kam, das Nadelschwingen wegen angeblicher Unaufmerksamkeit zu untersagen. Nein, Maja war noch keine Blindstrickmeisterin, und ihre Maschen hatten alle mehr individuelle Persönlichkeit, als das von Maschen gemeinhin gewünscht wird. Aber das machte nichts. Denn Maja strickte. Und dank der Tatsache, dass sie sich für die Jumbo-Ausgabe des Arbeitsmaterials entschieden hatte, sah sie schon alsbald Ergebnisse.

»Bravo! Braaa-vooo!« Die Stimme war unüberhörbar und die Frau dazu nicht zu übersehen. Immerhin war Zsa Zsa als eine der Ersten zum begeisterten Klatschen aufgesprungen. Und jetzt stand sie nicht nur vor ihrem Sitz, sondern hüpfte regelrecht auf und ab vor Freude. Fast wie ein junges Mädchen. Der Mann neben ihr ließ sich davon nicht aus der Ruhe bringen. Sondern stand wie ein schmales, stummes, aber zufriedenes Männlein neben ihr. Nur bei der Intensität des Beifalls, da ließ er sich nicht lumpen und gab alles. Die Schauspieler nahmen den Applaus mit Verbeugungen entgegen. Auch Maja lächelte glücklich und winkte ihren so unterschiedlichen Eltern zu. So oft und so gern sie über die Eigenarten ihrer Mutter schimpfte, so sehr genoss sie die seltenen, aber kostbaren Augenblicke wie diesen: Maja nach verrichteter Arbeit auf der einen Seite, vor Stolz platzende Eltern auf der anderen. Und keiner hatte was zu meckern. Alle hatten sich für diesen Moment bedingungslos lieb.

»Nur unter einer Bedingung.« Zsa Zsa machte ein ernstes Gesicht. Maja unterdrückte den reflexartigen Impuls, zu schnell zu sehr entnervt zu sein. Schließlich hatten sie sich ja vor gerade einmal drei Minuten zum ersten Mal seit langem in die Arme geschlossen. Die Eltern waren ohne Umweg über Majas Wohnung direkt ins Theater gekommen und wie verabredet nach dem letzten Vorhang zum Seiteneingang gelaufen. Maja hatte sie dort abgeholt und in den Bereich hinter der Bühne geführt. Da standen sie nun in der Tür zu Majas Garderobe.

»Und die wäre?« Maja klang jetzt natürlich doch genervt. Die Macht der Gefühle.

»Ich möchte allen deinen Freunden ein Getränk spendieren. Auf euren Erfolg!«

»Aber das sind nicht alles meine Freunde. In die Kantine kommen auch ganz viele von den anderen Theatermitarbeitern. Beleuchter, Requisiteure, Maskenbildnerinnen …«

»Dann wenigstens die, mit denen du nach der Arbeit immer noch zusammensitzt. Wie hießen die noch gleich? Ach … Edgar und Paul?«

»Eduard, Mutter. Eduard heißt der eine. Und Paule der andere. Allerdings ist Paule eine Frau.« Die zweite Hälfte des Satzes, *»… und ich weiß augenblicklich nicht, wie sehr das noch meine engsten Freunde sind«*, formulierte sie nur still in ihrem Kopf. Im Kopf ihrer Mutter indes hatte sich die Idee der Lokalrunde offenbar festgesetzt, wenngleich durch Majas Einspruch nun in der abgespeckten Variante. Daher war Widerstand zwecklos und viel zu mühselig. Viel zu kompliziert, ihren Eltern jetzt zu erklären, warum sie die Kantinenstunde nach den Vorstellungen seit einigen Wochen häufig mied. Und viel zu kraftraubend, ihre Mutter davon zu überzeugen, dass es ganz ohne Anlass (Premiere, Bergfest, Dernière) nicht angebracht war, mit lässig sitzenden Spendierhosen unnötiges Aufsehen zu erregen. Maja gab also auf und willigte ein.

»Ich zieh mir nur schnell Jeans und Pulli an und schminke mich ab. Kommt doch eben mit rein.«

Auf dem Weg zur Kantine faselte Zsa Zsa etwas von den vielen unterschätzten Vorzügen des festen Engagements am Theater. Immerhin. Wenn sie Maja einmal in Aktion erlebte, war wenigstens für einige Stunden die mahnende Aufforderung vergessen, nach Höherem zu streben. Zsa Zsa gelang es sogar, in ihre Plauderei das eine oder andere Lob für Majas Darbietung einzubauen. Aber am meisten beeindruckt war sie offenbar von der Tatsache, dass selbst die reiferen Schauspielerinnen im Bühnenlicht deutlich jünger aussahen als bei naher Betrachtung. Das sei ja ein ganz wunderbarer Nebeneffekt. Aber auch wer einen Ehemann mit Sehschwäche bei kurzen Entfernungen habe, könne dem bösen Lauf der Zeit, hahaha, ein Schnippchen schlagen. Der weitsichtige Vater grunzte nur. Aber schmunzelte dabei. Und er nutzte die nächste Gelegenheit, Maja etwas ins Ohr zu flüstern: »Ruhig bleiben steht dir ausgezeichnet. Und ich finde, dein Spiel wird immer selbstverständlicher. Gefällt mir.«

Maja erschauderte. Drei kleine Sätze. Eine große Woge Wärme. Ach, Papa. Bester, feinster, schweigsamer Papa. Sie fühlte, wie sich die Gänsehaut vom Nacken über den Rücken bis zu den Armen ausbreitete. Und hatte das gute Gefühl, dass ihr heute Abend so sehr viel Schlechtes gar nicht mehr zustoßen könnte.

In der Theaterkantine herrschte ordentlich Betrieb, aber ein hübscher Tisch in der gemütlichen Ecke ließ sich noch ergattern. Zsa Zsa winkte leicht überdreht eine Flasche Wein herbei. Maja winkte – ziemlich gelassen, wie sie fand – auf Wunsch ihrer Mutter die beiden Mittrinker herbei. Selbst die Gesellschaft von Edu und Paule konnte sie heute nicht aus der Ruhe bringen. Die beiden tuschelten immer wieder, zwinkerten sich zu und fummelten unter dem Tisch an den Fingern. Und bestimmt machten sie auch irgendetwas mit den Füßen. Maja blieb entspannt. Ruhig bleiben, einfach nur ruhig bleiben. Dachte sie. Denn das stand ihr doch so ausgezeichnet. Derweil unterhielt sich Zsa Zsa prächtig und genoss es sichtlich, mit drei für das Stück des Abends so wichtigen Schauspielern an einem Tisch zu sitzen. Aufgeregt fragte sie dieses, bemerkte jenes und verstand es hervorragend, besonders Edu eine Landebahn für seine Eitelkeiten zu bereiten, auf die er immer wieder gern aufsetzte. Selbst Paule, die in den vergangenen Spielzeiten aufgrund ihrer undankbaren Rollen eher kleinlaut geworden war, strotzte plötzlich vor Selbstbewusstsein. Ob Edu in seiner Funktion als ihr Liebhaber den entscheidenden Anteil daran trug oder die Tatsache, dass Paule endlich gute Figuren darstellen durfte, konnte Maja nicht einschätzen. Fest stand: Paule sprach mit fester, klarer Stimme und strahlte. Souverän. Sicher. Stark. Maja beobachtete sie. Und freute sich. In aller Ehrlichkeit. Denn immer wieder Aufbauarbeit zu leisten war in der Vergangenheit auch eine ziemlich anstrengende Angelegenheit gewesen. Genauso wie Versuche in der Gegenwart, sich an Gesprächen zu beteiligen, die von gleich drei Rudelführern geleitet werden wollten. Ihr Papa schlief bereits mit weit geöffneten Augen. Eine Fähigkeit, um die sie ihn an diesem Abend einmal mehr herzlich beneidete.

Am Samstagvormittag gab es heftige Rebellion. Zsa Zsas Kopf probte den Aufstand. Auf vier Flaschen Rotwein hatten sie es gebracht. Oder sogar mehr? Zsa Zsa wollte es lieber nicht so genau wissen. Verteilt auf im Wesentlichen drei Konsumenten machte das eine so anständige Menge Alkohol pro Person, dass Maja ihrer Mutter lachend attestierte, Talent zum Bühnenmenschen zu haben. Sie setzte ihr einen starken Espresso vor und löste zwei Kopfschmerztabletten auf. Dann kümmerte sie sich um Rühreier mit Speck und Chili. Spätestens das würde ihrer Mama die Lebensgeister zurückgeben. Papa Pauly mümmelte bereits genüsslich an seinem Brötchen und studierte die Meldungen in der Braunschweiger Tageszeitung. Sobald Zsa Zsa erst einmal grob wiederhergestellt war, würde Maja mit den beiden den Freizeitteil des Wochenendes starten. Das Programm für heute sah einen gemütlichen Spaziergang durch das historische Magniviertel vor. Dann wollte sie mit ihren Eltern das Museum für Photographie besuchen. Ihr Vater liebte Fotoausstellungen. Und mit ihrer Mutter konnten sie heute, dank schlechtem Gewissen wegen Kontrollverlust, ohnehin alles anstellen.

Am Abend würden sie dann alle getrennte Wege gehen. Auch das hatte Tradition. Majas Mutter würde sich dieses Mal mit einer Schulfreundin aus Hannover treffen. Die kam extra nach Braunschweig. Die beiden Damen hatten sich im größten Kino der Stadt irgendeine Schmonzette ausgeguckt. Majas Vater hingegen wollte, trotz anhaltender Versuche seiner Frau, es ihm auszureden, wieder ins Theater gehen, um seiner Tochter bei der Arbeit zuzusehen. Und am Sonntag im Übrigen noch einmal. Der bewusste, gezielte und von ihm zelebrierte Maja-Overkill. Die Zuspitzung dieser etwas schrulligen Gewohnheit hatte Maja in der vorvergangenen Spielzeit erlebt. Als sie die weibliche Hauptrolle in einem Familienstück zu Weihnachten spielte, saß ihr Vater während eines Besuchswochenendes nicht nur dreimal abends, sondern auch noch zu den Vormittags- und Nachmittags-Aufführungen an Samstag und Sonntag im Publikum. Sieben Mal während des gesamten Aufenthalts sah er sich ein und dasselbe Theaterstück an. Am Ende konnte er mitsprechen. Maja fragte nicht, warum er sich das immer wieder antat. Sie ließ ihn einfach machen. Und war ziemlich geschmeichelt.

Den Sonntagmorgen verbrachten sie gemütlich. Zsa Zsa blätterte durch bunte Zeitschriften. Papa Pauly las den Rest der Zeitung vom Samstag. Maja strickte. Ohne sich von ihren Klatschspalten zu lösen, stellte Zsa Zsa nun endlich die Frage, auf die sich Maja längst vorbereitet hatte.

»Was hat das plötzlich mit dem Stricken auf sich?«

»Errungenschaft meiner Seele, Mutter. Ich meditiere dabei. Bringe meinen Geist auf eine höhere Ebene. Und schule das Transzendentale in mir.«

»Bitte was?«

Zsa Zsa sah irritiert auf. Maja grinste sie an. »Ich wollte das lernen. Einfach so. Und: es ist maximal eine Errungenschaft meiner Konzentrationsfähigkeit. Wenn ich nicht aufpasse, plumpsen die Maschen nämlich nur so vor sich hin.«

»Die Errungenschaft meiner Generation war, endlich Gekauftes tragen zu können. Kleidungsstücke, die einen wohlklingenden Designernamen trugen. Und vor allem ein Preisschild. Nicht immer die selbstgestrickten Socken oder selbstgenähten Röcke der Mutter. Und, sieh einer an, mein Kind hat einen Hang zum Altmodischen.«

So hatte Maja das noch nicht betrachtet. Dass die Abkehr von der Handarbeit letztlich ein Statussymbol des Wohlstandes gewesen sein könnte, war ein neuer Aspekt. Aber ihr Stricken hatte ja auch nichts von der Retro-Romantik, die Zsa Zsa vermutete. Sie versuchte noch eine Erklärung. Diesmal eine ernsthafte. »Weißt du, Mama, das Ergebnis ist tatsächlich erst einmal zweitranging. Der Weg soll mein Ziel sein. Heutzutage zählt doch nichts mehr, was nicht irre viel Kraft, Disziplin oder Unmengen von Geld kostet. Oder: was im Zweifel richtig wehtut. Aus diesem Leistungsprinzip verabschiede ich mich gerade. Dank Handarbeit. Nur ich und meine Hände, die etwas herstellen. Ist doch sensationell. Dieser Schaffensprozess befriedigt ungemein, findest du nicht?«

Zsa Zsa schwieg. Was ungewöhnlich war. Daher sah Maja noch einmal auf und wiederholte: »Findest du etwa nicht?«

Zsa Zsa zupfte sich am Ohrläppchen und sah aus dem Fenster.

Oh, dachte Maja. Mutter kann nicht stricken. Es dauerte allerdings nicht lange, und die Mutter hatte ihre Selbstbeherrschung wieder und Redefluss. Ja, ja, sie habe das wohl einmal gelernt. Vor

Urzeiten. Hatten sie ja damals alle gemusst. Aber sie habe es vergessen. Vergessen wollen. Und gegen die Hauswirtschaftsschule hatte sie sich erfolgreich gesträubt. Und überhaupt … So hatte Maja ihre Mutter noch nie erlebt. Sie rechtfertigte sich tatsächlich. Die Fassade der perfekten Frau und Mutter bröckelte. Offenbar wurmte es sie wirklich, dass Maja etwas besser konnte als sie. Das Prädikat *allmächtig* musste abgegeben werden. Zsa Zsa ahnte das. Maja hätte es freuen können. Eigentlich.

Wäre da nicht noch eine zweite Erkenntnis des Wochenendes gewesen. Zunächst hatte sie es gar nicht wahrhaben wollen. Aber die Indizien waren eindeutig. Die Herdplatte, die Zsa Zsa zweimal aus Versehen anließ. Wohlgemerkt, Zsa Zsa, die Mrs Doublecheck der westlichen Hemisphäre. Geschichten, die sie an einem Tag zwei Mal erzählte – was sie mit einem Lachen zu überspielen versuchte, als es ihr auffiel. Oder Gesprächsfäden, die sie plötzlich verlor und nicht in alter Geschwindigkeit wiederfand. Keine Frage: Zsa Zsa wurde ein kleines bisschen tüddelig. Oder wie auch immer man es nennen mochte, wenn die einst übermächtige Mutter mit dem Diplom zum ewigen Rechtbehalten plötzlich Schwächen zeigte. Fehlleistungen. Aussetzer. Nichts Großes und Wildes. Es war nur so … unerwartet. Bis zum heutigen Tag war Zsa Zsa für Maja die ewig Vierzigjährige gewesen, und sie war immer noch keine sechzig, aber zum ersten Mal wirkte sie: alt. Gar nicht so sehr optisch, dieser Prozess war ja bei allen jenseits der dreißig in vollem Gang. Nein, Maja dachte vor allem an den Abbau im Kopf. Sie erschauderte. War es schon so weit? Dass plötzlich sie in die Pflicht genommen wurde, sich zu sorgen und zu kümmern? Dass sich die Verantwortlichkeiten umdrehten? Was für ein Dilemma. Da hatte sie zeit ihres Lebens als mündige Erwachsene dastehen und, besonders vor den eigenen Erzeugern, als eigenständig, zurechnungsfähig und handlungsbefugt eingeschätzt werden wollen. Und plötzlich übernahm jemand den Fall und drückte der Akte Maja den schwarzen Stempel

»offiziell erwachsen« auf. Weil mit einem Mal klar war, dass sich die Kraftverhältnisse verändert hatten. Und die Verantwortlichkeiten. Weil Maja womöglich in mittelfristiger Zukunft als ganz und gar Erwachsene gebraucht wurde.

Der Montagmorgen begann mit prasselndem Regen an der Scheibe. Und Piepsen im Handy. Maja war schon wach, aber noch nicht in der Vertikalen angekommen. Sie griff zum Telefon und sah auf das Display. Nachricht von Zsa Zsa. »Liebe Maja, Papa und ich sagen herzlichen Dank für das Wochenende. Es war wunderschön. Allerdings klopft mir heute noch der Kopf. Bis bald. Deine Mama.« Maja lächelte gerührt. Heute war ein guter Tag, das spürte sie.

Sie machte sich stadtfein. In ihrem Kalender standen einige Dinge, die erledigt werden wollten. Außerdem musste sie mit ihrem Strickprojekt vorwärtskommen. Da hatte sie durch den Besuch am Wochenende natürlich nicht so viel geschafft, wie ursprünglich gehofft. Daher nahm sie sich vor, so gut es ging, unterwegs zu stricken, um wenigstens ein bisschen Zeit aufzuholen. Das Wollknäuel in der Umhängetasche und die Nadeln vor dem Körper, gelang es ihr tatsächlich, während des Bummelns weiterzumachen. Es hatte ein bisschen was von SMS-Schreiben beim Autolenken. Kurze Blicke nach oben sollten den fehlerfreien Umgang mit dem Straßenverkehr gewährleisten. Der Blick nach unten galt dem eigentlichen Konzentrationsobjekt. Alles andere funktionierte über Augenwinkelwahrnehmung. Sie überquerte Straßen, wenn sie spürte, dass sich die Fußgänger links und rechts von ihr in Bewegung setzten. Und sie blieb stehen, wenn der Pulk stoppte. Als sie die erste große Kreuzung erreichte, vergewisserte sie sich dennoch schnell, dass die Ampel wirklich Grün zeigte.

Den kleinen Lieferwagen übersah sie trotzdem. Der Transporter mit dem grün-weiß-roten Logo und der italienischen Aufschrift war wie wild um die Ecke gebogen, mit überhöhter Geschwindigkeit und garantiert bei Dunkelrot. Die Bremsen quietschten. Es knallte laut. Es wurde finster. Und der Tag war doch nicht mehr so gut. Aber davon kriegte Maja schon nichts mehr mit.

26

Erschüttert. Der Arzt legte sein Klemmbrett mit dem Patientenbogen auf ihre Bettdecke. Er leuchtete Maja in die Pupillen und nickte zufrieden. Dann zog er sich einen Stuhl heran.

»Eine ordentliche Gehirnerschütterung. Ansonsten haben Sie sehr viel Glück gehabt, Frau Pauly. Oder einen Schutzengel in Höchstform. Jedenfalls sind es nur ein paar Schürfwunden, Prellungen und zwei kleine Blutergüsse. Keine inneren Blutungen und auch keine Brüche. Drei bis vier Tage behalten wir Sie zur Überwachung hier.«

Majas Schädel brummte. Die Welt um sie herum war unscharf. Sie rieb sich die Stirn. Der Arzt beobachtete sie genau. »Mein Strickzeug. Wo ist mein Strickzeug?«

Der Gesichtsausdruck des Onkel Doktors wurde skeptisch. Er griff wie beiläufig zu seinem Bogen Papier und machte darauf eine Notiz. Dann legte er seine Hand auf ihren Unterarm und bemühte sich um einen beruhigenden Tonfall. »Ihre Sachen sind in dem Spind dort drüben. Aber im Moment brauchen Sie nichts außer Ruhe, Schlaf und Schmerztabletten. Geben Sie Bescheid, wenn die Wirkung nachlässt.«

Er lächelte wieder aufmunternd. Maja erwiderte das Lächeln, klapperte aber immer noch schläfrig mit den Lidern. Seit sie die Augen vor einer halben Stunde geöffnet hatte, verschwammen die Bilder immer wieder. Mal war der Arzt zu zweit, mal zu dritt. Mal hoffte sie einfach inständigst, dass es überhaupt ein Arzt war, der hier in ihrer schummrigen Kammer stand.

»Was … was ist eigentlich genau passiert?«

Der Arzt gab einen Laut von sich, der wohl eine Art männliches Kichern darstellen sollte. »Das haben wir Ihnen bereits zwei Mal erzählt. Aber aller guten Dinge sind ja bekanntlich … Nun, Sie wurden angefahren, Frau Pauly. Von einem Lieferwagen. Die präzisen Details des unschönen Zusammenpralls möchte Ihnen sicher der Fahrer verraten. Ein Herr, der seit mittlerweile sechs Stunden draußen auf den Besucherstühlen darauf wartet, dass ich ihn endlich hier hereinlasse. Darf er?«

Maja räusperte sich und richtete sich ein wenig auf. Ihr Kopf fühlte sich schwer und dumpf an und noch nicht so, als wäre es ihr eigener. Irgendwer sagte:

»Ja. Natürlich. Natürlich … darf er.« Der Arzt nahm sein Klemmbrett, patschte ihr noch einmal wohlmeinend auf dem Arm herum und ging zur Tür hinaus, die er einen Spaltbreit offen stehen ließ. Maja hörte Stimmengemurmel auf dem Flur. Dann wagte sich ein schlankgewachsener, recht braungebrannter Mann ins Zimmer. Schwarze Kurzhaarfrisur mit ein paar Strähnen der Sorte, die einem nicht der Friseur, sondern das Leben verpasste. Dazu Dreitagebart und sehr blaue Augen. Maja schätzte ihn auf Mitte 40. Auch er trug eine Art weißen Kittel, allerdings zweireihig geknöpft. Darunter eine karierte Hose, Pepita-Muster. Maja hatte so einen Aufzug schon einmal gesehen, sie vermochte nur gerade nicht zu sagen, wo genau. Der Mann knetete sich sichtlich aufgeregt die Hände und wischte sich zweimal nervös mit einem Taschentuch die Perlen von der Stirn.

Maja massierte ihre Schläfen, die immer noch ein bisschen wehtaten. Oder wieder? Wahrscheinlich klangen die Schmerzmittel schon ab. Unbedingt Nachschub ordern. Jetzt aber erregte zunächst der aufgebrachte Kerl mit leidender Miene ihr Mitgefühl. Sie versuchte, lässig und lustig zu klingen.

»Hallo! Sie sind also der Sebastian Vettel Niedersachsens, der

Hindernisse über den Haufen fährt. Statt einen Bogen drum herum zu machen? Ich bin Maja. Maja Pauly.«

Der Rennfahrer lächelte unsicher und zögerte, bevor er sprach. »Maiapauli? Ciao, Maiapauli! E sei parente di Sebastian Vettel! Oh mio Dio! Sia ringraziata la Madonna che vivi ancora. Viva … e cosí bella pergiunta. Che fortuna! Mis dispiace cosí tanto, avevo una fretta pazzesca, ed ero completamente immerso in altri pensieri. Mi spiace … perdonami … Dio mio!«

(»Maiapauli? Ciao, Maiapauli! Und mit Sebastian Vettel verwandt! O mein Gott! Ich danke der Mutter Gottes, dass Sie leben. Sie leben. Und sehen so gut aus. Sieh mal an, welch ein Glück! Es tut mir so leid. Ich war so in Eile. Und so sehr in Gedanken … Es tut mir wirklich so leid … Mein Gott!«)

Maja lauschte dem Klang und der Melodie seiner Worte, von denen sie nicht eine Silbe verstand. »Sie sprechen kein Deutsch, wie? Verstehen Sie denn ein klitzekleines bisschen?«

Der Italiener öffnete die Arme immer wieder weit, die Handflächen gen Himmel gereckt, und nickte schuldbewusst vor sich hin.

»Mi spiace davvero. Non capisco neanche una parola. Mi sento cosí in colpa. Sul momento pensavo che fossi morta. Non davi segni di vita. Sono un idiota … davvero un bell'idiota! E solo perché, imbecille, temevo di essere in ritardo per ricevere un fornitore. Ero già in ritardissimo e non mi avrebbe aspettato.«

(»Es tut mir so leid. Nicht nur ein kleines bisschen. So sehr. Ich mache mir solche Vorwürfe. Im ersten Moment dachte ich, Sie seien tot. Sie haben sich überhaupt nicht bewegt. Ich bin so ein Idiot. So ein unglaublicher Idiot!«)

Maja hatte inzwischen Spaß an dieser Konversation. Er hätte ihr auch die Bedienungsanleitung eines Wäschetrockners vorlesen können, so schön klang das, was er sagte. Und es sah auch schön aus, denn er redete ja mit seinem ganzen, wenngleich gramgebeutelten und gebückten Körper.

»Questa seccatura di dover stare in ospedale … vorrei davvero farmi perdonare. Sono qui dalla scorsa estate, ma ho un bel ristorantino in centro. Ristorante Da Fabio. Fabio, soni io. Quindi ti inviterei … te e tuo marito chiaramente … a mangiare da me. Per sempre. Cucina italiana gratis per tutta la vita. Posso fare ancora qualcosa?«

(»Diese Unannehmlichkeiten … dass Sie jetzt hier im Krankenhaus sein müssen. Ich möchte das wiedergutmachen. Ich bin erst seit dem Sommer hier, aber ich habe ein hübsches Restaurant in der Innenstadt. Ristorante Da Fabio. Fabio, das bin ich. Dahin lade ich Sie und … ähm … Ihren Mann gerne zum Essen ein. Für immer. Italienische Küche kostenlos ein Leben lang. Kann ich sonst noch etwas für Sie tun?«)

Er zog die Augenbrauen hoch und sah Maja fragend an. Sie sah fragend zurück. »Haben Sie denn sonst nichts zu tun? Ich fand es ja schon rührend, dass Sie tatsächlich sechs Stunden draußen ausgeharrt haben. Ich komme schon zurecht. Und werde wieder fit. Allein schon, um der Krankenhauskantine zu entkommen.« Maja legte den Kopf zur Seite. Daraufhin streckte Diomio seine Hand aus, sie legte die ihre hinein, und er schüttelte sie zaghaft zum Abschied.

»Ciao, bellezza. Se mi é permesso vengo di nuovo domani. Vorrei tenemi aggiornato sulla tua salute. Ti auguro di guarire velocemente.«

(»Ciao, bellezza. *Wenn ich darf, komme ich morgen wieder. Ich möchte doch wissen, wie es Ihnen geht. Ich wünsche Ihnen gute Besserung.«)*

Maja lächelte und winkte ihm, als er sich in der Tür noch einmal nach ihr umsah. Dann drehte sie sich zur Seite und gähnte. Schluss für heute. Genug angestrengt für den Anfang. Kaum hatte sie die Augen geschlossen und sich in die sanften Hände des Schlafes fallen lassen, wurde noch einmal die Tür aufgerissen. Eine rundliche kleine Schwester mit leuchtenden Wangen und großen grünen Augen kam energischen Schrittes ins Zimmer spaziert. »Entschuldigen Sie, Frau Pauly. Gleich überlasse ich Sie dem Sandmännchen. Aber sagen Sie, sollen wir einen Arbeitgeber informieren, dass Sie hier sind? Oder Familie?«

Maja rieb sich wieder den Kopf. »Die Arbeit. Richtig. Das wäre das Braunschweiger Stadttheater. Von der Zentrale lassen Sie sich mit der Regie-Assistenz verbinden. Dieser Dame könnten Sie Bescheid geben. Wie lange falle ich denn aus?«

»Das muss der Herr Doktor entscheiden. Ich denke mal, nach der Entlassung vielleicht noch zehn Tage zu Hause ausruhen. Mit Gehirnerschütterungen ist nicht zu spaßen. Ihre Familie?«

»Nein. Mit der ist auch nicht zu spaßen.« Maja schmunzelte. Die Schwester tat es ihr gleich.

»Also: Wen soll ich kontaktieren?«

»Lassen Sie nur. Um die Familie kümmere ich mich nachher selbst. Da vermisst mich so schnell keiner.«

Die Schwester zog die Augenbrauen kaum merklich nach oben und ging rückwärts gewandt aus dem Raum. Himmlische Ruhe kehrte ein. Maja rollte sich erneut auf ihre Seite. Eigentlich wäre das doch mal einen Versuch wert gewesen. Wie lange würde es wohl dauern, bis man sie tatsächlich vermisste? Wenn ihr Verschwinden in den Zeitraum einer Spielzeit fiel, dann nicht sehr lange, das war klar. Aber dachte sie an die fast drei Monate Sommerpause, dann sah das Ganze schon anders aus. Von den Kollegen würde niemand vorschnell misstrauisch werden. Die wähnten sich alle gegenseitig im Urlaub, und keiner fühlte sich verpflichtet, den anderen Meldung über seinen Aufenthaltsort zu geben. Auch Lina würde ihr nicht so schnell hinterhertelefonieren. Die alte Dame hätte immer die Hoffnung, dass ein wilder Kerl der Grund für Majas Funkstille und Abwesenheit wäre. Und ihre Eltern? Auf Zsa Zsa würde sie nicht zählen können. Ihre Mutter hatte schon mehrfach mit ihrem Anrufbeantworter kommuniziert, als wäre Maja persönlich am Telefon. Blieb noch Papa Pauly. Majas Vater würde sich keine Sorgen machen. Aus Prinzip. So, wie er sich eigentlich nie Sorgen gemacht hatte. Hatte er doch nicht, oder? Wirklich nie? Doch. Hatte er garantiert. Vermutlich war er, wie alle anderen Väter heißgeliebter Töchter, schon mehrmals umgekommen vor Angst um das liebe Kind. Allerdings gehörte er offenkundig zur seltenen Spezies jener Väter, die klug genug waren, den Töchtern ihre Sorge niemals zu zeigen, weil Töchter und Söhne sich im Zweifel nur davon belastet oder belästigt fühlten.

Aber wie war das wohl, wenn sich wirklich niemand ernsthaft sorgte? Wenn keiner nach einem fragte? Maja lief ein eisiger Schauer über den Rücken. Die Vorstellung gruselte sie. Zu verschwinden, ohne dass das von einem einzigen Lebewesen registriert wurde. Das war, wie unsichtbar zu sein. Nicht zu existieren. Unbedeutend zu leben. Maja fragte sich, so ehrlich es ging, ob nicht selbst der überzeugteste Eigenbrötler, der einsamste Einzelgänger oder der eigensinnigste Menschenfeind, der sich lieber mit Gänseblümchen unterhielt als mit jeder Form von Homo sapiens, irgendwelche Spuren hinterlassen wollte. Oder ob diese Leute tatsächlich eine Gegenwart als gesichtsloser Geist bevorzugten. Es fiel ihr schwer, sich vorzustellen, dass jemand ein Ideal darin sah, ohne sichtbare Fingerabdrücke zu existieren. Nein, das konnte nicht sein. In aller Regel wollten die Menschen doch etwas hinterlassen. Einen Abdruck. Oder Eindruck.

Maja hatte einige Markierungen hinterlassen. Nicht nur rühmliche, zugegeben. Aber immerhin war sie nicht mehr unsichtbar. Sie setzte ihr Gedankenspiel fort. Spätestens nach den drei freien Sommermonaten würden die Leute vom Theater nach ihr suchen. Allerspätestens. Und es gab da ja noch eine Handvoll anderer Menschen, die reichlich verwundert wären, wenn sie so gar nichts von ihr hörten oder lasen. Sie dachte an die in dieser Hinsicht Verlässlichste: Greta. Die rief eigentlich immer nach zwei Tagen ohne SMS-Antwort zunächst wütend, nach zwei weiteren Tagen dann besorgt an, um sich zu vergewissern, das alles in Ordnung war.

Ihr Handy piepte im Spind. Eine Textnachricht. Maja setzte sich mit der angebrachten Vorsicht auf. Trotzdem: Sternenhimmel. Am helllichten Tag. Bedächtig schlurfte sie zum Schrank. Sie inspizierte ihre Sachen. Alles da, soweit sie das beurteilen konnte. Ihr Strickzeug war ein wenig schmutzig geworden, aber nichts, was nicht mit lauwarmem Wasser und ein wenig Seife beseitigt werden konnte. Sie kroch mit dem Handy wieder unter die Bettdecke und las die Nachricht. »Liebe Maja! Sei beruhigt, ich werde dich würdig vertreten. Gute Besserung! Auch von Edu. Paule.«

Maja fühlte einen Föhn im Kopf. Heißeste Stufe und zu dicht am Gesicht. Von innen. Daran hatte sie noch gar nicht gedacht. Paule war die offizielle Zweitbesetzung ihrer schönen Hauptfigur. Jetzt kam sie also endlich zum Zuge. Klar. Dafür waren Zweitbesetzungen schließlich da. Um Krankheits- oder sonstige außergewöhnliche Ausfälle aufzufangen. Aber nie hätte Maja sich träumen lassen, dass sie tatsächlich einmal ersetzt werden müsste. Das war in vier Jahren am Theater noch nie vorgekommen. Und dann auch noch von Paule. Ausgerechnet Paule, der sie vor nicht allzu langer Zeit von ganzem Herzen alles gegönnt hatte, im Moment aber aus tiefstem Herzen nichts. Was wahnsinnig unehrenhaft war und volle Lotte egoistisch. Aber, brummelnocheins, sie konnte nun einmal nicht gegen ihre Gefühle an. Wie leicht es ihr doch gefallen war, in allem, was sie dachte und tat, großherzig, großmütig, großzügig zu sein, solange sie sich wirklich größer fühlte als Paule. Jetzt, wo die Kollegin mit ähnlich guten Rollen gleichzog und obendrein noch den – Katzenarsch hin oder her – begehrtesten Typen der Kulturszene zwischen den Beinen hatte, standen Majas Aktien nicht mehr ganz so gut. Sie fühlte sich, als wäre sie seit geraumer Zeit auf der Verliererstraße unterwegs. Um das zu verstehen und dann irgendwie zu ändern, musste sie zunächst Zeit gewinnen. Situationsanalyse und ein nächstes großes Lernziel: gönnen können. Allerdings heute und morgen nicht mehr. Und übermorgen wäre vermutlich auch noch zu früh. Maja hob den Hörer ihres Zimmertelefons ab und rief im Schwesternzimmer an. »Hallo? Ja, Maja Pauly. Sagen Sie, was muss ich tun, damit niemand erfährt, dass ich hier bin? Und vor allem, damit mich niemand besucht?«

Die Antwort fiel nicht sonderlich umständlich aus. Nach nicht einmal einer halben Minute war Maja deutlich entspannter. »Okay. Würden Sie das dann bitte so weitergeben? Super. Danke.« Erleichtert legte sie auf. Dann nahm sie ihr Handy und schaltete es ab. In diesem Modus, das versprach sie sich, würde es jetzt einige Tage bleiben.

Obwohl der Schlaf auf der durchgelegenen Krankenhausmatratze nicht der erholsamste gewesen war, hatte sich ihre Laune schon um einiges gebessert, als sie am nächsten Morgen gegen sechs Uhr von einer fröhlichen Schwester geweckt wurde, die ihr umgehend erklärte, mit welch aufregenden Ereignissen Maja es heute zu tun bekommen würde. Das waren: Frühstück. Morgenvisite. Mittagessen. Blutdruck- und Pupillencheck. Kaffee und Kuchen. Blutdruck- und Pupillencheck. Abendessen. Blutdruck- und Pupillencheck. Nachtruhe. Ob sie noch Fragen habe oder etwas brauche? Nein? Dann schönen Tag. Tür im Schloss.

Die nächsten Stunden verbrachte Maja hauptsächlich strickend. Wenn sie hier schon zu Bettruhe verdonnert worden war, konnte sie die Zeit ja wenigstens nutzen, um ihren Rückstand aufzuholen. Was hervorragend zu klappen schien. Wie viel sich doch tatsächlich bewerkstelligen ließ an einem einzigen Tag, an dem es bis auf kurze Unterbrechungen nichts weiter zu tun gab, als drei rechts gestrickte und drei links gestrickte Maschen im Wechsel aneinanderzureihen. Außerdem hielt die Konzentration auf die Handarbeit ihre Grübeleien im Zaum und verhinderte Ausbrüche in quälende Gefilde. Die Zone »Zweitbesetzung« war heute gedankliches Sperrgebiet.

Kurz vor dem letzten Tagesordnungspunkt der Agenda Krankenhaus, nämlich der »Nachtruhe«, gab es noch einmal eine Programmänderung. Exakt eine halbe Sekunde nach einem sehr kurzen Alibi-Klopf-Klopf stand wieder die rundliche, grünäugige Schwester vom Vortag im Türrahmen. Entweder leuchteten ihre Wangen tatsächlich noch roter als gestern, oder aber die gesunde Gesichtsfarbe strahlte so besonders frisch, weil sie im Kontrast zu dem riesigen Strauß weißer Rosen stand – mindestens dreißig an der Zahl –, den sie erwartungsvoll in der Hand hielt. Maja verstand nicht sofort. Die Schwester huschte ins Zimmer, füllte eine Vase mit Wasser und richtete die Blumen darin an, während sie erklärte.

»Die wurden für Sie abgegeben, Frau Pauly. Angeblich hat ein Herr den ganzen Tag versucht, zu Ihnen zu gelangen. Aber er wurde abgehalten, weil ja niemand ins Zimmer kommen soll. Die Zentrale gibt Ihren Namen auch nicht heraus. Trotzdem muss dieser Mann irgendwie spitzgekriegt haben, dass Sie hier liegen.«

Jetzt war Maja neugierig geworden. Sie öffnete die Karte. Und blickte als Erstes auf ein geschwungenes »Cara Maiapauli«. Blümchen vom Rennfahrer. Sie fuhr die Worte und Bögen mit den Augen ab und sah, dass der Bruchpilot erstens eine sehr schöne Handschrift hatte und zweitens offenbar Fabio hieß.

Am übernächsten Tag war sie bereits sehr früh wach. Und zwar noch bevor die Schwester sie mit einem aufmunternden »Guten Mooorgeeeen!« aus der Tiefschlafphase reißen konnte. Maja war aufgeregt. Immerhin würde sie mit ein bisschen Glück bereits heute nach Hause entlassen werden. Fit genug fühlte sie sich. Und so komfortabel sie es auch hatte in ihrem Zimmer, sie sehnte sich nach den eigenen vier Wänden zurück. Als das Frühstück gebracht wurde, fragte sie sofort aufgekratzt, ob sie noch irgendeinen

Morgenappell abzuwarten habe oder direkt die Flucht ergreifen dürfe. Die Schwester erklärte, das werde normalerweise bei der Morgenvisite entschieden, die aber heute wegen einer Notoperation eine Nachmittagsvisite sei. So lange müsse sie sich leider noch gedulden. Maja seufzte, vertröstete sich aber damit, dass ein paar weitere Stunden mit den Annehmlichkeiten des Rundum-Sorglos-Zimmerservices auch nicht ganz verkehrt waren. Also frischte sie sich auf, zog sich vorsichtshalber schon einmal straßentauglich an und legte sich auf die Bettdecke. Ihr Strickprojekt hatte sehr gute Fortschritte gemacht, und daran würde sie auch jetzt wieder arbeiten. Dann verflog die zähe Wartezeit schneller, als wenn sie brummelnd vor sich hin starrte.

Es musste gegen elf Uhr gewesen sein, also beste Mittagessenzeit in der Krankenhauswelt, da flog mit einem Mal die Tür auf, und ein hektisch um sich sehender Fabio stand im Raum, diesmal in Jeans und Lederjacke. Durch den verwegenen Look in Verbindung mit seinem gehetzten Blick wirkte er ein bisschen so, als hätte er etwas ausgefressen. Maja musste lachen. »Na, Fabio, wen hast du heute angerempelt?«

Fabio kam nicht dazu, ihr zu antworten, denn hinter ihm stürmten, sichtlich aufgebracht, drei Schwestern und ein Pfleger ins Zimmer. Das mussten sie sein, die jüngsten Unfallopfer. Der Pfleger packte Fabio energisch beim Arm und wollte ihn aus dem Raum zerren. Fabio machte ein verunsichertes Gesicht, wehrte sich aber, so gut es ging, ohne Kollateralschäden zu verursachen. Die kleinste der drei Schwestern, die ganz vorn stand, hob schuldbewusst die Hände ans Gesicht. »Entschuldigen Sie, Frau Pauly. Der Kerl hat uns ausgetrickst. Einmal nicht aufgepasst, und schon ist er an uns vorbeigehuscht. Es tut uns so leid.«

»Ist schon in Ordnung. Er kann bleiben.«

»Sind Sie sicher?« Die Schwester sah von Fabio zu ihr und wieder zurück.

»Ganz sicher. Aber vielen Dank für Ihren Einsatz. Ich empfehle Sie Tom Cruise für seinen nächsten Film.«

Kopfschüttelnd, aber kichernd trat das Pflegepersonal den Rückzug an. Fabio lächelte und atmete tief durch. Aus der linken hinteren Hosentasche zog er ein Wörterbuch, aus der rechten Jackentasche ein zusammengefaltetes Stück Papier. Dann las er Maja in stark italienisch gefärbtem Deutsch vor, was er ihr seit achtundvierzig Stunden sagen wollte. Dass er Fabio, der Restaurantbesitzer sei. Dass es ihm sehr leidtue, sie angefahren zu haben. Und dass er der Mutter Gottes stündlich danke und schon Dutzende von Rosenkränzen für ihre weitere Genesung gebetet habe. Dass er sie und ihren Mann – an der Stelle sah er zu ihr auf, während Maja keine Miene verzog, sondern ihm nur mit den Händen bedeutete, fortzufahren – dass er sie und ihren Mann oder Freund gern zum Essen einladen würde. Und wenn es ihr gefiel, dann könne sie jederzeit wiederkommen und sein Gast sein. Er wolle seinen schrecklichen Fehler wiedergutmachen. Ehrenvoll, Fabio. Fabio klappte den Zettel wieder zusammen und sah sie erwartungsvoll an.

»Ehrenvoll? Hm. Gut, ehrenvoll, warum nicht.«

Maja bat ihn um das Deutsch-Italienisch-Buch. Er reichte es ihr sichtlich erleichtert. Sie blätterte sich durch die Seiten. Beim Block-Kapitel für kurze Konversationen suchte sie sich die entsprechenden Worte und Sätze zusammen. Es dauerte etwas, aber Fabio wirkte recht geduldig. Als Erstes bedankte sie sich für die wundervollen Blumen. Dann sagte sie, dass es ihr schon wieder sehr gut gehe. Dass sie es zu schätzen wusste, dass er … dass er … Sie wollte ihm mitteilen, dass sie es toll fand, wie er sich um sie gekümmert hatte. Aber das bekam sie nicht hin. Stattdessen sagte sie, dass sie sehr gern einmal bei ihm essen würde. Wo denn sein Restaurant sei? Als hätte er auf das Stichwort gewartet, griff Fabio in die Innentasche seiner Jacke und zog einen kleinen Stapel offensichtlich druckfrischer Visitenkarten hervor. Stolz überreichte er ihr eine.

Maja wollte aufstehen und sich bedanken, doch er hielt sie mit sanftem Druck auf die Schultern zurück. Ein kleiner luftleerer Moment entstand. Fabio verkürzte die Verlegenheit.

»Alora … stammi bene, Maiapauli. Ci si vede presto al ristorante Da Fabio.«

(»Also … alles Gute, Maiapauli. Und bis bald im Ristorante Da Fabio.«)

Maja streckte ihm ihre Hand entgegen. Er nahm sie und drückte fest zu.

Nach der Visite am Nachmittag war es Maja erwartungsgemäß gestattet, abzureisen. Anderthalb Wochen sollte sie sich aber noch zu Hause kurieren. Das war Bedingung und ärztliche Vorschrift. Die Krankmeldung würde man direkt ans Theater schicken, versicherten ihr die Schwestern. Es klang wie eine Drohung, war Maja aber angesichts der Tatsache, dass sie nach Hause durfte, völlig egal.

Mit viel freier Zeit vor sich, einem Strauß weißer Rosen unter dem Arm und einer neuen Adresse für Nudelorgien mit den Freundinnen im Gepäck kam sie kurze Zeit später in ihrer Wohnung an. Sie schloss die Tür auf, sog den gewohnten Duft ein, vergewisserte sich, dass die Unordnung genau so war, wie sie sie hinterlassen hatte, und fiel endlich zufrieden auf ihr Sofa. Wie wichtig ihr die eigene Wohnung war. Wie warm sie diese vertrauten vier Wände willkommen hießen. Als hätte ihre Bude sie liebevoll in die Arme geschlossen und gesagt: »Schön, dass du wieder da bist.« Sie atmete auf. Maja gehörte definitiv zu der Sorte Menschen, denen die Wohnung mehr war als nur ein Dach über dem Kopf. Mehr als nur ein Raum, um nicht im Freien schlafen zu müssen. Das hier war ihr eine Seelenhöhle. Und der Höhlenbewohner war gerade sehr entspannt. Mit der Fernbedienung in der linken Hand und einem knautschigen Kissen im Nacken hätte sie es bis zur Schlafenszeit wunderbar ausgehalten. Hätte es nicht plötzlich geklingelt. Und zwar oben an ihrer Wohnungstür. Sie lief durch den Flur und dachte sofort an Lina. Bis sie die Tür öffnete.

»Karl?!«

»Sag nichts, Maja. Es gibt kein altes Zuhause mehr. Die Familie, das war einmal. Ich habe mich entschieden. Ich bin ausgezogen. Ich wohne jetzt ganz in Braunschweig.«

»Wie bitte??«

»Ich hatte das Lügen einfach satt. Und das Doppelleben.«

»Aber es gab doch gar keines mehr. Karl?« Maja musterte ihn kritisch. »Zumindest nicht mit mir.«

Karl näherte sich ihr und versuchte einen Kuss. »Maja, jetzt bin ich frei …«

Sie wich zurück. Während sie antwortete, hatte sie das Gefühl, dass nicht sie es war, die da sprach, sondern ein anderes, bisher unbekanntes Ich. »Nein, Karl. Du bist nicht frei. Du bist ein Arsch. Und immer noch ein Lügner. Sie hat dich rausgeschmissen, oder?«

Kurze Stille. Karls Augen flackerten.

»Ach, Scheiße, Karl. Weißt du was? Vaffanculo!«

Sie knallte die Tür zu. Mit Wut und Wumms. Und fast schon so etwas wie italienischem Temperament.

Manchmal brauchte es vielleicht eine Gehirnerschütterung, um manche Dinge durchzuschütteln, bis sie endlich in der richtigen Ordnung waren. Das war die gute Nachricht. Die schlechte: Karl war jetzt bedrohlich nah. Nicht in ihrem Kopf. Sondern in ihrer Stadt. Da half nur die mentale Flucht in ein anderes Land. Italien zum Beispiel.

Die Sprache, den Entschluss hatte sie gefasst, würde ihre neue Mission werden.

27

Zucker. Die Kinderstiefel Braunschweigs hatten ihren sehnsuchtsvoll erwarteten Spezialauftrag als Goldtalergruben und Schokoladennikolaus-Depots erledigt, und dank Lina hatte gestern früh sogar vor Majas Wohnungstür eine prallgefüllte Stiefelette gestanden. Aus rotem Plastik mit weißem Plüschkragen und randvoll mit erstklassigen Süßwaren. Wie gut, dass sich Maja wie jedes Jahr schon tags darauf revanchieren konnte. Denn am 7. Dezember hatte Lina Geburtstag. Diesmal war es der sechsundachtzigste. Außerdem war Sonntag und daher ohnehin Zeit für die traditionelle Skatrunde. Maja hatte sich in den vergangenen Tagen gut erholt und fühlte sich rundherum wiederhergestellt. Ihre ärztlich verordnete Genesungszeit galt mit dem heutigen Sonntag als abgeschlossen. Das bedeutete auch, dass sie in der kommenden Woche endlich wieder auf der Bühne stehen würde. In welcher Funktion, darüber machte sie sich noch keine allzu intensiven Gedanken. Auf jeden Fall bot sich das Kartenkränzchen hervorragend an, die spielfreie Zeit gemütlich ausklingen zu lassen. Eine zarte Schicht Puderzucker bedeckte den saftig-braunen Nusskuchen, der in der Mitte des runden Tisches stand und auf dem eine kleine Kerze leuchtete. Dazu wurde mit Majas Discounter-Champagner auf Linas Leben angestoßen. Als Frau Schnebel zu ihnen an den Tisch geschlurft kam, hob Maja als Erste das feine Sektglas. Eine Flöte aus geschliffenem Kristall, die dermaßen altmodisch wirkte, dass Maja das schon wieder ziemlich hip fand.

»Auf dich, Lina, meine älteste und schickste Freundin und beste Oma der Welt. Auf dich und ein langes Leben.«

Lina lachte. »Ach, so lang muss es gar nicht mehr sein, was, Schnebel? Hauptsache schmerzfrei und…« – sie tippte sich an die Stirn – »… bisweilen hell und lustig. Das würde mir schon reichen.«

Schnebel nickte eifrig, und sie stießen an. Kling, kling, kling.

»So, Schnebelchen! Und jetzt sieh dir das mal an. Halt dich fest. Sie hat es selbst gemacht. Für mich.«

Lina griff behände neben sich und holte aus dem Papier, in das Maja ihr Geschenk eingeschlagen hatte, einen wollenen, gestreiften Schal und eine Mütze im selben Muster hervor. Beides bunt. Also, wirklich bunt. Dunkelblau, pink, grün, violett und orange. Sogar ein leuchtendes Neongelb hatte Maja in einer Handvoll Reihen verarbeitet. Durchaus ein Wagnis, aber sie war das Risiko gern eingegangen. Hätte Lina beim Anblick der Farbexplosion lebensbedrohliche Schluckbeschwerden bekommen, hätte sie ihr sofort eine cremeweiß-hellgraue Variante in Aussicht gestellt. Das knallige Ensemble wäre dann in ihren Besitz übergegangen. Doch von wegen. Als Maja diese Möglichkeit auch nur andeutete, lehnte Lina empört ab und behauptete, dass sie sich keinen schöneren Winterschutz für Kopf und Hals vorstellen könne als Majas Mütze und Schal. Als müsste diesen Worten noch Nachdruck verliehen werden, zog sie beides an. Lina strahlte, Schnebel applaudierte anerkennend und fasste die Maschen immer wieder interessiert ins Auge.

»Ach, mein bestes Kind«, sagte Lina und streichelte Majas Wange. »Ich bin doch die Runzelige von uns beiden. Ich müsste dich bestricken, nicht du mich. Aber von Zeit zu Zeit darf man auch die Gesetze der Welt ein wenig verändern«, fügte sie schmunzelnd hinzu.

»Dafür lasst ihr mich beim Skat alt aussehen. Wo ich mir doch viel besser merken können müsste, wer welchen Stich gemacht hat.«

Alle drei giggelten. Lina, bunt bemützt und beschalt, holte die Karten hervor und pfiff die Sonntagsrunde an. Währenddessen brachte Maja die beiden auf den neuesten Stand. Sie erzählte von den Gebieten ihrer verkehrten Welt, die sie beschäftigten. Da war natürlich an erster Stelle Paule, die als Zweitbesetzung in Majas Rolle zurzeit, nach allem, was man hörte, eine sehr gute Figur abgab. Was einerseits gut war, weil es das Haus füllte und die Chefinnen ruhigstellte, aber andererseits auch an Majas sicherem Sattelsitz rüttelte. Was bedeutete, dass sich Maja um ihrer selbst willen endlich aus der bequemen Ecke der guten Schauspielerin herausbewegen und sich noch mehr anstrengen, noch mehr an sich arbeiten müsste. Um sich als exzellente Schauspielerin zu beweisen. Was letztlich wohl auch irgendwie gut war.

Zum anderen war da das Kopfkarussell, das sich immer schneller drehte, sodass ein Absprung daraus unmöglich schien. Zum Beispiel ihre neue private Rolle der Verantwortlichen für ihre älter werdenden Eltern. Nicht sofort. Aber auch nicht allzu weit entfernt.

Lina versuchte sich in Beruhigungsmaßnahmen. Mit der Erkenntnis sei der größte Schock bereits überwunden und alles, was danach käme, nur noch halb so wild. In die Aufgaben wachse man hinein. Das habe sich der liebe Gott schon prima ausgedacht. Und überhaupt, sie stehe ja noch nicht am Pflegebett der Erzeuger und müsse gegen einen sich verdunkelnden Geist ankämpfen. Die kleinen Vergesslichkeiten seien erste spürbare Signale, die mit der Zeit auch immer mehr unangenehmes Gewicht bekämen. Aber Maja solle nicht panisch werden. Auch wenn die Eltern jetzt eine leicht veränderte Textur hätten, seien sie doch immer noch in vollem Umfang anwesend. Nur die Gebrauchsspuren seien vielleicht etwas offensichtlicher, man könne sie nicht mehr so einfach wegleugnen. Frau Schnebel schaltete sich ein. Nicht nur die Abnutzung werde deutlicher. Auch die Kratzer. Oder größere Macken. Doch das sei, anders als Maja das vielleicht vermuten würde, das Schlechteste nicht. Denn einer der großen Vorzüge des Alters war nun einmal, dass die Herrschaften ab einer gewissen Reife endlich das zum Teufel jagen würden, was sie viele Jahrzehnte Anstrengung gekostet hätte: die qualvolle Anpassung, das pflichtbewusste Verschmelzen mit dem Großen Ganzen. Profil zeigen komme im Alter wieder groß in Mode. Wenn auch häufig nur innerlich. Von außen betrachtet sei bei vielen Senioren irgendwann die Zeit stehengeblieben. Sie, Frau Schnebel, nehme sich da nicht aus.

Lina nickte Maja vielsagend zu, als wolle sie sagen: »Siehste? Meine Rede. Wenn die Neugier nachlässt …«, und fasste sich wie zum Beweis, dass sie dieser Falle erfolgreich entkommen war, an den neuen Schal und die Mütze. Dann beugte sie sich wieder vor und ergänzte, was Frau Schnebel ausgeführt hatte. »Das Aufgeben der Anpassung, der gerontologische Mittelfinger sozusagen, ist ein absoluter Gewinn des Seniorentums. Und, Maja: Wenn bei den Gefühlen zu Mutter und Vater auch nur ein bisschen Liebe im Spiel ist, dann können deine Entscheidungen nicht falsch sein.«

Maja beobachtete Lina aufmerksam. Die kleinen Stiche, die Lina malträtierten, während sie die letzten Worte aussprach, konnte sie fast körperlich spüren. Da pikte und schnitt die Sehnsucht. Schmerzliches Verlangen nach ein bisschen Liebe von den eigenen Kindern. An Tagen wie heute war es deutlicher. Ansonsten kam sie gut damit zurecht, dass sie im Leben der Sprösslinge nicht die Hauptrolle spielte.

Lina rieb sich mit einer Hand über das Gesicht und atmete noch einmal tief ein und aus. Dann zog sie die knallbunte Mütze etwas tiefer in die Stirn und räusperte sich. »Aber sag, mein Kind … was machen denn deine Missionen?«

Gute Idee, dachte sich Maja. Es gab Momente, da war ein abrupter Themenwechsel mehr als alles andere angebracht. Deswegen stieg sie kraftvoll darauf ein. »Nun, die letzte erfolgreich abgeschlossene trägst du um den Hals und auf dem Haupt. Eine noch nicht erfolgreich abgeschlossene hängt mahnend an meiner Pinnwand. Und am Freitagvormittag war ich zum ersten Mal im Sprachkurs bei einer Italienischlehrerin. Die unterrichtet uns in ihrer Dachgeschosswohnung in der Altstadt. Neben mir sind noch vier andere Schüler dabei.«

Maja berichtete von der Einstiegsstunde. Dass sie sich alle italienische Vornamen geben mussten und sie vor lauter Überforderung leicht unkreativ »Giulia« gewählt hatte. Dass sie dem Himmel gedankt habe, dass sich der leicht aufdringliche Typ links neben ihr nicht sofort als »Romeo« vorgestellt hatte, sondern als »Giovanni«. Dass während des Unterrichts kaum ein Wort Deutsch gesprochen wurde, sie dafür aber auch schon eine kleine Konversation führen könne. Das wollten die beiden Damen genauer wissen und bestanden auf einer Kostprobe. Also sprach sie Frau Schnebel und Lina die ersten einfachen Sätze vor, die sie einstudiert hatten. »Ich heiße Maja. Wie heißt du?« – »Mir geht es gut. Wie geht es dir?« – »Ich komme aus Deutschland. Mein Italienisch ist noch nicht gut.«

Maja wiederholte die Sätze, sooft die beiden alten Damen sie darum baten, und merkte, wie sie mit dem neuartigen Klang der Worte auch eine andere Gestik und Mimik bekam. Lebendiger. Klangvoller. Inbrünstiger? Lina musste einen ähnlichen Eindruck gewonnen haben. Sie klimperte mit den Augen. »Warte nur, bis ihr zu den wirklich spannenden Lektionen kommt und du weißt, wie man feurig auf Italienisch flirtet …«

»Flirten, Lina? Kaum. Fluchen, das ist mein Ziel. Fluchen will ich können. Richtig schön fluchen, laut und dreckig. So, als würde ich dabei kraftvoll Blumentöpfe zerdeppern. Mein einziges italienisches Schimpfwort im Vokabular braucht dringend schlechte Gesellschaft.«

Beim Gedanken an schlechte Gesellschaft landete sie unausweichlich bei Edu und weihte Lina endlich in die spektakulärste der neuen Entwicklungen ein. Edu und Paule in love. Diese Liaison hatte sie bisher nämlich verschwiegen. Auch weil sie lange davon überzeugt gewesen war, dass sich »das Problem« bald von selbst erledigen würde. Was es aber nicht getan hatte. Und nun war es raus. Bei ihrer Oma traute sie sich ausnahmsweise, so undiplomatisch und verständnislos zu sein, wie sie es sich sonst immer verbat. Lina tat, was gute Großmütter in so einem Fall taten: Sie hörte zu, streichelte Majas Hand, ließ das Kind schimpfen. Und schwieg. Bis sie das Gefühl hatte, dass der ganze, wochenlang gesammelte Eiter der verletzten Eitelkeit restlos aus der Wunde geflossen war. Richtigen Schmerz aus Liebeskummer vermochte sie nämlich nicht auszumachen. Deswegen, befand sie, durfte nun gesäubert und desinfiziert werden.

»Heilsam kann das Ganze sein, Maja. Sieh es mal so. Erstens: Jetzt musst du deinen Fokus verschieben. Du musst. Denn Edu ist keine Option mehr. Die Hintertür ist zu. Egal für wie lange. Also mit aller Kraft neue öffnen. Nutze die Gelegenheit, die dir nur die Gegenwart bietet. Und in der ist dir Edu als Möglichkeit genommen. Zweitens: Die Nachfolgerin ist nicht immer Gewinnerin. Manchmal kann die Vorgängerin auch froh sein, nicht mehr da zu sein, wo sie einst war. Viel leichter macht dir das die Zukunft mit Paule natürlich nicht.«

Die von Lina prophezeite nicht so leichte Zukunft war gar nicht so weit entfernt, wie es ihre Worte zum Sonntag hatten vermuten lassen. Zum Showdown kam es bereits am Dienstag danach, als Maja den Wiedereinstieg in das Paralleluniversum der Braunschweiger Theaterszene wagte. Seit dem Montagnachmittag, an dem der italienische Schnellkochtopf Fabio beinahe astreine Lasagne aus Maja gemacht hatte, waren zwei Wochen vergangen.

Maja kam frühnachmittags im Theater an und wurde von den Kollegen herzlich begrüßt. Jeder fand irgendein liebevolles Willkommenswort, so als hätten sich alle gewissenhaft auf diesen Moment vorbereitet. Maja war gerührt und ebenfalls bestens präpariert. Sie hatte zwar in der letzten Nacht nicht sonderlich gut geschlafen, aber die wachen Stunden immerhin genutzt. Zur Vorbereitung auf den unvermeidlichen Augenblick der Wahrheit. Immer wieder hatte sie sich ausgemalt, wie eine lockere, unvoreingenommene Maja beim ersten Zusammentreffen mit Paule zu sein hatte. Wie ihr Kopf sie gerne hätte, nicht ihr Herz. Dieses Bild schärfte sie in ihrer Fantasie und versuchte sich darauf einzustellen. Sich auf ihr eigenes Update zu programmieren. Maja reloaded.

Nun lief sie mit gestrafften Schultern und Mundwinkeln durch die Gänge hinter der Bühne. Das nächtliche Umprogrammieren hatte bisher so gut funktioniert, dass sie sich beinahe abkaufte, zur patenten 2.0-Ausgabe ihrer selbst geworden zu sein. Kleine Zweifel beschlichen sie erst, als sie an ihrer Garderobe ankam. Über ihrem Namensschild klebte noch das handschriftlich gemalte Papier mit »Paule« darauf, daher klopfte sie zunächst und wartete etwas, bevor sie ihr Räumchen betrat. Als Erstes fiel ihr auf, dass es anders roch als sonst. Vor dem Spiegel stand ein Blumenstrauß, an dem eine Grußkarte lehnte, die von allen Ensemblemitgliedern und der Intendanz unterzeichnet war. Daneben lag ein kleines Briefchen mit dem Absender *Paule*. Ihre Hände wurden ein wenig schwitzig, als sie den türkisfarbenen Umschlag öffnete.

Liebe Maja,
schön, dass Du wieder da bist. We missed you! Ich hatte viel Spaß an der Rolle und habe Dir wohl keine Schande gemacht. Sagen jedenfalls die anderen. Aber ohne Dich ist es einfach nicht dasselbe.
Außerdem bin ich den Alten leid. Shakespeare sucks! Zum Glück geht das neue Stück bald los. (Bis dahin alternieren wir wohl …?!)

Herzlich willkommen zurück
Deine Paule

PS: Habe heimlich in deiner Garderobe geraucht
PPS: Habe es mit Raumspray zu übertünchen versucht
PPPS: Edu als Partner auf der Bühne hat sehr viel Unerträgliches

Maja seufzte. Eigentlich war der Brief ja reizend. Sie konnte sich das im Augenblick nur noch nicht eingestehen. Und das, wo besonders der allerletzte Satz versöhnlich stimmte. Paule hackte auf Edu herum. Da war sie wieder, die Schwester im Geiste. Paule hatte, so las sich das, Striemen und Peitschenhiebe durch Edus Pfauenfedern erhalten. Maja fühlte eine gewisse Solidarität für die Kollegin. Sie wusste, wozu Edu imstande war. Sie selbst hatte oft genug erfahren müssen, wie es war, wenn er sich besonders viel Aufmerksamkeit erspielen wollte. Sie sich regelrecht ergaunerte, wenn gar nichts mehr half. Wenn er im Bühnenhintergrund stand und das Szenen-Interesse eigentlich ihr galt, er aber durch größere Gesten oder Bewegungen die Konzentration von ihr abzog und auf sich lenkte. Wenn er seine Monologe eigenmächtig ausbaute oder Textpassagen »aus Versehen« so umgestaltete, dass ihre eigentlich große und wichtige Rolle um schöne Solosequenzen gebracht wurde. Sie hatte sich damit arrangiert. Sie hatte gelernt, sich zu behelfen. Jetzt war Paule ein weiterer Name auf der Liste der Geschädigten. Maja zuckte mit den Schultern. Lektionen in Demut. Lektionen in Edu.

An diesem Nachmittag wurde eine heimlich kratzbürstige Maja noch in den Arm genommen (von einer unheimlich geschmeidigen Paule). Über die vergangenen zwei Wochen wurde nicht weiter geredet (Paule sagte nichts – Maja fragte nichts). Abends wurden sehr lobenswerte Leistungen abgeliefert (von Maja als Haupt- und Paule als Nebendarstellerin). Und dann wurde, wie immer, die Kantine zum Zentrum für sinkende Adrenalin- und steigende Alkoholpegel. Allerdings ohne Maja. Sie hatte sich mit Kopfschmerzen – »Der Unfall!« – aus der gesellschaftlichen Verpflichtung geschwindelt, war nach Hause geeilt und hatte es sich in ihrer kleinen Küche bequem gemacht. Während sie an ihrem Rotwein nippte, warf sie einen zufriedenen Blick auf die winzigen Petersilienstängel und den Mini-

Dill, der sich mittlerweile erfolgreich durch die Erde und in die Höhe gekämpft hatte.

Mut und Entschlusskraft brauchten manchmal auch ein bisschen mehr Zeit und die richtigen Umstände, bis sie sich zur Entfaltung an die Oberfläche trauten. Sie klappte ihren Laptop auf, nahm die Visitenkarte der Filmproduzentin von ihrer Pinnwand und formulierte eine E-Mail an Frau Schindel. Betreff: »Gruß von der Karma-Aufsichtsbehörde«. Inhalt: erst ein bisschen höfliches Blabla. Rügen und das rappelvolle Restaurant baute sie als Erinnerungsstützen mit ein. Dann kam sie zum Punkt: Wenn das Angebot noch stehe, wäre sie durchaus interessiert. Sie schloss mit: »Es grüßt Sie Maja Pauly a.k.a. Ihre nächste Gelegenheit für gutes Karma.«

Maja klickte auf Senden, bevor Mut und Entschlusskraft die Blättchen hängen ließen. Aber was sollte schon großartig schiefgehen? Das Schlimmste, was passieren konnte, war, dass sie eine Absage bekam. Oder womöglich gar keine Antwort. Das wäre bitter und enttäuschend. Aber Verbitterung und Enttäuschung waren in ihrem Job ja alte Bekannte. Um der Aufregung ein Schnippchen zu schlagen, legte sie sich schlafen.

Mitten in der Nacht schellte es an ihrer Tür. Oben. Direkt vor der Wohnung. Erst beim dritten Mal wurde Maja bewusst, dass das Geräusch nicht Gegenstand ihrer Träume war. Heftiges Herzrasen überkam sie. Was und wer auch immer der Grund für die nächtliche Ruhestörung war – der Anlass wog vermutlich schwer. Sie schwang sich aus dem Bett. Während sie kurz pausierte, um den Sternchen vor ihren Augen Zeit zum Verglühen zu geben, fiel ihr ein, wer als Klingelmännchen in Frage kam. Zwei unrühmliche Gestalten, deren Einfälle manchmal hirnrissig genug waren für derartige Aktionen: nämlich ein sturzbetrunkener Edu und ein penetranter (und vermutlich auch nicht mehr nüchterner) Karl. Bei beiden, das schwor sie sich, würde sie rohe Gewalt anwenden, um sie in die

Flucht zu schlagen. Behutsam öffnete sie die Tür. Und sah etwas gänzlich anderes als erwartet: Lina im Nachthemd. Barfuß auf ihrer Matte. Ihr Brustkorb hob und senkte sich hastig. Der Aufstieg musste sie enorm viel Kraft gekostet haben. Auf ihrer Stirn perlten kleine Schweißtropfen. Auch unter ihren Augen glitzerte es. In Maja verlangsamte sich alles.

»Lina?«

»Maja, ich …«

Die alte Dame wirkte verwirrt. Sie hob ihre knochige Hand und ließ sie kraftlos wieder sinken. Maja griff sie sanft am Unterarm. »Lina, was ist los? Geht es dir nicht gut? Du stehst ja völlig neben dir. Komm erst mal rein und setz dich. Möchtest du einen Schluck Wasser?«

»Nein. Nein, Maja. Ist schon gut. Nein, es ist nicht gut. Nichts ist gut.« Linas Augen wirkten trüb, und es war, als blickte sie durch Maja hindurch. Majas Herz hatte seine Fäuste nach oben und unten ausgestreckt. Es schlug ihr in den Hals und nahm ihr die Luft. Es hämmerte beinahe schmerzhaft in ihrem Bauch. Sie schaffte nur noch ein Flüstern.

»Nun, sag schon, Lina. Was ist passiert?«

»Sie … sie war doch mein Schnebelchen.«

28

Wintergeruch. Was sich seit heute Morgen im Freien den Lungen darbot, war eindeutig eisige, metallene Winterluft. Die Spitzen sibirischer Ausläufer, die manchmal sogar bis Braunschweig kamen. Maja sog die nach Frost und Eiskristallen schmeckende Brise geräuschvoll ein. Bis der Körper sie erwärmt hatte, brannte die Kälte einen kleinen Moment lang. Sie schloss die Augen und spürte dem ziehenden Schmerz nach. Dann atmete sie in dicken Wolken aus und schlug die mollige Strickjacke noch ein wenig enger um sich. Das Zittern ließ sich dennoch nicht stoppen. Von dem kleinen Balkon im Dachgeschoss, auf dem sie stand, sahen die Fußgänger auf den Bürgersteigen in ihren Daunenjacken und Lodenmänteln aus wie vollgefressene Ameisen auf dem Weg in ihren Bau. »Giovanni«, der glücklicherweise einiges seiner anfänglichen Aufdringlichkeit abgelegt hatte, gesellte sich zunächst wortlos zu ihr. Die anderen Kursteilnehmer verbrachten die Unterrichtspause drinnen. Giovanni kramte Zigaretten aus seiner Manteltasche und klemmte sich eine zwischen die Lippen. »Per favore, mi hai … ähm … accendere? Feuer?«

Maja schüttelte den Kopf, ohne ihn dabei anzusehen. »Hättest du trotzdem auch eine für mich?«

»Si. Prego.«

Er lachte aufmunternd und hielt ihr die Schachtel hin. Sie griff nach einem Stängel. Dem ersten seit … seit sehr langer Zeit. Und probierte so etwas wie Lächeln zum Dank. Daraufhin verschwand er noch einmal in der Wohnung und kam mit Streichhölzern zurück. Doch die Entzündungsversuche scheiterten. Kleine Windschleifen pusteten die Flamme immer wieder aus. Maja blickte auf die abgebrannten Hölzchen. »Das ist Frau Schnebel. Die findet rauchen doof.«

»Wer ist Frau Schnebel?«

»Frau Schnebel? Ist gar nicht mehr. Seit drei Tagen ist sie nicht mehr.«

»Oh.«

»Ja. Oh. Das denke ich auch die ganze Zeit.«

Maja griff mit Daumen und Zeigefinger um ihre Nasenwurzel und drückte fest. Giovanni beobachtete sie, wusste aber nicht so recht, wie er angemessen reagieren sollte. Deswegen huschte er möglichst unauffällig noch einmal schnell ins Zimmer. Kurz darauf kam er mit einem Feuerzeug wieder. Nach drei zittrigen Drehungen an dem geriffelten Rad, das am Feuerstein rieb und Funken versprühte, hielt er ihr eine stattliche Flamme vor die Augen. »Hier. Giovanni haben Feuer gemacht.«

»Feuer gemacht … Feuer gemacht.« Maja wiederholte die Worte flüsternd. Dann steckte sie sich die Zigarette an und nahm einen tiefen Zug. Schneidender Qualm fraß sich ihre Kehle hinunter. Das tat richtig weh. Und richtig gut, ehrlich gesagt. Sie inhalierte ein zweites Mal, und es schmerzte bereits etwas weniger. Sie schnippte vorsichtig Asche in den Wind. Innerhalb von Sekunden hatten sich die grauen Teilchen in alle Himmelsrichtungen verstreut. Asche zu Asche. In diesen Stunden, vielleicht gerade jetzt, wurde der Sarg mit Frau Schnebels Körper in das Krematorium gefahren und darin bei 1000 Grad verbrannt. Das hatte sie sich so gewünscht. Nach etwa sechzig Minuten würde das, was einst Frau Schnebel gewesen war, nur mehr … schschschsch … Nebel sein. Staubiger Nebel. Zweiundachtzig Jahre menschliches Leben durch die Naturgewalt, die Kraft der Flammen pulverisiert. Hellgraue, fast weiße Asche in einer schlichten schwarzen Urne. Das würde vom Schnebelchen übrig bleiben. Maja schluckte den Kloß in ihrem Hals hinunter und verrieb das, was in den Augen brannte. Lina hatte sich dagegen entschieden, bei der Kremation dabei zu sein. Und sie hatte sich dagegen entschieden, dass Maja heute bei ihr blieb. Mehr noch, sie hatte sogar darauf bestanden, dass Maja ihren Italienischkurs wahrnahm. Sie käme schon zurecht, sie würde ja auch in Zukunft allein zurechtkommen müssen. Und heute, da stimmten sie beide überein, war noch nicht einmal der schwierigste Tag. Am Montag vor Heiligabend würden sie Frau Schnebel beisetzen. Zumindest das kleine Häufchen, das von ihrer äußeren Hülle übriggeblieben war.

Maja folgte dem Sprachkurs heute auch nur mit ihrer äußeren Hülle. Der Geist flatterte umher. Donna Lucia wusste Bescheid und ließ Maja daher mit Aufmerksamkeitsfragen weitestgehend in Frieden und animierte sie nicht extra zum Mitmachen. Maja wiederum tat es gerade ganz gut, sich durch das Unterrichtsszenario ein wenig ablenken zu lassen. Sie nahm den Klangteppich, den die italienischen Übungssätze bildeten, als angenehmes Mittel gegen ihre innere Stille wahr und versuchte sich in Konzentration. Im Mund solle der Ausdruck entstehen, das führte die Lehrerin immer wieder vor. Bevor sie Sätze in die Welt stellten, bevor Gedanken vor dem Gesicht erklangen, lägen den Italienern diese sprichwörtlich auf der Zunge. Und nicht irgendwo im Hals vergraben, kurz oberhalb der germanischen Gurgel. Maja beobachtete, wie Donna Lucia die Lippen stülpte, wenn sie Worte formte. Wie sie ihre Hände in kraftvollen Gesten wedeln ließ. Und wie die Augenbrauen aufgeregt tanzten, wenn sie von aufregenden Dingen erzählte. Wer mit der italienischen Sprache aufwuchs, lernte früh Größe kennen, überlegte Maja. Große Augen, großer Mund, große Bewegungen. Mit Lautstärke und Tonfarben, die mehrere Oktaven umfassten. Die Sprache knallte. Da ging es rauf und runter, vor und zurück. Da war Dynamik drin. Und Unberechenbarkeit. Ob sich das wohl auf die Persönlichkeit niederschlug? Ob die erste Sprache, die ein Kind lernte, auch Einfluss hatte auf seinen Charakter? Natürlich waren nicht alle Italiener laut. Und nicht alle Deutschen lau. Aber was machte das mit der Mentalität eines Menschen, wenn er entweder mit der Melodie Neapels oder dem Sound Nürnbergs groß wurde?

Die Unterschiede im Klang und in der Wirkung waren jedenfalls deutlich. Zumindest wenn man beide Sprachen unmittelbar miteinander verglich. Gerade an Majas definiertem Lernziel, dem formschönen Geschimpfe, ließ sich das bestens verfolgen. Maja hatte für die erste Stunde schon ein paar böse Ausdrücke herausgeschrieben und sich diese zur allgemeinen Erheiterung der Mitschüler von einer zunächst etwas pikierten Donna Lucia erklären und vorsprechen lassen. Beim dritten Mal musste auch sie lachen. Und zelebrierte die Tirade: »Stupido, rompicoglioni, maledetto pezzo di merda!« Das hatte doch alles mehr Klasse und Kraft und Ausdruck als: Depp, Quälgeist, verdammter Mistkerl!

Für das direkte Gegenteil, nämlich Süßholzgeraspel und andere Schwülstigkeiten, galt das im Übrigen auch. Andere Nationen schienen in der Hinsicht begabter zu sein als die Bewohner des Landes der Dichter und Denker. So kam es ihr jedenfalls vor.

Maja erinnerte sich gern an einen Schauspielstudenten in Leipzig, dessen Eltern aus dem Iran kamen. Sorush hieß er. Sorush war bei den Mädchen wegen seines markanten Äußeren und der fast schwarzen Augen mit den langen Wimpern ohnehin ganz gern gesehen. Doch als er dann eines Tages auch noch persische Gedichte zitierte und Wort für Wort übersetzte, war es selbst um die standhafteste Frau im Kurs geschehen. Selten hatten sie so blumige Oden auf die Schönheit und Blüte einer Geliebten gehört wie in diesen Versen aus dem Orient. Nimmermüde Poeten mussten sich haufenweise Nächte um die Ohren geschlagen haben, um solche Hymnen zu Papier zu bringen. Ob es half, die Liebe, die Sehnsucht oder den Schmerz mit so vielen Worten zu beschreiben? Ob das mehr beglückte, besser linderte? Maja wusste es nicht.

Ihr selbst wäre vielleicht mit einigen Tränen schon geholfen gewesen. Um das, was in ihr so sehr brannte, zu benetzen und zu kühlen. Ihr Körper vibrierte seit jener Nacht, als Lina mit der traurigen Nachricht zu ihr gekommen war. Aber er hatte es noch nicht geschafft, ein paar erleichternde Tränen loszulassen.

Die Rathausuhr läutete zur Mittagszeit, als Maja träge nach Hause schlenderte. Bis sie ins Theater musste, hatte sie noch einige Stunden. Vielleicht konnte sie sogar das eine oder andere Geschenk kaufen. Immerhin dauerte es keine zwei Wochen mehr, dann war Weihnachten. Ihr Weg führte sie an einem großen Fachgeschäft für Abenteurer und alle, die sich »draußen zu Hause« fühlten, vorbei. Sie musste ein wenig lächeln, als ihr das Logo ins Auge fiel. Wer hier zweckmäßig einkaufte und die wetterfeste Kleidung, Erkennungsmerkmal Tiertatze, auch gut sichtbar trug, teilte auch und gerade im Ausland seiner Umgebung ziemlicher deutlich mit, wo sein Zuhause war: nämlich in Deutschland. Sie blieb vor dem Hauptschaufenster stehen und sah sich die Auslage an. Dann folgte sie einem spontanen Impuls und betrat das Ladenlokal. Als sie eine Viertelstunde später wieder herauskam, hatte sie in der linken Hand eine hellbraune Papiertüte, in der sich Stücke von weichem und hartem Holz, ein Bogen mit Sehne, ein Stahlnagel und ein Stein befanden. Die Bestandteile einer neuen, ihrer nun schon neunten Mission.

In ihrer Wohnung angekommen, stellte sie die Einkäufe im Flur ab und ging schnurstracks in die Küche. Dort heftete sie eine frische Notiz an die Pinnwand und ließ dabei noch einmal die Augen über die beschrifteten Zettel wandern. Lauter Missionen mit Haken dran. Seit ihrem Geburtstag im April hatte sie jeden Monat eine Aufgabe erledigt. Nur eine stand noch offen: Edus Männerfantasie. Maja grummelte innerlich. Auch wenn die Aufgabe nicht von ihr kam, sie hatte sie nun einmal angenommen, und einzuknicken, nur weil ihr das Projekt schwer umsetzbar erschien, würde sie als herbe Niederlage werten. Nicht nur vor sich, sondern auch vor Edu. Den Moment des Triumphes wollte sie ihm nicht gönnen. Er hatte ausreichend Grund gehabt, zu frohlocken. Jetzt war sie dran mit Erfolgsnachrichten.

Drei Viertel der großen 35 hatte sie bereits hinter sich gebracht. Noch drei weitere Missionen und das Jahr des Schreckens wäre endlich Geschichte.

Schnebelchens Geschichte kam noch vor den Festtagen an ihr Ende. Das letzte Kapitel wurde am Montagnachmittag vor Heiligabend aufgeschlagen. Die Beerdigungszeremonie fand in einer kleinen Kapelle an einem wildromantisch bewachsenen Friedhof des

Braunschweiger Stadtteils Veltenhof statt, wo sie viele Jahre lang zum Seniorenkreis gegangen war. Als Lina und Maja, Schnebelchens Wunschliste entsprechend, bei dem zuständigen Pfarrer anriefen und sich nach der Möglichkeit einer Bestattung erkundigen wollten, erwiderte dieser nur freundlich, dass er sich gern um alles kümmern werde. Und dass er sich noch recht gut an das lange und, wenn er das sagen dürfe, schöne und friedliche Gespräch erinnere, in dem Frau Schnebel ihm präzise geschildert habe, was sie sich vorstellte.

Alles wurde ihrem letzten Willen gemäß arrangiert. Lina und Maja mussten nur einige Benachrichtigungen versenden und die Traueranno nce formulieren. Dennoch war die Trauergemeinde, die sich zum Abschied von Frau Schnebel zusammengefunden hatte, sehr überschaubar. Neben Maja, Lina und dem Pastor stand nur eine Handvoll Menschen um das kleine Erdloch herum, in das gleich die Urne hinabgelassen werden würde. Alle in dunkler Kleidung, mit schwarzen Mänteln und viel Wolle an den Händen und um den Hals. Nur Lina stach etwas hervor. Sie trug Majas Strickwerk. Mit Absicht. Und mit Würde.

Frau Schnebel war nie verheiratet gewesen und hatte auch nie von einem, geschweige denn von mehreren Männern erzählt, die in ihrem Leben eine größere Bedeutung gehabt hatten. Lina wusste auch nichts von Kindern. Eine jüngere Halbschwester gab es, aus der zweiten Ehe von Schnebelchens Mutter. Neben der Halbschwester und ihrem Mann stand ein älterer Herr, der sich als Cousin vorstellte. Ein Cousin, der allerdings aus einem so entfernten Teil der Familie kommen musste, dass niemand den genauen Grad der Verwandtschaft zu rekonstruieren vermochte. Außerdem hatte Lina noch zweien ihrer männlichen Bekannten Bescheid gegeben, rüstige Rentner aus ihrem Senioren-Netzwerk, die zu unterschiedlichen Zeiten regelmäßig in der Damen-WG ein und aus gegangen waren. Sie hatten Frau Schnebel natürlich auch kennengelernt.

Aber Maja mutmaßte, dass Lina sie vielleicht noch mehr als seelische Stütze für sich selbst eingeladen hatte. Obwohl Lina Maja darauf vorbereitet hatte, dass Frau Schnebel nicht mehr viele Leute in ihrem Leben hatte, die ihr diese letzte Ehre erweisen wollten, kam sie gegen die Faust in ihrem Hals nicht an. Es war ein qualvoller Anblick zu sehen, dass das Schnebelchen außer Lina und ein bisschen auch Maja offenbar niemandem so richtig fehlen würde.

Trotz allem, und darauf legte Lina besonderen Wert, wurde Schnebelchens Vorgaben und Bitten für dieses letzte irdische Ritual genauestens Folge geleistet.

Bevor der Pfarrer zur Grabrede anhob, startete er Musik aus einer Art Ghettoblaster. Ein weiterer Coup aus Frau Schnebels frühzeitiger Organisation. Nicht nur, dass die Sterbeversicherung für die Zeremonie und alle damit verbundenen Kosten aufkam, sie hatte obendrein auch alle erforderlichen Requisiten für die Detailwünsche der Feier besorgt. Maja wusste kurz nicht, ob sie das noch trauriger oder wieder ein bisschen fröhlicher machen sollte. Ehe sie sich entschieden hatte, ertönten die Violinen aus einem der berühmtesten Werke Antonio Vivaldis aus den Lautsprechern. In Schnebelchens Verfügung stand geschrieben, dass zu den pastoralen Worten am Grab ein Teil der *Vier Jahreszeiten* erklingen sollte. Der seit heute auch im Kalender und damit ganz offiziell herrschenden Jahreszeit entsprechend war es der »Winter«.

Die ersten Takte erklangen. Maja hielt Linas linke Hand in ihrer rechten. Die alte Dame stand tapfer aufrecht. Der Pastor ließ die Urne leise in das ausgehobene Grab gleiten. Lina erzitterte und schluckte ihre Tränen hinunter. Er sprach Worte, die mit Jesus und Auferstehung und ewigem Leben und Trost zu tun hatten. Dann beteten alle raunend das Vaterunser. Schließlich sprach der Pastor die Worte »Erde zu Erde, Asche zu Asche, Staub zu Staub« und warf als Erster die drei Schäufelchen Sand. Maja stützte Linas Unterarm. Lina hielt sich wacker und folgte dem Beispiel des Pfarrers.

Alle anderen reihten sich ein. Danach bekundeten sie Lina ihr Beileid.

Kaum war das letzte Wort gefallen, endete auch die Musik. Vivaldis »Winter« war keine zehn Minuten lang. In dieser Zeit war Frau Schnebel endgültig von der Erdoberfläche verschwunden.

Maja atmete tief durch. Sie spürte Erleichterung. Das Schwerste war geschafft. Sie musste sich tatsächlich eingestehen, dass ihre Sorge darüber, ob und wie Lina das alles durchstehen würde, größer gewesen war als der eigene Seelenschmerz über Schnebelchens Tod.

Gleich nach der Trauerfeier wollten sie noch für eine oder zwei Stunden in ein Café gehen. Einen traditionellen Leichenschmaus hatte Frau Schnebel ausdrücklich abgelehnt, daher verabschiedeten sich die anderen Trauergäste auf dem Friedhof voneinander und stoben in alle Richtungen. Maja und Lina blieben noch einen Augenblick vor dem Häuflein Erde stehen und schwiegen. Maja beugte sich hinab, rückte den leuchtend gelben Blumenkranz zurecht und legte die Schärpen mit der Aufschrift nach vorn. »Deine Dich vermissenden Skatbrüder Lina & Maja« stand da. Die Skatbrüder lächelten kurz und zart. Dann überließen auch sie Frau Schnebel dem Frieden, der ab jetzt ihr ewiger Begleiter war.

Lina hatte ein Kaffeehaus ausgesucht, in dem es Zitronen-Sahne-Torte gab, Schnebelchens Lieblingskuchen.

»Sie war schwer herzkrank. Ich wusste davon.« Lina verrührte die Milch in ihrem Kaffee. Maja setzte ihre Tasse gerade ab.

»Davon habt ihr mir nie erzählt.«

»Sie wollte nicht, dass darüber gesprochen wurde. Genauso wenig, wie sie eine Operation wollte.«

Lina stockte und begann in ihrer Tasche nach etwas zu suchen. Maja reichte ihr schnell eine Serviette und legte vorsichtig die Hand auf Linas Arm. Die schluckte ein paar Mal. Ein paar Tränen lagen ihr noch auf der Stimme, als sie flüsternd weitererzählte.

»Ein einziges Mal habe ich sie in der Nacht gefragt: Willst du nicht noch bleiben? Bleib doch, mein Schnebelchen …«

»Und … und dann?«

»Sie hat nur einmal schmerzvoll gestöhnt. Da wusste ich, dass sie gehen wollte. Und ich sie lassen musste.«

Maja blinzelte ein paar Mal nervös mit den Augen. Sie wusste nicht, ob es gut war, das zu sagen, was sie die ganze Zeit sagen wollte. Aber sie konnte es nicht mehr zurückhalten. Ohne noch länger darüber nachzudenken, kam es plötzlich aus ihr heraus. »Lina, ich habe Angst um dich.«

Lina drehte ihr den Kopf zu. In bedächtigem Tempo, aber mit bereits zurückkehrender Kraft. Sie räusperte und streckte sich. Es dauerte vielleicht eine halbe Minute, dann hatte sie sich vollends gesammelt und lächelte sogar ein wenig. »Es ist in Ordnung, Maja. Es ist in Ordnung. Es soll immer der übrigbleiben, der das Übrigbleiben besser verkraftet.«

Als Maja am sehr frühen Morgen des 24. Dezembers im Zug auf dem Weg zu ihren Eltern saß, dachte sie über diese Frage nach. Wer von den beiden wäre wohl der Stärkere? Wer käme besser ohne den anderen zurecht? Oberflächlich betrachtet, müsste die Wahl auf ihre Mutter fallen. Sie, die immer schrill und gesellig unterwegs gewesen war, würde das Fehlen ihres Mannes zwar bemerken, aber wahrscheinlich schnell kompensieren können. Gar nicht unbedingt durch männlichen Ersatz. Eher durch Aktionismus und Umtriebigkeit. Vielleicht war aber auch alles ganz anders, und es bewies der vermeintlich Schwächere in der Krise ungeahnte Stärke. Durchaus möglich, dass es doch ihr stiller, genügsamer Papa war, der auch ohne die Gattin einen schillernden Sinn in seinen Tagen sehen würde. Das hatte er ja viele Jahre üben können, weil Zsa Zsa bisweilen nur um sich selbst kreiste. Vielleicht wäre es für den Vater auch gut, auf einmal Platz zu haben, Raum, den zuvor viele Jahre lang Zsa Zsa ausschließlich für ihre Belange und Befindlichkeiten beansprucht hatte. Wie stark der Verlustschmerz empfunden wurde, das stand und fiel natürlich mit der Frage, ob es zwischen den beiden noch Liebe gab, und wenn ja, wie groß sie war und von welcher Art. Und das schien Maja das größte Fragezeichen zu sein. Sie traute sich nicht zu, den Teil wohltuender, angenehmer Routine und Gewohnheit vom tiefen Gefühl der Zuneigung zu unterscheiden. Und wie viel sich die beiden noch zu sagen hatten, war schwer zu ermessen, bei einem Vater, der ohnehin nicht viel sprach.

»Liebt ihr euch noch?« und »Wer von euch sollte besser zuerst sterben?« – interessante Fragen waren das, auf die es mit Sicherheit überraschende Antworten gegeben hätte. Doch diese Fragen durfte sich Maja zwar so häufig und so dringlich stellen, wie sie mochte, aber ganz sicher nicht ihren Eltern an Heiligabend.

29

Kurzbesuch. Seit Jahren war Majas Weihnachten immer nur einen Tag und eine Nacht lang. Am 24. hatte sie an allen Häusern, an denen sie bisher engagiert gewesen war, spielfrei gehabt, doch spätestens am Ersten Weihnachtsfeiertag wurde wieder stramm und textsicher auf der Bühne gestanden. Schicksal und Alltag der schauspielenden Zunft. Ein antizyklisches Leben. Sie arbeitete, wenn andere sich entspannten. Ihre aktivste Tageszeit war die, in der die meisten zum passiven Teil übergingen, vor der Glotze, in der Wanne oder auf der praktischen Ausziehcouch. War der Durchschnittsmensch bei seiner Durchschnittsfamilie und aß durchschnittlich teuren Kochschinken auf durchschnittlich gesundem Graubrot, so befand sie sich unter Kollegen, die ihr Leben lang vor allem eins sein wollten: überdurchschnittlich. Und an den Feiertagen hatte das Theater sogar Hochkonjunktur. Da gab es nicht selten zwei, manchmal drei Aufführungen am Tag. Vormittags und nachmittags ein Kinder- oder Familienstück. Abends dann das leichte, seichte, lustige Festtagsprogramm für die Großen. Immerhin: Das Bilderbuchige hatte auch Braunschweig erfasst. Hinter der Bühne standen an allen Ecken Weihnachtsteller mit Süßkram. Tannenzweige und Glaskugeln dekorierten die Gänge, sodass einem selbst bei der Arbeit ein wenig festlicher zumute war als sonst. Auch das Publikum präsentierte sich von seiner feierlichen Seite. Zum Fest der Liebe erschienen die Besucher leichtmütiger gestimmt, dankbarer und großzügiger, was den Beifall betraf. Kurzum: Es war auch in diesem Jahr zwar bedauerlich, aber in Ordnung gewesen, an Weihnachten nicht tagelang mit der Familie unter dem Nadelholz zu sitzen, sondern über das Zedernholz der Bühnenbretter zu zischen.

Die »verspielten« Feiertage lagen hinter ihr. Jetzt saß Maja mit großen Augen über einer ganz anderen Sorte Holz und arbeitete sich dem letzten Tag des Jahres entgegen.

Hätten Küchenschaben oder Silberfische ein gesteigertes Interesse an kuriosen Szenarien gehabt, am Abend dieses 30. Dezembers wären sie bei Maja voll auf ihre Kosten gekommen. Denn im dritten Stock der Gertrudenstraße 7 ereignete sich ein Schauspiel, wie man es wahrhaft nicht alle Tage zu sehen bekam. Und wenn, dann eigentlich nur bei Rüdiger Nehberg.

Maja wollte in diesen Stunden alles vorbereiten für ein Feuerwerk, das die Kollegen so mit Sicherheit noch nicht erlebt hatten. Denn natürlich würden sie auch in diesem Jahr nach der Vorstellung gemeinsam den Silvesterabend aus- und das neue Jahr anklingen lassen. Majas Plan erforderte nur ein klein wenig Geduld und Übung. Und wenn sie erfolgreich war, würde kein Mann auf der ganzen Welt sie jemals wieder verlassen müssen, nur weil sie eigentlich (wenn nicht gerade die Mitbewohnerin der Oma das Zeitliche gesegnet hatte) Nichtraucherin war.

Die Situation: Maja befand sich im Nassbereich ihres Badezimmers. In voller Montur. Jeans umgeschlagen, Ärmel hochgekrempelt. Vor sich hatte sie die Devotionalien aus dem Abenteuerland für Große ausgebreitet. Der Duschkopf lag einsatzbereit neben ihr. In der kleinen Duschwanne sitzend, geigte sie bereits seit einer halben Stunde mit dem Bogen an einem dünnen, aufrechten Holzpflock herum, der so von einer Schlaufe der Sehne umwickelt war, dass er sich durch ihre Sägebewegungen blitzschnell auf einem Holzbrettchen hin und her drehte. Den Pflock stützte sie von oben mit einem ausgehöhlten Stein, die scharf geschnitzte Spitze des Holzbohrers zerrieb in der Kuhle des Brettchens flusige Watte. Hätten Küchenschabe und Silberfisch genau hingesehen, sie hätten erkannt, dass Maja zu diesem Zweck einen ihrer Tampons zerfleddert hatte.

Schweißperlen standen auf ihrer Stirn. Immer wieder blickte sie nach unten in die Vertiefung, in der mittlerweile nur noch verzweifelten Hoffnung, Rauchwölkchen aufsteigen zu sehen. Doch es tat sich nichts. Gelegentlich pustete sie auf die Watte. Kein Qualm, noch nicht mal eingebildeter. Ihr mickriger Bizeps war der einzige Ort, an dem es brannte. Sie rückte das Blatt Papier zurecht, das sie sich neben ihre Utensilien gelegt hatte, und prüfte zum x-ten Mal ihre Arbeitsschritte und deren korrekte Ausführung. Sie fand keine Fehlerquelle. Also: weitermachen. Ihre Reibebewegungen mit dem Bogen wurden aggressiver. Der Druck auf den Pflock größer. Das, was sie immer wieder auf die Watte blies, war schon längst kein zarter Luftstrom mehr. Nein, sie wehte die Flusen fast mit einem wütenden Orkan vom Brett. Zu allem Überfluss stieß sie in einer unvorsichtigen Rückwärtsbewegung so fest mit dem Musikantenknochen gegen die Duschtür, dass sie laut aufheulte.

Sie pfefferte das Feuermachzeug in die Ecke. Eine Sekunde später bereute sie ihre Disziplinlosigkeit bereits und ärgerte sich noch mehr. Also holte sie, immer noch mit der Energie der Bockigkeit, ein zweites Blatt Papier hervor und legte sich Watte und Holzspäne neu zurecht. Dann nahm sie den Feuerstein mit der Kuhle und den gekauften Stahlnagel zur Hand. Wenn das mit dem Feuerbohren ein Reinfall war, dann würde sie es jetzt eben mit Feuerschlagen versuchen. Schläge zu verteilen war schließlich nicht die schlechteste Art, sich abzureagieren. Sie setzte zum Schutz ihre Lieblingssonnenbrille auf und legte los. Klack, klack, klack. Gefühlvoll, nicht zu lose, nicht zu fest am Stein entlang mit dem Nagel, bis Funken entstanden, die auf das Zündmaterial fielen und es entflammten. So weit die Theorie. In der Praxis kämpfte sie sich eine weitere halbe Stunde an dem Feuerstein ab. Schlagen. Ratschen. Reiben. Reißen. Schlagen. Ratschen. Reiben. Reißen. Die Finger um den Nagel verkrampften. Die Knöchel traten weiß hervor. Der Stein in ihrer Hand wurde warm. Doch das Einzige, was anfing zu glühen, war Maja. Vor Wut.

Sie schlug vor lauter Ärger noch dreimal am Stein entlang und rutschte ausgerechnet beim letzten Versuch dermaßen unglücklich ab, dass sie sich den Nagel einen halben Zentimeter tief in die Handfläche rammte. Wieder ein Grund zum Jaulen. Sie fluchte, erstklassig unanständig und für ein Mietshaus bei weitem zu laut. Sie röhrte förmlich vor Zorn. Das Gezeter hallte von den Wänden des kleinen Badezimmers.

Und dann passierte es. Plötzlich und ziemlich unerwartet. Zum ersten Mal seit Schnebelchens Tod liefen die Tränen.

Maja fing leise an zu schluchzen. Dann wurde sie von einer Woge innerer und äußerlicher Erschütterung erfasst und gab sich einfach hin. Die Knie angezogen, den Kopf in beide Hände gelegt, verharrte sie einige Minuten lang, während die Tränen zu fließen begannen. Dann wurde ihr kalt. Sie ließ alles liegen, wie es war, entledigte sich auf dem Weg ins Schlafzimmer ihrer Klamotten und verkrümelte sich ins Bett. Mit der Decke über dem Kopf weinte sie bitterlich und hemmungslos. Als pochte der Riesenbatzen Schwermut der vergangenen Wochen darauf, dass man ihm endlich einmal würdig Ausdruck verlieh zum Beweis, wie ernst man ihn nahm. Den überraschenden Ausbruch konnte sie dennoch nicht richtig einordnen. Sie hatte heute gar nicht ans Schnebelchen gedacht. Im Theater nicht und beim Feuerversuch erst recht nicht. Denn der verlangte, dass man sich ganz und gar auf die Technik konzentrierte. Feuermachen war eine derart aufmerksamkeitsintensive Angelegenheit, dass Maja die Aktion trotz des fehlenden Erfolgs schon jetzt in einer anderen Hinsicht als sinnvoll verbuchen konnte. Die Beschäftigung mit diesem Element zwang einen zum Elementaren. Und zum Fokussieren. Ein Problem vor Augen. Den Weg zur Lösung im Sinn. Dann Schritt für Schritt zum Ziel. Ohne Zaudern und Grübeln.

Warum brach sie gerade jetzt zusammen? Auch in den vergangenen Tagen hatte sie nicht mehr stündlich an Frau Schnebel gedacht. Zumindest nicht voller Unglück. Im Gegenteil. Sie hatte sich, auf viel unkompliziertere Weise, als sie das von sich selbst erwartet hätte, damit abgefunden. Ihr Kopf hatte sich mit dem Verschwinden von Frau Schnebel aus dem Hochparterre arrangiert. Die Rückfälle, das wusste sie natürlich auch, würden schon noch kommen. Wenn sie bei Lina saßen und keine Frau Schnebel vor sich hin schnarchte. Wenn Maja von irgendetwas mit Sex erzählte und keine Frau Schnebel hüstelte. Wenn sie, wie immer sonntags, gern eine Runde Skat gespielt hätten, aber von nun an der dritte Mann fehlen würde. Doch für den Moment war es in Ordnung. Sie war im Großen und Ganzen in einer Art Frieden mit dem Plan des Schicksals. Und konnte trotzdem nicht aufhören zu weinen.

Hase Fritz bot seine langen Schlappohren zum Trocknen an. Maja lehnte nicht ab. Ihr Brustkorb erzitterte unter ihrem Wimmern. Aber es tat ihr gut. Sie entspannte sich. Die Anstrengung in der Dusche, das Auspowern der Arme bis über die Schmerzgrenze hinaus, das Entkräften des Körpers – all das hatte nicht nur die Bänder und Sehnen lahmgelegt, sondern auch Verspannungen in ihrem Kopf gelockert und gelöst. Und die kullerten gerade in Strömen aus ihr heraus. Einige Tropfen landeten auf Majas Lippen. Sie lutschte sich die Tränen vom Mund und versuchte sich in Psycho-Laboranalyse.

Ihre Traurigkeit setzte sich höchstwahrscheinlich aus unterschiedlichen Zutaten zusammen. Bestandsaufnahme in aller Ehrlichkeit. Nun, natürlich war die Liebschaft zwischen Paule und Edu ein Dauerbrenner, der ihr Brandblasen aufs Gemüt warf. Sie war damit noch nicht fertig. Sosehr sie es sein wollte. Dabei ging es längst nicht mehr nur um Paule und Edu. Noch nicht einmal um die damit verbundene Enttäuschung. Es ging um die Beziehungskiste. Sie wollte so etwas auch haben. Wollte geliebt werden und jemanden lieben. Dinge tun, über die andere den Kopf schüttelten. Sich wie siebzehn fühlen. Für verrückt erklärt werden und dafür Küsse ernten. Sie wollte finden oder gefunden werden. Das Suchen war sie leid. Und deswegen war sie auch unausgeglichener und längst nicht so cool, wie sie es gern gewesen wäre, was ihre E-Mail an die Produzentin betraf. (Die immer noch nicht geantwortet hatte.) Es wuchs eben keine Hornhaut für diese Sorte Schmerz. Zumindest nicht, ohne auch für andere Gefühle taub zu machen. Und das war sie nicht. Dass sie das Schnebelchen nicht so sehr vermisste, hieß nicht, dass sie dumpf geworden war. Es gab da etwas anderes, das viel schwerer wog als der unmittelbare Verlust. Das größer und mächtiger war. Und das war die ewige Angst vor dem Gevatter mit der Kutte und dem scharfen Arbeitswerkzeug. Der einem ohne Ankündigung Menschen nahm. Der auf der Bildfläche erschien, wann immer er es für angemessen hielt. So sehr der Tod zum Leben gehörte, so sehr hatte sie seine Existenz bisher erfolgreich aus ihrer Welt verdrängt. Gestorben werden durfte woanders, nur nicht in ihrem Leben. Die einzigen Tode, die in ihre Lebenszeit gefallen waren, waren die der echten Großeltern gewesen. Aber das war lange her, und sie erinnerte sich nur noch schemenhaft.

Durch Frau Schnebel war das Thema wieder verdächtig nah an sie herangerückt.

Zu guter Letzt bekam der spannungsgeladene und zugleich irgendwie entspannende Cocktail aus Tränen noch eine bittere Note: jene, die »zwischen den Jahren« entstehen konnte. Wenn alle Glücklichen dankbar zurück und erwartungsvoll nach vorn blicken. Und alle anderen sich wünschten, im nächsten Jahr um diese Zeit zu den Glücklichen zu zählen. Sie gehörte zu den anderen.

Maja hielt sich ihren kleinen Hasen vor das Gesicht.

»Nächstes Jahr sind *wir* beide dran, Fritz. Und nächstes Jahr beginnt ja zu unserem großen Glück schon morgen Nacht.«

Fritz machte seinem Ruf als höflicher und diskreter Hase alle Ehre. Er schwieg. Aber Maja meinte, kurz gesehen zu haben, wie ein kleines Lächeln über sein Gesicht huschte.

Lina strahlte über beide Bäckchen. Zum ersten Mal seit Schnebels Abgang. Maja war tief gerührt, als die Großmutter sie am Bühneneingang abholte. Wie niedlich ihre hutzelige Oma aussah. Und wie gut, dass die Enkelin es verstand, lange und ausgiebig zu quengeln. Auf diese Weise hatte sie verhindern können, dass Lina am 31. Dezember allein zu Hause hockte und Trübsal blies. So saß Lina also wie gewohnt bei der letzten Aufführung des Jahres in Reihe 1 und verfolgte die Geschicke ihrer Enkelin auf der Bühne. Ohne Schnebelchen zwar, aber mit frisch gedrehten Locken, etwas Rouge und Lippenstift und dem Besten, was der Kleiderschrank hergab. Sie trug das grüne Strickkleid, das sie gemeinsam bei ihrem jüngsten Streifzug durch Braunschweigs Einzelhandel erlegt hatten. Dazu die kostbaren Perlenohrringe und die Perlenkette. Gegen die Kälte hatte sie eine altbekannte bunte Mütze plus Schal angelegt. Maja schloss sie fest in die Arme und führte sie dann durch die Katakomben.

»Hat es dir gefallen, Lina?«

»Und wie! Du warst wunderbar, mein Kind. Wunderbar. Ich habe herzhaft gelacht. Tränen musste ich wegtupfen, so sehr. Vielen Dank noch mal. Aber ich muss jetzt wirklich nicht …«

»Papperlapapp, Lina. Bis Mitternacht ist es nicht mehr lang. Hier haben einige ihre Freunde mitgebracht. Komm, wir stoßen wenigstens gemeinsam an. Dann bring ich dich nach Hause. Ich kann ja wieder herkommen. Hm?«

Lina ließ sich leicht überzeugen. Sie gesellten sich zu Majas Kollegen in der Kantine. Mit Sektflöten in den Händen suchten sie ein ruhiges Plätzchen. Als Edu und Paule mitkriegten, dass Lina doch gekommen war, stürmten sie an den Tisch und begrüßten die alte Dame herzlich. Zwei weitere Schauspieler setzten sich nach Majas ermunternder Aufforderung dazu. Und auch Lina war anzusehen, dass sie froh war, die 257. Wiederholung von *Dinner for One* gegen diese erfrischende Alternative getauscht zu haben. Sie fühlte sich wohl inmitten der Künstlerschar. Ob es an der Gesellschaft lag oder am Sekt, Lina war in Plauderlaune. Sie blickte interessiert in die Runde.

»Wie stehen die Damen und Herren denn zu Vorsätzen? Immerhin seid ihr noch jung genug, euch nicht immer nur Gesundheit zu wünschen. Oder möglichst wenige Beerdigungsfeiern. Sondern auch sinnvolle Dinge.«

»Eine Hauptrolle!« Aus Paule war es zuerst herausgeplatzt. An der Art, wie sie unmittelbar nach ihren Worten in die Runde blickte, merkte Maja, dass es ihr unangenehm war. Sie geriet etwas ins Stammeln, als sie sich erklärte. »Ich meine, eine richtige Hauptrolle zu spielen … Also, ganz regulär, so besetzt zu werden. Ähm, das wäre schön. In Sachen Wertschätzung …«

Maja beugte sich ein wenig vor. Und ließ burschikos die Faust auf den Tisch donnern. »Absolut. Du hast es dir mehr als verdient, Paule. Auf die Hauptrolle!«

Maja erhob das Glas. Sie stießen an. Paule lachte erleichtert. Edu gab ihr einen Kuss auf die Stirn und fühlte sich ermutigt, von seinen Träumen zu erzählen. Die hatten immer mit Geld und Berühmtheit zu tun. Jedes Jahr. Denn es war nie genug.

Die anderen beiden Schauspieler schlugen in eine ähnliche Kerbe. Immerhin, der eine plante außerdem eine große Reise. Und versprach sich davon die nächste Stufe der Bewusstseinserweiterung. Paule empfahl an dieser Stelle Kiffen. Mit diesem Satz und dem darauf folgenden Gegacker am Tisch war dann auch der ernsthafte Teil der Diskussion beendet. Maja wandte sich Lina zu und flüsterte: »Was wünschst du dir denn, wenn du ganz ehrlich bist?«

Lina zögerte nicht lange. »Nur eines, Kind: Klarheit.«

»Klarheit?«

»Ja. Klarheit.«

»Muss ich das verstehen, Lina?«

»Wirst du. Eines Tages.«

Bevor Maja eine Chance hatte, noch weiter zu fragen, hörten sie, wie aus einer Ecke der Kantine rückwärts gezählt wurde und immer mehr Leute mit einstimmten. Sie dachte für eine Sekunde an Feuerstein und Zunder in ihrer Dusche. Zu gerne hätte sie damit hier Eindruck geschunden. Aber dafür wäre ja auch im nächsten Jahr noch Zeit. Und das wurde kurz darauf unter lautem Getöse begrüßt. Geschafft. Das Alte durfte ad acta gelegt werden. Maja atmete auf.

Eine Stunde später fand sie sich mit Lina auf dem Heimweg wieder. Die Oma war müde. Maja begleitete sie wie abgemacht nach Hause. Lina seufzte leise. »Er tut mir schon leid. Es wird ja von Jahr zu Jahr ausgeprägter. Es muss sehr anstrengend sein, er zu sein.«

»Du meinst Edu?«

»Diese Sucht. Dass ihn die eines Tages mal nicht kaputtmacht …«

»Weil er so viel trinkt?«

»Ach, damit ruiniert er sich den Körper. Aber mit der anderen Sucht ruiniert er sich seinen Kopf. Den kultivierten, geistreichen und eigentlich so fantasievollen Kopf. Diese Sucht nach immer mehr Spektakel für die eigene bescheidene Existenz. Immer mehr … Feuerwerk.«

Maja fühlte sich ertappt. »Wenn du das meinst, dann ist das Theater ein Unzufriedenheitsnest. Jeder will Jahr für Jahr immer höher, schneller, weiter … Dann sind wir alle ein bisschen süchtig.«

»Alle süchtig? Nein. Vielleicht einfach sehr schnell gelangweilt. Das scheint ein Phänomen der Generationen nach mir zu sein. Das nackte Leben? Das pralle Leben? Das pure Leben in all seinen Farben? Es scheint sie zu langweilen.« Sprachs und schüttelte zart den Kopf.

Lina nach Hause zu bringen hatte nicht lange gedauert. Als Maja zur Party zurückkehrte und sich zu den Kollegen in die Kantine gesellte, hatte sich dennoch einiges, nun, verändert. Als sie dessen gewahr wurde, war sie wirklich ein wenig gelangweilt von dem, was sie sah. Weil sie das alles schon so gut kannte. Paule blickte etwas glasig. Edu stand bereits leicht schief. An dieser Stelle gab es eigentlich nur zwei Möglichkeiten, um den Abend noch vergnüglich zu gestalten. Variante 1: mittrinken, und zwar fix. Um möglichst schnell einen ähnlichen Zustand wie die Kollegen zu erreichen, dort anzukommen, wo alle wieder dieselbe undeutliche Sprache sprachen. Diese ehrlich gesagt gar nicht mal so unangenehme Schieflage einzunehmen, in der man alle möglichen Kleinigkeiten irre lustig fand und sich selbst am allermeisten. In der keine Idee zu blöd war, um nicht doch noch so ausgeschmückt zu werden, dass sie verdächtig nah an den Nobelpreis heranrobbte. Dieses innere Gleichgewicht, das man spürte, je mehr das Äußere ins Wanken geriet. Bis hin zum Höhepunkt der Sauferei, an dem die Welt wahlweise die beste war, die wir je hatten, oder die Hölle.

Variante 2 war: Sie ging wieder. Und zwar sofort.

Sie entschied sich für die langweiligere Alternative und schlich unbemerkt nach Hause.

Es war noch dunkel draußen, als Maja durch das Telefon aus dem Schlaf gerissen wurde. Allein dass jemand auf dem für Familie, Freundinnen und Notfälle reservierten Festnetz anrief, alarmierte sie. Dennoch war sie noch nicht ganz bei Sinnen, als sie den Hörer abhob und sich den Schlaf von den Stimmbändern räusperte.

»Ja? Hallo?«

»Zentrale Kriminalinspektion Braunschweig, Dombrowski mein Name. Guten Morgen.« Am anderen Ende der Leitung sprach eine ältere, männliche Stimme. Tief, sonor, brummbärig. Und erstaunlich ruhig. Obwohl dem Anrufer sicher klar war, dass ein Telefonat um diese Uhrzeit eher ungewöhnlich war.

»Kriminalinspekt… Guten Morgen.«

»Und … ach ja … frohes neues Jahr, Frau … ähm … Pauly?«

»Ja. Frohes Neues … Darf ich fragen, was Sie um diese Uhrzeit …«

»Natürlich. Zunächst hätte ich allerdings eine Frage. Kennen Sie einen …« Es raschelte. Er schien sich noch einmal in seinen Unterlagen zu vergewissern. »… einen Eduard Zimmer?«

30

Adrenalin. Wenn es darauf ankommt, ist das Nebennierenmark ruck, zuck dabei, eine ordentliche Menge an Stresshormon zu produzieren und hektisch ins Blut zu kippen, auf dass es sich schneller im Organismus verteile als Giftmüll in der Ostsee. Das Herz beginnt zu rasen, die Atmung beschleunigt sich, der Blutdruck steigt, der eben noch rammdösige Mensch ist urplötzlich total auf Zack. Adrenalin ist quasi die Eiswasser-Dusche und die doppelte Ohrfeige der Natur. Dementsprechend fröstelte Maja, ihr Körper schüttelte sich. Gleichzeitig brannten ihr die Wangen. Keine Frage: Sie war hellwach. Gerade hatte sie bestätigt, dass Eduard Zimmer kein Unbekannter für sie war. Der Mann fuhr mit seiner merkwürdig gemütlichen, aber beharrlichen Befragung fort.

»In welchem Verhältnis stehen Sie zu ihm?«

»Edu? Verdammt, jetzt sagen Sie schon, was ist denn passiert?«

»Ihr Freund?«

»Ja. Also, nein. Ein Freund. *Ein* … Er ist mein … mein Kollege. Vom Theater. Geht es ihm gut?«

»Sagen wir so: Es ist nichts, was nicht wieder von allein wird. Könnten Sie ihn denn hier abholen? Friedrich-Voigtländer-Straße 41. Gegen zehn Uhr?«

Maja war pünktlich. Und ziemlich nervös. Sie stand vor dem beeindruckenden mehrstöckigen Gebäude und blickte besorgt auf den Eingang der Kriminalinspektion. Die Polizei wirkte einfach immer furchteinflößend auf sie. Wenn sie im Rückspiegel einen Streifenwagen erblickte, fühlte sie sich automatisch wie ein Schwerverbrecher auf der Flucht. So war es auch jetzt wieder. Und das, obwohl sie sich nichts hatte zuschulden kommen lassen. Sie war ja hier auch weder als Täterin geladen noch als Opfer oder auch nur Zeugin. Sie war nur der Abholservice. Zumindest, wenn sie das richtig verstanden hatte.

Sie betrat die Eingangshalle. Hinter dem massiven Empfangsblock, der ab der Hälfte bis zur Decke verglast war, saß eine ebenfalls noch etwas müde dreinblickende junge Frau. Als Maja sich auf die Brüstung des Tresens lehnte und durch die Sprechlöcher ihr Anliegen vortrug, sah sie gerade noch, wie die Rezeptionistin eine XL-Packung Kopfschmerztabletten und zwei Klatschmagazine unter einem Stapel Blanko-Formulare verschwinden ließ. Maja tippte auf leichten bis mittelschweren Kater und den Status Auszubildende im zweiten Lehrjahr. Die Party-Azubine wies ihr den Weg zur Anmeldung beziehungsweise Abholung. Maja klopfte an der Tür links neben dem Empfang und betrat, nachdem sie ein lautes »Herein« vernommen hatte, ein Großraumbüro mit schmucker Sitzgruppe direkt neben dem Eingang. Ein etwas untersetzter, älterer Beamter begrüßte sie mit Handschlag und einem Lächeln. Er bedeutete ihr, sich auf einem der Sessel niederzulassen, und breitete auf dem Tisch einige Unterlagen aus. An der brummigen, aber sehr angenehmen Stimme erkannte sie den Anrufer von heute früh wieder.

»Schön, dass das geklappt hat, Frau Pauly. Wenn ich Ihren Freund los bin, habe ich nämlich auch endlich Feierabend.«

»Ah ja. Aber, Herr Dombrowksi, Edu ist nicht mein …«

Das war dem Herrn Dombrowski egal. Er war gedanklich schon mit beiden Füßen in den Hausschuhen.

»Zahlen Sie bar oder mit Karte? An Feiertagen rechnen wir immer lieber direkt ab.«

»Ich verstehe nicht ganz. Hat er seine Zeche nicht bezahlt?«

»So in etwa. Nennen wir es nächtliche Vergnügungssteuer. Die Gewahrsamskosten.« Herr Dombrowski sah auf einen seiner Formularbögen und begann vorzulesen. »Wiederholtes Einschreiten bei Ruhestörung und Streitigkeiten. Je angefangener Stunde und pro Beamter 48 Euro. Transport mit einem Polizeifahrzeug pro halbe Stunde und Beamten 24 Euro. Blutabnahme und Untersuchung auf Haftfähigkeit durch medizinische Fachkraft. Aufenthalt in Ausnüchterungseinheit 90 Euro. Endreinigung und so weiter. Macht laut niedersächsischer Gebührenordnung, sehen Sie, hier unten steht der Gesamtbetrag: 189, 47 Euro.«

Maja wurde kurz anders. Die Geschichte, für die sie hier blechte, musste eine wirklich erstaunliche Pointe haben. Sie zückte ihre Bankkarte. Je schneller sie das alles hinter sich brachte, desto schneller würde sie dieses beklemmende Gebäude wieder verlassen dürfen. Mit Edu. Der ihr neben knapp zweihundert Euro auch eine sehr gründliche Erklärung schuldete. Sie wagte einen vorsichtigen Vorstoß. »Können Sie nicht wenigstens andeuten, was eigentlich passiert ist?«

»Nun, Ihr Freund …«

Maja biss sich auf die Zunge und vermied es tunlichst, mit einem weiteren Einspruch in der Causa »Ihr Freund« (»Er ist nicht *mein Freund*«) der frisch sprudelnden Informationsquelle das Wasser abzudrehen.

»… wird es Ihnen ja ohnehin früher oder später beichten. Die Details, an die er sich nicht mehr erinnern wird, stehen in den Unterlagen, die ich Ihnen mitgebe. Versiegelt. Rekonstruktion des Tathergangs und das ärztliche Gutachten.«

Maja schluckte beim Wort »Tathergang« und machte sich auf eine filmreife Story gefasst. Sie wurde nicht enttäuscht. So präzise wie nötig und so knapp wie möglich berichtete Herr Dombrowski von den Ereignissen. Was sie zu hören bekam, klang nach Italo-Western. Mitten in Braunschweig. Allerdings hatte Edu nicht wüst um sich geschossen, sondern einige Menschen mit einem riesigen Küchenmesser bedroht. Und der Saloon, in dem er die Abendkasse hatte stehlen wollen, war eines der neuen Restaurants in der Innenstadt gewesen. Edu musste den Moment abgepasst haben, in dem ein nächtlicher Geldtransporter mit den Einnahmen unterschiedlicher Dienstleistungskunden vor dem Lokal geparkt worden war. Er hatte versucht, während der Kassettenübergabe nicht nur das Geld aus der Gaststätte an sich zu reißen, sondern auch noch an die anderen eingelagerten Einnahmen zu kommen. So begriff Maja die Sachlage.

Edu musste betrunkener gewesen sein als ein Dutzend russischer Seemänner nach gelöschter Ladung. Selbst die Aussage, die er später nebenan auf dem Revier noch zu Protokoll gegeben hatte, war als solche nicht wirklich brauchbar.

»Kann ich ihn jetzt mitnehmen?«

»Damit machen Sie mir die allergrößte Freude, Frau Pauly.«

Eine Viertelstunde später stand Maja nicht weit von der Kriminalinspektion Braunschweig entfernt und wartete auf den Bus. Der Mann an ihrer Seite roch immer noch stark nach alkoholhaltigen Getränken. Er sah schweigend zu Boden und machte den Eindruck, als gäbe es niemanden auf der Welt, der sich in diesem Augenblick so sehr schämte wie er. Sie streichelte zaghaft über seinen Arm und fragte nur: »Zu Paule oder zu dir?«

Edu flüsterte die Antwort. »Wer war noch mal Paule?«

Paule war die, die in den kommenden Tagen einen deutlichen Graben zwischen sich und Maja zog. Zu Worten der Dankbarkeit hatte sie sich nicht überwinden können. Dazu war vermutlich die Verletzung zu groß, dass ihr eigener Freund in seiner schwächsten Stunde, im Moment seiner bislang größten Niederlage nicht sie, sondern die andere als Vertrauensperson Nummer eins benannt hatte. Maja nahm es hin. Was blieb ihr auch anderes übrig? Ihr Vorrat an Verwünschungen, missgünstigen Blicken und beleidigten Übersprungshandlungen war schon vor einiger Zeit aufgebraucht worden. Die Kammer war leer. Und da sie durch nichts und niemanden aufgefüllt wurde, blieb nur Schulterzucken.

Schulterzuckend saß auch Edu vor ihr. Und seufzte zum wiederholten Mal. Mehr als eine Woche lang war er um Maja herumgeschlichen, und sie hatte es sehr wohl registriert, aber anders als sonst keine Anstalten gemacht, ihm in vorauseilendem, weiblich-verständigem Gehorsam einen Schritt entgegenzugehen.

Am Freitagnachmittag bekam er seine Chance. Neun Tage nach der Nacht in der Zelle saß er mit Maja in einem hübschen, alten Kaffeehaus gegenüber dem Theater und bestellte sich den dritten Espresso. Mit zuckenden Schultern.

»Weißt du, Maja, ich könnte dir jetzt was von Midlife-Crisis vorheulen. Von entsetzlichen Erkenntnissen erzählen, die mich neulich morgens eiskalt und unvorbereitet erwischt haben. Überfall aus dem Hinterhalt sozusagen. Aber ich fürchte, ich bin nicht in der Position, Witze über Überfälle zu machen.«

»Entsetzliche Erkenntnisse?«

»Genau. Dass auch mir schlagartig bewusst wird, dass sich bestimmte Uhren nicht mehr zurückdrehen lassen. Alles noch mal von vorne? Geht nicht mehr. Die Welt steht mir offen? Bullshit. Die Welt ist zu. Zumindest die meisten Türen.«

»Komm schon, Edu. Reiß dich zusammen. Jeder weiß das. Und deswegen ist jammern verboten. So ist das eben auf der anderen Seite der Zwanziger.«

»Aber im Kopf. Im Kopf war ich doch die ganze Zeit zwanzig. Meinetwegen auch dreißig. Was wie zwanzig ist, nur mit Geld. So bleibt es eben leider nicht. Im Gegenteil: Das Entsetzen breitet sich aus. In allen Kapiteln.«

»Nämlich?«

»Dass die fünf Zentimeter dicke Hautschicht rund um meinen versinkenden Bauchnabel absolut keine Verbindung mehr zur Bauchmuskulatur hat. Dass Geheimratsecken nichts zum Drin-Essen sind. Dass dafür Haare aus meinen Ohren kommen. Dass ich Miete zahle, statt welche einzusammeln. Dass ich mir nach zweihundert Metern Jogging den Knöchel verstauche und der sechs Wochen statt sechs Tage zum Heilen braucht. Dass mein Arsch nicht mehr nur die Falte in der Mitte hat. Dass ich immer noch nicht in Australien war. Und dass ich eben doch gern einen Pimmel-Porsche hätte.«

»Pimmel-Porsche?!«

»Einen Carrera GT, der mir meinen mittelgroßen Schwanz verlängert. Kann ich mir aber nicht leisten. So eine Scheiße.«

»Mein Mitleid ist auch nur mittelgroß.«

»Auch so was wie Familie. Ich könnte heute die perfekte Frau treffen und ein perfektes Kind zeugen. Wenn der Nachwuchs im perfekten Alter wäre, um tolle Vater-Kind-Sachen zu machen, wäre ich schon ein beschissen alter Sack. Irgendwie habe ich alles falsch gemacht. Die Gründe reichen für hundert Krisen. Das alles ist zwar nicht der Auslöser gewesen für die schwachsinnige Neujahrsaktion, trotzdem stecke ich ehrlicherweise wirklich mittendrin. Seit Jahren schon. Und ich weiß das auch.«

»Und das äußert sich *nicht* in übrigens *katastrophal* schwachsinnigen Neujahrsaktionen?«

»Nein. Meine Krise liegt neben der Wahrheit. Im Rotweinbad. Ich sauf mir die Grübelei glücklich und schön. Und meine Freundin auch.«

Maja senkte die Augen und rührte etwas verkrampft in ihrer Tasse. Jetzt lieber nicht nach oben sehen. Der Moment war zu heikel. Hatte Edu gerade auf seine Beziehung zu Paule angespielt? Wollte er damit sagen, dass die große Liebe nicht mehr als eine theatralische Inszenierung war? Konnte sein. Konnte sich aber genauso gut um im Affekt dahingesagten Quatsch handeln, der auf überflüssigem Selbstmitleid wuchs, oder um das berühmte eine Wort zu viel, dass man am Tag darauf schon bereute wie ein Glas Wein zu viel. Oder gleich mehrere.

»Maja, ich war nicht ein bisschen blau. Ich war sturzbetrunken. Hackedicht. Lattenstramm. Und weil ich ein geübter Trinker bin, habe ich ganz schön was intus gehabt, bevor zum Hirnriss auch noch der Filmriss kam.«

»Aber das allein kann es doch nicht gewesen sein, Edu. Dolle betrunken waren wir alle viel zu oft. Ohne mittelschwere kriminelle Aktivität. Du bist doch nicht einfach losgestiefelt und hast dir gedacht: Ich nehm jetzt den Drei-Uhr-Transporter aus.«

Edu rieb sich mit beiden Händen über das Gesicht und strich Haarsträhnen aus der Stirn. Ihm war sichtlich unwohl. »Ich habe mit Gandalf gewettet. Wir haben über die Sache mit der mehrstündigen Amnestie nach Theaterstücken gesprochen. Erstens hat er mir mal wieder nicht geglaubt. Und zweitens hat er gesagt, selbst wenn dem so wäre, hätte ich nicht die Eier, es zu versuchen …«

Maja musste beinahe schon wieder lachen und versuchte den Spott in ihren Worten zu unterdrücken. »Und wenn ihn einer bei den Klöten packt, dann rennt der Bulle drauflos. Im Zweifel, bis die Bullen kommen. Edu, Edu …« Maja sah ihn an. Und konnte ihm nicht so böse sein, wie sie es gern gewesen wäre.

»Ach, und …« Edu fischte nach einem Schreiben, dass den Briefkopf einer Anwaltskanzlei trug. »… zu allem Überfluss werde ich jetzt auch noch verklagt.«

»Oha. Was droht dir schlimmstenfalls?«

»Leider Knast.«

»Was, echt? Zeig mal …«

Maja überflog den Brief. An einer Stelle blieben ihre Augen haften. Sie riss den Mund auf und bekam ein heißes Gesicht. Sie fixierte Edu mit aufgeregtem Blick.

»Darf ich den ein paar Tage behalten?«

Noch am selben Abend berief Maja eine außerplanmäßige Telefonkonferenz mit ihrem Lieblings-Supervisor ein. Sie brauchte Rat von jemandem, der ihr nah war, aber genug Abstand zu den Brandherden ihres Lebens hatte. Und zu Braunschweig. Eine versierte Zweitmeinung, Symptom-Analyse und Diagnose. In Sachen Edu. In Sachen Paule. In Sachen Krise. Also in allen Dingen, die über die Kraft verfügten, sie in eine rabenschwarze Phase zu stürzen. Zum Glück war die mittlerweile kugelrunde Greta zu Hause und in der richtigen Stimmung. Maja redete fast zwanzig Minuten lang ohne Unterbrechung. Über Edu und seinen essigsauren ersten Tag des Jahres. Über die Sorgen, die sie sich um ihn machte. Über die Frage, ob sie sich diese Sorgen nur machte, um überhaupt an ihn denken zu dürfen. Sie sprach über Paule, die plötzlich so ziegenhaft wurde. Sie mutmaßte vor Greta, dass der Meteorit der Midlife-Crisis, der normalerweise eher bei den Männern einschlug, möglicherweise auch auf ihrem Planeten gelandet war. Dass dieser Einschlag vielleicht immer noch die Oberfläche erschütterte. Und deswegen alles an ihr zitterte. Gretas Einwand, dass man dafür ja wenigstens schon einmal ungefähr in der Mitte des Lebens angekommen sein müsste, ließ Maja links liegen. Dann sei sie, Maja, eben früher als andere auf Talfahrt. Oder sogar schon in der Talsohle des »U« angekommen, das angeblich das Glücksempfinden der Menschen im Laufe ihres Lebens beschrieb. Oben, unten, oben. Und wenn sie es nicht weit über die siebzig hinausschaffte, was einem ja nun weiß Gott keiner versprechen könne, außer eben Gott, dann wäre jetzt ohnehin Halbzeit. Da grätschte Greta dazwischen.

»Halbzeit? Meinetwegen. Aber auch Halbzeitpause? Wenn ja, dann hätte ich da noch ein paar Nachfragen.«

»Schieß los.«

Maja knuddelte sich ein Kissen in den Nacken und streckte die Beine auf dem Sofa aus. Sie griff in die Gummibärchentüte, ohne hinzusehen.

»Sagt die Wissenschaft denn auch was darüber, dass man das »U« austricksen kann?«

»Weiß nicht. Meinst du, man kann?«

»Ich behaupte, ja. Die Antwort ist so alt wie wahr. Sie heißt: Stellungswechsel.«

Maja lachte auf und verschluckte sich fast am Süßzeug.

»Ach, meine Maja … nicht so. Nenn es neuen Blickwinkel. Die Linse auf etwas anderes scharf stellen. Eigentlich ganz einfach. Man muss sich nur im Verhältnis sehen. Nicht immer diesen Ego-Kreisel drehen. Das Verhältnis macht die Zufriedenheit. Und da besonders das Verhältnis zu denen mit den schwereren Paketen. Nicht zu denen mit den vermeintlich leichteren. Klug relativieren, verstehst du? So wird Schlimmes weniger schlimm und Gutes manchmal noch besser. Echt wahr.«

»Wow, Greta. Das ist eine Lebensaufgabe.«

»Eine von vielen. Ich fange in vier Wochen schon mal mit meiner neuen an. Ich werde Mutter. Und es wird okay sein. Und sollte es nicht nur okay, sondern sensationell und super werden, weiß ich, dass Hormone echt was auf dem Kasten haben.«

Greta lachte auf, und Maja stimmte ein. Die Leichtigkeit der Freundin hatte etwas Ansteckendes. Es lohnte sich oft, Gretas Beispiel zu folgen, aber heute besonders.

31

Katermonat. Der Januar tat weh. War der erst einmal geschafft, konnte Maja an das schwierigste Zwölftel des Jahres bereits ein erleichtertes Häkchen machen. Der Januar hatte in Majas Welt seit je ein Begleitgefühl von Migräne. Nicht nur wegen Edu. Nicht nur am ersten Tag des Jahres. Und nicht nur zu diesem Zeitpunkt ihres Lebens. Sondern irgendwie schon immer. Schmerzhafter Nachhall und schreckhaftes Erwachen nach einem golden glitzernden Dezember, war der Januar nicht selten ein einziger Schmuddel.

Der heutige Montag jedenfalls war ein Chef-Schmuddler. Nichts für ohnehin sensible Gemüter. Nach dem Ende des Januars ging es deutlich aufwärts. Der Februar konnte meist schon ein bisschen was. Mit ein wenig Glück hatte er bereits einige so vielversprechende Tage im Ärmel, dass die von Winterdepression gebeutelten Wesen einen Hauch Frühling ahnten. An dieser Hoffnung auf die Rückkehr der warmen und lichten Momente hielt man sich so lange fest, bis ein beflissener März oder spätestens das meteorologische Überraschungsei April das Sehnen erfüllten.

Schaffen würde sie den Januar. Es waren ja nur noch elf Tage.

Aber um ihn auch korrekt abheften zu dürfen, fehlte ihr noch ein neues Projekt. Das hatte sie etwas schleifen lassen. Wobei sie in diesem Monat schon eine Mission außer Konkurrenz erledigt hatte: Edu auf dem Weg der Läuterung zu begleiten. Dafür konnte sie sich auf die Schulter klopfen, nur den eigenen Weg durfte sie nicht aus den Augen verlieren.

Es trennten sie nur noch drei neue Missionen – und, ja, einmal anonymer Sex – von der Vollendung des Lebensjahres mit der Qualzahl. Das Jahr ihrer Chronik, das als »Maja, Klammer auf 35 Klammer zu« eingehen würde. Sie nahm sich vor, dass es drei besonders denkwürdige Missionen werden sollten. Es lag ganz allein an ihr. Denn dass Edu sich nicht mehr trauen würde, sie mit seinen schlüpfrigen oder provokanten Vorschlägen zu überrumpeln, davon konnte sie mit an Sicherheit grenzender Wahrscheinlichkeit ausgehen. Also durfte sie wieder selbst kreativ werden.

Während sie über weitere Projektideen nachdachte, verließ sie die Wohnung und stieg die Treppenstufen in ihrem Wohnhaus hinab. Nur noch drei, nur noch drei. Die Gedanken hüpften. Greta hatte auch nur noch drei vor sich. In drei Wochen würde das Baby kommen, wenn es sich an den Termin hielt. Theoretisch könnte es sogar jeden Augenblick so weit sein. Unglaublich. Das würde jetzt so schnell gehen. In ungefähr drei Wochen würde bei Greta alles anders. Das Baby würde aus ihrem Bauch aus- und in ihrem Leben einziehen. Ein neuer WG-Bewohner. Bleiberecht für immer. Verrückt.

Im unteren Hausflur angekommen, steuerte Maja die Briefkästen an. Mit dem blinden Griff der Routine fing sie den Stapel Lieferservice-Flyer auf, der ihr entgegenfiel. Sie machte eine Notiz in ihrem Kopf: Fabio kontaktieren. Dringend. Sie musste ihn unbedingt davon abhalten, in die Flyer-Industrie zu investieren. Stattdessen lieber gut kochen und auf Mundpropaganda zählen.

Während sie noch darüber sinnierte, entdeckte sie zwischen Asia-Express und Tex-Mex-Imbiss Desperado einen alten Bekannten. Sie hatte nicht damit gerechnet, im Gegenteil, und war dementsprechend ehrlich erstaunt. Denn da war er wieder. Der weiße Umschlag. Der Kollege hatte Mumm, das musste man ihm lassen.

Sie riss den Umschlag auf und entfaltete das Papier, das auf vertraute Art und Weise beschriftet war. Sie las. Sie stockte. Sie wunderte sich. Sieh einer an. Also doch nicht Edu. Sondern: Greta? Aber das spielte jetzt keine Rolle mehr. Diese Mission würde ihr ein unvergessliches Erlebnis bescheren, aber ihr auch alles abverlangen, das stand fest. Und fest stand auch, dass sie ihr Bestes geben würde. Wann, wenn nicht jetzt?

Lina hatte Apfelkuchen gebacken. Einen herrlich süß duftenden Sonntagnachmittag-Großmutter-Apfelkuchen. Nicht den aus der Tiefkühltruhe aufgewärmten. Nein, durch und durch selbstgemacht. Mit Apfelschnitzchen, die ein Muster bildeten, Mürbeteig, Vanillecreme und gerösteten Mandelstückchen obendrauf. Hach. Auch eine hervorragende Möglichkeit, den Katermonat ausklingen zu lassen: mit einer großzügigen Portion Zuckerzeug, bedeckt von Alibi-Obst. Maja machte lauter genießerische »Mmmhhhs«, als sie durch Linas Wohnung lief und der Oma das Tischdecken und Servieren abnahm. Lina ließ sich auf den Stuhl plumpsen.

»Deswegen backe ich für dich so gern. Damit ich dich summen höre.«

»Und ich hatte mich schon gewundert. Zu meinem bösen, bösen Geburtstag im vergangenen Jahr …«

»Deinem zarten fünf-und-drei-ßigs-ten, mein Kind?« Lina betonte jede Silbe der fiesen Zahl und kicherte vor Vergnügen, weil sie wusste, dass Maja jetzt schnaufen würde. Maja tat ihr den Gefallen.

»Ja-ha. Genau. Weißt du noch? Da hatten wir Tiefkühltorte. Weil du den nächsten Termin für selbstgemachten Apfelkuchen auf meinen Fünfzigsten gelegt hast. Du bist dann hundert und damit doppelt so alt … Weißt du noch?«

Lina lachte wieder. »Termine, Termine. Senioren und Urlauber haben am wenigsten Zeit. So ist es doch, nicht?«

Maja und Lina saßen bei Kerzenschein und klassischer Musik an dem kleinen Tisch im Wohnzimmer, an dem sie sonst gern und viel Karten gespielt hatten. Jetzt aßen sie den Kuchen und tranken Instant-Kaffee. Maja vermied es ganz bewusst, sich bei Lina danach zu erkundigen, wie sie ohne das Schnebelchen zurechtkam. Sie hatte den Eindruck, dass ihre Oma das Alleinsein tapfer aushielt. Und für den Fall, dass der Schorf über dieser Wunde noch zu frisch war, wollte sie ihn nicht durch unvorsichtiges Fragen gleich wieder abknibbeln. Stattdessen berichtete sie lieber von ihrer neuesten Aufgabe, weil sie sicher war, dass auch Lina diese Mission aufregend finden würde. Und weil es eine Herausforderung war, die trübe Gedanken vertrieb. Dafür war im Kopf kein Platz mehr, wenn man sich intensiv mit dem Auftrag beschäftigte.

Und tatsächlich. Lina hörte aufmerksam zu und musterte die Enkelin genau. Dann klatschte sie fröhlich in die Hände. Bat darum, unbedingt auf dem Laufenden gehalten zu werden, und konnte es offenbar kaum erwarten, dass Maja zur Tat würde schreiten können. Doch zuerst einmal musste Maja ins Theater schreiten. Die Abendvorstellung rief. Sie verabschiedete sich mit Umarmung und Kuss von der Oma und trat hinaus in den Flur. Hinter ihr schloss sich die Tür. Maja verharrte einen Augenblick auf der Etage. Irgendetwas war heute anders gewesen als sonst. Sie kam nur nicht darauf, was. Sie wurde dadurch aus ihren Gedanken gerissen, dass Lina drinnen das alte Radio laut aufdrehte. Maja sah wieder zur hölzernen Eingangstür und strich mit dem Zeigefinger ein wenig wehmütig über das Messingschild mit der Aufschrift *Abendstern/Schnebel*. Sollte sie das Radio doch laut laufen lassen. Immerhin war das ein guter Stille-Killer.

Die Funkstille zwischen Paule und ihr allerdings ging Maja ganz schön gegen den Strich. Wobei es nach wie vor Paule war, die die beleidigte Leberwurst spielte. Und Maja sah keinen Anlass, den ersten Schritt zu tun. Hüben wie drüben also eine alberne Angelegenheit. Vor allem, wenn man bedachte, dass es sich bei den beiden nicht um dreizehnjährige Justin-Bieber-Fans handelte, die um einen Platz in der ersten Reihe stritten. Hier standen sich zwei Frauen Mitte dreißig gegenüber.

Nach dem Sonntagskränzchen bei Lina war Maja endlich weich geworden. Sie hatte einen nächtlichen Entschluss gefasst. Es gab eigentlich keinen Grund für Schmollerei, dafür aber einen wichtigen, um sie zu beenden. Den spielfreien Montag hatte Maja noch genutzt, um eine gute Vorgehensweise zu überlegen. Eine durch und durch »erwachsene«. Am Dienstagvormittag hatte sie dann eine Audienz bei Intendantin und Regisseurin, um zu erklären, was bei Paule und ihr Sache war. Und auch, dass sie einen Plan habe, der bitte abgesegnet werden solle. Sie bekam ein unkompliziertes, doppeltes Okay. Am Abend nach der Vorstellung war es dann so weit. Kantinenstunde. Paule saß mit ihren beiden engsten Gefährten, Edu und Cabernet Sauvignon, an einem kleinen Ecktischchen. Maja nahm Anlauf und sprang. Und allzu groß war der eigene Schatten gar nicht, den sie überwinden musste. Eigentlich bestand er nur aus zwei Worten. »Hallo, Paule!«

Paule blickte nicht unfreundlich, als sie den dritten Stuhl zurückzog. »Maja! Willst du dich setzen?«

»Gern. Edu, willst du auch bleiben?«

Edu zögerte kurz und – sieh einer an – entschied sich dann richtig. »Ich lass euch mal ein paar Minuten, was?«

»Danke.« Maja lächelte und wartete dann, bis er sich entfernt hatte. »Paule, was für ein Problem haben wir?«

Paule sah ihr fest in die Augen. Fest, aber warm. Einem plötzlichen Impuls folgend, schloss sie Maja in die Arme. Die Umarmung tat gut. Heimkehr der Herzen. Allerdings spürte Maja, wie sehr das von Paule raste.

»Nein, Maja, Liebes. *Wir* haben kein Problem … Danke.«

Paule hielt sie fest. Und zitterte. Maja streichelte ihr vorsichtig den Rücken. Jetzt kam der schwierigere Part. »Und … hast *du* dann ein Problem?«

Paule schwieg. Jetzt war es Maja, die die Umarmung fest beibehielt. Die Freundin sollte spüren, dass sie da war. Dass sie nicht losließ. Nicht jetzt. Und vielleicht war es auch besser, dass Paule ihr nicht in die Augen sehen musste, während sie an einer Antwort herumüberlegte, die Maja längst kannte. Edu hatte ihr die Bestätigung geliefert, die sie eigentlich auch schon nicht mehr gebraucht hatte. Es war zu offensichtlich geworden in den vergangenen Monaten. Edus unbeabsichtigter Schlüsselsatz fiel bei ihrem Nachgespräch zum verunglückten Neujahrstag. *»Ich sauf mir die Grübelei glücklich und schön. Und meine Freundin auch.«*

Erst hatte Maja seine Worte falsch gedeutet. Es war eben nicht, wie zunächst angenommen, Paule, die er sich in Form saufen musste. Das meinte er nicht. Was er sagen wollte, war, dass Paule es seinem unrühmlichen Beispiel gleichtat und selbst viel zu oft viel zu viel trank. Maja schielte, ohne sich zu bewegen, auf die beiden Rotweingläser, die auf dem Tisch standen. Paule löste sich zaghaft aus der Umarmung. Ihr Gesicht glänzte von frischen Tränen. Sie ließ sich in den Stuhl sinken und blickte stumm zur Decke. Dann nickte sie kaum merklich. Maja holte tief Luft. »Magst du meine Hauptrolle haben?«

Paule drehte ihr ruckartig den Kopf zu und sah sie so verstört an, als hätte Maja ihr gerade ein Ticket zum Mond geschenkt.

»Die Kommandantinnen wissen Bescheid und sind einverstanden.«

Paule fand ihre Sprache wieder. »Die Rolle ist sensationell. Du spielst sie wundervoll, Maja. Das macht doch keinen Sinn.«

»Doch. Zwei Gründe. Ich muss für ein paar Tage weg. Das geht in der Nebenrolle einfacher. Da sind wir immer doppelt und dreifach besetzt. Und außerdem …« Maja schielte wieder, diesmal offensichtlich.

Paule verstand und schob das Glas ein paar Zentimeter weiter von sich weg. »Mehr Text, mehr Verantwortung, weniger Vino Tinto. Ist das die Idee?«

Maja sah sie nur schweigend an. Auch Paule schwieg lange und strich mit den Fingern imaginäre Krümel auf dem Tisch zusammen. Dann richtete sie sich auf und zeigte sogar ein kleines Lächeln.

»Eine gute Idee für ein Leben nach dem – wie sagst du immer? – Katermonat. Für *mein* Leben. Eine sehr gute Idee.«

Und so geschah etwas, was Generationen von Theaterensembles nicht für möglich gehalten hätten: Der Rotwein-Umsatz in der Kantine sank. Verantwortlich dafür waren vor allem drei Personen, die heimlich, still und leise von sehr guten Kunden zu Tröpfchenkonsumenten wurden. Paule hielt sich ziemlich stark zurück. Edu wiederum hatte Paule zu seinem Aufpasser erkoren. Sie sollte ihm unmissverständliche Zeichen geben, wenn er wieder einmal im Begriff war, die nächste Karaffe zu ordern, bevor die alte halb leer war. Und Maja hatte sich absolute Enthaltsamkeit verordnet, um zu jeder Tages- und Nachtzeit für ihre nächste Mission einsatzbereit zu sein. Es konnte ja jetzt jeden Augenblick losgehen. Und sie hätte es sich niemals verziehen, in dem großen Moment nicht an Gretas Seite stehen zu können, nur weil sie einen sitzen gehabt hatte.

Die Vereinbarung mit Gretas Freund Nick lautete, dass er Maja Bescheid geben möge, sobald er glaubte, dass es begann. Lieber einmal Fehlalarm oder Frühstart, als zu spät zu erscheinen. Wobei sich das Baby, und das stand jetzt bereits fest, für ein späteres Erscheinen entschieden hatte. Der errechnete Termin, nämlich der 11. Februar, war bereits ereignislos verstrichen. Was zur Folge hatte, dass Maja seit zwei Tagen mit wachsender Nervosität ungefähr achthundertmal am Tag auf ihr Handy starrte. Dass sie noch häufiger als sonst überprüfte, ob der Akku geladen war. Sie hatte sogar für den ungünstigsten aller Fälle einen ausgeklügelten Notfallplan entwickelt: falls die Nachricht vom Startschuss sie nämlich während einer Vorstellung erreichte. Sie würde die Pause nutzen, um ihre Zweitbesetzung zu aktivieren, die bis zu dem Zeitpunkt in einer anderen Funktion auf der Bühne agiert hatte. Mit einem kleinen Darstellerumbau und Komparsen-in-andere-Kostüme-Stecken ließ sich das Ensemble so neu aufstellen, dass ohne Maja weitergespielt werden konnte.

Doch zu dieser Atemlos-Variante kam es nicht. In der frühen Nacht von Samstag auf Sonntag, vier Tage nach dem erwarteten Geburtstermin, wurde Maja von Nicks SMS geweckt. Keine dreieinhalb Stunden später klopfte sie an die Zimmertür mit der Nummer, die ihr Nick durchgegeben hatte. Als niemand antwortete, legte Maja das Ohr an die Tür. Sie hörte Gretas Stimme aus dem kleinen Kreißsaal. Sie klang, nun ja, etwas angespannt.

»Du hast das da *rein*gemacht, Nick. Jetzt hilf auch, es da *raus*zuholen! Aaaaah!«

Nach einem weiteren, etwas lauteren Klopfen trat sie vorsichtig ein. Nick explodierte fast vor Freude, als er sie sah. Er wirkte … erleichtert. Greta sah sie kurz erstaunt an. »Maja? Maja! Dich schickt der Himmel. Aaaaaaaah!«

Die nächste Wehe forderte Gretas ganze Kraft. Maja ging auf die beiden zu, zuckte entschuldigend mit den Schultern und strich Nick fast tröstend über den Arm. »Ach, Gretchen. Das ist weit mehr als ein Liebesdienst. Aber das weißt du ja. Also, was soll ich tun?«

In der nächsten, kurzen Wehenpause gab Greta in Maschinengewehrmanier ziemlich knackig Anweisungen, was zu tun (massieren und ruhig mitatmen) und vor allem was bitte schön zu unterlassen sei (Panik verbreiten). Greta warf Nick einen zornigen Blick zu. Maja wusch sich die Hände mit Desinfektionsmittel. Man konnte ja nie wissen, was noch kam. Dann krempelte sie die Ärmel hoch, griff nach dem Öl auf der Fensterbank und kümmerte sich um Gretas Rücken. Gleichzeitig bat sie Nick, doch nachzusehen, ob der Kiosk vor dem Krankenhaus schon geöffnet hatte. Und ob es bereits Kaffee gab. Er solle sich ruhig Zeit lassen. Auch die Hebamme war mittlerweile wieder im Raum und sprach Greta gut zu. Und Maja? War einfach da. Was hatte sie sich Sorgen gemacht. Die ganze Fahrt über war sie alle möglichen Szenarien durchgegangen und hatte sich präzise ausgemalt, wie sie möglichst hilfreich reagieren könnte. Davon war nichts mehr übrig. Sie dachte keine Sekunde mehr darüber nach, was zu tun sei. Sie handelte einfach nach Gefühl, hörte ihrer Freundin zu, streichelte sie, legte von hinten die Arme um sie und flüsterte ihr Durchhalteparolen ins Ohr. Irgendwann rief die Hebamme erfreut, dass das Köpfchen zu sehen sei, und winkte Maja heran. Maja wechselte mit leicht flauem Gefühl im Bauch ihren Standort. Aber als sie den kleinen Kopf mit dem schwarzen, dichten Haar entdeckte, wurde auch sie von einer unbeschreiblichen Welle des Glücks erfasst.

»Endspurt, mein Gretchen, Endspurt! Das wird Germany's next Hair-Model!«

Als drei Wehen später ein atemloser Nick mit Kaffee in der Tür stand, übergab die Hebamme der erschöpften Greta gerade ein in Mulltücher gewickeltes kleines Bündel Mensch mit schwarzen Löckchen. Ein kleines Menschlein, an dem alles dran war. Augen, Nase, ein Mund, der vor sich hin schmatzte, winzige Hände und Füße. Das kleine Mädchen reckte sich und gurrte leise vor sich hin. Ein atmendes, glucksendes, kleines Wunder. Im Raum war es mucksmäuschenstill. Ein paar Minuten lang drehte sich die Welt ganz, ganz langsam.

Maja kullerten Tränen aus den Augen. Gleichzeitig trug sie ein Lächeln auf den Lippen, das ihr Gänsehaut bereitete. Greta schmunzelte zart. Für mehr hatte sie keine Energie. Sie atmete einfach tief und zufrieden. Maja stellte fest, dass Greta nur noch ihr zauberhaftes Baby wahrnahm. Und das war der schönste Anblick. Nick trat, immer noch überwältigt von dem, was sich da vor seinen Augen abgespielt hatte, vorsichtig an das Bett heran. Er stellte endlich den Kaffee ab. Nach einer kleinen Weile fragte er vorsichtig, ob er seine Tochter auch einmal halten dürfte. Greta zog ihn zu einem Kuss zu sich heran und flüsterte ihm irgendetwas ins Ohr. Es waren keine Beschimpfungen, das war offensichtlich. Dann übergab sie die gemeinsame Tochter. Greta griff nach Majas Fingern und drückte ihr einen Schmatz auf den Handrücken.

»Danke, Maja. Danke.« Sie deutete auf Nick, der ganz versunken und zärtlich mit seinem kleinen Mädchen schmuste. »… diese Mission haben wir erfolgreich abgeschlossen, was?«

»Du hast sie abgeschlossen, Greta, du allein.«

Greta atmete noch einmal tief ein und aus. »Da hält er unseren Heiligen Gral im Arm. Dabei fängt das eigentliche Abenteuer angeblich jetzt erst an …«

Maja beugte sich zu ihr und flüsterte. »Und, Indiana? Angst?«

»Weiß nicht. Aber was ich weiß, Maja: Ich hab große Lust darauf. Ganz, ganz große.«

Als Maja abends auf der Ausziehcouch ihrer Kölner Freunde lag und sich um Schlaf bemühte, ließ sie noch einmal die vergangenen zwanzig Stunden an sich vorbeiziehen. Überwältigend. Einfach überwältigend. Das war alles, was ihr dazu einfiel. Sie war Zeugin geworden, wie ein monatelang in ihrer Freundin gewachsenes neues Leben auf diese Welt geschlüpft war. Sie hatte Greta begleiten dürfen. Was für ein Geschenk. Die Mission »Eine Geburt erleben« würde zu Hause ihr rechtmäßiges Häkchen bekommen. Aber vor allem war etwas mit ihr passiert. Der Gedanke war plötzlich greifbar. Sie konnte es sich zum ersten Mal vorstellen. Zum allerersten Mal in ihrem Leben. Sie würde dieser Mission gern eines Tages einen zweiten Versuch widmen wollen. Natürlich optimalerweise mit dem richtigen Kerl an ihrer Seite. Und dann nicht mehr nur als Statistin, sondern in der Hauptrolle.

32

Stilldemenz. Das sei das nächste Handicap, mit dem sie zu tun haben würde. Ohne Witz. Die Kleinen saugten einem den kostbaren IQ bis zur dritten Dezimalstelle hinter dem Komma weg. Greta lächelte und legte die kleine Leni an ihre Brust, die sofort zufrieden andockte und mit dem Losschnuckeln begann. Maja bemerkte die Selbstverständlichkeit, mit der sich ihre Freundin bereits an Tag drei in die neue Situation eingefunden hatte. Und freute sich. Greta strahlte ihr Kind an und blickte dann wieder zufrieden zu Maja.

»Ist wirklich wahr. Schwangeren-Alzheimer. Stilldemenz. Ein Baby macht glücklich. Aber blöd. Erst dick und blöd. Dann dünn und blöd. Ich hoffe, du hast dich ausreichend von meinem klugen, weisen Ich der Vergangenheit verabschiedet, Maja.«

»Natürlich nicht. Ich rechne stark mit seiner Rückkehr. Apropos: Ich muss leider los. Heute Nachmittag noch kurz bei Lina vorbei und abends ins Theater. Kommst du zurecht?«

Greta reckte lächelnd den rechten Daumen in die Höhe. Einen Daumen, um den sich Lenis winzige Finger geschlungen hatten. Maja verabschiedete sich mit Umarmung und Küssen und noch einmal wässrigen Augen und machte sich auf den Weg nach Braunschweig. Ihre Begleiter waren die Bilder, Eindrücke und Gedanken der vergangenen Tage. Sie spürte, dass sie noch den einen oder anderen Traum darauf verwenden müsste, das alles zu sortieren. Klar war nur: Von der Angst, die sie vorher gehabt hatte, war nichts übrig geblieben. Stattdessen hatte das Erlebnis einen ähnlich selig stimmenden Effekt, wie ihn Frischverliebte kennen. Maja grinste. Nicht einmal der kalte Windzug, der ihr wisperte, dass sie so etwas womöglich nie selbst am eigenen Leib erfahren würde, konnte ihr die Wärme aus der Seele vertreiben. Sie drehte ihr Gebläse im Auto auf volle Pulle und ließ das frostige Lüftchen ziehen. Kurz nach Mittag kam sie zu Hause an.

Ihre Großmutter juchzte vor Freude, dass Maja vor ihrem Dienstbeginn im Theater noch einmal vorbeikam, um zu berichten. Lina ließ sich alles detailliert beschreiben und schaute immer wieder auf die vielen Fotos, die Maja mit ihrem Handy gemacht hatte. Sie gab entzückte Laute von sich und wiederholte die Worte »süß«, »reizend« und »wundervoll« an allen passenden Stellen. Lina war sichtlich angetan. Auch davon, dass die Kleine so einen schönen, traditionellen Namen trug. Wie ihre langjährige Freundin Magdalena, die sie damals auch alle Leni gerufen hatten. Auch dass der Name ihrem eigenen gar nicht so unähnlich war, gefiel ihr natürlich. Und erstaunt war Lina. Über Majas Enthusiasmus beim Erzählen und das Leuchten in ihren Augen. Und auch über die Art und Weise, wie Frauen ihre Kinder im 21. Jahrhundert zur Welt bringen durften. Weil sie merkte, dass sich doch einiges entscheidend verändert hatte im Vergleich zu der Zeit, in der sie ihre Kinder geboren hatte. Maja sparte an kaum einer Einzelheit. Lina antwortete im Gegenzug mit Anekdoten von früher, über die sogar sie heute den Kopf schüttelte.

Damals war es ganz normal, dass die werdenden Mütter hochschwanger bei der Kartoffelernte halfen. Wenn es so weit war, gingen die Frauen kurz in den Wald, gebaren das Baby und arbeiteten dann weiter. Jede Hand wurde gebraucht. Egal, wie erschöpft die frischgebackene Mutter war. Wer Glück hatte und sich den Komfort leisten konnte, entband mit Hebamme in der guten Stube, wo zur Hygiene heißes Wasser bereitstand und ein Ofen für wohlige Wärme sorgte. Nur allzu laut durfte man bei alldem nicht sein. Das schickte sich nicht. Lina erinnerte sich an eine andere Freundin aus Mädchentagen. Die hatte von ihrer Hebamme im Moment des größten Wehenschmerzes wenig mutmachende Worte zu hören bekommen: »Sei still. Selbst schuld. Hättste mal die Beine nicht gespreizt.«

Nein, nein. Früher sei überhaupt nicht immer alles besser gewesen. Das sagten ohnehin nur die, die zu faul waren, sich mit der Gegenwart auseinanderzusetzen.

Lina forderte noch einen Blick auf die Bilder von Mutter und Kind, bevor Maja wieder aufbrechen musste. Sie klickten sich durch die lange Liste. Lina seufzte, aber es war ein Seufzen voller Leichtigkeit. »Ein wirklich schönes, zartes kleines Mädchen, Maja. Und es macht mich glücklich zu sehen, dass es dir auch einen Glücksmoment geschenkt hat.«

»Ja, Lina. Unglaublich. Was das mit einem macht. Wer es nicht selbst erfährt, soll wenigstens einmal dabei gewesen sein. Ich mache ab jetzt Werbung dafür: *Geburt – die Show. Ab morgen auch in einem Kreißsaal in Ihrer Nähe.*«

Maja und Lina gackerten beide vergnügt. Kurz bevor Maja aus der Tür raus war, hielt Lina sie noch kurz am Ärmel. »Sag, wie heißt die Kleine eigentlich?«

Majas Hals wurde schlagartig ein wenig trocken. Sie schluckte schnell und versuchte, so normal wie möglich zu klingen. »Leni, Lina. Die Kleine heißt Leni.«

Majas Magen musste einiges aushalten in diesen Tagen. Angefangen hatte die Woche mit einem echten Hoch und frühlingshaftem Kribbeln im Bauch, weil das Sonntags-Baby Leni sie alle wuschig machte. Dann folgte diese flaue Übelkeit mit der Talfahrt durch die Erkenntnis, dass eine von ihnen – nämlich leider Lina – am wuschigsten geworden war. Zumindest mehr, als Maja das heimlich guthieß. Immerhin fand sie berechtigte Hoffnung und Trost darin, dass es sich um einen einmaligen, kurzfristigen Ausfall gehandelt haben konnte. Einer, der nicht der Rede wert war. Und der sofort, nun ja, vergessen werden durfte. Am Donnerstag ging es dann wieder ein wenig bergauf mit der Stimmung. Die Gewichte im Bauch bekamen kleine Flügelchen, weil sich ein fast in, ja, Vergessenheit geratener junger Mann meldete. Auf sehr altmodische und sie dadurch irre beeindruckende Art und Weise. Maja fand in ihrem Briefkasten eine Postkarte in bester Old-School-Manier. Handgeschrieben. Und sogar leserlich. Auf dieser Karte war ein historischer Leuchtturm inmitten eines Feldes von Grasnelken und Salzastern abgebildet. Sie stutzte, als sie den Absender sah. Sie erinnerte sich an ihre Telefonnummer auf seiner Haut, aber nicht daran, ihm auch noch die Adresse gegeben zu haben. Er musste sich ihre Kontaktdetails auf höchst illegale Weise aus dem Hotelcomputer besorgt haben. Sie stoppte den Gedankengang, bevor sie irgendetwas Psychopathisches daran finden konnte, und freute sich stattdessen über ein paar Zeilen von ihrem ersten und einzigen Lieblingschauffeur Moritz.

Werte Frau Maja, liebe Pauly! ☺
Ich mache meine Ankündigung wahr. Oder war es Deine Einladung? Jedenfalls ruft mich Deine Hometown. Da ich ein höflicher Mensch bin, antworte ich und komme (am Wochenende: 21. bis 23. Februar). Bevor Dein Kreislauf schwächelt oder Dich eine ausgewachsene Panikattacke heimsucht: Ich übernachte bei einem alten Kumpel, der seit einem Semester in Braunschweig studiert. Wir zwei müssen uns also nicht sehen. Aber wir können. Würdest Du mir die Leuchttürme Deiner Stadt zeigen? Ich würde mich sehr freuen.

Liebe Grüße, Moritz

PS: Ich komme mit öffentlichen Verkehrsmitteln und ohne Anzug. Und hier noch meine Handynummer …«

Maja bekam tatsächlich ein kleines bisschen Herzklopfen. Dass der Gedanke an den wirklich aufregenden Abschiedskuss sie ganz schön aufwühlte, hätte sie in dieser Sekunde vor niemandem zugegeben. Und sie verdrängte einmal mehr die Tatsache, dass Moritz für Frauen ihres Jahrgangs quasi noch unter das Jugendschutzgesetz fiel. Wo kein Kläger, da kein Richter, dachte sie sich. Und selbst wenn Richter auftauchten, wären die in Braunschweig gerade mit einem versuchten Raubüberfall durch einen gewissen schwerstalkoholisierten Theaterschauspieler ausreichend beschäftigt.

Derweil brannte Majas Fantasie ein Feuerwerk der Gefühle ab. Im Bauch glühte es auf die schönste Weise. Und die Entscheidung war längst gefallen. Sie würde Moritz wiedersehen.

Und zwar am Samstag. Das vereinbarten sie noch am selben Tag per SMS. Maja hatte sich darüber hinaus einen erprobten Plan zurechtgelegt. Sie würde Moritz nach der K-Strategie treffen. Die Methode K war geeignet für Verabredungen, von denen man im Vorhinein nicht so genau wusste, wie sie verlaufen würden. Mit ihr konnte man sich behutsam von einem K zum anderen hangeln. Die Reihenfolge hatte sich über zwei Jahrzehnte bewährt und war daher seit Jahren dieselbe. Von einem K zum nächsten romantisierten sich die Umstände zunehmend und das wiederum erhöhte die Chancen, einander immer näher zu kommen. Los ging es mit *K*affee am frühen Nachmittag. Wenn das angenehm und zwanglos verlief, würde Maja den Vorschlag machen, einen *K*inofilm anzusehen. Später Nachmittag. Danach, für den Fall, dass der kleine Hunger kam: *k*ochen. Beziehungsweise kochen lassen. Also irgendwo einen Happen essen gehen. Und für den Fall, dass dann noch Platz und vor allem Lust auf Nachtisch da war, konnte alles passieren. *K*uscheln, *k*nutschen, *k*opulieren. Mal sehen.

Der vorschnelle, ausschließlich lustgesteuerte Geschlechtsverkehr war bekanntermaßen nicht gerade Majas Stil. Aber erstens hatte sie das Gefühl, nicht nur die Gunst der Stunde, sondern auch die Vorzüge eines juvenilen Körpers unbedingt nutzen zu müssen, wenn sie sich ihr schon einmal anboten. Zweitens würde es sich endlich wieder einmal lohnen, dass sie sich regelmäßig dieses schmerzhafte Epiliergerät über die Beine und unter den Achseln (!) entlangzog. Und drittens: Die Gründe *für* unverbindlichen Sex mit Moritz argumentierten wortgewandter und lauter als die Gründe *dagegen*. Warum also nicht.

Maja verließ ihre Wohnung am Samstagmittag als verlockenes Stellenangebot. Keine Härchen an den wichtigen Stellen. Leicht wellig frisierte Haare an den richtigen Stellen. Stöffchen an den Stellen, die man als ehrenwerte Dame bedeckte, und nackte Haut für ein bisschen Titten-TV. Außerdem hatte sie Farbe und Duft aufgetragen und festgestellt, dass die Geburt von Gretas Baby offenbar auch sie ein paar Pfunde gekostet hatte. Ihr Bauch zeigte sich in einer Form, die sie lange an ihm vermisst hatte. Er war erstaunlich flach, als hätte es diverse Süßigkeitenorgien und den groben Missbrauch von Fett nie gegeben. Maja tänzelte leichtfüßig die Treppen hinunter. Auf Linas Ebene horchte sie kurz an der Tür und entschied sich dagegen, kurz zu klopfen, um sich noch ein »Toi, toi, toi« abzuholen, da es still blieb und sie Lina nicht aus dem rituellen Mittagsschlaf wecken wollte. Stattdessen hüpfte sie die letzten Stufen hinab und sah nach, welche Bringdienste heute um ihren Appetit buhlten. Es waren viele, aber das war ja nichts Überraschendes. Was sie dagegen erstaunte, war der weiße Umschlag, der ihr entgegenfiel. Immerhin war Greta gerade erst aus dem Kreißsaal marschiert. Wobei, vielleicht war diese Mission eine, die zur Abwechslung wieder einmal auf Edus Konto ging. Das schien nämlich den neuesten detektivischen Überlegungen zufolge die wahrscheinlichste aller Varianten zu sein: dass Edu und Greta gemeinsam als Eltern ihrer Missionen fungiert hatten. Denn bei einem der Umschläge hatte sie den Stempel über der Marke entziffern können, und der wies auf ein Braunschweiger Briefzentrum hin. Maja steckte den Brief ungeöffnet in ihre Tasche. Sie war ohnehin etwas zu früh unterwegs. Dann hätte sie im Café eine kleine Beschäftigung, bis Moritz kam. Sie freute sich darauf. Maja warf die Flyer in die Kiste mit Altpapier und verließ mit einer Mischung aus Aufregung, Neugier und der Coolness einer Mittdreißigerin (olé!) ihr Heim.

Eine Dreiviertelstunde vor der Zeit erreichte sie das Kaffeehaus, in dem sie sich verabredet hatten. Sie entschied sich, zunächst an der hölzernen Theke einen Espresso zu trinken, und setzte sich auf den einzigen freien Hocker, direkt neben eine andere Frau, die auch auf jemanden zu warten schien. Sie lächelten sich kurz an. Stummes Verständnis.

Maja bestellte sich ihr Getränk, kramte den Umschlag hervor, öffnete ihn und las. Und ließ das Papier mit leichter Verstörung im Blick auf den Tresen sinken. Was war denn das für eine Aufgabe? Sie hatte zum ersten Mal gar kein konkretes Gefühl dazu. Bei den anderen Missionen, die ihr ihre Freunde zugedacht hatten, war immer irgendetwas in ihr passiert. Eine Mischung aus Schämen und Neugierde hatte sie verspürt, als es darum ging, eine Frau zu küssen. Angst hatte sich breitgemacht beim Gedanken an die Geburt. Aber jetzt? An wem sollte sie diese Mission erfüllen? Und wie ließ sich überprüfen, dass sie die Aufgabe ordnungsgemäß ausgeführt hatte? Weder wurde eine körperliche Leistung von ihr verlangt noch ein großer Akt der Überschreitung von Grenzen. Keine Institution und auch kein Mensch, der am Ende huldvoll nickte und ihr erlaubte, den Haken zu setzen.

»Verletzung. Zorn. Gesundung. Vergebung. Und dann geht auch die Wiedervereinigung.«

Maja wurde aus ihren Gedanken gerissen. Sie sah ein wenig erschrocken auf. Die Worte kamen von der attraktiven Dunkelhaarigen neben ihr. Die jetzt gerade das Gegenteil von stummem Verständnis offenbarte. Oder das Gegenteil von Diskretion.

»Entschuldigen Sie, bitte. Ich konnte mich nicht zurückhalten. Ich habe die Worte auf Ihrem Zettel gelesen. Ich heiße Nina.« Nina hielt ihr eine wohl manikürte Hand hin. Eine zarte, feingliedrige Frauenhand, die Maja gern ergriff.

»Ach so, Maja. Mein Name ist Maja. Kein Problem. Ich habe das Papier ja nicht gerade wie mein bestes Geheimnis gehütet. Aber, sagen Sie, wie lautete Ihre Gedankenkette noch gleich?«

»Nun ja. In der Regel ist es doch so: Wir werden gekränkt oder zutiefst verletzt. Das macht uns wahnsinnig. Und wütend. Vielleicht entsteht sogar der Erzfeind der Liebe …«

»… Hass. Auch wenn das ein fieses Wort ist …«

»Wirklich fieses Wort. Ich mag es auch nicht. Und das Gefühl dazu erst. Aber wenn die Wunde heilt, sind wir in der Lage, wie steht es da bei Ihnen geschrieben, *eine Vergebung zu schenken …*«

Maja nickte. Sie verstand und führte den Gedanken fort. »… und das ist dann erst der Boden, auf dem beide wieder aneinander heranrücken können, nicht? Puh. Gar nicht so leicht, wenn einem das Herz richtig geblutet hat.«

»Wem sagen Sie das, Maja? Meines ist mir leergelaufen, als ich herausbekam, dass er eine Affäre hat.«

Und dann erzählte diese schöne und schlaue Frau, die höchstens eine Handvoll Jahre älter war als Maja, ihre Geschichte. Und die ihres untreuen Ehemannes, der hier in Braunschweig arbeitete und nur am Wochenende nach Hause kam. Zu ihr und den zwei gemeinsamen Kindern. Sie erzählte, wie er ihr in den vergangenen Jahren spürbar aus den Händen geglitten war. Wie sie tatenlos der Entfremdung zusah, weil sie angeblich nie die Gelegenheit, tatsächlich aber einfach nie den Mut gehabt hatte, dies rechtzeitig anzusprechen. Er natürlich auch nicht. War ja ein Mann. Also ließ er laufen, was lief. Sie seufzte, weil sie daran dachte, wie er sie jahrelang hatte sexuell verdursten lassen und sich stattdessen hier eine ganze Zeit lang mit einer Geliebten vergnügt haben musste.

Maja wurde schlecht. Sie hatte den Eindruck, ihr Kopf müsse platzen, und so bestellte sie schnell noch ein Wasser gegen das Feuer hinter der Stirn. Die Frau erzählte unbeirrt weiter. Sie hatte ihn aus dem gemeinsamen Haus verbannt, erst einmal auf unbestimmte Zeit. Um sich über ihre Gefühle klarzuwerden. Um zu spüren, ob er ihr fehlte. Sie habe Wut und Trauer zugelassen und ihn oft genug verflucht. Aber, und dessen war sie sich nach den vielen durchweinten Nächten sicher, jetzt sei sie bereit zu verzeihen. Ehrlich und dauerhaft zu verzeihen.

Verzeihen Sie mir, dachte Maja, verzeihen Sie bitte mir. Und sie hoffte, dass der kalte Schweiß auf ihrer Stirn nicht allzu sehr auffiel. Die Frau trug ein Lächeln auf den Lippen und strahlte eine bewundernswerte Stärke aus.

»Wissen Sie, Maja, ich bin nicht blauäugig. Seitensprünge passieren. Aber dass er so gar keine Kreativität an den Tag gelegt hat dabei, die Sache wenigstens anständig zu vertuschen, das habe ich ihm sehr verübelt. Ich hoffe, dass ihn wenigstens sein fauliges Gewissen quält. Wenn er denn eines hat …«

Maja schluckte gegen einen störenden Klops im Hals und räusperte sich. »Das quält ihn bestimmt. Da bin ich mir sicher. Er liebt Sie doch. Sie und die Kinder. Ganz bestimmt tut er das.«

»Es fühlt sich jedenfalls an wie Liebe. Doch, doch. Das, was wir haben, ist stark. Er ist es nicht. Er kann nicht gut nur mit sich und seinen Gedanken sein. Nicht entspannt älter werden, wissen Sie? Deswegen würde ich auch in Zukunft nicht auf seine Treue wetten.«

Maja trank einen Schluck Wasser. »Das ist doch schade, oder?«

Nina zuckte mit den Schultern und rutschte etwas näher an sie heran. Sie senkte den Blick und die Stimme. »Ich sehe es mittlerweile so: Es steht 1:0 für ihn. Vielleicht bekomme ich die Chance zum Ausgleich. Der richtige Mann zur richtigen Zeit? Revanche. Warum nicht? Allerdings dann so, wie es sich gehört. Also, ohne ihm wehzutun.«

»Wow, Nina. Ich bin zutiefst beeindruckt. Sie sind so … so … weise. Und so gelassen dabei.«

Nina lachte laut auf. »Ach Quatsch. Ich habe mich einfach bewusst so entschieden. Zu vergeben heißt, mir selbst einen großen Gefallen zu tun. Weil ich an etwas Kostbarem arbeiten kann: der Wiederherstellung einer Beziehung.«

In diesem Augenblick spürte Maja ein Klopfen auf ihrer Schulter. Sie drehte sich um und erblickte einen blendend aussehenden Moritz. Nina zog anerkennend die Augenbrauen hoch und hielt ihr die Hand zum Abschied hin. »Ich sehe, Ihr Date ist da. War ein schönes Bar-Geplänkel mit Ihnen, Maja. Einen angenehmen Nachmittag noch und …« – ihre Stimme wurde wieder etwas vertraulicher – »… viel Erfolg bei Ihrer … ähm … Wiederherstellung?«

Maja schüttelte grinsend den Kopf. »Nein, Nina. Noch nicht einmal Beziehung.«

»Oh. Dann erst recht viel Erfolg.«

»Danke … Ihnen auch.«

Und damit wandte sie sich Moritz zu. Der strahlte immer noch, als hätte ihm gerade jemand die *Star Wars*-DVD-Box in der Super-Bonus-Extended Edition geschenkt.

»Hallo, lieber Moritz. Wie schön, dass das geklappt hat. Komm, wir gehen da hinten in das versteckte Eckchen, oder?«

Moritz folgte bereitwillig. Sie tranken Kaffee und aßen Kuchen und unterhielten sich über Orte, an denen sie schon gelebt hatten oder die sie besonders hübsch fanden. Gut einstudierte Belanglosigkeiten, zu denen jeder etwas beitragen konnte. Und bei denen zehn Jahre Altersgefälle nicht so stark auffielen. Moritz lachte viel. Entweder hatte Maja wirklich einen herausragend guten Humor, den bislang nur zu wenige zu schätzen gewusst hatten. Oder es waren einfach Moritz' hervorragende Manieren. Es gab Momente, da war es Maja herzlich egal, ob die Antwort zu ihren Gunsten oder Ungunsten ausfiel. Und genau jetzt war so ein Moment. Darum wagte sie nach einer Stunde die Einladung zum Kino, die Moritz fast schon eine Spur zu begeistert annahm.

Als sie kurz darauf das Café verließen, stellte Maja erleichtert fest, dass ihr eine Begegnung mit Nina und Karl inklusive hollywoodreifer Szene: »Du hier?« – »Oh, ihr kennt euch?« und so weiter erspart blieb. Stattdessen lief sie mit Moritz an ihrer Seite zum Filmhaus. Sie überließ ihm die Wahl, und er entschied sich für eine Komödie, die Maja schon kannte, was sie aber tunlichst verschwieg.

Kurz nachdem der Film begonnen hatte, spürte Maja seine Hand ganz vorsichtig an der Seite ihres Oberschenkels. Wie niedlich. Schleichstreicheln. Sie schmunzelte. Ja, genau. So war das früher gewesen. Alle zehn Minuten ein Stückchen näher. Sie näherte sich stattdessen in ihren Gedanken dem Kern der Sache. Den Film kannte sie ja ohnehin schon.

Moritz war der Prototyp des feinen Kerls. Gutaussehend, höflich, mehr als appetitlich gebaut und auch nicht blöde. Er war eben ein paar Jahre zu jung, um auf lange Strecke mit den gleichen Sorgen, Ansichten und Etappenzielen durchs Leben zu gehen wie Maja. In Kopfangelegenheiten würde er sie auf Dauer vielleicht langweilen. Und seinen Spaß an ihr würde sie mit der ihr eigenen grüblerischen Sezierfreude vermutlich auch in Einzelteile zerlegen. Blieben eine gute Körperlichkeit miteinander und, wenn sie sich nicht doof anstellten, irgendwann ein routiniertes Zusammenleben. Starke Oberfläche, schwache Substanz. Was war davon zu halten? Sie kannte genügend Beziehungen, in denen es prinzipiell ähnlich lief. Auch ohne das Generationsproblem. Da fanden sich Paare durch alle möglichen passenden Parameter zusammen.

Hochfrequenter Sex und der gemeinsame Traum von einer coolen Altbauwohnung zum Beispiel waren Aufnahmekriterien, die zwei Menschen in einem Club of Love zusammenschließen konnten. Die beiden mussten dabei nicht unbedingt beste Buddys sein, keine Seelengefährten oder, wie Maja das bisher erlebt und für super befunden hatte, Freunde und Geliebte gleichermaßen. Nein. In diesem Konstrukt holten sie sich die Kopfbefriedigung im Freundeskreis. Die Frauen bimmelten bei jedem Pieps die besten Freundinnen an, um Prosecco-Sitzungen einzuberufen. Die Männer brachten beim wöchentlichen Kneipenzug Alkohol und Ehestress auf den Tisch. War doch in Ordnung. Alles eine Frage des bevorzugten Beziehungsmodells.

Da Maja das eine bereits ausgetestet hatte, nahm sie sich vor, dem anderen wenigstens eine Chance zu geben. Genau genommen hatte Moritz die Chance bereist ergriffen. Im wahrsten Sinne des Wortes, denn am Ende des Films lag sein Arm lose auf Majas Schulter. Was ihr das Gefühl gab, noch mal sechzehn zu sein. Sie liebte es. Und das war erst der Anfang der Moritzschen Offensive.

»Ich hätte langsam ein bisschen Hunger … Auf was Richtiges …«

Maja nahm das freudige Glänzen in seinen Augen wahr. Und flirtete zurück. »Auf … was Richtiges?«

»Ja. Ich dachte an Pizza. Oder eine große Portion Pasta. Ich lade dich ein.«

»Ah so.« Nano-Sekunden-Enttäuschung. Maja ließ sich nichts anmerken. »Ich kenne da einen Laden, der ist ganz neu in der Stadt. Da wollte ich sowieso die ganze Zeit schon mal hin. Das Essen soll sehr gut sein. Und dank meiner Kontakte kriegen wir es sogar umsonst.«

»Auch gut. Bleibt mehr zum sinnlosen Verprassen.«

Er bot Maja seinen Arm an, und sie machten sich auf den Weg zum Ristorante Da Fabio.

Bei Fabio wurde Maja begrüßt wie eine hundertjährige Stammkundin. Mit Verbeugungen, sofortiger Jackenentfernung und Geleit zum Platz. Viel »Bella« hier, »Bellissima« da und »Cara Maja« dort.

Moritz machte große Augen. Maja war auch etwas beschämt, ließ sich aber nichts anmerken. Fabio musste für exakt diesen Moment die Küche mit Postern ihres Konterfeis tapeziert haben. Und, Hut ab, der feierliche Staatsakt zu Majas Da-Fabio-Premiere war gelungen. Fabio selbst ließ ebenfalls nicht lange auf sich warten. Natürlich bediente der Chef höchstpersönlich. Maja schlug Champagner vor, alles Übrige bestellten sie nach Empfehlung. Knapp anderthalb Stunden später waren sie bestens gesättigt und leicht angeschickert. Bevor sie aufbrachen, entschuldigte sich Maja noch einmal für einen Moment.

»Ich muss nur kurz in die Küche zu Fabio.«

»Ach, du musst also doch Teller waschen für unser Mahl?«

»Nein. Teller nicht. Aber schmutzige Wäsche auf eine Art.«

Moritz grinste. Der Champagner hatte Spuren in seinem Gesicht hinterlassen. »Lass mich nicht zu lange warten. Ich vergehe vor Seeeehnsucht.« Maja war schon ein paar Schritte weit entfernt, da hörte sie ihn noch etwas vor sich hin murmeln. Es klang ungefähr wie: »Und unsere Wäsche werden wir hoffentlich auch gleich los …«

33

WOW. Granate, dachte Maja. Ein Kracher-Mädchen, dachte Moritz. Wobei er im Moment eigentlich gar nicht mehr so viel dachte. Schauplatz der Sprengsätze: Majas Bett. Wie unkompliziert die körperliche Vereinigung zweier Menschen doch sein konnte. Zumindest wenn keiner von beiden unbedingt auf Liebe aus war. Kein kleines bisschen? Überhaupt gar nicht? Oder nur: noch nicht? Egal. Jetzt jedenfalls nicht. Und das war okay.

Einfach war es auch, weil beide so angetüddelt waren, dass die Hemmungen schneller fielen als die Klamotten. Bereits auf dem

Heimweg hatte Maja Moritz mit der Coolness eines weiblichen Casanova zu verstehen gegeben, wie sie sich den weiteren Verlauf des Abends ganz konkret vorstellte. Wie der Zufall es wollte, deckte sich ihre Vorstellung ziemlich genau mit seiner. Und so begannen sie im Hausflur, sich die Treppen nach oben zu knutschen. Verhedderten sich in Reißverschlüssen und Knöpfen. Kicherten wie Teenager und hatten Herzklopfen beim Gedanken daran, dass jemand durch den Türspalt oder einen Spion das Vorspiel im Flur mitbekommen könnte. In Majas Wohnung hob Moritz sie geschickt auf seine Hüfte, und sie schlug die Beine um ihn.

»Wohin?«, fragte er.

»Pubertäts- oder Profivariante?«

Moritz grinste. »Die, die näher liegt.«

»Okay. Dann Küche. Später Bett.«

Jede weitere Kommunikation wurde durch Küsse erstickt. Dann ging es zur Sache. Und zwar vom Feinsten. Moritz nutzte jeden Stellungswechsel, um Maja genussvoll von allen Seiten zu betrachten. Ihm schien zu gefallen, was er sah. Zumindest klangen die Geräusche, die er von sich gab, danach. Maja verschwendete nicht eine Sekunde mit Gedanken an schwaches Bindegewebe, unliebsame Effekte der Schwerkraft oder Fettpolster. Denn einen Rückzieher, dessen war sie sich sicher, würde er jetzt wohl nicht mehr machen. Und was er dem Rest von Rügen in ferner Zukunft über die Oberflächenbeschaffenheit ihrer Schenkel erzählen würde, war ihr herzlich egal. Sie stürmten durch die Wohnung. Sie lachten. Sie knutschten. Sie schliefen miteinander, als hätten sie jahrelang geübt und wären gleichzeitig noch immer frisch verknallt.

Als sie einige Zeit später im Bett lagen, bot Moritz ihr aus einer unsichtbaren Packung, die er mit seiner Hand formte, eine imaginäre Zigarette an. Sie nahm sie dankend an und rauchte geruchlose Kringel. Auch er zog an der Fantasiekippe, blies Fantasiequalm in die Luft und drückte ihr einen sehr realen Kuss auf den Mund.

»Cool, jetzt hatte ich auch mal Sex mit einer echt alten Frau. Oh, Entschuldigung, das ist mir so rausgerutscht.« Er grinste.

Maja sah ihn ungerührt an und hauchte eine extragroße Ladung »Rauch« in sein Gesicht. Moritz hüstelte kunstvoll.

»Ich vergebe dir.«

Ich vergebe dir. Ich vergebe dir. Der Satz hallte zwar noch etwas. Aber so richtig richtig fühlte sich das noch nicht an. Nun ja. Es war ein Versuch. Sie küsste Moritz noch einmal so, wie man es tut, wenn man die Zeit anhalten möchte. Dann rollte sie sich zur Seite und schlüpfte in ihr T-Shirt. Der Hunger war gestillt. Jetzt hatte sie Durst. Sie tapste in die Küche, um eine Flasche Wasser zu holen. Als sie an ihrer Pinnwand vorbeikam und ihr Blick auf den einen unerledigten Zettel fiel, rief sie in Richtung Schlafzimmer: »Sag mal, Moritz: Du heißt wirklich Moritz?«

»Ja.«

»Nur Moritz?«

»Nur Moritz.«

»Ganz sicher?«

»Natürlich. Warum?«

»Schade, ich hätte dich gern abgehakt.«

Moritz in Majas Bett schüttelte leicht verwirrt den Kopf. Aber fragte nicht weiter. Sie sagte manchmal eben komische Sachen. Was einen aber nicht sonderlich störte, wenn man wie er gerade höchst professionell ausgelaugt worden war. Mit jugendlich kurzen Pausen immerhin vier Mal hintereinander.

Moritz wäre gern geblieben, aber Maja bat ihn höflich zu gehen. Auch wenn in nur drei Stunden die Sonne aufging. Es handelte sich bei dem liebevollen Rauswurf um eine Vorsichtsmaßnahme. Den Tag und den sich tief in die Nacht hineinziehenden Abend mit Moritz hatte sie sehr genossen. Alles daran war wunderschön gewesen. Genauso treffend wie seine Karte: stilvoll, lustig und ein bisschen unverbindlich. Und so sollte es auch bleiben. Wenn sie eine Chance haben wollte, unverletzt aus dieser Nummer herauszukommen, musste nun disziplinierte Konsequenz her. Morgens gemeinsam mit ihm aufzuwachen würde die große Sehnsucht nach einem Moritz-Abo wecken. Das wusste sie. Weil Rügen aber weit und sein Abitur noch nicht weit genug weg war, wäre das einfach keine gute Idee. Als »alte Frau« hatte Maja schon viel Zeit mit sich selbst verbracht. Und daher wusste sie nur zu gut, dass Moritz als Übernachtungsgast ein viel gefährlicherer Liebeskummerkandidat wäre, als wenn sie ihn jetzt konsequent und leicht wehmütig vor die Tür setzte. Darum bestand in diesem Vakuum, diesem luft- und liebeleeren Raum, auch bekannt als Transitbereich zwischen Unverbindlichkeit und Bindung, akuter Handlungsbedarf.

Als er mit zerzausten Haaren und leicht schiefem Gesichtsausdruck schon vor der Tür stand, tat er ihr fast ein wenig leid. Erst recht, weil sie merkte, wie schwer ihm der Abschied fiel. Er suchte nach den richtigen Worten. »Ich kann an allem etwas ändern. Nur nicht an der Tatsache, dass ich in deinen Augen zu spät geboren bin. Ist es das?«

»Ach Quatsch, Moritz. Andersherum: Ich bin einfach … einfach schon zu lange auf der Welt. Mit mir. Und für dich.«

»Nein: Ach Quatsch, Maja. Du bist toll. Du bist vielleicht sogar was für … für … Ich will nicht das Wort mit den fünf Buchstaben sagen. Aber es fühlt sich gerade alles so richtig und so besonders an.«

Maja lächelte. Tiefschürfende Gespräche hatten sie nun wirklich nicht geführt. Der Kerl, der da vor ihr stand, sprach aus einem postkoital vernebelten Geist heraus. Es war ja nun kein Geheimnis, dass Frauen mit den Jahren immer entspannter wurden zwischen den Laken. Und das war etwas, was Maja seinen sonstigen Gespielinnen mit Sicherheit voraushatte. »Erfahrung, Moritz. Und das entspannende Wissen, dass ich mich vor dir nicht blamieren kann. Weil ich nicht bestehen will oder muss. Das ist es, was dich glauben lässt, dass wir uns gefunden haben. Hm?«

»Sind wir noch nicht einmal einen Versuch wert?«

»Fürs Rumprobieren bin ich tatsächlich zu alt. Aber weißt du was? Wenn ich in fünfzehn Jahren in einer langweiligen Ehe stecke, in der schon lange nicht mehr gevögelt wird, sondern die einzige tägliche Erregung durch das öde Fernsehprogramm zustande kommt, dann hätte ich dich gern als jungen Lover. Deal?«

Moritz küsste sie noch einmal stürmisch. »Deal! Mach's gut, Maja!«

»Mach's am besten von allen, Moritz.«

Als die Tür ins Schloss fiel, mit ihr auf der einen und Moritz auf der anderen Seite, lehnte sich Maja für einen Augenblick mit dem Rücken daran und horchte. Sie hörte erst eine Weile nichts und dann seine Schritte, die die Treppen abstiegen und sich entfernten. Sie seufzte. Guter Junge.

Sie spürte das dringende Bedürfnis, ebenfalls ein gutes Mädchen zu sein. Oder zumindest das, von dem sie glaubte, dass es sie zu einem besseren machte. Dem Online-Telefonbuch sei Dank war es nicht schwer die Adresse herauszubekommen. Den Nachnamen gab es nur einmal. Und dahinter standen die abgekürzten Vornamen »N. und K.«.

Maja brühte sich einen extrastarken Kaffee, nahm ein Blatt Papier und setzte einen Brief an Nina auf. Karls Nina.

Zwei Wochen später stand in Majas Kalender der Besuch bei zweien, die seit ungefähr hundert Jahren in einer Ehe steckten, in der vermutlich schon lange nicht mehr gevögelt wurde. Weil der Mann allzu oft reglos war. Und unerregbar, in jeglicher Hinsicht. Und in der die Haupterregung der Frau tatsächlich das Fernsehprogramm war. Kurz: Maja war unterwegs zu ihren Eltern.

Wenn es keine anderen Termine gab, fuhr Maja zu den elterlichen Geburtstagen nach Hause. Gut, ehrlicherweise musste sie feststellen: Wenn es keine Termine und auch sonst keine glaubwürdigen Ausreden gab. Traditionell waren Geburtstage nämlich die mit Abstand anstrengendsten Anlässe für einen Heimatbesuch. Im Gegensatz zum herrlich harmoniegefluteten, glitzernden Friede-Freude-Weihnachtsfest stand bei Geburtstagen nicht das Wohl der Sippe, sondern das des Einzelnen im Vordergrund. Es wurde ein Riesen-Buhei veranstaltet, dass alle wahnsinnig anstrengend fanden. Alle außer Zsa Zsa, Urheberrechtinhaberin der ultimativen Geburtstags-Ekstase. Unter Zsa Zsas Regiment kamen Wiegenfeste in der Wertigkeit noch vor Nationalfeiertagen. Dementsprechend gab es ordentlich Brimborium, viel zu viele, meist geschmacklose Geschenke und eine sündhaft teure Sahnetorte, deren Anblick allein bereits Diabetes auslöste. Die Krönung aber war die Krönung: Das Geburtstagskind musste, egal, wie alt, ein goldenes Plastikkrönchen tragen. Und das wurde bis zum Schlafengehen nicht mehr ausgezogen. Anfänglich hatte sich der stille Papa noch gewehrt, aber mittlerweile war jeder Widerstand aufgegeben worden. Er ertrug das Spektakel wie seine Ehe. Mit Würde, Fassung und schier endloser Geduld. Am schrillsten ging es zu, wenn Zsa Zsa selbst das Geburtstagskind war. Nicht nur dass sie all den Budenzauber, den sie sonst für Enkelkinder, Sohn oder Ehegatten veranstaltete, auch für sich selbst organisierte. Nein, sie tanzte durch den Tag wie eine Primaballerina. Nicht mit derselben Grazie, aber mit dem Aufmerksamkeitsbedürfnis und den Allüren einer Starsolistin. An diesen Tagen bekam die Achse des Planeten einen neuen Namen. Und der lautete Eleonore Pauly.

Nun ja, es half kein Seufzen und kein Quengeln. Ein weiterer Knallbonbongeburtstag wollte gefeiert werden. Und es war, genau, der ihrer Mutter.

Die Fahrt nach Hause bot immerhin ausreichend Vorbereitungszeit. Maja nutzte die Strecke von Braunschweig nach Köln für eine

Art buddhistisches Einstimmungsritual. Mantraartig betete sie sich Sätze vor wie: »Sie ist meine Mutter, ich darf sie trotzdem lieben« oder »Eine Zsa Zsa, die mich ärgert, beherrscht mich«, oder einfach: »Links rein, rechts raus. Links rein, rechts raus.«

Vorsichtshalber ging sie außerdem im Kopf noch einmal Zsa Zsas Lieblingsthemen durch. Gewissermaßen ein Spaziergang durch das Minenfeld ihres Lebens. Das Terrain war vertraut, denn schließlich handelte es sich seit Jahren um den immer gleichen Explosionsstoff. Zum einen würde Zsa Zsa nach der Männersituation fragen und Maja verdeutlichen, dass sie mit den Jahren nicht leichter zu vermitteln wäre. Und ob nicht doch der Robert aus der Nachbarschaft …? Maja würde heftig den Kopf schütteln. Dann würde die Mutter über Majas Job sinnieren. Dass sie da neulich in dieser Rosamunde-Pilcher-Verfilmung eine Schauspielerin gesehen habe … Also, die Rolle wäre Maja auf den Leib geschrieben gewesen. Maja würde nicht nur den Kopf, sondern beim Stichwort Rosamunde Pilcher auch den gesamten Körper schütteln. Sie würde sich nicht mehr erklären, aber versuchen, die Vorstellungen ihrer Mutter mit Hinweis auf »… ist kein Wunschkonzert« abzuwiegeln. Nach der Arie mit den nicht ausgekosteten Karrieremöglichkeiten und dem Jammern darüber, dass das Kind doch Talent zu Größerem hätte, käme der letzte verlässliche Angriff auf Majas Nervenkostüm: Zsa Zsa würde sich nach dem Anprangern aufs Angeben verlegen. Sie würde in ihrer Rolle als Eislaufmutti glänzen, die nicht nur voller Stolz, sondern auch mit einer großen Portion übertriebenem Ehrgeiz die Brut zu Höchstleistungen animierte. Wie Mütter von angehenden Eislaufprinzessinnen eben, die von der Bande aus militanter anfeuerten als jeder Luftwaffengeneral.

Das Eislaufmutti-Phänomen zeigte sich in Majas Fall beim Kaffeekränzchen. Publikum waren Freundinnen und sonstige Vorzeigedamen aus Zsa Zsas Leben. Spätestens nach dem zweiten Glas Sekt würde ihre Mutter Maja bitten, doch einen ihrer jüngsten Monologe zum Besten zu geben. Als kleine Kostprobe ihrer Kunst. Denn – und das war ein wirklich unangenehmes Gefühl – zu diesem Zeitpunkt war Maja nicht als Tochter anwesend, ja noch nicht einmal als normaler Gast. Ihre Mutter behandelte sie wie den Show-Act des Nachmittags.

Diesen Teil mochte sie am wenigsten. Es war kein schönes Gefühl, das Vorführmädchen zu sein, mehr Trophäe als Tochter, die fleischgewordene Verwirklichung von Zsa Zsas Träumen. Maja konzentrierte sich darauf, die Muskeln zu entspannen. Einatmen, ausatmen. Links rein, rechts raus. So würde es gehen. So musste es gehen.

Vor der Tür ihrer Eltern holte sie noch einmal tief Luft. Atmen, einfach nur ruhiges Atmen, das war bekannt, half. Sie ließ ihren Schlüssel in der Tasche. Für die Ankunft zog sie es vor, zu klingeln und wie ein willkommener Besuch am Eingang empfangen zu werden. Sie hörte das abgehackte Klappern der feinen Schuhe ihrer Mutter. Die Tür öffnete sich. Die Diva breitete begeistert die Arme aus. Das Kammerspiel begann. Und zwar mit einem Monolog.

»Halloooo, mein liebes Kind! Komm rein, komm rein. Wie war die Fahrt? Du siehst erschöpft aus. Oder ist das schon das Alter? Nicht, dass man *dich* bald für meine Mutter hält. Hahaha … Hast du wieder niemanden mitgebracht? Ich tausche jedes Geschenk gegen einen Schwiegersohn, das weißt du hoffentlich. Übrigens, Robert kommt nachher auch n–«

»Mutter!«

»Nun werd doch nicht gleich so zickig. War doch nur ein kleiner Scherz. Robert ist ohnehin seit dem Sommer vergeben. Ein bezauberndes Mädchen hat er. Tja, letzte Chance: vorbei!«

Maja schluckte gegen die blöde Enge im Hals. Zsa Zsa stolzierte derweil vor in Richtung Wohnzimmer. Einen Moment lang erwog Maja die Flucht. Zurück nach Braunschweig oder zumindest wie früher in ihr kleines Reich im Obergeschoss des Elternhauses. Sie entschied sich für ein Tochterverhalten, das ihrem Jahrgang angemessener war. Sie folgte. Sie lächelte. Sie hielt den Mund. Es gab Kuchen, und es gab Küsse von ihrem liebsten Bruder, seiner handzahmen Frau und den Kindern. Beim Kaffee rasselte Zsa Zsa ihre Fragen herunter, während es in Maja brodelte.

Warum waren ihre seelischen Triggerpunkte immer noch so empfindlich? Obwohl sie sich eine ganze Fahrt lang darauf vorbereitet hatte, reichten drei falsche Worte an der richtigen Stelle, um Maja fast zum Platzen zu bringen. Seit über dreißig Jahren lebte sie mit den Marotten der Mutter, mit all den nervtötenden Angewohnheiten und verqueren Ansichten. Und schaffte es nicht, Herrin ihrer Gefühle zu werden. Kurz vor dem emotionalen Super-GAU wandte sich die Mutter aus heiterem Himmel ihrem Sohn und den Enkeln zu. Diesen Moment nutzte Maja, um ihrer Hilflosigkeit und Wut Luft zu machen. Wenn auch nur leise.

»Wie hältst du das aus, Papa? Wie hast du das all die Jahre ausgehalten ohne weg- oder wenigstens Amok zu laufen? Noch nicht einmal ein klitzekleines bisschen bekloppt bist du geworden. Soweit ich das beurteilen kann.«

Ihr Vater blickte sie ruhig und entspannt an. Er überlegte kurz, bevor er antwortete. »Was meinst du genau, Maja?«

Jetzt war Maja verstört. Sie forschte in seinem Gesicht, ob es Anzeichen gab, dass er sie aufzog, fand aber keine. Er meinte es mit seiner Verwunderung über ihre Frage tatsächlich ernst.

»Schon gut, Papa. Ich reagiere wohl über.«

Ihr Vater lächelte, als er ihr zuraunte: »Nein. Dein Temperament geht schon in Ordnung. Vor allem bist du darin Eleonore viel ähnlicher, als dir vielleicht lieb ist. Sie war … sie ist keine schlechte Mutter, Maja. Sie liebt dich mehr als ihr Leben. Und sie ist keine schlechte Ehefrau. Sie liebt auch mich innig. Sie ist nur ein bisschen anstrengend und … anders. Einfach anders. Vor allen Dingen anders, als du es erwartest.«

»Aber ich erwarte doch gar nicht viel, Papa. Ein bisschen Gehör. Ein bisschen Respekt. Dass sie mich nicht immer unter ihren Worten, Gedanken und Plänen begräbt. Mir zuhört. Mich für voll nimmt. Mehr will ich gar nicht.«

Wieder lächelte ihr Vater mild. »Dafür bin ich doch da, Maja. Eli wird das nicht mehr schaffen. Ich fürchte, sie hat den richtigen Zeitpunkt für den Absprung verpasst. Jetzt kommt sie nicht mehr aus dieser Zentrifuge. Sie dreht sich und dreht sich immer weiter.«

»Du meinst, ich muss akzeptieren – *du* akzeptierst bereits dein ganzes Eheleben lang –, dass sie eine kreiselnde Egoistin ist?«

»So ist es auch nicht. Sie nutzt niemanden für selbstherrliche Zwecke aus. Sie stellt sich nicht über andere. In Wahrheit ist sie niemals über das Suchen der Selbstliebe hinausgekommen. Ich hoffe heute noch, dass sie sie eines Tages findet. Um ihretwillen.«

Maja sah ihrem Vater fest und lang in die Augen. Das auf dem Nährboden einer wirklich stark verwurzelten Liebe wachsende Verständnis, das aus seinen Worten sprach, rührte sie enorm. Sie nickte leicht.

»Du meinst also, meine Mutter steckt seit Jahrzehnten in der Pubertät.«

»Mit gelegentlichen Pausen. Sonst wäre ich wirklich längst verrückt geworden.«

Ihr Vater lachte laut. Das war selten. Dann zog er sie dicht an sich heran, umarmte sie herzlich und küsste sie auf den Kopf. Das war noch seltener. Und tat unheimlich gut. So verharrten sie eine kleine Weile schweigend. Dann räusperte sich ihr Vater.

»Sie stellt mir jeden Abend ein Glas Wasser ans Bett. Für die Nacht. Sie schaut Fußball mit mir. Du weißt, dass sie mit Fußball nichts anfangen kann. Einmal pro Woche macht sie Rostbratwürstchen mit Kartoffelbrei und eine sämige, dunkle Soße dazu. Obwohl das eigentlich zu fettig ist. Aber sie weiß, wie sehr ich es mag. Abends ist immer schon Zahnpasta auf der Bürste. Damit ich schneller bei ihr im Bett bin, sagt sie und lacht dabei. Sie massiert mir den Rücken, wenn ich schnarche. Sie schiebt mir morgens zuerst den Hauptteil der Zeitung zu und liest selbst die hinteren Seiten. Sie lässt mich zuerst baden und wäscht sich dann in meinem Wasser. Sie freut sich euphorisch über jedes Parfum, das ich ihr mitbringe. Und gießt es heimlich und über viele Wochen aus, wenn es ihr nicht gefällt. Während ich so tue, als würde ich das nicht bemerken. Soll ich weitermachen?«

Maja schluckte. Sie nickte mit dem Kopf und schüttelte ihn gleichzeitig. Sie hob ihren Blick und sah zu ihrer Mutter. Sie sah eine andere Frau.

Es dauerte lange, bis Maja in dieser Nacht von der Schwere einer angenehmen Müdigkeit eingeholt wurde. Zu aufgeregt hüpften die Gedanken in ihrem Kopf umher. Sie hatte sie unterschätzt. Ihre Mutter. Ihre Eltern. Und vor allen Dingen das, was sie verband. Denn, ja, das war wohl Liebe. Eine, die klein daherkam. Und doch in den Worten ihres Vaters groß klang. Ohne eine plakativ voluminöse Romanze wie aus dem Film zu sein. Aber war das überhaupt das Ziel? Von außen betrachtet, war die Liebe ihrer Eltern nicht spektakulär. Keine Pauken, Trompeten oder andere Krachmacher. Kein Himmel voller Geigen. Keine Schicksalsmelodie. Im Gegenteil. Diese Liebe war in erster Linie ein Lob auf das Mittelmaß. Dem einen Paar zerschoss die Gewohnheit das Glück. Dem anderen erhielt sie es. Diese Liebe, das wurde Maja immer klarer, funktionierte, weil die Waage in Balance war. In der einen Schale lag die Erwartung und in der anderen die Erfüllung. Beide Schälchen hatten sich auf der gleichen Höhe eingependelt. Wenn sie sich jetzt etwas wünschen durfte, dann wäre das wohl, dass sie das für ihr Verhältnis zu Zsa Zsa auch hinbekäme. Eine Waage in Balance. Erwartung und Erfüllung. Das wäre was.

Vor allen Dingen wäre es zunächst einmal ein ganzes Stück

Arbeit. Denn, und auch das hatte sie kapiert, es musste endlich Schluss sein. Jetzt, mit Mitte dreißig, musste ein für alle Mal Schluss sein. Wie lange wollte sie noch ihr Elternhaus oder ihre Erziehung dafür verantwortlich machen, wer und was sie war. Oder eben gerade nicht war. Wer für voll genommen werden, mündig und erwachsen sein wollte, der musste sich auch so verhalten. Musste Verantwortung für sich selbst übernehmen, unabhängig von den blauen Flecken und Kratzspuren der Vergangenheit. Sich emanzipieren von dem, was einen zu einem komplizierten Persönchen hatte werden lassen. Verändern konnte sie den Inhalt der Päckchen nicht, die sie von zu Hause mit auf den Weg bekommen hatte. Aber sie konnte ihren Umgang damit anpassen. Sie konnte selbst entscheiden, in welchem Maß sie leiden wollte. Oder ob sie einfach einen Schlussstrich zog und das Selbstmitleid für ausreichend ausgelebt erachtete. Mit dieser Idee für ihr neues Leben mit Zsa Zsa zog sie zumindest unter diesen Tag einen Schlussstrich.

Der Aufbruch kam früh am nächsten Morgen. Maja verabschiedete sich zeitig und etwas wehmütig. Aber sie wollte in Braunschweig noch einiges erledigen. Wie immer bedauerte es Zsa Zsa sehr, nicht mehr Zeit mit ihrer Tochter verbracht zu haben. Wie immer beklagte sie, gar nicht genügend erfahren zu haben und überhaupt nicht auf dem neuesten Stand zu sein, was das Leben der Tochter betraf. Wie immer lamentierte sie über die fliegende Zeit und das schnelle Altern. Und wie immer wischte sie sich rührselig eine Träne aus dem Augenwinkel. Maja nahm ihre Eltern in den Arm, auch wie immer. Allerdings etwas fester und etwas länger als sonst. Sie war sich nicht sicher, ob das von ihrer Mutter bemerkt wurde, aber das spielte im Augenblick auch keine große Rolle. Während sie das Rückenklopfen und Streicheln ihres Papas hinnahm und Zsa Zsas Wassertank voll guter Ratschläge und Anweisungen ungefiltert durchlaufen ließ, drückte sie ihre Brust an die der Mutter und sprach in Gedanken aus, was sich seit vergangener

Nacht in ihr verankert hatte. Lautlos und lächelnd dachte und fühlte sie den einen Satz.

Ich vergebe dir, Mama.

Dann holte sie noch einmal tief Luft für einen stillen und für sie noch wichtigeren zweiten.

Und du mir hoffentlich bitte auch.

34

Traufe. Es war eindeutig. Endlich hatte sie das Geheimnis um die mysteriösen Briefkastenmissionen zweifelsfrei gelöst. Die beiden Briefe waren der finale Beweis.

Folgendes war heute in ihrer Post gewesen: Gretas Einladung zur Traufe (Trauung plus Taufe) kam in einem hellgrünen DIN-A5-großen Umschlag mit drei bunten Schmetterlingen darauf. Zwei großen und einem kleinen. Darin befand sich eine bedruckte Klappkarte. Das Foto auf der Vorderseite zeigte zwei selig dreinblickende Eltern, die verliebt auf ein zierliches, süßes Baby blickten. Maja lächelte. Auch ein bisschen verliebt. Im Innenteil standen die Details zur großen Sommerparty. Auf der Rückseite hatte Greta einige Zeilen handschriftlich hinzugefügt.

Unglaublich, Maja. Liebe im Dreieck, wie ich sie nie erahnt hätte. Es ist zwar anstrengend und ungewohnt, aber ich gebe Leni und Nick nie wieder her. Nie wieder, hörst Du? Danke, dass Du mein Gejammer neun Monate lang ertragen hast. Gott, bin ich glücklich!
Immer, Deine Greta

Maja wischte sich etwas, das eine Freuden-Rührung-Träne hätte werden können, aus dem Augenwinkel und steckte die Karte zurück ins Kuvert. Denn da gab es ja noch den zweiten interessanten

Umschlag. Wie immer weiß. Wie immer versteckt zwischen den Speiselisten aus Thailand, Japan und Indien. Als sie die vertrauten Buchstaben in der Mitte des Blattes sah, schmunzelte sie wieder unwillkürlich. Es war eine charmante Art und Weise, sich ihr zu erkennen zu geben. Und eine leicht zu lösende Aufgabe. Würde sie diese doch ganz nebenbei bewältigen können, wenn sie nur Gretas Einladung folgte.

Außerdem nahm sie sich fest vor, auf der Hochzeit auch die einzige Unvollendete noch zu einem Abschluss zu bringen. Genügend Sekt würde es sicher geben. Und genügend wenigstens mittelschmucke Kerle, die sich auf sie einließen, wohl auch. Augen zu, Bluse auf und durch. Sodom und Gomorra abhaken.

Die Mission, die ihr vom weißen Blatt Papier entgegenstrahlte wie die Erleuchtung persönlich, war genau das Gegenteil dessen. Sie lautete: *Einen Gottesdienst besuchen.*

Sie überlegte, wann und zu welchem Anlass sie das letzte Mal in einer Kirche gewesen war. Und zwar nicht nur zum Besichtigen und Bestaunen der Fresken oder bunter, biblischer Fensterbilder. Sondern um dem zuzuhören, was in Kirchen gemeinhin verkündet wurde. Das war definitiv ein paar Jahre her. Und vermutlich war der Besuch in die Weihnachtszeit gefallen.

In ruhigen Minuten war sie immer wieder einmal über Gedanken zu sich und der Nummer mit dem Glauben gestolpert. Sie hatte ihre individuelle Wabe in dieser geistlichen Welt gefunden und fühlte sich gut darin. Sie betete nicht regelmäßig. Sie war kein Stammgast im Gottesdienst und würde auch nie einer sein. Nein, sie war weiß Gott (und der musste es schließlich wissen) kein Profi im Glaubensbusiness. Aber irgendwie glaubte sie auf ihre eigene Art doch an so etwas wie einen Gott. Und an Liebe. Und daran, dass das eine vermutlich identisch mit dem anderen war.

Wenn sie an das große Ding mit dem Glauben generell und besonders an die kleinere Sache mit der Institution Kirche dachte, fühlte sie jedenfalls stets etwas Besonderes zwischen Heiligenschein und Scheinheiligkeit. Eine Wohligkeit im Inneren, die sich nirgendwo schöner empfinden ließ als an diesem speziellen Ort.

Die Lieder waren es nicht. Die waren ihr trotz eines Faibles für Tradition insgesamt zu träge und zu staubig. Die Menschen waren es auch nicht. Auch die waren meist ziemlich alt und von eher träger Ausstrahlung. Die Worte des Pfarrers? Manchmal. Sie hatte immerhin einige Pastoren erlebt, die ihren Job richtig gut machten. Was hieß, dass sie vor allem erstklassige Dolmetscher waren für die eher sperrigen Worte, Bilder und Gleichnisse der Bibel. Prediger mit Talent konnten das so verständlich rüberbringen, dass Maja am Ende erleichtert nach Hause ging. Erleichtert im wahrsten Sinne des Wortes, nämlich um Sorgen und Ängste leichter gemacht. Weil es sich anfühlte, als würde die Gemeinschaft derer, die sich da in die Kirchenbänke drückten, das Gewicht teilen. Jeder trug vom anderen etwas mit, und am Ende wog es nicht mehr so irre viel. Physikalischer Nonsens, aber religiös betrachtet ergab es durchaus Sinn.

Dass Gebete erhört wurden, erwies sich einige Tage später zu nächtlicher Stunde in einer spektakulären Angelegenheit. Vorläufig aber saß sie noch mit Edu und Paule bei Getränken und einem Schälchen Chips in der Kantine. Thema war ausnahmsweise mal nicht das klassische Theaterstück des Abends, sondern das Drama der ersten Nacht und des ersten Tages dieses Jahres. Das alles lag zwar mittlerweile zehn Wochen zurück, aber die Auswirkungen waren immer noch allgegenwärtig.

»Ganz ehrlich? Kein Tag, an dem ich nicht daran denke.« Edu kratzte sich am Kopf, als brauchte das Wort *denken* gestische Untermalung. Maja lehnte entspannt mit dem Rücken an der Wand. In der linken Hand schwenkte sie gedankenverloren ihr Rotweinglas.

»Du denkst jeden Tag ans Trinken?«

»Ja. Wenn du so willst, schon. Also, nicht ans Volllaufenlassen. Aber irgendwie sind die Gedanken an Alkohol ziemlich stark, seit ich mich so limitiere.«

Paule nahm einen Schluck von ihrer Rhabarbersaftschorle und beugte sich vor. »Deswegen kann ich das auch nicht so wie du, Edu. Bei mir geht im Moment nur ganz oder eben gar nicht. Ich würde auch gern irgendwann wieder mittrinken können. Zum Spaß. Bis zum Schwips. Bis zum inneren Stoppschild. Aber nicht mehr ständig bis zum Crash. Diese über Jahre antrainierte Rotweinroutine will jetzt erst mal verlernt werden. Das Selbstverständliche daran muss in den Hintergrund treten.«

Maja sah von Paule zu Edu und zurück. Dass das mit dem Alkohol tatsächlich so eine große Sache war, hatte sie unterschätzt. Wer konnte schon so genau sagen, wo die Linie verlief, hinter der die Sucht begann. Dafür wurde einfach viel zu oft und viel zu selbstverständlich viel zu viel getrunken. Jedenfalls in ihrer Umgebung. Sie blickte zögernd auf ihr Glas und traute sich einen Augenblick lang nicht, daran zu nippen, wie es eigentlich ihrem Impuls entsprach. Was Paule nicht entging.

»Quatsch, Maja. Trink. Das ist *unser* Ding. *Wir* haben uns den Genuss durchs konsequente Überdosieren selbst versaut. Und jetzt müssen *wir* damit klarkommen. Also, *à la tienne*.«

»Klar kommen wir damit klar, Mädels.«

Edu grinste breit und selbstgefällig. Auch irgendwie schön, dass sich seit dem Drama nicht alles grundsätzlich verändert hatte. Dann lehnte auch er sich vor, damit die Gäste und Kollegen an den Nachbartischen nicht alles mitbekamen.

»Trinker bleibt Trinker. Ich weiß. Aber ein Leben ganz ohne kann ich mir beim besten Willen nicht vorstellen. Mit Leuten beim Wein die Welt verbessern oder sich auch mal ganz ausschalten – ich mag das. Da bin ich ganz Bohemien. Mein Ziel ist: Suchtkontrolle. Alkoholismus mit Disziplin.«

Maja runzelte die Stirn. Selbstheilendes Kranksein? Wie sollte das gehen? Fragte sie sich und die anderen.

»Edu meint Picheln mit Plan. Mit Wochenplan. Sodass eben noch gepichelt werden kann, aber nicht mehr ohne Ende.«

Maja merkte an der Art, wie Paule das erzählte, dass auch sie von Edus Konzept nicht ganz so begeistert war wie er. Edu bemühte sich um Überzeugungsarbeit.

»Zwei Mal die Woche. An allen anderen Tagen absolute Abstinenz. Und für jeden Totalabsturz einen Monat Trinkverbot. Wenn ich das durchziehe, kann ich mit mir als Säufer gut leben.«

Paule schnaufte leise, lächelte zu Maja hinüber und sah dann Edu an. Nachdenklich allerdings. »Gut, dass ich das nicht miterleben muss.«

Bevor Maja die Frage aussprach, die ihr ziemlich schnell auf der Zunge lag, kam ihr Paule zuvor.

»Wir saufen nicht mehr miteinander. Und wir schlafen nicht mehr miteinander.«

Edu, immer noch im Selbstgefälligkeitsmodus, ergänzte grinsend: »Und das Beste, Maja: Wir beide halten beides für eine gute Idee.«

Majas Augen wurden groß. Der Gipfel der Baffheit. Mit so vielen revolutionären Neuigkeiten hatte sie heute gar nicht mehr gerechnet.

»Wow. Baff. Wow. Leute, das sind ja echte Breaking News am späten Abend.«

»Vielleicht kann ich noch ein paar Breaking News am späten Abend dazuliefern.«

Hinter ihnen ertönte eine angenehme, klare Frauenstimme, die offenbar aufs Stichwort den abgelegeneren Teil der Kantine betreten hatte, in dem die drei saßen.

»Hallo, Maja Pauly!« Die Frau lächelte freundlich. Und Maja erlebte ihren zweiten Wow-Baff-Wow-Moment innerhalb von sechzig Sekunden. Sie blickte in die Augen der Filmproduzentin Uta Schindel. Frau Schindel freute sich augenscheinlich über die gelungene Überraschung und deutete auf den Platz neben Maja.

»Darf ich?«

»Natürlich. Guten Abend, Frau Schindel. Also, ihr Lieben, das ist Uta Schindel. Wir haben uns auf Rügen kennengelernt. Frau Schindel, das sind meine Freunde und Kollegen Paulina Brinckwitz und Eduard Zimmer.«

»Danke, das weiß ich bereits. Ich gehöre zu der vermutlich aussterbenden Spezies, die Programmhefte nicht nur liest, sondern sich bei beeindruckender Leistung auch die Namen merkt. Ich war heute in Ihrer Vorstellung, Herrschaften. Sehr ordentlich. Sehr, sehr ordentlich.«

Sie wandte sich an Maja und ließ so etwas wie eine Standpauke in der höflichen Light-Version folgen.

»Sie haben nie angerufen, Frau Pauly. Dabei biete ich das nun wirklich nicht jedem an. Wissen Sie, es ging ja nicht nur um mein Karma, sondern auch um Ihre Karriere.«

Maja rutschte auf ihrem Sitz nach vorne und räusperte sich. Da sie Edu und Paule nie von der Begegnung und dem verlockenden Angebot erzählt und außerdem Monate gebraucht hatte, um endlich eine E-Mail zu formulieren, war ihr die Situation ziemlich unangenehm.

»Ach, wissen Sie, ich war mir zuerst unsicher, wusste nicht, wie ernst Sie das … Na ja, aber dann habe ich Ihnen ja eine Nachricht geschrieben.«

Uta Schindel schlug mit der platten Hand auf den Tisch. »Ach, neumodischer Unsinn. ›Rufen Sie mich an!‹, habe ich Ihnen damals gesagt. Richtig? Und wenn ich ›Rufen Sie mich an!‹ sage, was ich nicht oft sage, dann meine ich das auch so.«

Maja nickte, sah Uta Schindel unverwandt in die Augen und begriff. Die Produzentin tat ungeduldiger, als sie war. Aber sie spielte die Rolle der Unwirschen sehr überzeugend. Schon setzte sie die Ansprache fort.

»Frau Pauly! Erstens: Kontakte zu den Wichtigtuern pflegt man per Telefon. Zweitens: Verträge macht man per Handschlag. Drittens: Verlängert werden Sie in durchzechten Nächten. Können wir uns darauf ein für alle Mal verständigen?«

Ein Schmunzeln huschte über ihr Gesicht. Dann sprudelte sie los und fing mit ihrer Geschichte ganz vorn an. Dass sie ja eigentlich nur auf der Durchreise gewesen sei, als sie, einer spontanen Eingebung folgend, beim Autobahnschild Braunschweig ihrem Fahrer die Anweisung zum Abfahren gab. Am Theater angekommen, sei sie wahnsinnig erleichtert gewesen, als sie die Plakate in den Schaukästen sah und die Namen der Darsteller las. Ja, ja, sie habe schon alles erlebt: Arzthelferinnen, die sich als Schauspielerinnen ausgaben, sobald das Stichwort Schindel Filmproduktion gefallen sei. Reinigungskräfte, die ihr darstellerisches Talent anboten und behaupteten, schon in Hollywood gearbeitet zu haben.

Eine Viertelstunde lang erzählte Uta Schindel ohne Pause. Von ihrer Firma und den zum großen Teil verrückten Menschen, mit denen sie tagtäglich zu tun hatte. Von ihrer Begeisterung für die Inszenierung im Allgemeinen und Maja im Speziellen. Und vom festen, festen Vorsatz, ihr Versprechen einzulösen. Auch wenn es nicht leicht werden würde. Theaterschauspiel und Filmschauspiel seien nun einmal zwei verschiedene Paar Schuhe. Uta Schindel erhob sich.

»Apropos Schuhe. Ich muss mich wieder auf den Weg machen. Mein Fahrer hätte auch gern irgendwann Feierabend. Hier, das habe ich Ihnen noch mitgebracht …«

Sie griff in ihre prallgefüllte Aktentasche. Die, die sie schon auf Rügen dabeigehabt hatte. Aus einem Fach darin zog sie einen großen braunen Umschlag, den sie Maja überreichte.

»Das sind Einladungen zu ein paar Vorsprechen, die meine Caster in nächster Zeit durchführen. Nichts Großes, aber für Ihre Vita und einen Fuß in der Tür beim Film sicher nicht schlecht. Lesen Sie sich das mal in Ruhe durch. Und sollten sich daraus Fragen ergeben, Frau Pauly …«

Maja nickt wieder und lachte. »Verstanden. Keine E-Mails. Ich rufe an.«

»Das tun Sie bitte wirklich.«

»Versprochen, Frau Schindel.«

»Fein. Gute Nacht, die Herrschaften.«

Uta Schindel verabschiedete sich aus der Runde. Und so plötzlich, wie sie erschienen war, war sie auch wieder verschwunden. Ihr schweres, holziges Parfum saß noch eine Weile mit am Tisch. Edu und Paule sahen keinen Grund, ihr Erstaunen und ihre Anerkennung für Maja zu verbergen. Edu, der, immer noch leicht kopfschüttelnd, als Erster Worte fand.

»Was für eine Erscheinung, diese Uta Schindel. Halleluja.«

Paule lachte. Maja grinste. »Halleluja. Du sagst es. Und: Amen.«

Mit diesem Schlusswort signalisierte Maja, dass jetzt bitte nicht weiter nachgefragt werden möge, und verstaute den Umschlag in ihrer Umhängetasche. Edu verstand den Wink und berichtete stattdessen, dass auch er interessante Post bekommen habe. Wenngleich in einer anderen, *der* anderen Angelegenheit. Maja wurde hellhörig. Er könne sich nicht erklären, wie es dazu gekommen sei. Was den Kläger zum Umdenken bewogen habe. Ja, richtig, der Besitzer des Restaurants, den Edu im sturztrunkenen Zustand um seine Abendeinnahmen bringen wollte und immerhin sogar bedroht hatte, habe seine Klage gegen ihn ohne Angabe von Gründen fallengelassen. Ob das nicht einfach unglaublich sei. Paule und Maja bestätigten und beglückwünschten ihn zu diesem äußerst glimpflichen Ende. Edu war sichtlich erleichtert.

»Diesmal meint es das Schicksal aber wirklich gut mit mir, nicht wahr?«

Paule nickte. Maja lächelte unmerklich, schwieg und dachte sich ihren Teil. Nämlich, dass Edus Schicksal es in diesem Fall nicht nur besonders gut mit ihm meinte. Sondern, dass es vor allem einen Namen hatte. Und der lautete: Fabio.

Der letzte Tag des Monats März war ein Montag. Und an diesem Montag fand das zweite Casting statt, zu dem Maja von Uta Schindel eingeladen worden war. Das erste war nicht besonders berauschend gelaufen. Man konnte auch sagen, sie hatte es vergeigt. Nach zwei kurzen Szenen wurde Maja höflich, aber recht bestimmt gestoppt. Dabei war sie wie gewünscht auf vier Sequenzen vorbereitet. Stattdessen winkte sie ein unscheinbares Helferlein mit unbewegter Miene aus dem Raum.

In Maja zog sich alles zusammen. Sie erinnerte sich schlagartig und wieder sehr deutlich an die grausame Seite ihres Berufs. Den Teil, in dem man Ablehnung zum Lebenselixier oder wenigstens Treibstoff machen musste. Sonst ging man daran kaputt. Immerhin hatte Uta Schindel der Regieassistentin offenbar den Auftrag erteilt, Maja nicht allzu schnell abzufertigen. Sie folgte ihr nach draußen und raunte ihr zu:

»Ist nicht schlimm. Ihnen fehlt es vermutlich nur an Übung im Umgang mit der Intimität der Kamera. Das war zu groß. Zu laut. Zu plakativ. Sie müssen nicht in der fünfunddreißigsten Reihe gehört und gesehen werden. Wenn wir wollen, sind wir mit der Linse auf Ihrer Netzhaut, verstehen Sie?«

Aber das sei ja kein Problem, das sie, Maja, nicht lösen könne. Vielleicht schon beim nächsten Mal. Immerhin sei sie doch Leipzig-Absolventin. Und die hätten es doch meistens drauf.

Die Erinnerungen an ihre Filmcasting-Premiere vor zwei Wochen ließen den Druck für dieses Mal nicht gerade weniger werden. Maja war irre nervös. Dabei hatte sie sich auch auf den heutigen Tag bestens vorbereitet. Sie hatte ihre Rolle intensiv einstudiert.

Hatte zunächst allein vor dem Spiegel geübt und dann mit den Freunden. Edu und Paule waren ihr sehr geduldige (wenn auch insgeheim neidische) Anspielpartner gewesen. Sie hatten sie sogar zwischendurch mit einer Kamera gefilmt, um die Szenen auf dem Monitor zu analysieren, damit Maja ein Gespür für ihre Wirkung und ihre Präsenz bekam. Und einen Eindruck davon, was sie in unkontrollierten Momenten für merkwürdige Dinge mit ihren Armen tat. Sie hatte, kurz gesagt, alles gegeben im Vorfeld. Dennoch schlug ihr das Herz bis in den Hals. Der Grund dafür war in dem braunen Umschlag von Uta Schindel versteckt gewesen. Vielleicht, weil die Produzentin nicht vor Majas Kollegen darüber hatte reden wollen, um nicht noch größere Eifersüchteleien hervorzurufen. Jedenfalls gab es zu diesem Casting noch eine handschriftliche Notiz:

Liebe Maja Pauly,

anbei das Rollenprofil und die Szenen zu einer Figur, in der ich mir Sie sehr gut vorstellen kann. Allerdings ist das keine kleine Sache mehr. Es wäre die wichtigste Nebenrolle, die wir zu besetzen haben. Der Dreh soll in den Sommermonaten stattfinden. Da dürfen Sie ja selbst laut Theater-Knebelvertrag die Stadt verlassen, richtig?
Also: Nutzen Sie die Chance.

Toi, toi, toi!
Ihre Uta S.

Maja blickte auf den Zettel, faltete ihn zusammen und nahm ihn in die linke Faust. Die küsste sie einmal und steckte das Briefchen in ihre Jeans. Dann warf sie vorsichtshalber noch einen kurzen Blick gen Himmel – nicht dass es am Ende daran scheiterte –, richtete sich auf und betrat den Raum.

Als sie eine Stunde später aus dem Zimmer geführt wurde, erwartete sie Uta Schindel vor der Tür.

»Ich habe schon vor zehn Minuten Bescheid bekommen.« Sie hielt ihr die ausgestreckte Hand hin. »Glückwunsch und herzlich willkommen. Dann sind wir jetzt wohl endlich im Geschäft.«

Maja zog den Mund in die Breite. Die Wangen spannten. Die Augen kniffen ein wenig. Sie strahlte über das ganze Gesicht. Und die Karmabehörde schloss noch am selben Abend wenigstens diese Akte der Uta Schindel. Die Dame, das wusste aber nur ihr Sachbearbeiter beim Karma-Amt, hatte ja noch genügend andere offen.

35

Korkenknall. Ah, so klang Champagner. Echter, französischer Schampus. *Oh, là, là, très chic.* Keiner aus dem Discounter, sondern ein Flasche von Wert mit Goldetikett. Aber weniger als dieser Champagner durfte es auch nicht sein, als Maja drei Sonntage später mit Lina auf ihre erste Filmrolle anstieß. Endlich hatten Oma und Enkelin Zeit gefunden, den Erfolg zu feiern. Lina war ziemlich beschäftigt gewesen in den ersten Frühlingswochen. Ein paar Bestellungen, aber vor allem jede Menge Papierkram sei zu erledigen gewesen, und sie sei einfach nicht mehr so fix wie früher, hatte sie erklärt, wann immer Maja sonntags bei ihr saß und fragte, ob auch wirklich alles in Ordnung sei. Kuchen gegessen und Kaffee getrunken hatten sie wie immer. Doch betonte Lina stets, dass sie nicht so lange Zeit habe. Und richtig entspannt wirkte sie auch nicht. Maja schob das spürbar gestiegene Maß an Unruhe, das sie bei Lina feststellte, auf die kleinen Aussetzer, die sich in letzter Zeit häuften. Dabei hatte sich Maja erstaunlich schnell daran gewöhnt. Hatte akzeptiert, dass es sie gab und sie von nun an einen Teil von Linas Leben ausmachten. Immerhin waren es bisher ja wirklich nur Momente, in denen Lina kurz vor ihren Augen wegsank. In denen sie schwieg oder Sachen doppelt fragte. Zunächst war das natürlich ein bisschen verwirrend gewesen. Andererseits aber auch nicht wirklich furchteinflößend. Denn meistens war Lina schnell wieder auf der Höhe und quittierte ihre »Löcher«, wie sie es selbst nannte, mit einem herzhaften Lachen. Das machte es auch Maja leichter, mit den Schwarzblenden der Großmutter umzugehen.

Für den heutigen Sonntag hatte Lina der Enkelin endlich etwas mehr Zeit versprochen, was Maja hocherfreut zum Anlass nahm, den jüngsten beruflichen Erfolg zu begießen.

Sie verbrachten den gesamten Nachmittag zusammen. Lina kramte Fotoalben hervor und zeigte Maja Bilder der buckligen Verwandtschaft. Sie listete auf, wen es noch gab und wen nicht mehr und von wem sie nicht so genau wusste, wie lange es ihn noch geben würde. Sie sprachen über Majas Jammerjahr, das, jippie yeah, bald ein Ende haben würde. Aber auch weniger dramatisch gewesen war, als Maja es sich ausgemalt hatte. Es war vielleicht kein himmelhochjauchzendes gewesen. Aber auch keines, das sie zu Tode betrübt hatte. Und in dieser lauwarmen Mitte lag viel von dem, was froh und zufrieden machte.

Das brachte Maja außerdem zu einer Erkenntnis, die Lina mit kräftigem Kopfnicken bestätigte: nämlich, dass die erwartende Angst immer am schlimmsten war. Also, die Angst vor einer Aufgabe oder einer Zeit war meist viel größer, giftiger und lähmender, als die Sache selbst durchzustehen. Wenn man tatsächlich mittendrin steckte im vermeintlichen Horrorszenario, fokussierte sich alles aufs Durchhalten. Und das war meist viel weniger fies als alle fantasievollen Furchtgedanken davor.

Als Maja sich ins Theater verabschiedete, umarmte und küsste Lina sie herzhaft und bedankte sich bei der Enkelin für diesen glücksgefüllten Tag. Dann begann sie, anhaltend zu kichern. Das französische Gesöff zeigte Wirkung, nicht nur bei Maja.

»Arschtritte für die Angst, Kind. Das ist doch ein schönes neues Motto, oder?«

»Jawoll, Lina. Arschtritte für die Angst.«

Sie warf ihr einen Kussmund zu und hüpfte federnden Schrittes durchs Treppenhaus und auf die Straße. Drei Stunden Zeit und zwei bis vier Espressi aus der Kantine würden sie schon wieder fit machen für heute Abend. So lange kickte sie allen möglichen Ängsten in Gedanken noch ein wenig in den Allerwertesten. Dem Popo der Furcht blaue Flecken zu machen war ein extrem zufriedenstellender Gedanke.

Die Sicherheit und das Ruhepolster der Routine war die Lösung für den heutigen Theaterabend. Die Vorstellung verlief ohne nennenswerte Vorkommnisse. Keine Ausreißer nach unten, aber auch keine spektakulären Einzelleistungen, die für Lobeschöre gesorgt hätten. Dennoch fühlte sich Maja erschöpfter als sonst und wand sich ohne ausufernde Entschuldigungen aus der Kantinenstunde. Müde war sie. Müde mit plötzlichem Zittern. Nicht am Körper, sondern in sich drin. Auf dem Nachhauseweg beschlich sie ein noch merkwürdigeres, flirrendes Gefühl. Zunächst konnte sie nicht benennen, was es war. Nach Angst roch es nicht. Vielmehr schien es sich um eine innere Zappeligkeit zu handeln. Seelenflattern. Vibrationen im Kopf und ein wenig Luftnot. Dazu wurde eine verwaschene Ahnung immer sicherer. Dass nämlich irgendetwas gleich anders sein würde als noch vorhin.

Sie beschleunigte ihre Schritte und spürte den Herzschlag an ihren Rippen. Die letzten Meter vor ihrer Haustür legte sie im Laufschritt zurück. Sie flitzte durch den Flur, nahm immer zwei Stufen auf einmal und stand nur eine halbe Minute später im dritten Stock vor ihrer Wohnungstür. Und da lag sie, ihre Gewissheit. In Gestalt eines weißen Briefumschlags. Ja. Genau, der alte Bekannte. Ihr Name stand darauf. Dieses Mal per Hand geschrieben. Mit schwarzer Tinte aus einem Füllfederhalter. Jetzt flatterte auch alles andere an ihr. Gegen das Zittern ihrer Hände war sie machtlos. Sie hob den Umschlag auf und spürte, dass er dicker war als die anderen. Und dass darin noch etwas Schweres, Metallenes lag. Sie klemmte ihn unter den Arm und schloss ihre Wohnung auf. Nachdem sie Jacke und Tasche in die Ecke geworfen hatte, verkrümelte sie sich unter die Bettdecke. Sie griff nach Fritz, setzte ihn zu sich, holte tief Luft und öffnete den Brief. Ein Schlüssel fiel ihr entgegen, und ein Meer aus Buchstaben schwappte auf sie zu. Buchstaben in der gleichen Schreibmaschinenschrift, in der ihr in den vergangenen Monaten immer wieder Aufgaben erteilt worden waren. Sie konzentrierte sich, strich das Papier glatt und las.

Geliebte Maja,

ich hoffe, Du kannst mir vergeben. Für so vieles vergeben. Ich habe es Dir nicht leicht gemacht in den vergangenen Monaten. Aber am Ende hat es sich doch gelohnt, oder was würdest Du sagen? Auf der anderen Seite der Aufgaben, jenseits der Herausforderung, gab es immer ein bisschen mehr Erkenntnis als diesseits. Nicht wahr?
Nun, selbstlos und uneigennützig war es nicht, mein Einmischen in Deine Angelegenheiten. Natürlich habe ich mir ein Stück Jugend durch Dich zurückerobert. Für mich und auch ein bisschen für unsere verklemmte, graue Maus. Die Ideen waren schon meine. Ganz und gar. Aber sie hat immer ihren Segen dazu gegeben. Mit rosaroten Bäckchen und erhöhtem Herzschlag. Das hättest Du sehen müssen! Wie neugierig sie auf Deine Berichte war, hast Du ja merken können, bei ihren stümperhaften Versuchen, uns Mittagsschlaf auf der Couch vorzuspielen.
»Anonymen Sex haben« war wohl etwas übertrieben, nicht wahr? Da sind die Pferde mit mir durchgegangen. Ich muss zugeben, dass die Vorstellung einiges an Aufregung bot. Doch zwischendurch hat mich

so sehr das schlechte Gewissen ereilt, dass ich mich Dir beinahe zu einem früheren Zeitpunkt offenbart hätte. Nun ist es ein bisschen spät dafür.
Denn nun bin ich bereits an einem Ort, der für Dich Tabuzone ist; für die nächsten Jahrzehnte jedenfalls.
Ich hätte es gern mit Dir besprochen, weißt Du? Nicht, um Dich um Erlaubnis zu bitten, sondern um Dich vorzubereiten. Aber letztlich hätte es Dir nichts gebracht. Außer Angst. Und die wollte ich Dir ersparen, mein Kind.
Und mir wollte ich auch einiges ersparen. Lass es mich erklären.
Weißt Du, den Verfall des Körpers ertrug ich gut. Damit bin ich zurechtgekommen. Der Verfall des Kopfes, der hat mir zu schaffen gemacht. Dem wollte ich mich nicht aussetzen. Mich Dir, aber vor allem mir nicht so zumuten.
Und so nutze ich diese Grauzone. Die Dämmerung zwischen Nicht-mehr-ganz-da und Noch-nicht-weg. Ich nutze die ausglimmenden Funken der Klarheit, um sie selbst gänzlich zu löschen. Noch hat mich die Demenz nicht lückenlos umschlossen. Aber ich ahne, dass es nicht mehr lange dauern würde, und Du weißt, wie ungern ich die Kontrolle abgebe. Gegen diesen Dickkopf kann selbst der liebe Gott nichts verrichten.
Bevor Du Dich sorgst: Es ist alles arrangiert. Adressierte Briefumschläge liegen auf dem Tisch. Die Trauerkarten kommen morgen per Post. Heute musst Du bitte nur den Notarzt rufen und ihm die Tür öffnen. Komm nicht mit herein. Es ist mir lieber, Du behältst mich so im Herzen, wie wir uns verabschiedet haben.
Er wird Herzversagen feststellen. Ich darf Dich bitten, mein liebes Kind, lass es dabei.

Du warst mir ganz großes Glück, Liebes. In meinen letzten Jahren das größte. Und mein letzter liebevoller Gedanke auf dem Weg nach drüben gilt Dir.

Bis in frühestens, sagen wir, siebzig Jahren? Das Schnebelchen und ich, wir passen auf Dich – und eines Tages auch auf Euch – auf.

Ich liebe Dich.
Deine Lina

PS: Die Wohnung gehört zur Hälfte Dir.

Maja schlief nicht in dieser Nacht. Sie weinte nur. Und fühlte sich zum ersten Mal seit langer Zeit wirklich einsam und allein.

Das Ritual für das gemeinsame Einsamsein fand, wie von Lina schon zu Lebzeiten bis ins Detail organisiert, bereits am folgenden Samstag statt. Ihre Trauerfeier mit Beerdigung wurde in der Kapelle und auf dem Friedhof abgehalten, auf dem auch das Schnebelchen schon seine letzte Ruhe gefunden hatte. Unter den ganzen schwarzgekleideten Menschen erkannte Maja sehr viele wieder, die ihr Lina am Sonntag noch auf den Bildern gezeigt hatte. Deswegen also.

Ein ganz klein wenig erleichterte es ihr die Schwere der Traurigkeit, dass so viele Trauergäste der Einladung zu Linas letztem Geleit gefolgt waren. Lina schien für mehr Menschen von Bedeutung gewesen zu sein, als man das anhand der Zahl ihrer Besucher hätte ahnen können.

Maja hielt sich die ganze Zeit über tapfer. Sie blickte auf den Sarg. Die Angehörigen hatten darauf verzichtet, vor der Beisetzung eine Verabschiedungsstunde bei geöffnetem Deckel in der Kapelle abzuhalten. So wusste niemand außer Maja, welches Nachthemd sich Lina für ihren letzten Schlaf gewünscht hatte. Das Hemd war ein Kleid. In Giftgrün. Auf dem Kopf eine bunte, selbstgestrickte Mütze und einen passenden Schal um die Schultern.

Bei dem Gedanken fing sie wieder an zu weinen. Und als der

Sarg in das vorbereitete Erdloch hinabgelassen wurde, ergriff sie eine noch größere Woge der Erschütterung. Sie ließ dem Zittern, den Tränen und dem Schluchzen seinen Lauf und machte ein paar Schritte zur Seite.

Die Trauergesellschaft trat an das Grab. Einer nach dem anderen näherte sich der Ruhestätte und verabschiedete sich mit einer Schaufel Erde oder einem stillen Gebet. Maja bat auch Edu und Paule, ihr noch einen Moment allein zu gönnen, woraufhin sich die beiden leise zurückzogen. Als sich die große Menschentraube aufgelöst hatte, holte Maja einen riesigen Blumenstrauß hervor, den sie beim Floristen bestellt hatte. Sechsundachtzig frische, wohlduftende, weiße Rosen. Für jedes Lebensjahr der Lina Abendstern eine. Maja warf den Strauß mit ins Grab. So war es in Ordnung. So durfte es sein. Lina würde das Welken der Blumen nicht mehr mitbekommen. Und sie auch nicht.

Nach einer Viertelstunde des Wartens und Weinens und stillen Gesprächs mit Lina wandte sich Maja zum Gehen. Da spürte sie eine Hand auf ihrem Arm.

»Maja? Du musst Maja sein.«

Sie drehte sich langsam um, und ihr gegenüber stand ein Mann mit sehr vertrautem Gesicht. Es trug fast schon familiäre Züge. Sie erkannte die Augen. Tiefblaue Augen, die ihr sonst von Linas Wohnzimmerwand entgegengeblickt hatten. Von einigen Fotografien in unterschiedlichsten Rahmen. Die Augen auf diesen Bildern hatten den immer gleichen zufriedenen Ausdruck. Nur die Hintergründe auf den Fotos variierten. Mal war es weißer Strand, mal saftig grüner Dschungel. Und bei dem Besitzer der blauen Augen handelte es sich dementsprechend zweifelsohne um Kolumbus.

So stellte er sich auch vor. Und berichtete, dass er auf seiner ganzen Reise, aber besonders in den vergangenen Wochen in regem Briefwechsel mit Lina gestanden habe. Dass sie viel von sich preisgegeben habe. Auch dass ihr Geist verblasse und dass sie deswegen einen Entschluss gefasst habe, von dem außer ihm nur eine einzige Person wisse, und dass das sie sei, Maja.

Er erzählte, dass es Linas ausdrücklicher Wunsch und Wille gewesen sei, dass sie nun gemeinsam irgendwo etwas essen und trinken sollten und sich dabei gemeinsam an Schönes aus Linas Leben erinnern dürften. Weil Maja zunächst die Stirn runzelte und zögerlich war, kramte Kolumbus einen Brief aus seiner Umhängetasche und zeigte ihr die Stelle. Maja lächelte. Die Schreibmaschine. Da war sie wieder. Und die Unterschrift mit schwarzer Tinte aus dem Füllfederhalter.

Er würde sie gern einladen. Ob Maja dazu bereit sei. Maja schluckte. Sie wischte sich mit den flachen Handflächen ein paar Mal durch das Gesicht. Lina, die alte Füchsin. Dann lachte sie laut. Zum ersten Mal seit Tagen.

Maja und Kolumbus verließen den Friedhof. Während sie durch den Bürgerpark spazierten, redeten sie über Lina. Was für ein besonderer, kluger, warmherziger Mensch sie gewesen war. Was für eine wundervolle Oma. Für Kolumbus eine aus der Ferne, die ihm regelmäßig Briefe in alle Länder der Welt schickte. Und für Maja eine aus dem Hochparterre. Eine geliebte Frau, die ihnen beiden fehlen würde wie verrückt. Was wehtat, aber nicht zu ändern war. Sie weinten ein wenig miteinander. Und sie berappelten sich wieder. Gemeinsames Lachen half. Daher beschloss Maja, das Geheimnis, das Lina mit ins Grab genommen hatte, nicht selbst auch mit ins Grab zu nehmen.

Und so erzählte sie, dass Lina jetzt zwar als eine von vielen Omas bei Gott wohne. Aber dass sie mit Abstand die schickste sei. In giftgrünem Dress, mit Pippi-Langstrumpf-Mütze und Schal. Selbstgestrickt, jawohl. Kolumbus lächelte lange.

Abends aßen sie im Da Fabio. Sie lobten die Pasta im Speziellen, die italienische Küche im Allgemeinen und die Vorzüge frischer selbstgezogener Kräuter. Maja hinterließ Eindruck, als sie sich mit einem dreiminütigen Smalltalk in flüssigem Italienisch von Fabio verabschiedete. Dann zogen sie weiter in die Haifisch-Bar. Als Kolumbus sah, dass auch hier mal wieder mehr angelnde Single-Männer als zubeißende Frauen in der Kneipe waren, seufzte er leise. Dass Frauen immer noch angesprochen werden wollten und sich kaum eine traute, selbst das Netz auszuwerfen, sei ein Fluch, den selbst die fortschreitende Emanzipation nicht gebannt hätte. Maja deutete an, dass sie ihre Erfahrung als so etwas wie ein Mann gesammelt habe und ihn um die Bürde nicht beneidete. Allerdings um den Genuss, Frauen küssen zu dürfen. Kolumbus verbarg seine Überraschung anständig.

Stattdessen berichtete er von seinen eigenen Grenzerfahrungen. Länder, in die er gereist war. Landschaften, die er gesehen hatte. Menschen, die er getroffen hatte. Und auch davon, wie es war, beim tagelangen Wandern durch den thailändischen Dschungel keiner Menschenseele zu begegnen. Vom Kauzigwerden allein. Aber auch von den zauberhaften Momenten. Dass er in Brasilien Schildkrötenbabys am Strand hatte schlüpfen sehen. Dass er eine Zeit lang auf einer Farm in Neuseeland gearbeitet hatte und Geburtshelfer für ein Lämmchen sein durfte. Wie beeindruckend das gewesen war. Und wie sehr er seither dieses sich ständig wiederholende Wunder des Lebens bestaunte. Maja verstand. Oh, sie verstand ihn sehr gut. Auch wenn es kein Lamm, sondern eine Leni war, die ihr diese Lektion erteilt hatte.

Ob es ihm auch so gegangen sei, dass im Angesicht eines so jungen Lebens das eigene, schon etwas ältere zurücktrat. Dass es unwichtiger wurde. Immer noch kostbar. Aber nicht mehr so bedeutungsschwanger. Er nickte. Die Eitelkeit nehme ab. Die Angst vor dem Älterwerden. Und damit auch die Angst davor, wahnsinnig dämliche Dinge zu tun. Und das sei eine wahre Erleichterung. Maja tastete sich vorsichtig zu der Frage vor, wie er dazu stehe, wenn jemand der Eitelkeit auf platteste Weise nachgab. Kolumbus hob die Augenbrauen.

»Beim Schönheitschirurgen?«

»Aber nichts, was von Dauer war.«

Er zuckte mit den Schultern. Solange man seinen Frieden damit machte, sei das doch in Ordnung. Allerdings solle man es in Majas Fall bitte unbedingt nicht wiederholen. Er blickte sie aus friedlichen Augen an und grinste. Aber selbst wenn es im Nachhinein betrachtet ein Fehler gewesen war, täte man gut daran, sich zu vergeben. Der Schlüssel zu vielem: nicht nur um Vergebung zu bitten, sondern sich selbst zu vergeben. Damit der Rucksack voller Schuld über die Dauer eines Lebens nicht untragbar wurde für ein kleines Menschlein. Maja sah ihn eine ganze Weile wortlos an.

»Jetzt sag bloß, du kannst auch noch Feuer machen.«

»Wie, mit Holz und Zunder? Klar.«

Maja nickte beeindruckt. Und musste herzhaft lachen, als er vor ihren Augen ein stinknormales Streichholz entflammte.

»So! Noch Fragen?«

Sie schüttelte den Kopf. Und es war, als wäre endlich alles gut.

Bevor sie mitten in der Nacht zu Majas Wohnung aufstiegen, machten sie vor der altbekannten Tür im Hochparterre Halt. Mit zitternden Händen schloss Maja auf. Sie ging vor, Kolumbus folgte ihr schweigend. Einige Minuten bewegten sie sich leise durch die Zimmer. Entgegen ihren Erwartungen hatte die Szene nichts Gespenstisches. Obwohl sich alles anders anfühlte, als Maja es kannte. Ein seltsamer Frieden hatte sich hier breitgemacht. Fast wie in einer Kirche. Kolumbus betrachtete die Fotogalerie. Maja setzte sich an den Skattisch und strich über die Decke. Sie brach die Stille als Erste. Wenn auch nur im Flüsterton.

»Das gehört jetzt also uns. Und das, wo wir uns gar nicht kennen.«

»Ja. Das gehört jetzt uns. Ohne dass wir uns kennen.«

Einige Minuten noch sahen sie sich um und sprachen keinen Ton. Nach einer kleinen Weile schloss er sie vorsichtig und ein wenig ungelenk in die Arme. Maja ließ es geschehen und seufzte. Dann ergriff er ihre Hand.

»An der einen Sache können wir nichts mehr ändern. Aber an der anderen, wenn du magst. Und jetzt komm … Lassen wir ihren Geist noch ein wenig zusammenpacken.«

36

Tattoo-Nacht. Ohne Wenn und Aber. Das war eine unmissverständliche, eindrucksvolle Tattoo-Nacht gewesen. Die nur deswegen so hieß, weil sie nicht vergessen werden wollte. Die sich einfressen durfte in die Haut und alles andere. Die bleiben musste. Maja seufzte. Sie fühlte sich zart. In Gedanken war sie immer noch bei Lina, was ein trauriges Ziepen machte. Aber auch bei dem Menschen, der neben ihr lag. Was ein sehr schönes Ziepen machte. Sie lächelte leicht. Tattoo-Nächte waren selten, darum musste man die Erinnerung daran schärfen, solange sie noch frisch war. Eine Tattoo-Nacht war das Gegenteil von einem Radiergummitag. Nichts sollte jemals mehr weggerubbelt werden, sondern einfach so konserviert werden, wie es war. Sollte für immer in ihrer Erinnerung bleiben.

Und auch *er* sollte bleiben. In ihrer Gegenwart. Und wenn es nach Maja ginge, sogar in eine Art gemeinsamer Zukunft. Kolumbus, das wusste sie, seit sie ihn gestern Abend danach gefragt hatte, war nicht mehr auf Reisen. Ihm sei irgendwann die Puste ausgegangen vom dauernden Vor-sich-Davonlaufen. Und auch die Lust daran. Er würde es wieder mit Stehenbleiben, Innehalten versuchen. Mit Bewegungen auf kleinerem Terrain. Er wusste nur nicht so genau, wo.

Das war jetzt auch nicht wichtig. Wichtig war, wo er sich augenblicklich befand. Und das war bei ihr. Sie fühlte, wie er seinen Unterarm um ihre Taille wickelte und sie etwas fester an sich heranzog. Die Sonne hinterließ Lichtkegel auf dem Holzfußboden. Der Wecker tickte leise vor sich hin. Sie traute sich, die Frage zu stellen, die sie seit dieser Nacht mit sich herumtrug.

»Feierst du heute Abend mit mir in meinen Geburtstag rein?«

Maja hielt die Luft an. Kolumbus ließ sich Zeit mit der Antwort. Endlos lange zehn Sekunden mindestens. Dann wisperte er zurück.

»Wenn ich mich morgen mit dir von exakt dieser Stelle aus an heute erinnern darf, dann gern.«

Maja spürte noch kurz dem glücklichen Ziepen nach, dann löste sie sich aus der warmen Umarmung und tapste in die Küche.

»Kaffee … Kolumbus?«

»Gern. Ach, ich heiße übrigens Benjamin. Ben.«

Maja grinste. Und würdigte den einzigen Pinnwand-Zettel ohne Haken keines Blickes.

Epilog

Happy End. Ihr letzter Tag als Fünfunddreißigjährige. Und trotzdem nicht der Hauptgrund für ihre gute Laune. Als Maja später am Tag summend ins Theater flog, war Ben bereits auf dem Weg in die Stadt. Erledigungen machen. Sachen vorbereiten. Geschenk besorgen. Das alles, bevor er in Majas Vorstellung gehen und sie danach wie vereinbart feiern würden. Unter anderem steuerte er ein Postamt an. Da er seit dem Ende der Weltreise noch ohne festen Wohnsitz war, ließ er sich Briefe postlagernd in eine Braunschweiger Filiale schicken. Als er Maja morgens gefragt hatte, ob er für sie Briefträger spielen solle, hatte sie bejaht.

Zum ersten Mal war sie sich einer Sache sicher. Die Zeit war reif. Die Frau war schlau und stark. Und Karl hatte es nicht besser verdient. Der Brief, der nun schon geraume Zeit in ihrer Küche lag, war letztlich anders geworden, als Maja ihn sich vorgestellt hatte. Kein umfassendes Geständnis, keine umständliche Entschuldigung, keine Details. Nicht noch mehr Erinnerungen an Ninas Schmerz. Stattdessen ein halbanonymes Schreiben. Ein freundliches, von Frau zu Frau. In dem stand, dass sie, Nina, so klug und attraktiv sei, dass es doch eine Schande wäre, sich nur einem Mann zu schenken. Und »Treuepunkte« würde es dafür auch nicht geben. Nein. Aufgabe statt Selbstaufgabe war das Motto. Eine Aufgabe, die ihrem Leben auch einmal einen Kick gab. Mission »Seitensprung«.

Von alldem nichts ahnend, hatte sich Ben die beiden frankierten Kuverts gegriffen, die auf dem Küchentisch lagen. Dass der eine eigentlich für immer hinter der Pinnwand hätte stecken bleiben sollen, konnte er ja nicht wissen.